雲山

陳淑瑤 著

目次

出版緣起

「長篇小說創作發表專案」作品出版（二〇一九）

國家文化藝術基金會董事長

林曼麗

國藝會長期關注藝文生態發展及需求，營造有利文化藝術工作者的展演環境。二〇〇三年，我在擔任國藝會董事長任內，於各界專家學者積極倡議下，推動「長篇小說創作發表專案」，提供創作費鼓勵長篇小說寫作，並協助作品出版及推廣。

二〇一七年，回任國藝會董事長時，欣見專案發展已卓然有成，截至二〇一八年，持續舉辦十六屆徵選，補助近六十部原創計畫，出版三十多部著作，其中不乏台灣文學重要作品，甚至獲得國內外獎項肯定，外譯發行海外版權。

長篇小說專案是由「和碩聯合科技股份有限公司」贊助，由國藝會藝企平台媒合，鼓勵企業參與藝文、挹注資源，讓國藝會擴大有限的資源，支持台灣原創作品。二〇一七年，專案深耕高中校園，與第一線教師合作，透過閱讀與教學，形成教師社群的連結，從學校為出發點，尋找下一個世代的讀者。二〇一八年建置「長篇小說專題資料庫」、二〇一九年舉辦「台灣長篇小說跨領域論壇」，透過分享、對話，讓作品被更多人看見，也從中促進藝術家、作品與社會有更多連結，達成「Arts to Everyone」的目標。

作者陳淑瑤是作品質精的小說家，她的第一部長篇小說《流水帳》，二〇〇九年在本專案協助下完成創作出版，獲得各界好評。間隔十年醞釀，二〇一九年出版《雲山》，結合她喜歡看畫、參觀美術館的興趣，多處故事場景發生在美術館，故事中提到陳澄波〈夏日街景〉，是我擔任台北市立美術館館長任內收藏的作品，可說是北美館的鎮館之寶，也是陳澄波具代表性作品，在本書中與這幅作品再次相遇，是難得的緣分。

一本書的出版製作，需集合眾人之力，才能呈現作品最精采的一面。最後，要向本書的編輯製作團隊及所有參與者，表達最誠摯的謝意！

與脅傷協商

劉乃慈

如果，沒什麼大不了

惘惘的威脅，張愛玲名句，後人爭相傳頌了半個多世紀。這句話對戰火時代奮力存活下來的小兒女們來說，格外貼切。倘若在雲淡風輕、閒來無事的日子裡，（比方安居在二十一世紀台北天龍國的小市民好了），除了沒有億萬身家之憾，那相對衣食無憂、住行無慮的生活，哪兒來惘惘的威脅？什麼是惘惘的威脅？如果有，那臨淵履冰的膽顫心驚又會是怎麼樣的一番演繹？

曾經在《流水帳》裡以澎湖的荒天僻地、款款人情擄獲眾多讀者青睞的陳淑瑤，相隔十年後，再次以《雲山》挑戰讀者的心力與耐力。迥異於《流水帳》的疏朗遼闊，《雲山》的故事聚焦在台北都會一棟大樓以及對面一座無名小山裡的平易風景。從前那一大群天真浪漫的青春男女，到了這裡不但開始體悟中年哀樂，亦無選擇餘地必須迎接孤、老、病、死的駕臨。《雲山》拐彎抹角地吐露日常生活中不那麼被清楚意識到的「脅傷」。那是生命裡緩緩潛移、闃暗無聲的土石流，又像山中晨霧雨露的浸潤，經久變成透骨的涼寒。就一本約莫二十萬字的長篇小說來看，《雲山》出場的人物不多，發生的事情也都是凡俗生活中的小事件，起碼不特殊，都是一般人的普遍經驗。或許，就是因為「沒有」，沒有戰爭、砲火、飢荒、疫病……總之，沒什麼大不了的，我們方能瞥見在生命長河畔兀自欺身漫湮的傷、悲、憾、缺。以及更重要的，如何與「脅傷」並容共存的「協商」。

「從前都還以為遠著呢，現在似乎並不很遠了。」一轉眼這七十多年前的話，至今還不肯過時。

哪裡痛？

台北盆地四面傍山，有些勉強算做丘陵，姑且稱為郊山。年近四十、飽受情緒困擾的楊吉永和行動不便的母親，就簡居在天龍國邊緣某座傍山構建的大樓一隅。言永是姊姊，二十四歲芳菲之齡便因為一場交通意外撒手人寰，當時楊家父母幾盡崩潰，才十七歲的吉永出面為姊姊招魂。約莫再過等距的時光，吉永照料罹癌的父親，幾年後又為他送終。楊媽媽在丈夫出殯當日意外跌跤，種下日後愈加衰弱難立的頹危與困窘。吉永身上烙印著親愛無常的傷，就算再怎麼堅毅的個性也不免抑鬱寡歡。言永是海誓山盟，吉永是平安幸福，姊妹倆的名字竟成了綿綿的傷感與喟嘆。父親臨終前的託付，吉永與母親相依為命。她是她的腿，為她外出走訪探尋；她是她的錨，驚濤駭浪裡還有一點立定。依著小說的微弱線索，楊媽媽年輕時可能是保健室阿姨一類的職業，楊吉永的前一份工作則與藝術書籍經銷有關。兩個女人，一個溫柔嚴謹另一個善良偏執，一樣的倔強苛刻，各有各的情感地雷區。母女彼此確確實實地相伴，很難相濡以沫，更沒有自由，素樸簡淨的屋內「總有一些無以名狀的心眼和感覺」。生活表面上風平浪靜，無名的恐慌和悽惶伺機潛伏著。失落、緊繃、疏離、封閉，女主角暗潮洶湧的內心猶如山雨迷濛中腳板傳來「榕子的爆裂聲碾在心坎上」。

言永在世時與蘇熊華是戀人；女方驟逝，男方家族提過冥婚的建議，被楊家婉拒。後來蘇熊華娶了辦公室最有能力的女人、生下芊芊；這段婚姻維持十多年後又告終。如果是一個人簡單過日子，這位蘇先生的心思倒還好安頓，偏偏他又交往了同辦公室裡的妙齡美女。是以，接續在上一段破碎婚姻之後的新戀情，「乾柴烈火中，他聞見焦味。」心動若是伴隨著心防，愛如何純粹？最後果如女兒所料，與霏霏分手是早晚的事。最無言的是，竟然上演被劈腿這種俗濫的劇情。愛情對中年的蘇熊華來說不僅過熟，愛的天時地利人和，更好像永遠遙不可及。二十一世紀的都會男女失婚失愛，根本算不上什麼，堵在蘇先生胸口上說不出來的是，他把各種身分做好做滿，怎麼人生到此還是進退兩難？在十七歲的女兒身邊故作輕鬆、各種家族聚會也努力裝沒事、楊媽媽面前他更表現出一如既往的親近體貼；看起來清清爽爽的一個人，還是渾身裹著一層保鮮膜。唯有年輕小女友問他是否還想念言永，好不容易他才吐出一句：「你不記得比別人久都不行……」蘇熊華的人生像半捲的窗簾，到底該繼續捲上去還是乾脆放下來？或者就這麼不上不下維持現狀？

孤單無依不是老人家們的特屬，情感無寄也不是中壯輩的專利。天龍國裡匯聚來自島上各地的年輕男子，他們最大的苦悶和無奈，莫過於和這個大都會的「弱連結」。大樓警衛「施烈桑」，年紀輕輕在南部當過臨時代課老師，來到台北做過打雜的行政助理、加油站工讀生，再當起夜間警衛。從幼年與祖父合吃一個便當，就足以道盡小施的身世背景。他住的老舊海砂屋讓人聯想到經年廢棄的腐乳工廠或者農業學校，更是「北漂族」的一瞥。因著些許緣分，小施經常探望樓上的楊媽媽，甚至楊媽媽在最緊急的情況下也是由他送護就醫。兩人意外建立起的忘年友誼，他可以進到楊媽媽家與她分吃一個蛋糕、一份便當，這些不外都暗示著「需要被需要」的匱乏與渴望。曾經在大樓裡待過一段時日、跟著大哥胡作非為的「永哥的小弟」，同樣也是中部鄉下來的孩子。所幸永哥突然暴斃，沒有大哥可以跟前跟後的小鬼，只好返鄉洗心革面。那種不長心眼、沒有社會歷練、更缺乏黑白判斷能力的單純，絕對是與惡最近的距離。小弟再往前踏一步，恐怕就是難以翻身的萬丈深淵；於自己於他人，如何不是惘惘的威脅？

尋常生命樣態的生活摺痕——挫折、悲傷、無奈、恐懼、壓抑，因為微不足道，往往化為心境上的浮光掠影。「脅傷」縱然可以是旋起旋滅，但也如影隨形；更何況，曾經的痛楚還有未來的煩惱，蠢蠢欲動隨時又來糾結。就這樣，一座大樓裡上下左右形形色色的住戶，以及由著他們帶出來的人與事，就好像永哥小弟每次探訪楊家母女帶來的葡萄，顆顆牽連串結，在小說中慢慢發酵。

好不好？

對於種種可逆的以及不可逆的，《雲山》試圖協商一個儘管微弱總是向上的生存意志。「協商」不是談判輸贏，也沒有多種選擇的自由。「協商」是相對的智慧和創意，是為了與現實和他人達成對話，藉此獲得某種程度的生存力量。

在長期照護的日子裡，就當是楊吉永放了一個長假，更何況守著母親也等於是看住自己。於是，白日在郊山小徑上穿梭、夜間在美術館流連、手記裡大大小小詩性文字的抒發、整理舊物寄給慈善機構，「那時候的她也已經懂得了與其日日在憂傷中漂流，不如讓自己被一根垂倒入河的樹枝攔截下來。」甚至，當永哥小弟向她提出一個天真、厚顏並且荒謬的請求，她竟然反常答應借車讓他運送

「小折」回鄉下。這台灰色老爺車是父親留下來的遺物，她珍惜。遇到討厭的前男友假獻殷勤，楊吉永也努力翻轉心念，將手中原本燙手的梵谷畫作轉贈有需要的友人。「向上！向上！」女主角在觸摸電鍋開關或者電梯按鈕時心中默唸的話，可能讓轉喻變成隱喻，可能讓內心的疏離與現實的差距產生些微牽引。生病前，她是個可靠幹練的職場女性；休養後，就算從接電話的小妹開始做起又何妨？如果，日常裡的無常才是正常，沒有什麼是必須堅持的不可以。只要明天、後天甚至往後的每一天，繼續來敲門。

在一般人眼中相貌堂堂、好手好腳、無不良記錄的「施烈桑」，一開始也不知道該如何應對社會主流期待與他自身經驗落差的尷尬難堪。尤其這份夜間警衛的工作，可以是眾人皆醉我獨醒的自我安慰，也可以變成全天下都拋棄你的自艾自憐。因此，「爬格子」的念頭與創意，讓「施烈桑」這隻夜行動物多了幾分存在的意義。儘管字跡有如蠍子軀殼般的猙獰，內容也實在難登大雅，小施的習作說好了每個週六夜晚出借給楊媽媽，他的興趣帶著使命感，不能偷懶。書寫，讓日日循山小路上班的行徑中，有了觀察與玩味的重心；守夜的乏味寂聊，有了與筆交談的樂趣。文字承載這具年輕健康的身體，飛越窄仄悶熱的警衛亭。在天龍國求取生存或許不容易，但是起碼想辦法讓自己有一點開心。

比起稚嫩的年輕人、憂慮的中年人，蒼白瘦弱的楊媽媽是《雲山》裡最淡然篤定的老人。儘管身子骨真是不堪一折，偏偏腦袋相當清明；母女相依的日子她充滿感激，但不願意女兒自此走不出去。楊媽媽不時計畫著要從自家居住的十四樓，移居到同一棟二樓的養護所。所以，哪怕對養老院的生活完全沒把握，她也不斷寬慰自己就當作是事先「實習」。先收拾幾件衣服、幾本書再加上一付耳機，「把那塊床墊當作是一艘船，有人自動把魚放在床上，我就不用釣魚生火了……」透過一次次訴說，一點一滴描繪出未來養老院生活的輪廓。這麼做，心裡彷彿就多了點熟悉和踏實，養老院的日子也許不會那麼陌生淒涼。稍早之前，她在老舊聯絡簿裡不意撥通的電話，讓蘇熊華再次現身楊家，說穿了還不就是希望自己心裡多個人、多個牽掛。

空蕩不必然是匱乏，有時是在等候著捕抓。這幾年台灣社會興起「轉念」的風氣，時不時提醒忙碌高壓的當代人，適時跳脫觀看、思考還有評斷的僵硬框架。「協商」和「轉念」也可以說是近親或者孿生的關係。思及至此，「雲山」這個書名就富有多向辨證的興味了。雲與山相生相伴，前者流動不定後者千年不移，所以都說「雲浮出山頭」。假如哪天有人發現是「山浮出雲頭」，那麼山不就是會動的了？甚至，偶爾遠方飄近的綿白雲朵，幾下聚散開闔，便把固若磐石的山給切割分離了。雲的「不確定性」，不也經常挑戰我們好不容易打造起來如山那般的肯定與絕對？心想，念轉。讓曾經不能討論、無法決定的事，可以擁有討論的機會；讓生命難以承受的輕，可以勉強被承受。因此，「協商」的重點不在事件的內容，而是那股還願意繼續與現實拉扯的生命動力。

不然咧？

閱讀《雲山》，很是折磨。好比置身在茂密的文字山林裡，儘管山勢並不陡峭，也會讓人爬到心神失焦。特別是，小說平實的內容直接又牢固地貼黏著真實世界裡的日常經驗，倘若讀者只在文字表面意思上兜轉，那肯定要霧失樓台。遑論一不小心就會錯失那稍縱即逝的流星。用更具體的話來說就是，沒有史詩背景、英雄事蹟、戲劇張力，《雲山》什麼都沒有，只有不斷重複的生活瑣細。不是看山就是爬山，不是在美術館就是在美術館的路上，最多改去植物園……。讀著讀著，不時要懷疑自己甚至懷疑作者，這故事到底想說什麼？

總要堅持到山頭才有辦法豁然開朗，閱讀積累到一定程度，方能心領神會。《雲山》四十九個章節，就像入山步道口放眼無盡的石階，關鍵不在於石階多寡，而是山友們的慧心與能耐。山上的樹大多姿態生猛跋扈，也有少數倒地橫陳；山徑兩旁自然是雜草野蕨叢生，難不成你希望看到牡丹、玫瑰？如果把《雲山》的寫作風格比喻為山上的草木景象，那麼山友們應該欣賞的是它們恣意生長的自然姿態。假如沒有人會期待在郊山上看到日式庭園的突兀，那麼讀者也就不應該太執著於文章的技巧和剪裁。不都說好是「雲山」了嗎，那就該有它野性亂長的風格。乃至於一座小山和一座大樓的映對，山上的樹與樓裡的人，更可以看出暗喻和象徵。夜裡突然連根拔起隨即被大卸八塊的樹、頹危欲墜的樹、被截肢又冒出一些細枝嫩葉的樹……這和養護所老人家們的生命情境不很像？如果在郊山上跳著國標舞的兩個女人是蝴蝶，那麼同樣是在山上與身邊女伴談判情感關係的老男人，不就像蜜蜂（採花大盜）？芊芊一路上興奮說著媽媽和姨舅叔伯們的五四三，內容沒有營養，可她就是樹上嘰嘰喳喳跳上躍下的小山雀，十七歲生機勃勃的年輕。形式也在說故事。

從最初的《海事》、《地老》一直到最新的《雲山》，陳淑瑤一路寫來老是有股莫大的膽識（憨膽？方向感不好？），每每與文學市場主流背道而馳。她握筆就像抱住一台吸塵器，總是悅納殘枝枯葉、瓦片沙粒。不管眼前是怎麼樣簡瘠荒涼、粗俗鄙陋的現實樣貌，陳淑瑤都有本事耐著性子品味那股獨特的在地情趣。秋日田裡收割花生，是澎湖版本的「拾穗」。新大樓裡的人透過波浪板看見舊公寓裡的燈火，則是台北版本的「星夜」。實在沒辦法否認，對於眼前如此荒涼的純情還能夠這麼一廂情願，這真的是小說家的蕙質蘭心了。若說她懷有一花一天堂的胸襟，偏偏寫起人物的深情又是狗血不灑一滴，對讀者苛薄得很。就拿吉永為病重的父親烹煮鮮魚這件事來說好了。父親食不下嚥，魚就吉永吃。小說盡繞著舌頭與魚頭如何地纏綿，激情過後，有時獲得藏在魚頭裡的一顆小白石當紀念。楊家廚房裡就擺著兩罐透明如冰糖似的魚石。陳淑瑤就是不肯說白，吉永吃魚的那股蠻勁，簡直就像是要為父親吸收營養的代償心理。然後，又不知道該讚賞她的難能可貴，還是說她頑強固執，諸如文學意象這種基本功她始終沒怠惰偷懶：

> 一棵傾倒的樹全然橫在階梯上空，樹幹蒼勁輕盈彎曲橫過，樹幹上有山蘇，有藤壺似的植物，有像印第安人的頭飾直立羽毛狀的葉片，像一葉載運花卉的扁舟，穿越寬大的階級與對岸的樹交頭接耳。
>
> 雨漣漣的傘截去大半景致，傘下的山路似一柱倒臥的巨木，她爬在濕滑的樹幹上……

人物眼中的景色絕對是內心狀態的投射，這種藉由意象慢慢滲透的寫法，小說家起碼需要花上雙倍的心力，吃力之餘也不見得討喜。講求效率、計算CP值的年代，誰不是搶到麥克風便急著講自己想說的話？

除了審美，對於種種棄毀殘敗的事物本質，陳淑瑤更顯得平心靜氣。因此，你在她的小說裡也讀不到媚俗。別人歌詠名山、崇拜峻嶺，她的山迷你還沒沒無名。虛偽矯情這檔事，去翻翻有「宏達」的那一章，那種恰如其份的寫真，保證大家莞爾。一年一度的跨年夜，不是寫煙火的璀璨而是眾人的狼狽，沒有新年新希望的祈願祝福卻發生年輕生命的殞落。華人社會特別看重的除夕，《雲山》也沒寫老少團圓的天倫溫馨，反而是郊山上人們形單影隻的反向風景。天龍國的光鮮美好，她偏偏揭起大家自動跳過的內傷。歷來，文學家們不都是應該追求藝術的「特殊」與「偉大」？她老愛在日常的熟悉裡，發現陌生和複雜。

總而言之，看「不見」是她的本事。不給你看你想看到的，又是她的堅持。

最後，再容我多嘴一句。這位小姐二十年來寫作，都是鉛筆橡皮一筆一劃在稿紙上插秧，等到秧苗抽高甚至結穗了，再一字一句搬進電腦裡。如果前述種種文學特質可以稱做小說家的膽識，那這種百分百的傳統手工業，很難不說是偏執。

我把《雲山》端在眼前，山上山下跟它玩著捉迷藏、猜謎語的遊戲，耳邊還不時要傳來幾句：

滾豆仔、芋仔、煎青嘴仔魚、豆乾炒芹菜，山珍海味不就是這。

那你寫，……就真的沒有別的事嘛！

那頭《流水帳》的穹谷足音，迴蕩到《雲山》這裡，就成了楊吉永口中的「不然咧？」

寫小說、讀小說，不然你希望怎麼樣？我覺得楊小姐會是這麼跟我說。

（本文作者為國立成功大學台灣文學系副教授）

異鄉遍路

童偉格

她一再觀看周遭靜態的物體，它們恢復靜態，桌子椅子，經書善書，倚牆疊立六、七個如虹橋的呼拉圈，柱子上一面橢圓形的白框鏡子。就是不看牆壁上的時鐘，也不看露台外的雨幕，雨勢她心底有數，險象環生也有數，暫時不去擔心它。

——陳淑瑤〈山雨〉《雲山》

記得是在二〇一五年，我陸續從報章雜誌上，讀到了陳淑瑤發表的一系列短篇小說。彼時，真的像是探看雲中山勢，我試著就這一系列連作，猜想它們合幅成長篇以後，可能的全景。一方面，我不無欣喜地辨識出，這幅全景的基底，仍是向來質地細膩的陳淑瑤書寫：從最初的〈女兒井〉（一九九七），一路行向《流水帳》（二〇〇九）與《塗雲記》（二〇一三），這位小說家，總是用飽滿晶亮的情感，將老滅荒壞的宏觀宿命性，極其靜謐地，寄存在生活日常裡，從來少有人留心的細節之內。是以，我總認為，二十多年來，陳淑瑤實是台灣文學創作者中，最自有堅持的微物體察者。

另一方面，若是單將長篇豐碑《流水帳》，與這系列連作參照對讀，則我們很容易可以發現，陳淑瑤已從少女成長敘事，轉向直視生命裡，質地更其冷硬蕭索的熟晚年歲；在此，原初隱蘊在青春年代裡的憂懷，翻轉為主角每日浸潤的實際體感。這誠然是十分艱難的摹寫。因此，再更多年後的此時，當《雲山》終於確切眼前，作為重新的讀者，我對小說家只有最直接的敬意。

對我而言，陳淑瑤的小說向來自成門檻，屬於難能速讀，或由他人為之代做簡報的那種作品。這倒不是因為小說家動員了如何複雜的虛構技術，或小說的內容本身，牽涉了如何龐大的知識調度。正好相反：陳淑瑤的小說以自身劃界，只因也許，就像這位小說家，總以顯見的審慎，一次次推敲出作品一樣，這些作品，也最需求讀者絕對專注地慢讀。某種意義，這些小說特屬於一盞燈照，一人長坐的從容狀態，或者，重新定義了班雅明曾定義過的隔閡傳遞：特別是在當代，當「活生生的、聲氣可聞的」說故事之人，或誇張的敘事表演者，都已能播遷到更即時的溝通平台上重生時，陳淑瑤的小說一貫平實靜置，卻彷彿就地逆行於當代，為小說讀者，保留了貼眼獨見話語，安靜的閱讀時光。

可以想見：陳淑瑤書寫中，對一切熱鬧事景的著意靜置，使她的小說，與散文呈現出高度的親緣性。這不僅是因為兩者，同以敘事者的情感本真，來驅動信然有徵的敘事，還因為——這點或許更重要——兩者，同樣為讀者，反覆封印了一種直證式的文學體驗，既超脫戲劇性的渲染，也黜免了多冗的分析。如散文集《潮本》（二〇一八）中，陳淑瑤描述的母親：尋來海濱棄物，一塊保麗龍當椅子，母親獨坐田地，手上忙起農活。這麼一靜坐，在那海角，彷彿天就更高遠，地更廣袤了；彷彿，在那人跡流散的瘠地，還能容讓更多生機的長成，與更多廢荒的得其所終。從母親的家常舉措，一個寂然「靜態」中，陳淑瑤引領讀者，窺見了並不可見、卻觸景而生的實存。

這種體驗描摹，在陳淑瑤書寫中最大規模的一次集成，自然仍是長篇小說《流水帳》。以當代觀點，《流水帳》裡所述情節，究竟有多大程度，是本於作者的親身經歷，其實早已不是一個有意義的論題。只因《流水帳》虛構技藝的重點之一，是在一方面，陳淑瑤讓散文裡本真的「我」自敘事中隱匿，另一方面，卻也將上述「引領觀看」的嚮導之能，分梳為小說裡，許多角色普遍而各異的感覺結構。由此，陳淑瑤以《流水帳》，將昔往時序繞織為重新活絡的在場世界。一個「陳淑瑤化」了的獨特星體：在小說裡，「有數」的兩年時間跨度內，角色們各自的凝望與頓思，總一次次為我們，轉喻了更綿長而未息的生滅。

就我猜想，《雲山》寫作的不易，具體正在於比起《流水帳》，這是一次將上述由「我」分梳的感覺結構，密度更高地繞織的書寫實踐——空間上，《流水帳》裡的離島原鄉，在《雲山》中近徙為一棟市郊樓寓，及其所面之山；時間上，則昔往的啟蒙年華（那對任何作者而言，總是回憶與敘事的沃土），轉進成眼下的傷停暫留時刻。整部《雲山》，即在凝縮的時空裡，如此迴旋、並洗鍊出一種摯切的低語：在一個生活場域的重複動線上，各色人物或偶然交集，或孤自潛入對所見事景的獨特格思中；從而，譜寫出一段同場異徑的遍路之行。

各色人物，交集於小說主角楊吉永，與她的母親身邊。如上述的「傷停暫留」，我們看見：前後經歷姊喪與父逝的吉永，與母親一同淡出人際，在家屋內，隨她一同，遁入生命期程裡的「最後」——那彼此相守的「陪病」歲月。在此，對家屋中的兩人而言，回憶並不幫助她們，熟習生命裡難逃的必然性；而似乎，一切敘事再無別事，均是為了轉圜一道始終嚴峻的命題：再一次，那將一日一日，更近切地挨靠即身的死亡。

《雲山》直面這樣一道對任何作者而言，永遠艱難的命題，並周折自己的悖論。小說初始，即以吉永的「夜歸」動線，質簡切開上述惘惘時程，並為我們嚮導了後續敘事的調性。一方面我們發覺，即便是在應然熟稔的生活空間，這棟面山之樓裡，吉永亦自感疏異，形同闖入者，或幻影之人；另一方面，整部小說中，吉永在疏異感中的重複漫行，卻為我們，將一段「再無別事」的沉滯年歲，給細細密密地，抽繹為輕巧靈動的新履。矛盾的是，就像離心力來自無可分離的牽繫一樣，吉永的「自由」之姿，也源於如小說所示，「兩個人的相伴，確確實實的相伴，是沒有自由的」，這樣一個基本事實。

然而，卻正是對這樣一種「不自由」狀態的周折摹寫，《雲山》的低語，終於為我們開放一種寬大的觀瞻：小說的動人之處，既在善讀善識的吉永，以對母親的漫長揣想，終爾為己確認，「真正能閱讀的人是沒有太多文學想法的母親」——願我們記起如前所述，《潮本》中，那另一位容讓荒廢、卻為親者直證實存的母親。因《雲山》動人，亦在母親對「過這種生活還太早」的女兒，毋須複雜知解的直接擔憂，是以，曾嘗試不驚不擾唯一親者，而將安養院寄居，自主暖化為與「朋友」的相聚。

由此，《雲山》以淡漠節制的人際表象，為我們一再反寫了人對彼此的敏感覺知。若仍以吉永一家為畛域，則這樣一種「陳淑瑤化」的感覺結構分梳，在《雲山》中最確切的一次總體召還，可見於小說近尾聲處，吉永獨觀山雨時的追憶。吉永想著：

父親說起很久以前她們小的時候，他淋著雨去車上拿傘，他剛走她們即發現風景區備有任人取用的愛心傘，她們嚷著要去追他，母親不肯，他一回來她們就搶著報告這裡有好多傘，母親說她原本不想讓他知道，最後選擇不講，免得她們又怪她愛操控人。吉永說她記得，她們頻頻追問為什麼不讓父親知道有傘，父親說了一句，她怕我淋了一身雨還徒勞無功。

誠然，唯有緩慢跟讀，我們才能體察，在一次動態摹寫中，《雲山》話語夾藏了多麼大量的心境往返——既有沉默中的彼此互解，亦有藉由表述偏移，而刻意地使人不知解。彷佛就在彼時那場雨幕中，曾有那麼多擔憂，只能回以簡潔的應對。也彷佛，只有當時移事往，當記憶場景中，一半親者早已永離另一半的此刻，在相似的雨幕底，原初的簡潔，這才對最後的孤自記憶之人，複現一種揚長的體諒。

於是，在《雲山》凝縮示現的生活場域裡，當各色人物（主要包括亡姊前男友蘇熊華、樓下的放貸小弟，與大樓警衛等人），在各自的動線格思中，與吉永或母親，有著相仿的心境往返時，我們也可以說，《雲山》事實上，體現了一種人如何將彼此「親者化」的歷程。然而，小說家如陳淑瑤的書寫重點，自然不在輕許讀者，以人際之間，任何樣板化的虛矯救贖。正好相反：對我而言，《雲山》最可觀的創造，正在將上述一切人際，擲回一個本就紛錯多險、陌異可期的尋常人世中重觀。

我猜想《雲山》正是由此，完成自己對永遠艱難之命題的一次巡禮。只因一方面我們可知，在小說中，對孤自登徑，澹看雨勢的行路之人而言，對面樓寓，恐怕才是難解的雲中之山——事實上，對偶然相伴、曾經互諒之人而言，山與家屋的持恆對望，預告了舉世皆是暫時逆旅的事實。《雲山》裡的一切人，如斯抵達遍路之旅的終點：最後的最後，彷佛山的空無，漫漶進昔時親愛相守的家屋；對猶然記掛之人如熊華而言，吉永一家，實現了一種「神祕的消失」，而將風火餘燼，化為窗間幻影。

另一方面，我們未嘗不可以說，這樣的一種消失或寂滅，對以原初的幻影之姿啟動、並漫行於整部《雲山》敘事的吉永而言，毋寧才是一種確實的「熟習」。這是說：當漫長地對望山成家屋，而樓寓成山，吉永的一切異鄉新履，也許，僅為親慣一種靜默的道別——在消失之人的宏觀尺度裡，眼下一切冷冽或熱切的騷息，必然形同靜態般不移，也因此，可以「不去擔心它」了。

對我而言，此即《雲山》的深藏。謹此祝福十年之後，小說家陳淑瑤又一部長篇豐碑的面世。

繪圖／jasper

1

月光將樹影照在馬路上，風撩著烏枝黑葉，像一群舞者紛紛將手伸向馬路中央。乍看不知地上黯影為何，懷疑水管破裂暈了一地，不熟悉這一帶的駕駛放慢速度，試著朝那不規則的黑影輾過去。

一部銀色小轎車平穩的行駛在沒有樹影的另半條馬路上，突然右轉，很不漂亮的好像失手的鏟子向右一劃，顛晃後對著鐵捲門停了下來；門上一盞大燈乍亮，象灰老車無所遁形，車頭燈不甘示弱地射向門上。

車在那兒停滯好一會，一條腿伸出來又縮回去，套了鞋才落地，一個女人站出來，一條纖細蒼白的胳臂打得直直的，朝鐵捲門比劍似的挑動著。

她放棄了，咄咄咄，走到一扇黑色雕花鐵門快步跨進去，咄咄咄，放輕步伐卻拐了腳。她將鞋脫掉用手指頭勾住，嘗試踮趾走路，腳掌一忽兒貼地一忽兒傾起，瞪著一具售票亭大小的鋁皮小棧前進。

昏幽亭內一個男人手托下巴臉側向一邊，或許沉思，或許沉睡，衣服的皺褶爬了藤蔓。她弄響手上的鞋，突然收手，躡起腳來。

她靠近敞開的側門打量，高出地面一階的亭子像個小房滿是生活用品，他左手邊桌上一面灰藍的螢幕許多按鈕。她深吸氣、呼氣；他腦袋動了，面向桌子垂下臉去，兩肘擱在桌上，握著一枝筆。

約莫過了有三分鐘，他還在振筆疾書，她手扠腰上一直看著。

她把鞋攞在地上，金雞獨立輪流搓掉腳板的沙粒，蹬上去，不疾不徐走到他面前的窗口。

他揚起臉，兩隻非洲兒童般的眼睛黑白分明睜得好大，壓在桌上一雙手蓋手印似的張得好大，口中喃喃：「你好！請問你是……住幾樓的……」

「我是……喔！十四樓的……」她由上而下盯著這個平頭稚氣儼然服役士兵的年輕人，任誰都可以像上司一樣瞅著他。

「喔！」他飛快直立起來，抓來一本簿子慌張的瞟來瞟去，「我剛來第四天，不好意思……夜歸的有星型記號……是……姓楊嗎？還是十四樓之幾……沒看到記號……」

「第四天……十四樓，本號，是姓楊，還需要知道什麼？」

「喔應該不用了，請問？有事嗎？」

「車庫門打不開……」

「喔，對不起……」他趕忙搜尋螢幕。那畫面像停在草原上夜間狩獵的一部車，正和盤查的警方對峙著。「開了，已經開了！」他慌笑著說。

隱約傳來鐵捲門開動的低嘎聲，她轉身走開，他跟在後面，直到她回頭阻止多於感激地說：「謝謝！」

他不再跟進，她反回頭問：「你剛剛在寫什麼？」

「寫什麼？喔！寫……沒什麼？」他靦腆搔搔頭，「記帳！」

「騙人！」她衝口而出，然後笑著揮手解釋自己的失言。

他回到所謂的管理室，盯著透視地下停車場的鏡頭，等待捕捉輕飄飄的灰衣小姐。她從這一格掠過跨界進入另一格，中間有兩三秒的斷層。她消失，他轉移目光守候著空洞的梯廂。她進入電梯，背倚牆壁，垂臉不動，又彷彿賣力的在呼吸，肩膀起伏。

忽然她仰起臉來對著監視器，石膏像般淡漠的臉龐，眼神既冷峭又軟弱地反對他的注視。

他抿著嘴在紙上寫下：「記帳騙人，記人：A14，木易羊，全身灰黑，白圍巾，瘦，神祕，直髮，像寡婦，獨居，大約三十歲，說美不美，說不美也美，不眼睜睜看兩眼容易被忽略……」

他故作恐怖狀慢動作環顧門窗、巡視畫面，一切靜止。他步出警衛亭繞著長方體的雙子星大樓走。他搭電梯進入地下停車場，東張西望，然後上A棟十四樓，探出頭馬上折返。電梯裡並無他預期的酒氣香水，一股塵埃味。

出了大樓又繞大樓走了一回，一股森冷之氣直跟隨著。他仰望庭院中的小葉欖仁，自樹冠跳接樓格。他點數樓層，邊數邊後退，撞到花圃側摔在地上，重新再數，十四樓沒有光。

好像有一隻手伸出陽台，在他剛才視線停留的高度。他提著胸口再次逐樓點數，是十四樓，一隻手，伸直，幾乎不動，彷彿手掌朝上，伸出來看是不是下雨了。

他想看見更多而退到馬路上，一部摩托車以一長串喇叭聲逼他，罵他找死。

那手收了進去，那人好像頭趴在圍牆上，他看見疑似黑髮和兩個肘尖，幾乎叫出聲來。

仰臉仰得天旋地轉。理智告訴他去按她門鈴，人卻鬼使神差過了馬路，溜至對街人行道，繼續張望。無時無刻不以為那雙手會翻出牆外，然後像一截砍斷的樹枝掉下來，忽然心口一緊，手肘涼縮起來，一股具體的森冷之氣拱在背後，手往後面牆壁一摸，涼涼軟軟，是青苔。他想起組長的話：「本號面山。」

2

楊吉永回到家，鞋併攏放好，眼貼門板貓眼瞄了一下，轉身望向房門始終敞開的母親的房間，一片漆黑，像個既私密又開放的展間，裡頭重複播放著一套隱含深意的黑白錄像。似乎還能聽到母親的呼吸聲。

客廳落地門上一小團白影，連帶一個人形若隱若現，她瞪著它抽掉盤繞在頸間的白圍巾，甩向暗沉的沙發。她赤足跨出露台，好像被盛在一支冰湯匙上瞬間警醒。她頭前傾，胸口貼近圍牆，不知不覺暗地使力推牆。此時的她有股衝力，手往下壓腳尖踮起，像車頭那隻豹，蓄勢一躍。

斜對面大樓尚有五格燈火，離她最近的一戶亮著大螢幕，經常用來看球賽，紅地綠天鏡頭快速橫向移動是棒球賽，兩個小白人在綠地上跑來跑去是七月的溫布頓網球賽。

路燈點出對面山上的路，猶如一條光纜。風暴過後山似乎變矮了，兩岸似乎變近了，樹木經過摧殘，視覺的觸感也改變了。放眼掃視山區，包廂內的人找不到舞台上的人，更像是沒有觀眾的獨角戲。

過馬路上山，路邊兩個入山口相距不遠，一邊階寬舒緩，一邊窄峭破損，兩邊人跡不成比例，她擇陡梯上山。性格迴異的兩梯和梯上的人交會直上，便是這條看似銀色拉鍊的長梯。

興許是幻象，她期待卻又不樂見，緩梯上出現一名夜行者，她強迫性的非得目送他上山不可。他步態輕柔，淺色上衣在燈下膨脹起來，上面頂著一顆像火柴頭的腦袋瓜。

她望向陡梯。那兒有棵樹，樹冠圓整，燈光自葉隙透出來，像俯瞰華麗的鏤花燈罩。沒有人從樹下走出來。

她最喜歡的光影是錯落在山腳違章建築群裡簡陋的電燈，各自為政，又好似互有關聯，打亮一截梯道、一片波浪板、一塊屋簷，彷彿紙板摺出來的一組文具、樂器、點心。

最明亮的一盞路燈背對她所在的大樓，豎立在兩梯交會處，燈下的梯層像拉開受檢的抽屜一個接一個。

路燈左下方，隔著傾斜的梯牆，夜行者看不見吧，林叢裡有間紅瓦白屋，她邊踩階梯邊伺機窺探，一條細瘦步道，兩邊赤地植樹，樹也細瘦，破舊的屋簷下有一小塊鋪著藍白瓷磚的地板，站在那兒賞雨的可能是一名殘缺的老兵，穿社福單位紅背心的男子午間準時來送餐飯。

夜行者走到燈下，這是她所能見到的最明顯的他，直勾上山，背對千門萬戶，跟其他上山的人一樣駝著背，上半身前傾，身上有條掛著誘餌的絲線被山這隻巨鯨給咬住了。

她臉伏向擱在牆頭上的臂窩，兩眼等在路燈鋪陳的一段平緩坦露的山路，他爬完長梯勢必左轉，走上這段路。

「十四樓更好，你看！我們這一層跟對面那條山路平行！」父親欣喜的告訴她們。

其實那是錯覺，和她從山上看過來有些落差。住慣公寓頂樓的母親一心想住頂樓，用擔憂樓上的腳步聲來掩飾不安，她知道丈夫將腳不好的她安頓在大樓裡，將來他撒手不管了，她至少還有電梯。

對面四支細瘦的路燈背靠山壁直立，謙遜的模樣像斂著下巴的奴僕，保持距離各懷鬼胎。鑲在遠方的燈火如星點，眼前卻渙散搖炫，十字型的芒腳比燈桿還長；但它們拉起一面溫軟的光網，網住可靠的山壁和道路，如同迎賓大廳，誘引訪客卸下心防。

「之」字形的山路穿行林間，路燈若隱若現，分布情形不得而知。接近山頂樹冠四簇燈光成一列，光和樹以精緻的手法雕刻彼此，從遠處不見光點，光暈支離破碎，乍看像萬聖精靈。某天夜裡她發現其中一盞燈所勾勒的枝枒像一對牛角，衝口喚母親來看，母親在客廳看電視，半晌沒動靜，還是起身移動了，以報答她還算耐心聽取她報告斜對面樓中樓家的動靜。白晝裡母親常關注兩個景點——電視螢幕和斜對面樓中樓。那像牛角的光影自然只短暫停留。

長梯中途有塊大台階，山腰三戶人家坐落在台階兩側，最具規模是左邊一座日式花園山莊，黑褐色的狹長木屋週末午後古琴翩詠，自成一格。院中有棵大樹，春夏之交披掛一頭花兒，入山發現是果不是花，蓮霧來的。後壁斜坡一株櫻花，每有塞車賞櫻的新聞，樓上住戶自我安慰，我們門外就有櫻花了！暮色中屋院燈泡隱約如貓科動物藏匿於葉叢中，雨夜裡彷彿一艘吟詩作樂的畫舫。山莊最近翻新屋蓋，路燈照射下，晴天也似濕漉漉的，下雨愈是潮潮亮亮，永遠雨夜。但所有對山隱者的遐想已不復存在，她在長梯上目睹主人狠踹狗臉，以洩咬鞋之恨。那狗曾在夜裡跑下長梯迎接夜歸主人，一度令她羨慕。她跟母親形容主人長得像「藍文輕」，禿頭大臉的勸世作家，暢銷書作家，此後她們管他叫藍文輕。

階梯右邊為普通平房，只是放在這裡也成了山上別墅，偶爾一個穿水藍條紋白睡褲的老先生打開門來，認份的掃一回門庭黃葉，入秋院門牆頭開滿紫花，任過客如何爭辯花名讚嘆花，他皆無動於衷。

自他門外左斜一條私家便梯上去是幢鴿籠般的藍鐵皮屋，有個晚上救護車在山下閃著紅燈，她花了半個多鐘頭立在陽台看救護人員從這個位置斜抬出一個人來，那緩緩的速度感覺有些悲壯，也許是個新聞報導體重過重出不了門的繭居族，死不就醫的偏執狂，她這麼想著竟就笑了。

夜行者狀似輕盈，兩手插腰還哼著歌兒，不出所料過門不入，像個浮球上升至水面。長梯盡頭迎接他的是一排路燈和一大塊反白字的施工告示牌，工人們常得來處理局部崩塌的問題。他未卻步，左轉，安步當車入山去了。

她緊盯住他，因為她就快失去他了。錯覺幻覺，他轉過臉來看著她，臉上有獨行上山者會有的淡淡竊喜，瞳孔皮蛋似的，凝結幽黯神祕的光澤。

他被山廣袤的玄黑吞噬了，消失的那一刻，也像久視的夕陽下山那麼突然。

3

她躡手躡腳回房，想立刻把夜行上山的人記下來，雖有些尿意，想再憋一會。母親極可能在她開門那一刻才入睡。她以前有同事當母親的，孩子正值叛逆期，曾這樣跟她說，那鑰匙聲像一個睡眠開關可以立刻讓她們掉進去。任何成年的親子，基本上都有相安無事的默契，某些時候挺像寄宿家庭與背包客。

一張白紙浮在書桌上。母親的留言令她緊張，紙上頭壓著一個平常不在那兒的東西，擺在書架上的沙漏，或者太陽眼鏡；還有用來寫字的那枝筆。

按下開關，燈管傳來金屬絲線導電細細兩聲吹彈，嚓嚓，繼而是低沉持續的振動，嗡嗡……像隻發電的大昆蟲。父親從前用的學生桌燈，始終用不壞。

小永：

有一個電話從早到晚打了十幾二十通！

打到十點！

晚安 P.M.10:48

大冒號，驚嘆號，沒有署名。相較於過去母親的字小了許多，感覺是極慢速寫下來的。下面記電話號碼，阿拉伯數字看起來頑皮又邪惡，一串鎖鏈。留言重點似在提醒她時間的流逝，「從早到晚」，此時此刻快十一點了。她想她可是備妥午晚餐，下午才出門的。美術館禮拜六夜間開放，八點半閉館，這時間不塞車，再怎麼龜速，回程加停車頂多四十分鐘，母親清楚得很。

她待到最後，溫柔客氣的廣播準時自天花板降落。該準備離館的告知讓逛美術館的人再賞賜身邊的藝術品一眼，不管是複習或初見，此時都別具吸引力。潛伏在各個角落的遊客紛紛朝門口移動，她無法駕輕就熟，卻又享受現場忙碌奔走的活絡感，彰顯鞋跟的質地和高度的聲響，人和手扶梯結合成流暢的坡度和動線，好像機器人接到指令全動了起來。她立在鉛灰色的輸送帶上，望著底下一顆顆行走的螺帽，一點也不想停下來。在這段出清的時間裡，整個美術館和裡面的人都是掏空的，可透視的。她隨著一波波人潮離去，不會趕在前頭，也不曾落到最後，怕像浴缸排水，越到後面那股吸力越大，陡然淨空，剩下幾個館員水上玩具般擱淺在那兒。

她自抽屜取出父親在美術館買的筆記本，封面是一幅美麗的夏日庭園，錯縱的蕉葉和紅花各占一半，同樣的花只有一種表現手法，同樣的葉卻有三種，濃綠、淡綠，以及蘸上灰墨緄邊描繪葉脈的蕉葉。左下方花朵上面有隻黑蝶，近看，蝶翼橘色的後翅各翅脈有藍紫色點紋，尾突兩瓣藍紫。畫橫跨筆記脊背，占封底三分之一，空白處印有全畫縮圖，這才看清楚，畫中那些枇杷色的留白，其實是和紅花一樣的花朵。縮圖下面渺似小蟻的字寫著：

木下靜涯（一八八七—一九八八）南國初夏　膠彩、絹　台北市立美術館典藏　214.7×87.3cm 1920—30

夜沉腦鈍，她遲疑了一下才弄明白這位不知性別的畫家居然活那麼久，如果沒有印錯。

父親逛過一次夜間美術館。她在病榻前告訴他夜間開放的消息，喜形於色，一副天大的好消息的口吻，「你猜，關於美術館。」

現在想來真幼稚，對無望的重症患者能有什麼好消息，難道美術館會治病。

「畢卡索來了！」父親也笑了，他指的是畢卡索的人，不是畫。

「起死回生是有可能的！是我們很久以前說過的！希望的！」

母親在客廳出聲，「你不是說你長大要做館長！」

她眼珠子瞟向一邊，嘴抿得緊緊的，鼻孔還故意撐大，用小女孩裝生氣的表情逗弄父親。

「到底是什麼？要搬來我們家隔壁？」順應她的演出咳嗽的父親繼續費心編造。

「是夜間開放！」

幾個字低沉到母親追進來探問。

「他們終於想到了，可以讓我們在星空下看畫展。」父親說。

那天去美術館父親開車，順暢平穩，紅燈總在他們接近時轉綠，她反而希望多一點紅燈。他們還在停車場看了會準備降落的飛機低嘯而過。她怕父親累，說好只看一個展，免得等他們打包鰻魚飯的母親餓著。他們乘手扶梯到她熟悉的二樓展場看典藏展，一起走了兩個展間，她出去一下子，再回來尋父親的身影，眼睛熱了起來。

美術館的外觀像堆疊的白盒子，她走在裡面總想著，原來這些盒子是相通的。她跟在父親後面，保持不超過一個盒子的距離，有時在兩個盒子一頭一尾，個別觀賞主題為「風景」的作品。父親雖然消瘦，褲管空空的，但肩膀還是硬挺的，當他停下腳步站著，有一種行過千山萬水的堅定，謙卑而優雅。在同一個盒子對角兩端的畫作前他們對望了，父親手向前低低地揮趕一下，彷彿被孩子帶到夜店的父親，叫孩子自個去玩沒關係，他可以的。小時候一家人上美術館父親即訓練她們，自己看自己的。換一幅畫她又轉頭看父親，父親把那動作加大連做兩回，笑得弔詭，好像有了心動的目標，要孩子別來礙事。

距離入口最遠的一個長方形空間，盡頭一個方形牆面，她直覺是面向停車場凸出的一個窗台，入夜後外面有螢光的彩色燈管繞著方形窗框發亮；這兒感覺昏暗，合適單一幅畫、單獨觀賞。人們來到它面前，對這幅畫這堵牆視若無睹，好像跳水選手站上跳板，孤獨，充滿勇氣。她看著父親走到那邊，站了許久，她祈禱這樣的畫面繼續存在。

她微搭著父親的手一起站上手扶梯，說：「我有一個朋友，到現在還不敢搭手扶梯！」下了手扶梯，走在平地又說：「聽說越南最早有電梯的時候，電梯旁邊站兩個服務人員，專門負責把人從電梯上面接下來，丟上去……」

他們駝背坐在一樓大廳側邊的長木椅上，面向空白畫布般的大片落地玻璃，玻璃後面是無題的夜景，調整角度能看見外面的世界，馬路、車、路樹、人……他們暗自擺頭晃腦。她起身去了下洗手間，回來看見父親站在離長椅不遠的藝品小棧，手上拿著剛買的這本紅花綠葉的小冊子。她去洗手間一點也不敢逗留，只為化解那份迫人的緘默，可見父親買它速度之快。封面這幅古典美的景致吸引了。他，讀了這行關於它的身世的細字，發現出自一個長命百歲者之手，有如一種祝福，二話不說馬上買了。

「你不是最喜歡逛這裡，」父親口氣溫柔，「去買個紀念品啊！」

小時候跟父親上美術館，她總是迫不及待一馬當先跑進藝品部，好不容易挨到下課上福利社的學生似的。母親責怪父親不該讓她養成買紀念品的習慣。她挑幾個東西等母親篩選，有時全未獲選，後來她乾脆自己先淘汰到剩一個，讓母親不忍拒絕。母親有一套自以為有價值的評斷標準，其實只是視心情而定。有時母親會主動買貴一點的東西給她，正是她想買又不敢說的。

她還記得她走向門口的旋轉架，抽出一張郭柏川的畫作明信片，幾筆畫的山，一邊對父親說：「廖繼春的畫怎麼都不做明信片！」

她攤開小冊子，手腕微微用力壓著，想起振筆疾書的警衛，轉臉望窗外，鼻尖湊上冰涼的玻璃方能看見山的顯影，路燈的光暈一圈黃綠。尚無隻字片語可描述夜行上山的人，莫名其妙寫下山路上出現的那些字：

外星人
外國人
外省人
男六劃
刑六劃
死六劃

4

「嘩啊！你這條圍巾是骷髏頭的，我還以為是水墨山水，是水墨骷髏！」

母親慢慢坐定，伸手掐起沙發上白圍巾一角，緩緩揭開。

吉永沒有作聲。

母親將巾尾的圖案攤在膝上又說：「有的骷髏頭很可愛，有的很可怕，以前骷髏頭很前衛，現在也沒什麼了！」

母親那像踩著黏鼠板的腳步聲將她自夢中驚起。母親的腳動過手術，父親過世那天跌了一跤，復健一年，成效不大。「反正也不去哪裡了！」母親總說。

吉永習慣清早醒來先浸泡糙米，回房歇會，才開始煮粥，先滾糙米，再加點白米和地瓜。加白米是父親要求的，增加黏稠感、幸福感，他說這可見他骨子裡是個鄉下人。今天不小心睡過頭，把這些事一次做，廚房角落的窗戶透進鵝黃的光，有種錯亂的精神鼓舞。

湯粥頂開鍋蓋，溢灑得滿爐台，昨天才用菜瓜布沾洗碗精刷乾淨的爐台，受不了那嘲弄的泡沫沖刷聲，「Shit！」她忍不住罵，抑制著不讓母親聽出慌亂這會全完了。

煮粥哪是容易的事，簡單但不容易，正像這字，兩支弓夾著一粒米。為了好消化，沒胃口時也能喝點粥汁，有回到兒時的感覺，父親病入膏肓常時得有鍋粥在廚房守候。倘若他有胃口吃點別的，或有興致上館子，她會很樂意將大半鍋白白胖胖的粥像個冷酷的護士般推進餿水桶。有一次臨傾倒前她舉起鍋子罩住整張臉飢渴地吸飲，左眼餘光感應到有個人立在那，汁液糜團傾瀉而下，淋得她一身，她掌控住場面，強顏歡笑：「聽說可以美白健胃。」母親總用一句話來總結兩人想法的差異，「你高興就好！」母親分明就不是吃粥的人，她從年輕就喝咖啡吃可頌當早餐，煮粥這事可以在父親離開後停止，但母親就是要多少喝一點，她也只有回敬一句「你高興就好！」不可否認粥的清心感無任何食物能比擬。

牙刷沾著一粒珍珠大的牙膏擱在桌邊，吉永瀏覽攤在早餐桌邊的報紙。適合母親的話題報導完了，她挑出幾條像魚刺一樣扎人的新聞，謀殺、自我毀滅、異象、外星人等，醫療保健時看時不看，管那疾病已知抑或未知。

原本她只在每個禮拜六真正外出的一天買報，後來不小心在電話上給一個年輕人纏住而訂了報，他滔滔不絕講述訂報優惠，講一項就問一次：「姊姊！這樣了解了嗎？是不是超好？還能抽腳踏車！」他壓低嗓音表示要偷偷把一年期的贈品當作半年期來送，一間叫香格里拉的飯店住宿折價券，她突然開口：「你知道什麼是香格里拉？」「天堂啊！就是天堂！人間仙境，去一次人生就了無遺憾了……」她再受不了推銷員的油舌便說：「我懶得下樓拿報紙，你不要透過警衛，我不跟警衛打交道……」「你是要我偷渡……」他抓住機會低聲問。「我不管你用什麼方式，總之靜靜的把報紙送上來！」

她聽到一個不大不小的撞門聲，自貓眼中看見額頭光亮穿黃背心的清潔婦在拖地，對門老婦人「余媽媽」開門，她把拖把擱著，進屋幫忙打掃。余媽媽受日本教育，臨別時給小費的動作相當含蓄，好像巷子底勾腕上街的母女。

吉永懷疑報紙是這名清潔婦拿上來的，但始終沒有親眼看到。

這成了習慣，起床煮粥等水沸騰時，悄步走到門後惺忪睡眼對準腥冷的貓眼一望，象徵開門，看見世界。鐵門格柵似貓眼裡的經緯線，這視界是一顆封閉的水晶球，飄落著重複的雪花。

第一個出現的人是余媽媽，吉永記憶深刻，他們搬進來的頭一個禮拜，剛在摸索這新造的空間和生活，夜半深更被噴射的門鈴聲電醒，彷彿在夢境裡一段全新的航程中觸礁，必須撥開兩層迷霧始能回歸現實。腦子裡閃進一名黑衣使者，她心急如焚迷迷糊糊被召喚至門邊，根本不敢跟它打照面，透過這隻心眼，著白袍的老矮人出現在圓孔下方，猛看彷彿一隻雪鴞，眨眼逼視，真像雪鴞。一張被白髮包覆蒼老的臉仰得高高的，臉周紋路和層層眼袋如厚重的羽毛，兩隻小眼珠，沒有脖子。老人喃喃自語不疾不徐，吉永偏就是聽不清楚。爸媽相繼起身探問，情急之下想反正是個老人便把門打開，疑心格柵裡的不速之客是牢籠裡偽裝無助的猛獸。老人再次重述問題，表情較吉永鎮定，「剛才警報器在響，廣播說有發生火災，我問我先生要不要走，他不要，我來問看看，不可以坐電梯，那現在是要往上跑還是往下？」吉永在母親提醒下按管理室對講機，沒有回應，回來安撫她幾句，她乖乖道晚安回去睡覺。

隔天一早母親詢問警衛，證實夜裡有人誤觸警鈴，虛驚一場。

「就是白天新聞報太多，電視看太多害的，不是什麼大廈大火燒掉十幾個人嗎！」母親說。

「你沒看見，她濕毛巾都準備好了，怎麼有這種先生，不陪她出來看看怎麼回事！」吉永說。

「夫妻本是同林鳥，大難來時各自飛啊！」父親呵呵笑。

幾天後吉永又提起，「我還是覺得那晚她好像在夢遊，我去倒垃圾遇見她，她好像完全沒這回事，雍容華貴，不隨便攀談的。」

「應該比我大個好幾歲，精神奕奕的，總還有心思打扮……」

父親微笑聽她們聊新鄰居，再次提醒：「火災煙往上，人要往下逃，走樓梯，警鈴響我們竟然都沒聽到，跟比較緊張的人住在一起也好！」

「要失眠就一起失眠，沉睡也一起沉睡，真糟糕，江太叫我買房子要先去探聽鄰居底細，這只能碰運氣啊……」

母親好像去了很久，吉永丟下報紙，慌張走向洗手間，母親蒼白的臉從移動的門露出來驚問：「幹嘛？」吉永掉頭說：「沒事！」母親以為她起身接電話，電話卻斷了，順便追問那個電話回了沒，話說一半給門鈴打斷。

吉永食指比「噓」，指揮她去沙發坐，躡腳到踏墊上就貓眼定位，井字形的中心格空無一人，左側弧形邊緣半個男人掛在那！眼再貼近觸及眉骨，兩個男人在左邊靠牆的地方，臉孔像枯葉爬上窗口，最前面最巨大那人，一隻大大的手掌岔出來，將凶惡的臉孔隔成兩半，一副我可以慢慢等你開門的模樣，完全把門板看穿了，非常清楚屋裡的人像鴕鳥一樣埋在貓眼裡。

吉永知道這樣的人不可能跟她們有關係，仍不免慌張，退遠點喊：「誰？」屋外傳來粗獷男聲：「我四樓的，你們是不是有一盆盆景掉到樓下？」吉永聽到盆景愣了一下，她從不這樣指稱植物，回答：「你等一下！我看一下！」跑到客廳安撫快按捺不住的母親，一邊張望陽台，皺眉哀喃：「唉呀！一定是江太送的那一盆，幹嘛掛那麼高！」臉朝陽台底下一傾，絕望地回奔到門邊說：「喔，有，那沒關係，不要了……」不料對方惱怒，「那你要下來清乾淨啊！」

吉永稍稍收拾儀容，朝沙發那邊一瞥一揮，開啟門，面無表情似戴了面具，直衝去按電梯，電梯門一開立即站到儀表板邊，不看那夥人一眼，右手橫在胸前托著握拳抵住口鼻的左手，下巴仰得高高的死盯住樓層燈號。

仍舊是帶頭的那男人的聲音，在她正後方，「我們一樓一樓按上去，之前十三樓的有花架凸在外面，澆水就滴到我們，我去跟他商量，拜託他弄進去，他很快就移進去了！」

見到一位書卷氣的小姐，那人態度軟化，有點解釋的意思。但吉永不領情，不吭氣，只覺丟臉，懊惱誠實根本不是上策，所幸電梯途中未遇見其他住戶，門一開即閃出門外。一夥三個男人，最後出電梯穿黑T恤牛仔垮褲的小弟手上抓著一個三明治。

低樓層與樓上住家格局不同，有種放大的感覺，迎面敞亮的落地門外綠色山簾垂掛而下，外面有座數倍於樓上突出的大陽台，體格強壯的帶頭的人將一支紅色塑膠掃把拿到陽台上站著，似乎要等她過去接下。她目光停留在對面既陌生又熟悉的山景，表情甚至有些欣喜，那人跟著轉頭瞥了一眼。

直到他將掃把倚著，也像其他兩個跟班自動消失不見，她才願意走到陽台。

樓上那一眼看見的彷彿唾在草叢邊的檳榔汁。墜落的是一盆常春藤，葉蔓頹圮，根鬚盡露，泥土像濃稠的血飛濺一地，白色塑膠盆連同掛鉤彈在一邊，徹底與土壤分離，看起來倒無傷且乾淨。一盆普通的植物壯烈的崩解成這樣，像肝腦塗地的革命烈士，絲毫不像來自她那小家子氣的陽台。散落的土壤中有一顆小石子，此刻看來像是個隕石。

吉永懊喪地嘟著嘴，突然雲開日出，地上昏迷瀕死的植物在日光照射下彷彿動了一下。她快快動手收屍，一把抓起幾乎不帶塵土的藤蔓捲塞進它原來的白盆子裡，那盆已經裂開了。

女兒出門五分鐘楊媽媽就已經坐不住了。她在門口和對講機之間移動，似認真在做每日的復健運動，其實留意著分針的移動。她感覺到女兒那種百般不願意又不得不去，想問警衛的念頭來來去去。終於按響那刺耳的鈴聲，又連忙掛上話筒。她不知道該怎麼問，「有沒有看見我女兒？」還是「樓上的盆栽會掉到哪一樓的陽台？」

門一直開著，聽到電梯傳來開門聲，她故作鎮定踱回沙發，電視也是開著的。吉永提著盆栽回來面帶微笑。

直到睡前吉永想起這事還不由得想笑。她離開四樓時遇到那穿垮褲的少年在門外玩手機，一不當心與他四目相望，出乎意料他有雙小牛般的明眸，鑲在焦糖色的稚氣臉龐上，嘴角一絲無辜地向下彎，還有一對小鹿似的招風耳。她忍不住回頭問：「你們這裡是做什麼的？」他說了一個陌生的詞，她緊照著他的發音說出來是「推手？」

少年又說了一遍，好像是「催手！」

吉永慢半拍才真懂，趕緊走向電梯，對著電梯門倒吸一口氣，這時聽到手打腦袋瓜子的拍響，「你跟人家說什麼！」不看也知道是那首腦手伸到門外來賞那少年的。

這會兒才後知後覺自己是被押下樓去處理善後的，她躺在床上不住的想著，既然做的是催人還錢押人逼債的狠事，亮刀亮槍照理也是有的，那麼夜半無人一只盆栽陡落十層樓著地瞬間的爆裂聲，在當下驚醒的他耳中，肯定如同一聲槍響，他嚇出一身冷汗，癱在床上動彈不得，好像中槍一般，腦子唱盤似的不停播放著仇家的事件簿哀號聲，難怪他非得揪出盆栽主人來報一箭之仇。想到這，她笑了。

5

父親離世後，吉永夜晚睡得久一點，半夜不再頻繁醒來，但變得很會作夢，大大小小的夢，有一個特別長，把其他可能小而美的夢都蓋掉了。漫長往往一無是處，漸漸的她好像適應了這種被支配的狀態，有些長夢不免造成精神耗弱，有些倒不會，像搭乘長途巴士，睡著了一樣。經常是一些前往陌生國度的長夢，有些地方在地球上有其名字，名字一閃而過，醒來似是而非了。最近好像夢過俄羅斯，天寒地凍也可能是北歐，看不見頭尾的一長列男女老幼在野地裡一會兒涉草，長長的草，一會兒入水，服從著什麼神祕指令，她初來乍到，偷偷想著這麼冷怎麼住下去啊。

母親說：「人家算去過幾個國家，你可以算夢過幾個國家。」

這些夢為她和母親帶來現成的話題，總是她站在流理台，母親坐在沙發，看不見對方，她認真回想，母親當真聽著，一邊按摩腿，聽完常說：「像我夢來夢去就那幾個人，而且就那個人原本的個性，沒意思，像你上次做的那個狼的夢就很可愛。」

「哪一個狼的夢？」吉永關掉水龍頭。

「就你說住在一個村子裡，那天好像有節日，在辦流水席，很熱鬧，你走到後院，那你家院子，有一隻狼看見你突然撲到你腳邊，還說狼是我們養的，卻沒有餵牠，牠餓，你怕得全身起雞皮疙瘩，牠扒住你，幸好你有一顆巧克力給牠吃，才化解危險，不知道我記得對不對？」

「哈哈，我都忘了！這有什麼可愛的？只是要記得隨身攜帶巧克力就是了！」

前些日子她跟母親講了一個不遠的夢，卻很後悔。那天是週末假日，她們雖然常常寒盡不知年，但對星期節奏卻像演奏家之於音階瞭若指掌，到了放假日會特別放鬆，不太照表操課，也不上山，外食、垃圾食物也集中在假日。假日也較晚起，她邊流掉整夜積存在管線裡據說有害的自來水，邊大著聲音說起剛斷電的夢。夢中也是早晨，她醒著躺在床上，床與窗齊高，她側臉看著馬路對面的山。

「照理應該就是我們這座山，很多樹，什麼樹沒看清楚，但是山貼得比較近，好像那條長梯上去的山靠過來……」她說，她眼睜睜看著兩顆巨石滾下山，前一天晚上她和朋友（她並不認識的朋友）

在山上野餐曾注意到那兩顆巨石，山腳下的矮房被壓垮了，沒有人跑出來，山崩可能危及她們住的樓房，夢中起了搬家的念頭。

不可思議的是說夢當天午後市郊發生「走山」意外。風和日麗，無雨無颱，靜植的山丘瞬間成了走動的河山，湧向山下一條通往外縣市的交通要道，大堆泥土掩埋了公路，電視新聞異口同聲形容泥土覆蓋的面積有兩個橄欖球場大。經過一天的時間，確定有三部汽車被撲倒的山壓在裡面，機具不停地舞動揮剷，設法救出車內四條寶貴的生命。

「你又一語成讖了！」母親盯著電視螢幕上像螳螂撥土的怪手洩氣地對她說，「這不是在愚公移山嗎！怎麼來得及？」

吉永頓了一下，關切走山的一些話語突然急凍起來，那個「又」字，即使過了很長的時間，仍可立即找到凍裂漂至遠方的冰山，母親所指的另一次一語成讖。那時父親幫她解圍，僵笑著說：「童言無忌！」母親惡狠狠地瞪著她，克制著沒甩她一巴掌。她說了什麼？她說別讓姊姊去旅行，會有危險。那時少女的她看了不少模擬真人實事的災難節目，類似「逃出鬼門關」之類的，回顧一些匪夷所思的天災人禍，她不知道那句話是看節目的後遺症，還是真有不祥的預感。

她的心往下沉，甩掉手上的水，默默走進房間，雙手抱胸倚在窗邊，木然望著長梯旁邊未被開發利用的那片山麓荒林。樹木恣意生長，狀似無憂無慮的伸展，樹有多高，藤蔓就爬多高，甚至將樹蒙頭罩住，樹在裡面掙扎，一幢幢綠妖怪。她從沒能察覺群體或個體有任何變化，偶爾季節性的注意到像黃絲網的植物在上面緄出頭飾般的縷縷雲邊。眼前另一種爬藤且囂張的在日照最充足的地方綻開紫色花瓣，披披掛掛，猶如花嫁的婚紗。

她無動於衷注視許久，一片約一個籃球場大的林叢，全被藤衣網羅了，僅一樹倖免，露出淺淺的綠色漩渦，像一具螺旋槳擱淺在那兒。那樹有何天賦異稟，是幸運被遺漏了；或者，它們通力合作保留一個缺口；或者，這是一種演出。

母親又在對著電視發表感言，等她自房底出來又不厭其煩重述一遍，似未察覺異狀。她坐下快速轉換、硬是切換心情，時常操演熟能生巧，和植物的生存模式一樣，臉上綻放笑顏。她坐下來繼續與母親聊走山的相關報導。

三部車分別載著一個單親媽媽女計程車司機，一個趕赴公司加班的中年男子，還有一對假日約會的情侶，開女朋友的車。她們最關心的自然是情侶中的女孩子，據報導是個工作小有成就的年輕小姐，畫面上有她旅遊日本身穿和服的照片，是個臉型圓潤天生笑臉的小姐，母親曾說這種長相的女孩子會年輕得比較久，當別人消瘦下去，她還有裡襯禁得起歲月。巧目倩兮的她不只有異性緣。但現在越說她人見人愛越好像惋惜她已經不在了。

天光再度黯然，四十八小時的黃金救援時間消逝，天空被揚起的塵煙污染，地上渙散著倒塌的山，偶有游絲般的雲白隨風蕩入灰濛，一場哀淒的大雨隨時可能降臨。清除萬仞傾山的工作在民怨聲中度過黑暗期，理出挖掘完成與未完成的分界。

「那個穿深咖啡色夾克，戴棒球帽的是那小姐的老爸。」

母親罕見的用「老爸」來稱呼父親，聽來有點故作輕鬆。下一次再提到他，用的則是「老爸爸」。吉永不喜歡這種口吻，想回嘴，卻也想起自己平常不會用的字眼，「愛女」。

守候在救災現場的她的父親，始終駝著背，雙手插在口袋裡，好像隔離在產房外的一個普通的無助的父親，暗自把口袋都搓破了。以人類的經驗他知道時候不早了，這是難產。對於搜救進度他沒有意見，也沒有脾氣，偶有煩人的記者來問他話，他也還能說上兩句，說出事前一晚她給他打過電話，說這個星期不回去看他，通常她每個星期都開一個半小時車回去，雪隧通車有快一點兒。

「對啊！不要看好！」母親喃喃。

三部車子都被挖掘出來了。那小姐的父親可能早就打定主意接受事實，永遠保留美好印象，不看愛女最後一眼。情侶共赴黃泉，好事的媒體和世人不免聯想到兩人的冥婚，但事情並未如他們所願。

「不要不要！都不要！」母親對她父親的抉擇再次表示讚賞，「一旦冥婚，娘家的人是不能隨時跑去看她的，畢竟是嫁出去了！」說著推紗門挪出陽台，一邊先發制人免得吉永念她，「有，我很慢……他們那些像竹子的樹被風打得沒半棵，又在忙著種新的了！」

斜對面大樓的天台上兩個灰髮人低頭忙著，母親憑著圍牆，好似想跟他們打招呼，當他們揚起下巴，她轉開頭去。

吉永走到門邊望著被歲月和婚姻生活磨去性徵的「那兩個人」，母親這麼稱呼他們。

「那個趕著去加班的上班族，他老婆說，他出門前答應要幫她洗洗衣機……」

「誰？」母親掉頭一臉疑惑，恍然想起她剛剛還在關心的走山事件，輕應了一聲。

「我們的洗衣機也應該來洗一洗了！」吉永說。

6

瓦斯爐上放著炒菜鍋和煮粥小鍋，吉永兩手按著兩鍋，小鍋尚有餘溫，她將一旁的水壺拿來和它交換位置，再次撫觸爐上的鍋具，兩手皆摸到冰冷，又俯身查看瓦斯開關上代表熄火的三角形圖案是否尖角朝上，心中默念「向上！向上！」再用指甲去摳那三角形凹槽。

「去啦！我在又不是不在，我要去休息會去檢查！不要在那裡磨蹭！」女兒走進廚房就悄無聲息，母親便說。

吉永邊拿鞋邊嘟噥：「還不是你說我們小的時候，你跟大美嬸嬸帶我們去擎天崗，火忘記關，一路衝回來，瓦斯爐上在消毒的奶瓶全都融化了！太恐怖了吧！」聽到母親一聲訕笑，她把門帶上了。

陡梯上盤踞著一個臀大如象的婦人，一串流蘇自背包拉鍊垂掛下來。吉永改走緩梯。兩梯入口之間窄小的人行道上，新近出現一名女性遊民，年紀該有六十五可以請領老人年金了，她撿來塑膠袋一個套一個，紮成鼓鼓一球，一球球綁在一部不像沒人要的腳踏車上，一條短短生鏽的鐵鍊將腳踏車鏈在路燈燈桿上。吉永每經過，她不是忙著套袋子就是上鎖解鎖，不是蟋蟋梭梭就是空空鏘鏘。母親會在錢包旁邊放塑膠袋，名為打包，實則防竊，被扒過一次之後吉永上菜市場也開始這種大嬸行徑，所以聽那聲音有一種不安的親切感。從樓上望下來，這腳踏車彷彿插滿棉花糖，挺可愛的。燈桿附近地面有掃過的痕跡，此刻她不在「家」。

長梯上也出現壅塞，一組「三人行」堵住右上的走道，下山的人側著身子扭捏而過，跟在他們後面的人趁隙前進，配合得還算順暢，使他們保持獨立不受影響。那掛有流蘇吊飾的笨重婦人突然也變得矯捷超前上去了。吉永遲遲懸在他們後頭，舉步維艱的三人像一部人工纜車吃力地攀爬山頭，為後繼者帶來一股信仰的力量，那些癡癡追隨在神轎後頭動彈不得的信徒，行徑也是如此。

吉永多半在這段路上遇見他們，一個半身不遂愁眉不展的中年男子，和他穿牛仔襯衫牛仔褲紮馬尾的伴侶，她只顧眼前步子，絕少揚起低垂的眉睫，但可見得五官麗緻神情堅毅；以及來自熱帶雨林手指黝黑的少女幫傭。男子腰背上有一圈支撐的彈性布，一條如同修理電線的工人使用的安全帶圈著腰臀，安全帶左側的扣環繫住那個女人，另有一個扣環牽出一條繩索連接跟在後面台階上的少女。她們彷彿是他的負擔，他的背被拉扯得直挺挺的，活像攀爬電線桿觸了電，配合她們的手施作在他骨盆上的力量，僵硬地挺上一階。

綠翼層疊，尤其這一階段，一道水茫的綠瀑布，獨居老人園子裡幾株摧不斷的老枝，混雜梯坡邊瀟瀟灑灑的長短樹木，局限在十四樓陽台上的母親不易發現女兒的蹤影。

吉永走到中途平台，轉身站住，正合她意，蓬勃發展的竹梢遮掩，無從望見她家陽台。她岔進「作家藍文輕」門前的小路口，打算好好觀看「斷木」。

仍舊老樣子。在一次意外中受創的大樹，只裝飾性的在折斷的主幹和主枝冒出一些柔細嫩葉，翠綠小紗帽小紗袖掩蓋傷痕，如同斷了手臂給插上羽毛，她期待看見粗枝大葉。她記得一個普通的雨夜，她們在客廳，都聽見了那類似小炮竹的爆裂聲，天亮站到陽台觸目就是它那長長的麥片色的撕裂傷。她上了山才知道，它是被從後方倒下來的大榕樹壓傷的。大地工程處協助善後，大榕樹被鋸至底部，藍文輕拉來一些月桃和竹枝將它包圍起來，算是對遺體的保護和哀悼。傷者自行療癒。

耽擱掉的時間夠爬長梯三趟，她希望母親已經離開陽台去做別的事了，或者以為她去做別的事了。她按下按鈕，藍與黑雙層傘布的陽傘應聲張開，邁開腳步直達長梯盡頭。三人行遵守靠右的交通規則走在前方道路上，看起來舒服些，不像在樓梯上那麼龐大擁擠進退維谷。他們調整出另一套攪拌的行進方式。吉永一注目立刻接收到復健者背上的張力，她們好像不是在幫他，而是攔住他，否則他會像鼓脹的氣球騰空升起。

陽光灑向對應的另一座山頭——高低起伏的屋脊，母親果然還立在陽台上。有時等久了母親會回屋裡站在紗門後，或者打開紗門挺直地坐在靠門的椅子上，一個頭蓋浮出圍牆邊上。她想，要是把這同一個場景三種情形畫成三聯畫，會挺有意思的。報載英國畫家法蘭西斯•培根的三聯畫〈佛洛伊德肖像三習作〉在拍賣會上締造藝術品拍賣新高價，超越孟克的〈吶喊〉。

第一次這樣隔岸相望，母親興奮地朝她揮動手臂，她稍稍晃動陽傘以為回應，回家告訴母親朝她揮手別太明顯，別讓人知道她就住在對面。只在此山下，雲深不知處，她說。

家居的門面無特出之處。他們心繫養病，陽台保持原狀沒有外推，陽光燦爛的早晨，她們想的都一樣，把男主人的衣服裡裡外外高掛在陽台上吸收陽氣，她在山路上也許是心理投射，能看到衣服上的藍色菱格、灰色千鳥紋。

父親纏綿病榻時，她許久才上山一次，如同潛艦裡的官兵需要上來透透氣，有時心情沉重，走在群樹間倒也沒想到自己，有時原本好好的，反而淚流不止。母親費了好多唇舌趕她上山，譬如：「你不去爬一爬，那不是枉費我們住在對面！不面山房價可省個半桶金！」「不是說山上有神，去跟神說我們住在山腳下！要多說幾次，祂才會知道！」連「讓我們獨處一下！」都說出口。而她總推說：「我寧可去游泳！」她在附近市立圖書館附設的游泳池買了套票，再不運動她快喘不過氣來了。

引起她興趣的是母親說了一個山難的故事，當然做母親的不會用一去不回的故事鼓勵孩子往山裡走，她說的是故事的另一層啟示。母親越來越愛轉述生離死別。

那是個愛好登山的大四男學生，寒假期間攜帶三天兩夜簡單的裝備獨自上山，一座登山者所謂中高難度的山，隱隱感覺迷途時曾用手機告訴女友，女友聯絡不到他立刻報警協尋，公私立救難單位相繼投入搜山尋人，皆無所獲。年過了寒假也結束了未見他奇蹟歸來，三月底才被發現負傷的他蜷在睡袋內，傷口和血已乾枯變黑，據說石頭上留有遺書。

出現在電視上的登山專家是名年約四十的男子，體型中等，斯文，面容平和，可能是在山上和他不期而遇，也可能是春暖花開受父母所託再度展開搜索，抱持的是死要見屍的心理，已無時間的壓力。他發現他最後的行蹤，以無比堅強的求生意志一路下切，越過二十多個陡峭險峻的深潭和瀑布，仔細留意可以察覺，沿途有他折斷樹枝的痕跡，可能就是這些撕裂的尖鞘斷枝割傷了他。遺憾的是出路在上，不在下。

另一名經驗豐富的專業搜救人員提到，通常七歲以下的人遇到危險會往上跑，七歲以上的人則是往下逃，這個案例就是最好的說明，假如他像孩子一樣思維，向上跑就對了，向上的路也簡單多了。

7

禮拜六回父母那兒吃午飯是蘇熊華持續多年的習慣，為此父母晚一個小時開飯。最近他變得不太一定。往常飯後半個多小時他父親就會坐不住進房午睡，現在碰面的時間少掉了，便硬撐著在沙發上瞌睡。這天他吃完飯即稱有事離開，他母親追究起這事情。

「不就那通電話之後！」他父親有意忽視這種不良的變化，卻又等著說出自己的觀察，好制止他母親嘰嘰諸諸瞎猜。

她有印象，因為兒子從不幫他們接電話，親友的問候他避之唯恐不及。

「喔！就他自己接的那通家裡的電話，我以為是以前的同學，還暗示要是有什麼傳銷老鼠會，千萬別參加……」

「什麼時代還會有同學打電話來家裡找人，也沒寒暄，抄了地址就跑出去……」

「是女的？」她皺著眉頭尋思，再開口，丈夫便制止她，但她執意說完這件事。

「剛喝菱角排骨湯，你沒聽他說什麼，他說上個禮拜才喝，這我今年第一次煮，他不怎麼喜歡這種湯……小青也不喜歡……」

三個月前禮拜六午飯後蘇熊華接到電話，立刻殺到馬路上攔計程車，他把抄在日曆紙上的地址看了又看，預防搞丟似的，經由爸媽家那隻笨重的老電話和她聯繫是很久以前的事了，找到一個小齒輪，這城市又重新運轉了。

他走進一個小巧綠蔭的庭園，就著陽春的小警衛亭向很有派頭的灰髮警衛表明來意，警衛比他想像的年輕敏銳，直視他的眼睛問：「你是……」「喔朋友！姓蘇！」他咧嘴笑。警衛半信半疑按了兩個按鍵，說：「楊小姐，有一個朋友蘇先生……」「朋友？」音箱裡傳來女人的聲音迷離而遲疑，不像剛跟他通電話的聲音，聽到警衛詢問他全名，她揚起音調：「對！有！我們的朋友蘇先生！讓他上來！」

他站在電梯中央，兩隻拇指扣在褲袋裡，抿著嘴打量電梯每個角落，好似參觀一座古堡，鉅細靡遺。他大仰著臉，閉了一下眼睛，暗暗調整呼吸，髮絲碰觸到頸項，感覺到滿頭大汗。

電梯門一開，他來不及分辨門戶，轉向一扇敞開的銀亮鐵門，屋內玄關卻昏暗，他差點給絆倒，凝著他的是支長著腳爪子的手杖，驚覺有個細瘦的人支著它立在門壁邊，一頭直髮清湯掛麵，身穿淡紋灰紫的薄衣，兩片小立領半拱著蒼白尖削的下巴，隨顴骨堆上來的笑容，兩隻哀靜的眸子漾起波光，他心底還不確定，手卻伸出去抓住她兩個肩膀，想要像扭開俄羅斯娃娃那般轉出她身體內另一個娃娃。

「楊媽媽……」他說著「好久不見」，她也說著「好久不見」，她的手和腳遠比他想像的有力，先是笑了一聲，「啊！不要把你當客人……」又喃喃：「我們在比賽省電，五月到十月用電尖峰時期，省電超過百分之十就可以參加抽獎，去年比上一年省百分之十八……」一邊把他連拉帶拖的從屋裡最暗的地方帶到最亮的地方，靠近陽台的紗門邊，然後仰起臉準備用所有天光好好端詳他。

太久沒人這樣注視他了，他竟有點害羞，不自主地眨著睫毛，好像那是一把拂去塵埃的刷子，不經大腦似的說出：「不知道怎麼就老成這樣了！」

「你是在說我吧！該老就要老，時間真是殺人凶手啊！唉，我還沒老夠咧……這邊坐這邊坐！」

蘇熊華瞥了門外一眼，想讚美這兒是開門見山的好居所，又覺應當先關切楊媽媽的腳，但嘴巴說的卻是「楊爸呢？」

「生病過世了，一年多了！」楊媽媽拍拍他的手臂心領了他所有想說的安慰，接著挪到沙發邊，慢慢坐下。「你不用擔心，吉永她爸爸生病就回來家裡住了，我撿到便宜，可憐是她，我跟她爸說，要是我先生病，她不一定願意回來照顧，她比較愛她爸……」

「怎麼這麼說……」

「我自己要檢討，現在不會吃這種醋了，這是事實，從小就這樣，爸爸寵女兒，尤其是他（她）！啊！都忘了問幾個孩子了？」

「一個女孩子！」

「那你就懂了啊！」

楊媽媽抓著他紛雜的想聊父母的身體、妻子的工作、孩子的長相，他曉得這些全是客氣話，像她手背上血漬似的斑，其實是沒心的。而他表現得更是糟糕，胡亂敷衍應對。

她說話時精神奕奕，臉皮愈見彈性愈不見紋路。他的激動漸漸變成疲累，好像一隻剛棲止下來的飛鳥，只想靜靜待著，便說他餓了。她說她正好有一些湯，去熱給他喝。

接下來的日子他每次來每次喝湯。遵照她的意思要來就禮拜六來，禮拜六吉永備好她的食物固定出門，他們不約而同笑說，菲傭也要放假做禮拜。

「我有時還滿愛走過她們聚集的教堂，看她們嘰嘰喳喳很快樂的樣子。」他說。

「傭人永遠比主人快樂是事實！」她說。

湯搭配幾顆水餃，或者蘿蔔糕、一小杯茶碗蒸、一小碗炒飯，好像忙碌的母親準備給發育期的孩子補習前後吃的點心。他帶來壽司或者鰻魚飯和楊媽媽分著吃，他猶記得她喜歡日本料理。她們的湯多半雜亂無章，叫不出名字，美其名是綜合蔬菜湯，通常是幾小塊排骨或雞肉煮一堆根莖類葉菜類，番茄是必要的角色。楊媽媽說她不吃番茄，這是對女兒最大的容忍，吉永以前在外面吃慣西餐了，深信番茄有益健康。也有像他母親老一輩的傳統，蘿蔔湯、竹筍湯、皇帝豆湯，據說是楊爸愛喝。

「我愛喝熱湯，喉嚨都快燙壞了！有時沒控制好，喝第一口，門牙後面皮就脫了！」

他遵照她的囑咐把湯加熱到滾沸，才要叮嚀她一個人的時候千萬別這麼做，她就先說了。

「給她知道就罵死了，一個人溫溫的喝也就算了，老就要認老，其實那麼燙也不能馬上入口，夏天一喝一身汗，我就寧可看它冒煙，每次都被罵固執，你那個蓋子裡有香菜，今天是香菜還芹菜，我都忘了，夾一點到碗裡，她稍微滾一下了，其實我也不太喜歡吃香菜，她就非要碗裡有一點綠才行，也不能放鍋裡悶黃喔，孩子小時候都聽我們的，長大變成我們要聽他們的，有什麼辦法，還要靠她……熊華！還有，你看那兩支熱水瓶，那支小的是以前帶去郊外喝的，水裝得好好的，喝完再說，她就非得要有時候小的倒到大的，有時候大的倒到小的，說熱水瓶也要休息，輪流休息，一天到晚進水會這個那個，有聽過嗎，這種人……」

熊華笑了兩聲，說：「她說的也沒錯啦，每個東西都有生命，需要放放假……」

「有生命，但沒人性啊！搞到全都有人性，那人不忙死才怪！製造困擾！」楊媽媽又抱怨。

廚房透光的小窗邊並排著一顆顆結實完整的蒜頭，一旁手指頭高的兩個軟木塞玻璃瓶，裡面裝著結晶冰糖似的東西，他拿起來搖一搖，楊媽媽光聽聲音便說：「你猜那是什麼？你吃不吃魚頭？」

「不吃。」

「不吃那就不知道，藏在魚頭裡面一小顆白石頭，不是每條魚都有喔，她爸生病的時候常常煮魚湯喝，或清蒸，她爸撿給她的，她爸喜歡啃魚頭，啃得乾乾淨淨，身體不好就沒辦法了，有時難受只挑兩塊魚臉頰，甚至只吃一塊，懶得翻了，看了就要掉眼淚……魚很貴，便宜就不新鮮，買一條野生的鮮魚的錢就可以買一堆肉和蔬菜水果，不吃多可惜，就吉永吃，我都不知道，吃得比她爸更厲害，一個魚頭分解成一堆透明的骨頭，看她吃真的有點恐怖，」

熊華聽到這兒笑出聲。

「……好像在發洩什麼不滿，她爸吃得少，魚就越買越小，魚小石頭就小，小，牙齒一碰就碎掉了，就沒有這些可以撿了！」

「不就好像舍利子！」他說。

「喔！沒那麼偉大啦！她說是魚的智慧結晶！」

這事很令人好奇，他破例嘗試嚙魚頭，很花時間，完全無法應酬別人，處理黏答答的魚臉皮和顱內的膏腦有如走入濕滑密室，披著苔衣的暗刺傷人，防不勝防，表面是它入了嘴巴，其實是嘴巴被鉗住了。結果一無所獲，主管與客戶聚餐，相當有份量的一條魚。在他家裡，魚頭是母親吃的。

兩個人的相伴，確確實實的相伴，是沒有自由的，特別是楊媽媽這種聰明美麗內外在都有一面明鏡的女人，年老色衰徒留善感，在她面前開口閉口如履薄冰。雖然她也已盡力使他感覺自在，卻也不想太壓抑，浪費磨練感官和記憶的機會，他岳母常掛在嘴邊的一句，「再這樣很快就會老年癡呆了！」上年紀的人最怕遺忘，她們藉機刨薄木衣，削尖筆心，用力再寫幾個字。

趁女主人進洗手間他貪婪地環顧四周，極清幽的住居，家飾簡樸，聽說搬家時割捨了許多，像剛換水整頓過的魚缸，水清而無魚。僅一部電視一疊報紙透出些俗世味。視覺清新，空氣也格外新鮮。楊媽媽指控吉永的怪行為之一就是不常用抹布，拋棄式的拿餐巾紙沾水擦拭灰塵，連地板也是，白紙擦成黑紙，常常就看到她像隻螃蟹在地上移來移去。他聽到這裡又笑了。不知楊媽媽是否誇張，想像那景象是弔詭的低能的，淒涼的，怎麼會是那個一塵不染的吉永。

楊媽媽腳不靈活，手也喊無力，進出洗手間至少得花個七、八分鐘，聽到開門聲，也還要一分鐘人才會現身。吉永的房門始終闔著，他想伸手推推看。後陽台垂掛著女性的家居服，以及式樣單純保守少女樣的內衣褲，他發覺自己在分辨年長年幼之別趕緊打住了。

靠近窗戶那頭的床頭燈下立著一張裝框的全家福，父母坐前，兩個女兒站後，母女三人皆黑髮垂肩，好像刻意面向房門，相距五、六公尺，他匆匆瞥過，看到個形影，未及分辨姊妹倆，但心上彷彿給蜂螫了一下。

房間鄰近洗手間，他扶了走出來的楊媽媽一把，她望穿自己的房間，喃喃：「怎麼一下子又傍晚了！」

被窗戶框住的青山，背景剎那間滲入火烤的橘光，樹木血色充沛，煞有面目。

他說：「剛被鞋櫃上的日曆嚇到，那不是去年的月曆嗎？我拿一本新的來……」

「哎，都過一大半了，她喜歡那個圖案，就繼續用，看圖不是看日期，再翻一輪吧！看到她膩。」

「還有這樣的！幸好東西吃完就沒了，你想吃點什麼，我們去……」

話未說完，楊媽媽揮手趕他快點回家。

這天他出門前已先問得今天煮的是味噌魚湯，便帶了一份海鮮烏龍炒麵，楊媽媽指示他車開進停車場停在他們的車位，吉永開她爸爸的車出去熱熱車了。他和警衛交涉得知吉永並未開車出門，遂改停臨停車位。他偷偷摸摸趨前貼近駕駛座車窗張望，灰霧裡一疊書和一條白蛇似的圍巾散落在副駕駛座上，照後鏡下掛著一只有流蘇的平安符和枯萎的花串。

他上樓把這事告訴楊媽媽，她也許本來就身體不舒服，對於自己不了解女兒的行徑感到有些沮喪，人更顯衰弱，吃東西聊天都不起勁，飯後看了會電視說想去躺一下，提議他去爬爬山。

「去，就陽台你看到的這條長長的梯子爬上去，不會迷路，很多人在走，假日她還嫌人多不喜歡去呢，爬上去之後，左轉那條路走進去，望過來就是我們家了，她每次也都是走到那裡跟我對望，山裡面聽說有不少小路叉路，但是大路就只有一條，你就走大路去，不要亂轉，應該就不會迷路，有手機也不用怕，她也是走大路，我忘記了她說現在有什麼花可以看，不然就看看樹啊，山上的樹比平地的漂亮多了，走上去山上還有地藏王菩薩！」

他走到玄關，她又強顏歡笑說：「你去探路，看有什麼好玩的，下次再帶老婆孩子來玩！」

爬完長梯，他雙手扠腰喘著氣，慢慢走上鋪設平整的山路，看著對面大樓，楊媽媽站在陽台上和他遙遙相望。他先朝她揮手，她也對他揮手。她看起來極為纖細，像插在胸前口袋的一枝鉛筆。

他揮她也揮，她笑他也笑，一次又一次，直到他走入林間，透過樹隙與灰白的建築物像兩列列車擦身而過。她在車窗內也朝他這兒轉臉。

沿著林道，既隨興又似編排的樹籬外，城市景觀忽隱忽現，他不停地往前走，好像站在離了碼頭的船上，漸漸看不見岸上聚落。過了一個較大的彎道又可看見左側山腳下一幢幢樓房，但不是她們住的地方了。頭頂上樹木的多寡決定山路的亮度，有時完全暴露在飛鷹盤旋的天空下，有時如同走在一座大瓜棚底。一個穿白背心小短褲的男人一股濃重的汗氣從他身邊奔馳而過。清早接到女兒的訊息，「我陪媽媽來練跑步，她年底要挑戰半馬！」他回了一個微笑貼圖，現在想告訴她「我在爬山！」再想便作罷。

一種朦朧的慾望驅使著他，兩個禮拜後他又出現在山對面這棟大樓裡，且特意穿了雙慢跑鞋。楊媽媽心情不錯，反而是他在為許多事煩心，但還是記得帶來一條父母從越南帶回來的娃娃項鍊，用彩色珠子串成的娃娃，據說是越南的幸運符，吉永重複使用的那本月曆即是各國傳統的吉祥物。楊媽媽笑嘻嘻地將它戴在脖子上，到他離開都沒有取下來。

這次他又探索了一個新奇的角落。楊媽媽當他小孩似的怕他悶，叫他去陽台上，那兒有個舊木架子，剛好塞在水泥牆的夾角，門內楊媽媽一個口令，門外他一個動作。

「第二層有沒有？一個墨綠色的木盒子，打開，小心，是蟬還是甲蟲？」楊媽媽推了推紗門又關上，「有泥土的那是蟬，你會認吧！」

「會！」他說。

「她從山上採回來的，樓下中庭就有，警衛拿燈照給我看過，一隻一隻空殼子掛在矮樹下面，好好玩……」

盒蓋輕輕一掀就開了，彷彿此刻山上才響起熱烈的蟬聲，盒底四具蟬蛻，似漿過黃泥水的蠶豆殼、掩埋過的老塑膠。他拿起來檢視它超人面具般的眼部，以及四根枯細的腳，一切大致完好，腳稍有缺損，腳上的毛刺還很扎人，背部一道供牠出逃的縫，很像撲滿背上投幣的裂縫，整個輕無重心，要再放回去擺正可不容易，稍微執著便弄斷了撐起一大個軀殼的小腳。

另外一個黑木匣由大而小裝有四隻排列整齊的甲蟲，好像叫鍬形蟲，看起來像個兵團、某種神祕兵器，甲殼烏亮如漆木，與活著的模樣差別不大，不像蟬，可透視牠的荒無。雖然看起來穩重多了，他不敢再碰。

楊媽媽的指令之外，層架上頭有個帶柄的白色鐵杯，蓋著陶瓷杯蓋，裡邊有斷頭的甲蟲、瑩綠的金龜子，和一隻比金龜子更金炫的瘦長型昆蟲，眾昆蟲顛倒雜處，毫無異味，像一些壞掉的小玩具。

楊媽媽眼睛離開電視瞥向紗門，「還看到什麼？小心點喔！愛鑽牛角尖她……」

他蹲下來看著牆邊一只豹紋馬克杯，裡頭插滿參差不齊扭曲的枯枝。

「我什麼時候跟吉永見個面好？」

「我得起來運動一下了……」

他起身臉貼紗門一望，灰網中楊媽媽背著他慢慢朝玄關方向挪動，走屋裡最長的一直線。痴痴等到她折返，他才輕輕推開紗門，卻又立刻收手關上。

「熊華！」楊媽媽喚，隔半晌抵達客廳盡頭推開紗門實實在在看了他一眼才說：「我先把門關起來，怕蚊子！吉永，我聯絡你，她還不知道，我也不敢跟她講，不知道怎麼講，我這是自打嘴巴，我本來就不善跟親戚聯絡感情、禮尚往來，她爸爸生病後更怕別人來關心打擾，我也不要去打擾別人，光一個探病，我就被搞得越探越病，有的人稍微肯諒解一下病人家，有的還發脾氣、哭哭啼啼，到處去說你壞話，真累做人，我說我已經給自己畫句點了！是我自己破壞遊戲規則，自己訂的規則……有一陣子我們都很慘，連病倒的資格都沒有，好不容易真的好不容易才稍微平靜下來，你知道，她固定禮拜六……」

「楊媽媽，你坐，你坐下來，我聽得到！」熊華背倚圍牆斂著下巴正對紗門，全神貫注好像在收音機前收聽一則重大的即時新聞。

「她固定禮拜六出去，我有來往的那一兩個朋友，不親不戚的，要約就約禮拜六來，她誰也不想見，不喜歡一來就問東問西，她禮拜六出去，除了去美術館，我也不知道她還去哪裡，之前有去上一些課，好像也上得不起勁，平常幾乎也沒什麼朋友在打電話聯絡，大概都不用說話都用電腦了吧，是不是早上去山上散步才打我就不知道了，一整天的時間那麼長，美術館我頂多兩個小時，她可以待個四、五小時就了不起了，她看了什麼回來都會講給我聽，像在講給她爸聽一樣……」

「她沒有男朋友嗎？」背後山階不時傳來孩童的嬉鬧聲，他更加聚精會神聽著。

「男朋友？我比你更想知道她有沒有男朋友！以前有一個，可能是，想也是，回來陪她爸就散了，問過一次，臉臭臭，識相就別再問了，年紀也有了，不結婚沒關係，至少有個伴……」

女孩兒在山上哭喊「有毛毛蟲！我不要過！」應該是她的爸爸在勸說要抱著她走，夾雜女性細聲誘導，她啼哭得更凶，幾聲死命尖叫叩出山的回音。僵持不下，突然一陣慘叫像挨了醫生一針，哭得驚天動地，弄得人腦袋一片空白。

等這插曲完全結束，楊媽媽刻意柔緩一笑，意謂我們都有類似的經驗。

「希望你不要介意！我真的不應該打電話給你，但是我不知道為什麼就偏偏記掛著這個人，為什麼那天心血來潮，就來試一試，喔，本來是要丟掉一些電話簿什麼的，早就沒用了這些，誰知道一撥真的通了，真的是那個人！電話真是害人的東西！害人不淺！我也不知道我在想什麼。這是我跟她的問題，有時候我真不知道要怎麼對她，就盡量劃分好界線，別踩到紅線，連她的書我也不敢亂翻，以前的老鄰居江太跟她的女傭來，女傭很有規矩，有打招呼說要看書……」

「楊媽媽！楊媽媽！我剛看到那些蟬我就應該知道她現在的心情，給她一點時間靜一靜，真的沒關係，你們好好的就好，真的！不急！不是說要出去兜一兜，帶你喝一個好喝的魚湯……」

此話一出，她便有說不完的理由不好出門。

他不想聽，感覺背後的蟬鳴愈加猖狂，夕陽餓虎似的撲向樓房。

「楊媽媽！我離婚了！」他說。

她終於安靜下來，乖乖去換衣服，出門時在玄關悄聲問他：「為什麼呢？」

8

陡梯旁一小塊荒地被打理得眉清目秀，野草枝蔓垃圾破傘全消失了，吉永和母親站在陽台俯瞰，察覺那是個墳墓，竟有些興奮。不請自來的植物廢物清除一空，墳廓墓碑現形，土褐色的塋地外緣環繞一圈草綠，彷彿一個印模。

吉永不在家時，母親克制著盡量不找她，那次週末外出，光鈴聲就已經嚇到她了，母親大驚小怪的聲音在電話裡響起更令人驚慌，使得才分開沒多久的兩人竟聽不懂對方。其實她反覆說的就一句，「他們來掃墓了！」她們想親眼目睹那過程，像為流浪漢刮去披頭散髮滿臉鬍渣，驚覺他竟然是熟識的一個人。

「喔……喔！」可惜她在城市某個角落，即便馬上返家也未必趕得上，何況並非必要，以後還有機會。

母親描述來掃墓的一男一女，樣子沒有很老，他們所在的高度約兩樓半，母親有點滑稽的取來她們兒時玩的望遠鏡隔岸觀望。對那女人的工作態度母親有點不滿，好像她是她差遣來做這事的。那女人穿著一雙長長的黑手套，好像《第凡內早餐》奧黛麗．赫本穿的，但僅僅穿個樣子，站著講電話多，草都是男人在除，帶了兩三個工具，所花的時間比她預期的少。

吉永在電話那頭吶吶，隔天聽她描述也吶吶，不知何言以對，最後迸出一句，「那證實不是外星人做的！」

理清的瑩地像刺繡的繡箍繃上一塊新布，土面的寂靜一戳即破，青芽一點一點萌鑽出來，她們也喜觀看，從有到無一下子功夫，從無到有，一天、兩天、三天，不時將臉涼涼地往圍牆外探，好像自己綠色的「針眼」飛射到那方繡布上。這時節雨必定有的，苗芽快速增長，不到一個月即攻下墳土，不出兩個月綠茵又將墳隱藏起來了。春色已盡，她們也就不再那麼熱中了。

吉永自墓旁的陡梯攀爬而上時隨興張望，那趣味不及居高臨下有戲劇性，就在臉旁，在魔術師的戲棚下，昭然若揭。

第二次出門在外接獲母親電話她可鎮定多了，一則離家不遠，一則她理解母親和她一樣報喜不報憂。她方才出門不久，走著上坡路，慢緩腳步，不讓換氣干擾聽力。

「你記得一個叫宏達的男孩子嗎？三兄弟啊！阿公阿嬤背到山上去，有沒有，中間那個小帥哥是不是叫宏達？這個名字竟然記得這麼牢！對！現在電視在報導他，他說他沒有讀幼稚園，每天都跟阿公阿嬤到山上玩，不愛讀書，只愛爬山，現在出了一本書，教人遊山玩水關心環保……」

「喔……我回去查看叫什麼……」吉永第一次在山上聽見自己的聲音，陌生而有趣，好像在水裡丟了顆糖，不斷冒泡，「是的話再買一本給你看……」

收了電話，伴隨向上的腳步，頭耳間一聲聲回響著「宏達！宏達！」

宏達是個活潑的小男孩，在山上的歇腳亭跑來跑去，長長的眼睛很「桃花」，圓胖的手腳像「蓮藕」，登山客很喜歡形容他，他們每天都會見面，遇有生面孔，或者沒話說時，都要說一說這個，她也聽過數回。那時宏達大約四、五歲，舊山客向新山客介紹祖孫四人，早餐後出發上山，待到該吃午飯才下山，風雨無阻，每天報到。有時也由阿嬤自己來說，戴著助聽器的阿公忙著跟人下棋。宏達的哥哥大他兩歲，弟弟小他兩歲，老夫婦各背一個，以前背老大老二，老大上學去了，背兩個小的，三兄弟都在這兒換尿布學爬學走學講話。叫喚「宏達！」如通關密語，表示對這一切不陌生，「宏達會走要自己走，不要叫阿公背！」「紅蛋！再吃紅蛋阿公阿嬤又有得背囉！」

吉永和母親禮貌性的聽聽笑笑，轉身遠眺。她們是來療傷散心的，不宜進一步攀談，失去骨肉與手足之痛非同小可，輕易分心似為罪過。倘若小男孩跑過來抱住大腿那又另當別論，母親會給他一小包蘇打餅，沙沙地摸摸他金咖啡色的頭髮。她們也遇過宏達的爸爸，爸爸在工廠上班，媽媽是護士，爸爸剛從大夜班下班，身上一層披星戴月的粗粒子，宏達害羞又雀躍地躲著他，大叔大嬸直問：「宏達！那誰啊？」

那年她高三，晃眼二十年，算算「宏達」也該二十五、六歲了。現在走的這座山裡，好天氣身體強壯的爺奶雙雙對對，抱在懷中的奶娃甚至有未滿周歲的，但都是都市人模樣，不像宏達他們那麼鄉土味，且持之以恆。但難保其他郊山就沒有，那孩子已長大，藉由書寫分享記憶。在山上她不想多說，也不掃母親的興，姑且信以為真。

母親抄下他的全名，「何弘達」，又描述他現在的長相，看樣子對他印象極佳，「很孝順，還跟阿公阿嬤住，他們兩個同年，都八十六，阿嬤身體差一點，現在請一個外傭。」

兩天後吉永就在報紙上翻到何弘達的報導，他有個讀者見面會正好在禮拜六，母親大力鼓吹她參加，她則反過來拖母親同去，母親說她與江太約好了，母女倆就此事彼此說服來說服去。

時間有點趕，吉永無法先享用一個人的午餐，但也不想再吃自己煮的東西，便草草買了超商的茶葉蛋和優酪乳。有一次她急著去安慰鍾珊也是這樣一餐，鍾珊笑說，那個被閨中密友偷拍性愛光碟的女主角在她的別墅和有婦之夫幽會，每次他都投其所好買這兩樣東西給她當早餐，此後這兩個食物便貼上偷情標籤。

見面會在一家畫廊裡，小型會場約可容納五、六十人，她進場時主角已在台上講話，僅剩第一排一個座位，她低頭駝背橫過聽眾面前，台上的演說者突然不發一語，直到她坐落，喘一口氣，狐疑怎麼還靜著，仰臉望台上，他才等到他要的對白似的，笑瞅著她說：「現在才開始，別急！」

他自我介紹完，她已經可以確定他不折不扣就是時下所謂的「師奶殺手」，她坐在最前排無法檢視，但從背後揚來的笑聲，感覺聽眾大多是熟齡的女性，笑得有些歡俗，可能早在網路上培養好感情了。要不是她看過他童年的模樣，諒解他長期被眾人含飴弄孫，自然擅長綵衣娛親，她會認為他過於油腔滑調。

距離講台不到兩公尺，許久沒有這麼近這麼持續的看著一個人，男人。他的鬍子大概是前天刮的，鬍根微微冒出，非熬夜烘焙的頹廢，光合作用後的淡淡水青；這或許是刻意設計的野性形象。他很愛笑，假設二十六歲，魚尾紋算是出現得早了；那細紋像蝌蚪一樣靈活，拉長了眼部線條。頭髮及肩，常曬太陽綁馬尾形成天然的古銅色和如歌的波浪；他背後有張紮馬尾半側面的照片，背景峯峯相連。「宏達」是遠山的一個小人兒，跟眼前這個高頭大馬的男人似乎毫無關聯。

山旅孤獨美好又險象環生的種種告一段落，他說起了最初帶他上山的爺奶，他稱他倆「老山貓」，爺是客家人，嬤是閩南人，兩種方言他都很溜，甚至學了不少原住民族語。吉永對於這對老夫妻的記憶強過陀螺般的小孫子，因為他們較為靜態；妻又較夫鮮明，她一頭直順的黑髮，對照吉永的母親那時猛生白髮，她的臉孔卻比母親老相得多；一雲一壤，天差地別。

印象深刻的還有他們解下孩子擱在石桌上的兩條背巾。舊的那條背巾四角各有一顆小鈴珠，母親罕見的伸手去撩開它，讓那銅黃的小鈴珠露出來，她試著弄響那低沉近啞的鈴喃。背巾表面的呢絨禿敗，像枯苔，縫綴在中間褪色的壽桃，像猴子屁股。新的那條是卡通圖案，有時塞在一個亮膠面的虹彩背袋裡，宏達上山自己走，下山鬧覺才需要背巾。多虧他們，山上多彩多姿。

「以後阿公走不動，宏達要背阿公哈啊！」大叔大嬸不時這樣教導宏達長大報恩，她當時感到厭煩。

演說中，她常常抽離在言詞之外，不知道他在講什麼，像踩著山徑，而未留意山貌。只是努力的叫自己保持愉快的心情，進而喜歡他，像喜歡宏達那麼自然而然。

當「鳶尾花」、「梵谷」這些詞閃過，她忽然像等到獵物墜網的蜘蛛開始採取行動，讓自己思路清空，專心聽他講些什麼。

「……其實少年時代的我最崇拜的是像梵谷那樣，在烈日下孤獨的不停的畫，把自己渴死、餓死、窮死、最後發瘋，砰一聲轟掉自己的腦袋……但是，冥冥中我還在尋找心目中那個畫面……曾經在秋天的高山上，我真的以為我看到梵谷的金色草浪……一大群黑鴉飛過，好像弄瞎了天空，那一刻整個充滿了生命力，但是，你卻又很想死……」

她垂下臉，稍往右撇，坐在她右側雙腿交疊一隻羅馬鞋往前翹的年輕女郎，以為她也有所感，馬上回以笑嘆聲，好像在說，好熱血浪漫的青年啊！

這段話惹惱她，她低著頭心底嘀咕：「動不動就梵谷梵谷！死死死！」不知道他又說了啥，現場有個女聲唱起歌來，笑語此起彼落。

她熟悉那條山路，蜿蜒的斜坡水溝邊上，綿延散布著一叢叢鳶尾，山壁上茵茵莛莛眾多植物卡位，有些是從樹根夾縫中冒出來的，既緊迫又從容。她自腦海裡調出此路段的畫面，看到一棵掛著名牌的「阿勃勒」，卑微的立在欄干邊。邊坡外的樹被隔開在欄干外，極少數幾棵受到特赦保留在欄干內，未因開路而根除，鋪設路面時留給它一小圈立足之地，路過行人風騷之手撫幹而過，隱約它說了句腹語。這株阿勃勒是倖存的幸運兒之一，也是體型最小的，樹幹坑坑疤疤，像個縮水的老頭兒。樹下有兩塊石枕般的灰色石塊，石貌方整，是很棒的歇腳石，但路窄坡傾，從不見行人停駐，作為山上的荒石它們身上的青苔不算靜好。

鳶尾和那阿勃勒其實並無關聯，勉強算是住在路兩旁斜對面不往來的鄰居，因某個過客的記憶而牽連在一塊罷了。她和許多人一樣認識鳶尾花是因為梵谷，多年前曾有一陣梵谷熱。她聽見男人鼓舞的聲音說：「那你們好幸運，它一年只有一天開花！」望去，是鳶尾花，是那位在山頂廟簷下整理善書的溫吞男人，以及一群四個至少五十好幾的婦女，其中一人聲音嬌幼，「真的噢！我們第一次來這裡！」「那更幸運了！」男人又說。他不像花言巧語的人，趿著穿有襪子的涼鞋逕自下山去了。

陽光經過層層關卡苗條輕盈如野戰部隊空降而下，紛沓根爪間更顯鳶尾葉影靈動可人。長葉蓊綠，花枝貌似葉片，尾梢張開剪刀狀的青芽，愈張愈大，開出來的花朵卻迷你，不如種在精神病院藍紫色的「鳶尾花」有份量，一枚枚紫與白若髮夾別在葉梢，風流彈動。她們忙於拍照之際，她俯視坡外，發現鳶尾花開在彼岸，欄干外樹幹下陽光更貧乏處，唯一一朵。

演講結束後的簽書時間，吉永看見坐在背後果真有不少是熟齡女性，母女或者姊妹淘。她現場買了一本書，邊排隊邊翻閱。她很久沒買書了，書都從圖書館借，或站在書店讀多少算多少，有幾次買剛得獎或者剛去世的諾貝爾文學獎得主的作品，重新出版或清倉在書店內堆成一座小島。

隊伍裡愉悅的私語令落單的她煩躁，漸漸竟變成情緒高昂。書中一張爺孫四人的合照使她打胃裡一陣寒顫，每週一日重回空調與外食的世界，已經不習慣了。照片中四個人遠遠縮成一團，不具美感的雜景占據三分之二的畫面，沒有大頭症的年代，人們拍照都是這樣的。阿嬤紮著兩隻小辮，阿公把宏達掛在胸口，宏達的哥哥由阿嬤牽著，說不定大的那個才是宏達。母親的直覺沒錯，應該就是她們遇到的那對老夫妻。阿嬤的樣子像印地安人，她有這樣的印象。

每個人都有幾分鐘的相認、閒談或合影。

他語氣溫柔的問：「今天怎麼會來……」「你是……」

「幫我簽，給吉永的媽媽！」她說。

「吉永怎麼寫？」他凝著黑白分明的雙眸懇切地問。

「隨便！」

旁邊大概是出版社的人捉弄他說：「寫到對為止！」

「那……就……及時行樂的及，詠嘆調的詠！」他邊用手指在紙上寫著。

她笑著看他在書頁上寫下：

願及詠的媽媽永遠健康快樂！

9

星期一早上九點半不到蘇熊華和女兒蘇芊已經爬到楊家對岸的山上了。為了這次約會，蘇芊說她絞了好久，她怕悲劇重演，不敢太早告訴爸媽星期一補假，怕兩人搶著請假帶她去玩。爸爸想帶她去爬山是早就提出申請了，她試著說服媽媽一塊去，媽媽拒絕，光逼著她問清楚爬的是什麼山。

「我就跟媽媽說爸爸就說附近的郊山啊，媽媽以為是香蕉的蕉，就一直問蕉山在哪裡！喔！她最近狂愛運動，聽人家說要補充鉀，就一天到晚買香蕉！」

多日不見的女兒即使說著笑話也是害羞不敢直視他，路途中、餐桌上都是如此，直到走完入山的長梯，才像經過交心懇談，態度變得自然。

他們喘著氣緩緩沿欄干走，欄干外斜坡上一株纖細的小櫻開著數得出來的幾蕊粉白，賞花是停下腳步最好的理由。

這櫻蘇熊華自楊家陽台望過來是非常詩意的，蔥蘢中一抹粉紅，且幾乎在景中央，娉娉嫋嫋，似一縷胭脂雲煙。誰知近觀落差之大，男人錯看了美女，總是無法原諒自己的眼睛。也許花期將盡，也許距離就是美吧，他想，更因為周遭各自為政亦人工亦野生的亂樹雜草全跳出來，通篇庸俗哪顯得一行佳句。坡下的別墅人家，還有一個難看的禿子正在這片自霸的後山鋤鋤壟壟。

女兒把手機拿得遠遠的，為了靠近櫻花一點。排除贅物的櫻花照片遠勝實景。當然她加上點美編特效，寫了四個字，「就叫你來！」傳予她媽媽。立刻得到回覆：「路記起來，下次帶我去！」

「爸！你認識住在對面的人噢？」蘇芊往返了幾封給好友的訊息，見爸爸一直注視著前方。

「喔！不認識，只是在看這裡的房子……」說話間對面楊家出來一個頭髮及肩一肩天藍的女人，在陽台的懸勾掛上一塊雲白，就地站著撥了一下頭髮望向他這兒來。

「住在對面的人會不會看山看到膩……爸！她在看你耶！」

「是我們在看她！」他輕笑了一聲，右耳灼熱。

「我想跟她揮手耶！」女兒又出現那種俏皮的害羞。

「為什麼？好啊！揮啊！打個招呼！」他驚喜的將目光移向女兒，她忽然間又打消了人來瘋的念頭，說：「走吧！」

再回首，陽台上的女人已經消失，他偽裝流連於那被釘在綠坡上獻祭的櫻花。

「你知道我為什麼想跟她揮手嗎？你知道淡水線有開出地面，有一次我跟我同學坐淡水線，看見一個先生上車，有一個小姐就站在車站旁邊的樓上一直笑著跟他再見，我們站在那個先生後面也偷偷跟著一直揮手，他們看起來很幸福的樣子……」

女兒這個小故事令他欣羨。

「好！那下次再揮吧！」

「跟誰？」

「那個小姐！」

「小姐應該是你揮吧！」

「好，那先生你揮！」

蘇芊舉手往爸爸手臂搥，兩人互相取笑。

「爸！你變幽默了，媽媽也是，離婚至少可以讓人變幽默！」

此話一出，兩人笑得更厲害，還拿彼此粉彩的新球鞋互開玩笑，都是可口的燕菜色。他說他可是受網球天王費德勒影響才買這雙粉橘色球鞋，果真令芊芊驚豔。

初到郊外樹木叢集的地方，孩子們最易被樹上奔忙炫技如體操選手的松鼠所吸引，不料神出鬼沒飛天竄樹的沙沙聲令蘇芊感到驚悚，好似樹和天都在搖晃，怕有東西隨時從天而降。他故作輕鬆提起她的童年小事。她小一的女導師為了培養他們的愛心和責任感，把她養的黃金鼠裝在一只粉紅色的塑膠提籠，連顏色他都記住，讓班上同學輪流提回家過夜，此舉引來部分家長不滿，演變到最後甚至有人轉學。這一說蘇芊更臭臉嚷嚷：「都是那隻笨黃金鼠，曾晴轉走了！」

幸而松鼠騷動好像只是區域性的群聚連鎖反應，那段路過後就悄靜了，後來再有類似急撥樹葉或振翅驚飛聲，他都假裝沒聽見，也不再仰起頭來。女兒一副處之泰然的模樣，可能也在偽裝。他不敢多說什麼，但心底忍受著類似牙醫面對小孩不肯再張開嘴巴的痛苦，直到她可能是出於憐憫的遞來一個詭笑，他終於可以再度進行開導。

「這麼大一座森林，一隻松鼠不過像一隻跳蚤！」他說。

「好爛的比喻！跳蚤比松鼠更可怕！」她顯然因為確認爸爸的愚昧而不再生他的氣了。

他們走上陡傾的階梯和斜坡，揚著下巴看上面的涼亭，亭外天光特別鮮明。蘇熊華忙著應付步步高升，並從智庫裡提領現款，枝頭咻一聲一波騷動，他急忙放輕腳步。

「很久以前我看過一本書叫《手》，它說我們人類的手是全身構造最精密的部位，可以做很多低等動物不會做的細小的動作，像編織、拿筆寫字，我記得最清楚的是，它舉了一個關於松鼠的例子，為什麼漫畫裡的松鼠都是用兩隻手拿著東西吃，不是這樣比較可愛，是牠們必須要兩手一起，牠們不會只用一隻手拿東西吃。」

他們在涼亭坐下來，吃著孩子的媽準備的腰果、蓮霧和青蘋果，除了報告水果的甜度和滋味，兩人都在想著關於準備食物的人，有無其他愉悅的話題。六、七個狀似初退休的男女山客尚未進駐涼亭即已熱鬧烘烘，聽是在計議著假日裡的長征，有人坐落木條椅，有人探出圍起亭子腹地的欄干看見近中遠三簇櫻花，便極力遊說坐下來的人快出來看花，坐著的人只想鬥鬥嘴，「唉呦，你饒了我吧！慢一點看它也不會少一塊肉，櫻花看多了，眼睛裡都還粉紅粉紅的咧，從東京看到北京，從陽明山看到阿里山，看到不要看……春城何處不飛花……」

父女倆默默起身退出亭子，臨走前看見有個穿全套粉紫運動服的年輕女性上來，他想起楊媽媽說吉永非假日上午不定時會到山上走走，便在心底亂槍打鳥地以為那是吉永，回頭尋覓，不料與她四目相望，失望外加尷尬。她以眼還眼瞟了他一下，避開擁擠的亭子，加入望櫻的行列。

他正想著她那俐落幹練女主管般的妝顏和神氣不會是楊家的女兒，女兒說了句話，他沒聽清楚或因沒料到她會說這種話而追問，她貼向他悄聲說：「剛剛那些人一看就知道是朋友，不是夫妻！」

他正為這句話困惑，她忽然低聲哀號，把他嚇得，她微皺眉眼抿著嘴，欲哭的模樣，食指抵嘴唇要他別開口。他後知後覺轉臉向欄干，動作都嫌太大而被她按住手腕。

距離不到兩公尺，一隻松鼠正在吃擱在杆頭上的粉紅色蛋糕，如他所說兩手一起拿著蛋糕，並未離開放置蛋糕的地方，好像想趕快吃完一塊再吃下一塊，感覺另一隻松鼠蹦蹦跳跳過來了，牠自動跳開，跳到另一個杆頭，把位置讓給同伴。另一隻松鼠拿了蛋糕就往樹上去吃，牠仍站在欄干上吃，不安全感威脅著牠，在牠快吃完那塊蛋糕時，牠放棄了，也往樹上去了。

在涼亭休息的小團體已經上路了。女兒走開來才說：「好險，剛剛沒有人走過來，好可愛喔，尾巴好蓬！還學人家吃草莓蛋糕！」

「你剛怎麼沒拍照？」

「喔！爸啊！你怎麼還變笨了，你不知道牠們多敏感，你會嚇到牠們！」女兒邊說邊跳腳，突然跑了起來，好像羞於與笨蛋為伍，想學松鼠咚咚咚一溜煙藏到樹上去。

「蘇芊芊！」他在後面叫著，半走半跑，「你的鞋子跟松鼠的草莓蛋糕一樣顏色！」

「是跟櫻花一樣顏色！你有沒有品味啊！你怎麼變這麼笨！」蘇芊將手扠在腰上跑。

「你怎麼變這麼皮！」迎面來了一個面貌清秀的小姐，蘇熊華剛反應過來，聽見自己的聲音那麼大覺得好糗。

「嚇我一跳！」蘇芊折返到他身邊小聲說，「你也嚇到了啊？臉那麼紅，猛一看還以為是媽媽偷偷跑來了……」

蘇芊指的正是迎面翩然而至的小姐。

「媽媽現在髮型是這樣？」

「就只會認髮型？嗯，她現在整個變年輕也變漂亮了！」蘇芊朝他眨完眼繼續前行。

狹路相逢的山路人看對方一眼可以說是禮貌，再多就可疑了。他想剛剛只是遠瞄，她也許未察覺，接近時自然而然看一眼，她也許就是吉永。他初認識吉永正是像芊芊這樣年紀，這中間已經隔了一個芊芊的年歲了。

她靠近時他反而將臉完全撇開望向欄干外，一樹櫻花浮現在樹叢之上，女兒興奮叫著：「爸啊！」聲音清脆得像咬下一口蘋果，他知道她也看見那一樹櫻花了。

10

逼不得已吉永跟母親開口，改成禮拜三出去，禮拜六在家，理由是她的大學同學鍾珊人工受孕又失敗了，接踵發生一些事，使得憂鬱加劇，這一天特別需要有人陪伴。

她說謊，事情確實有，只是以前發生當作現在。

她發覺左邊乳房有個硬塊，雖然驚慌，但不考慮告訴母親。這種症狀時有所聞，百分之八、九十良性居多，但奢想憑空消失卻不可能。拖了兩個多月，每天往硬塊上掐，人陷入惡性循環的漩渦，才想快點解決問題。

一個禮拜六去了婦產科，年輕的女醫師一觸診即面露擔憂，要她趕快掛乳房外科，資深的跟班護士提了一個名字，強調是副院長。她悽悽惶惶乘手扶梯下樓，想念著未有這樁煩惱之前的禮拜六。而她無盡的煩惱正是始於這家醫院，父親和母親都在這裡看病，父親病逝於此，母親都在這裡就診復健。

乳房外科竟然沒有女醫師，她對副院長有點猶豫，但一聽掛號人員說他現在是半退休狀態，一半時間在國外陪伴家人，最近正好回來，心想應該是個老爺爺了，馬上預約。

無憂無慮是不可得的，抓住完成一個程序後的小輕鬆，她坐在一樓大廳矩陣般的藍色座椅的一角，側著身體看鋼琴演奏。四下是忙著掛號、結帳、辦理入出院的人們，身心操煩如烏雲籠罩的人們，放在木板平台上的鋼琴被一批盆花盆草環繞，好似一座沼澤中的聖壇。琴身烏黑晶亮，琴音蒼白慘淡，持續盯著它看，推進耳朵的還有背後一波波嘈雜聲，它飄浮起來了，令人微感暈眩惡心，彷彿暈船。她將視線範圍縮小到電腦操控自動沉浮的琴鍵上，努力沉浸在精靈施展魔法的愉悅中。

偶爾有真人演奏，長髮及腰的少淑女，垂著輕愁的眼簾坐在鋼琴前面，父母親不吝撥出幾分鐘未被病痛踩踏的心思來欣賞，那是真正的聆聽，可貴的聆聽。

他們停步的地方在她現在坐的位置斜對角。越過鋼琴寬厚的肩膀，可以看見父親芒花般的白髮面容，背後不遠就是志工站，和父母親差不多年紀的女志工看來活力十足，尤其指路時更像皮球一樣有彈性。她想扶父親過來這邊坐被無言地拒絕了，坐下來就看不到彈琴的女孩那惹人愛憐的臉龐了。

那琴在眼淚裡融化成一件黑色的雨衣。

「向上！向上！」她起身，乘電梯上樓。

她想起父親的主治醫師下午有門診。她以前若想追問醫師或護士某個緊要的保健問題或健保手續流程，總是突然想起而心急如焚，就會守在診間的門外左邊，護士過濾性的開啟一小縫門，她們即能看見彼此，直細的片面，像碎紙機鉸出來的一長條。當然她不是護士探尋的人，屬於他們的時間不是未到就是已過，護士看那委屈的表情就知道。憂容的女眷不止一個，護士趕蒼蠅似的，叫了一個號碼，迅如閃電闔上門。她雪盲般的看不見其他同類槁黃的臉，免得像照鏡子般給嚇著。有時進球很順，有時球被猛拍回來，她溫柔乞憐或者怒目喧譁，聲音大到候診的人和醫師都聽見了，只求達到目的，她已經不懂得害羞了。

她守候的位置有個中年婦人占據著。她站在最後一排座椅後面一直看著她，直到她完成任務，滿意地離開了。

半空中的電視機依舊播放著與父親病時一樣的衛教片，半數的候診人士仰臉向上看，這個姿勢基本上有拉開心胸的效用。「外面在下雨了！」大家紛紛將目光轉投向那個拿著一把雨傘走進來的人。她趁機快速移至診間門口，十分幸運的，門立即開了，護士對著她推了一下眼鏡，她也跟著推了一下眼鏡，她馬上認出這個在她父親生病晚期懷孕的護士，顯然孩子已經生了，人有點皺。這麼想著眼睛迫切地射向診間裡一頭捲髮略帶洋味的醫師，別來無恙，他邊看診邊做筆記還邊抿嘴點頭。就是貪圖一份親切，她和母親在幾個掛過號的醫師中挑中他，他也沒讓她們失望，總是不吝柔性的安撫：「是！我了解，這部分讓我來想辦法，楊伯伯楊媽媽多寬心一點就好，現在的功課就是好好吃好好睡，不要想太多！不要想太多就是一種本錢！」其實就只是一份職業性的親切，但對悲觀的母女和父女而言，需要的就是頂天立地成熟男人的安慰。在那段日子裡她常常夢見他，夢中他們彷彿一對情侶。這時他揚起下巴，先望向門外，而非病人，微有一種透氣遙望遠山的感覺，同時護士把門關上，將他禁錮在裡面。

她接著走訪母親流連的復健科和物理治療室已別無寄望，蜻蜓點水地逛逛。開放式的長方形場地整個漆白，臨街高掛的窗簾已褪到底，不見半點色澤，光線充足白霧飄飄，恍似下著太陽雨。密閉平板的玻璃窗上映照著幾組物理治療師和他們所負責療癒的病人，醫病協力機械式的反覆操作著同一個動作，好像生疏的木匠邊使力於一個笨拙的工具，邊求助於萬能的神靈。有單純在拉繩索的，像試圖吊上一桶井水，也有在推著大算盤似的算珠，另類的遊戲間，大多是老人，少數是先天或後天的傷殘。她母親在他們當中顯得很怪，有點太靈巧，她只願從玻璃窗反射的平面看她，高雅的她成為他們的一分子，既滑稽又仁慈，好似迷途的病人將錯就錯。

輪椅、助行器和女看護工在復健場地外組合成一道圍牆，穿過這條崎崎嶇嶇南蠻鴃舌的走道即可通往洗手間。她固定上前頭最小也較暗的那間廁所，對多數遲緩的病患和肥胖的女看護工，它嫌小，何況她們常得一起進出。廁所裡有個方巾大的小窗口，沒有鐵欄杆，由此往外看，使人放大自身的憂慮無望，豔羨外頭健在的世界，幾度她試探性地想像如何俯衝而下，像一條沒有肩膀四肢的魚活脫脫溜出井口。這天她輕快地展望窗口日常景色的切片，臉貼覆窗框，路面上的雨漬是新版的世界地圖，空氣中有一絲甜椒味。

她來乳房外科門診的那一天，出門時雨就在下了，下得很有份量。思慮雨具、雨天的衣鞋、行車等瞻前顧後的瑣碎，有助分散面見醫師聽判的緊張情緒，情況未明時，雨越大越好，沿途景物在沖刷中逐一流失。

診間依然凝止在那兒，像遭遇風雨的郵輪內部，更添一股防護侵擾的凝聚力，相對的瀰漫著濕悶浮躁的潮氣。門口的傘套抽取一空，她帶的是一把折疊小傘，可以收入自備的塑膠袋，打好死結放進背包，不必像長柄傘得偎擠在爆滿的傘桶內外，或者一直握在手上，三隻手三隻腳似的。

她把線衫外套披上，仍覺得冷，便把腳放回潮濕的鞋內，起身踱步。她雙手抱胸讓冰涼的手躲在胳肢窩下，實在地感覺胸口被保護著。她聽到折傘的聲音，望過去，看見一個帶折疊傘的男人，放開掌束在手中的八爪傘足，摺曲傘骨關節，將傘收縮成小小一枝，略長於筷子。她第一次這麼無聊，專注看男人做這件事，覺得很體貼很卑微。他這麼做時水可能噴到一位小姐，小姐響脆地拍了拍膝蓋，他趕忙退開，無所事事躲著人走，在旁鄰整形外科的牆下撿起一個丟棄的傘套，把它倒過來滴水，像小狗就牆撒尿似的，接著將傘柄抽長，把翻折的傘布按壓服貼放進傘套裡。那公共抽取的透明傘套適合長柄傘，細骨折傘畢竟嬌小，整個跌入傘套裡，她就那麼看著他拎著傘套晃來晃去，好像拎著一隻龍蝦。不過，完整看到他和那支傘的面貌是後來的事。

不重視隱私的醫護人員一口氣叫三個號碼，務必保持一個躺在布簾內接受觸診，一個坐在桌邊椅子上準備問診，一個立在門邊等候，整個流程又是一幅三聯畫，不讓醫師有一分一秒看不到病人，病人也好多看守護神幾眼。

灰髮的醫師皮膚白裡透紅，說話慢條斯理，眼神帶有鄉愁似的憐憫，與他面對面的兩分鐘，就夠知道這是個好好先生。但遵照護士指示，解開扣子掀開上衣投降般的兩手舉高放在頭邊，仍然覺得非常害羞，身體麻木，兩眼低垂。兩眼垂直而下出現兩座緩坡，上面的皮膚好像敷了兩塊濕涼的棉花，兩隻豆芽冒了出來。

這樣袒露約十秒鐘醫師便鑽進布簾裡，照著她的口頭提示，他手指打直按壓在潮退的淺灘上，第二下即正中那塊令她心情擱淺的小岩塊。溫暖而柔軟的手，指端沒有一絲紋路，好像專為撫觸香乳凝脂，從不做別的事。

她鬆了一口氣，把衣著恢復原狀時清楚聽見簾外醫師說的話，「男人也是會有乳癌的。」揭開簾幕與診桌邊仰起臉來的男人對個正著，不知道是誰先開始的，兩人都有似曾相識的反應。

醫師放下病歷，拿起另外一本，那男病患慌張起身把位置還給她，想退回門後，那裡早就站著一名婦人了，他只好無依無靠的立在兩個女病患之間，差點撞上他的護士沒好氣地說：「那裡不是還有一張椅子！」第二順位的椅子。吉永在心底吶喊：「天啊！」

病歷上有印好的兩個半圓形的乳房示意圖，她坐下來看著醫師在那上面標示一個圈，寫了一些字，一邊說著：「八點鐘的位置，大概一公分半。」

排定好照超音波和回診的時間，她盡快穿出診間，明知護士緊跟著要叫號，她故意把門用力拉上，甚至有那麼一刻是和護士隔著門板在兩個手把上各自使勁的。多一個人進去就多一個人看見那男人的尷尬。

天空清亮，地上也幾乎乾了，她愣在院門口，排班的計程車開到面前才急忙後退，往旁邊走，遙望後方大樓，想起舊復健科後面的人工坡地有一大片杜鵑，她們都讚美過默數過杜鵑花有幾種顏色，只是春天過了，杜鵑不開花的時候平庸至極，不看也罷。母親初到這裡看骨科，那時的主治醫師是一位說話急切的殘障人士，後來開始吃起含止痛成分的救骨聖品，復健半途而廢，未持續回診，隔年就找不到他了。

她走在車道外緣，伴隨著一部部下滑的計程車步下斜坡，沿著馬路前行。雨後露臉的暮光恍如朝陽雀躍金燦直射瞳孔，持續近百公尺，路況良好，她幾乎放空在走著。

那陽光忽然不見了，她緩下步子，發覺自己走近一處黃昏市場，篷遮下猶有雨天的濕霾，市場口散列幾個年邁的菜販，鄉下農夫的樸實長相和裝扮，粗鄙的蹄蹼前面擺著小圓篩，或者直接攤開麻袋，裡頭蔬果青脆誘人，讓人看了開心。

最旁邊竟然有個人蹲在地上賣起郵票，他在地上鋪一層報紙，被雨花吸黏住，遂一層一層地往上加，直到旁邊自備矮凳的菜農老伯說：「夠了啦！」最後蓋上一條桌巾似的格子布，把放在透明夾裡的郵票一組一組陳列上去。

賣郵票的男人始終沒有擡起頭來，總有些小細節需要調整，他垂臉以對，手撥撥抽抽，好像一個人在下那盤棋。白色棒球帽，紅藍格子襯衫的肩膀，露在卡其褲外的膝蓋，露在酒紅色皮涼鞋外的腳趾頭，她站到他面前由上而下盯著這座小塔，以及塔前迷惑他自己的一方貢物。

兩個放學的高中男生走到郵票正前方，他才想起趕緊把郵票掉頭向外，尚未全部調好方向，他們就走了。低處傳來一聲爆裂的屁聲，鄰旁的菜農老伯自首地笑了起來。又有人走向他的郵票，且立刻蹲了下來。「可以拿起來看啊！」賣郵票的男人終於開了金口。

她認出蹲下來看郵票的人是那個看乳房外科的男人，那把傘還拎在手上。他再一次突如其來的仰起臉與她相對，她撇開臉去，發現老菜農還在好奇地張望那個小集郵檯，好像那是一畦奇美無比的新品種苗圃。

那再度照面的男人躍起追問：「我們剛剛在裡面是不是見過？」她繞過他，蹲了下來，用手指點著郵票，一組四張，像四格漫畫。他也跟著蹲下來挑選郵票。老菜農在旁邊出意見，「這個好，這個也漂亮啊！」她買了古董汽車和兔子的郵票，他買了熱氣球和熱帶魚。

今天沒帶書，沒書可夾，她暫且將郵票收進化妝包裡，順便把裝有濕雨傘的塑膠袋從背包內取出，走到垃圾堆旁倒掉袋中雨水，抽出傘骨撐起傘來。

他把從醫院嚼到現在的口香糖吐出來，丟到垃圾堆裡，說：「丟垃圾堆比垃圾桶開心……可惜沒有什麼可以丟。」邊撐開傘邊笑說：「晾傘！」

「這是女生的傘?!」似乎說錯話了，她趕緊又說：「很漂亮！」

「我妹買的，她是美勞老師，她在集郵。」說著他舉高傘，仰臉觀賞，下巴形成一條船舫的弧線。接著他把傘放低旋轉，淺水藍的底色，布滿寶藍與深藍的小斜線。

「好像雨絲！」她說。

「你喜歡跟你換！」他說。

「換傘?傘不可以送，可以換嗎？」

「我不迷信！」

「這是贈品，也不漂亮，你那是一把好傘。」她繼續沿著馬路走。

「我不介意啊！」

「我介意！」

同行了一段路，越過一座公園一間學校和一個公車站，她把傘收起來，他跟著也收。她覺得自己似乎喜歡聽這折疊的聲音，像拆卸帳篷，也像操槍。

「之後我們要不要再見個面？等那件事處理完，不管怎麼樣，再見一次面？你有Email嗎？」他遞上一張名片。

「我怕名片……我會隨手丟了！」她說。

他馬上跟路過的高中生借一枝筆要一張紙，寫下姓名、電話和電子信箱，突然又按下筆芯補上地址。高中生沒耐性等便走開了。

他追過對面馬路去還筆，她一路看著他走入一群青少年裡，模樣更加稚氣了，在他回頭前趕緊掉頭走開。

他追上來，高興的說：「剛剛那個同學我是認他背上黑底白色骷髏頭的束口袋，但是你，我已經要記住你了，不是靠雨傘或其他東西……」

11

額頭抵住機器，眼睛對準目鏡，一條筆直的大路在她瞳孔裡展開，兩旁是灼熱的紅漠，測量視力的焦點一顆彩瓣分明的熱氣球，不偏不倚定在大路上空。

凝神注視，血絲爬滿眼球，淚腺漲熱，模糊了焦點。

她最熟悉的一條大路在一張黑白海報裡，少年垂著臉踽踽獨行，伴他前行的是一條黑色冰冷的大路。姊姊在旅行途中喪生隔天她將海報推入床底。純粹被畫面吸引，她對海報上的電影《My own Private Idaho》一無所知，後來查出畫面上叫「River Phoenix」的演員二十三歲死於吸毒意外。搬到外面時她把它帶出去，裱了框掛在床邊牆上。對於言永出事的大路她反而沒有身歷其境的感覺，她尚且前去招魂，只記得風很大，她想吐站不穩，眼睛張不開。她在網路上找到那個畫面，「河鳳凰」依然年輕，那件外套依然很酷，她男朋友曾經有過類似的外套，乾淨冷清的馬路兩旁白白兩道覆雪，會在夜裡發亮。

步出驗光的夾層閣樓，突發奇想，如果母親心情好，可以跟她說說言永的隱形眼鏡，好久沒有提言永了。

她想順便配隱形眼鏡，一日情的拋棄式不適合敏感的眼睛，但是養著一副長戴型又嫌費事，無法兩全其美。

玻璃櫥櫃裡排列整齊的眼鏡像一隻隻透明的蝴蝶，她和接待她的燙著玉米鬚頭的小姐分坐櫥櫃兩岸，討論度數、鏡片品牌和售價。「你的頭髮很可愛！」她岔出一句。小姐笑說：「好玩！不流行了！」她試著認真聽取報告，兩手與冰涼的玻璃保持距離，早打定主意，買中價位的就是了，心思還流連在鋪深灰色地毯的驗光室、目鏡裡的日光大道。

返家十多分鐘的路上，她打消提那副隱形眼鏡的念頭。封存至今，她不敢想像那兩隻鏡片現在的狀況。污濁黏稠，長出青苔，保存液枯乾，鏡片涸硬扭曲像兩片失去依附的魚鱗，且是黑色魚鱗。

那天言永的「三隻眼睛」都放在浴室裡，同行的全是她高中女校的好友，沒必要戴隱形眼鏡出門，她聽母親的話，讓眼睛透氣。之前眼鏡不小心被水沖丟一隻，只好再配一副，加上留著原本那一隻以防萬一，言永說自己有三隻眼睛。那時吉永也很想配隱形眼鏡，母親說得等到高中畢業。意外過後她夢見她忘了幫被拋出車外的言永取出隱形眼鏡，又再一夢試著幫她取出，鏡片緊緊黏在眼球上面了。

不想提它也是不希望母親注意到她配了隱形眼鏡。她東西都準備好了，就差洗臉戴眼鏡，偏偏母親一直在看電視，且是平日不感興趣的二戰紀錄片。

「怎麼還不去睡？」她終於忍不住催促。

「為什麼要睡？」母親訝異似的反問。

「不是飯前都要睡一下嗎？」她大聲的翻弄報紙。

「今天精神好像太好。」母親望向她，「今天不是禮拜六，怎麼還不出去?!」

她沒說話。

「好啦，還是去躺一下比較好。」

母親表現得聽話，又總令她難受。飯前午歇而非飯後是母親的習慣，從她第一次坐月子看的一本月子書學來的養生之道，她曾說全校師生鬧哄哄忙吃午飯，她一個人趴著歇息像浮在浪潮上可舒服了。著書的女士家中世代習醫，戰亂時代匆促嫁作人婦，丈夫患病早逝激發她鑽研養生，日後還曾擔任日本皇室的保健顧問。

吉永洗臉，戴眼鏡，畫個淡妝，十分鐘完成，浴室門一開給站在門外的母親嚇了一跳。

她換好衣服走出房間，在床上的母親那毫無睡意的聲音說：「你戴隱形眼鏡喔！」她假裝沒聽見，母親又說：「上次你那個以前的同事小東要結婚，我就叫你去配了！」

她漲紅著臉，還是不說話，抓出一雙鞋，用力關上鞋櫃，打開鐵門微風拂面，忽然心軟掩了門說：「我不是有跟你講公園對面那間藥局……」

母親急忙應聲：「怎樣？」

聽那聲音好像挺起腰背來講的。

「那間藥局除了那個怪怪店長，其他女店員每個都皮膚好好，簡直一點瑕疵都沒有，有一個手上有一長條胎斑……」她沒有說她喜歡看那條胎斑。

母親善解人意的接話：「那你今天去他們一定不認得。」

「可能。」

「氣象報告會下雨。」

「喔！」

她沒有馬上下樓，而是踱到樓梯邊，推開窗，沒有任何防止窗或人跌落的防護，她為自己感到擔心。由近而遠她跳躍式的看到了一隻貓走過老舊的紅瓦屋脊；一棟新落成的小型大樓已有住戶入住，次高的樓層植物茂盛不像才搬來；吊車像一支長鎗在興建中的建築物上慢慢旋轉，彷彿在尋找鎖定的目標。這幅人間景象是背山的住戶屋外常設的風景，且不斷在增生向上發展當中，偶爾觀賞並沒有想像的糟。

在她的觀照下景物急速暗黑，她有些興奮，否則才一忽兒出門的動力快要熄滅了。

裙襬與髮絲競相拍打，瞳孔裡好似兩缸魚水在膨脹晃動，她一下子飄到藥局門口，腳步剛停雨應聲落下，一個穿白袍的女店員急衝出來攬著騎樓下那些減肥、壯陽的旗幟就跑，剩下一個女明星賣奶粉的人形立牌自動挪跳了兩下，倒向屋簷外，雨迫不及待灑在她臉上。

密集的燈管照著地上的瓷磚，藥局裡衛生慘白，長條玻璃櫃檯從店內左側四步處延伸至後頭，櫃檯與壁櫃中間留有店員旋身的空間，促銷品堆疊在櫃檯上隔出幾個小窗口。吉永怕遇到店長，他是店裡唯一的男性，頭髮不長也不短，身材不胖也不瘦，戴著一副細框眼鏡，長相也是沒好沒壞，就是個一切平淡略微陰柔的男人，一米七左右的身高，跟大多數人說話都是臉對臉。她跟母親形容他，問題就出在說話溫柔體貼，微帶不慍不火的一絲笑容，且兩眼專注直視對方，目不轉睛，對所有客人皆如此，男男女女。

「眼神呢？」母親問。

「對！眼神很可怕，可是，好像也沒什麼好怕的！」她一點也學不來，說不像，「眼睛算小，但也圓圓的。對！就好像他有什麼肺腑之言想跟你說。」

母親笑說很久以前看過一篇法國小說，有個男人在電梯裡碰見另一個男人笑容親切跟他打招呼，第二天第三天依然如此，第四天他終於忍不住掐住那個面帶微笑的男人的脖子說：「你有問題嗎？不要對我笑！」

客人在後面窗口，前面沒人，她站上去，看見一個新面孔，十分稚氣，膚質如玫瑰花瓣，禁得起酷白的燈光，微透粉紅，白皙的手拿起她放在櫃檯的東西問：「電話？」

打進電話號碼，電腦顯示所有你買過的品項，包括父親病時那些重症患者的營養補充品，多半是那位手有胎斑臉皮不輸年輕女孩的資深女店員推薦的，店裡她最像藥劑師，後來未繼續買那些東西，她應該知道怎麼回事，從不貿然詢問。

「橘色是兒童的喔！」櫃檯裡的小姐盯著螢幕說。

「我知道，橘子口味！」她把鈔票放在櫃檯，快速收回蠟黃的手。她常買的是成人的檸檬口味和加強緩解感冒症狀的金桔口味。

後面有人叫了一個名字，「電話！」隨即傳來店長沉穩溫柔的聲音：「我來！」

其他人會接續盯著螢幕的工作，但他必先定睛問候客人，用他那比醫師更專業更探索甚至已臻宗教境界的慰視眼神。「刮目」相看或許可以形容，讓人感覺自己是受到另眼相待的，有觸感的。吉永願意這麼想，是她的改頭換面讓他若有所思忘了從嘴角遞上他那標準又客製化的溫冷笑絲；他馬上補了上來，好像刀片在磨刀石上一抹。

看了螢幕他笑容更深地對她說：「我有時候也會把普拿疼伏冒熱飲拿來當飲料喝，心情不大對的時候的消夜！你今天應該不需要吧！」

她從未曾在藥局裡笑得這麼開心過，不好意思的轉臉朝門外一瞥，回頭店長遞上一張傳單，幾個大字寫著「家庭照護者——喘息服務」。有那麼兩秒她兩眼專注直視對方，好像從他眼裡望見一條大路，回神趕忙淡然一笑，感覺隱形眼鏡不太服貼而眨了眨眼。

她走出門口發覺雨就那麼草率地停了，一時迷茫，不知往哪兒去。

12

她披了蘋果綠的針織背心，圍上樂譜圖案的絲巾。她用傘柄正推側擊趕出鞋櫃下一個鞋盒，兩腳輪流踩進盒裡將鞋穿出盒外，咕噥：「還裝什麼鞋盒！」「哎呦！一年出幾次門，放外面全是灰塵！」

到了電梯裡又嘀咕：「放盒裡，怎麼好像有沙！」回頭瞧瞧背後大片鏡子，彷彿在看有沒有人跟過來，不想跟鏡中的駝子打招呼，轉身挺起腰桿。

她拿著一盒巧克力要給晚班警衛，她學聰明了，先用對講機問聲忙不忙。警衛亭非久留之地，她在院子一張被一叢南天竹遮住的椅子坐著，搖搖小扇，由警衛兩處移動，既可解解悶，呼吸新鮮空氣，警衛也不誤事。

她知道他一些事。姓施，名字寫在警衛亭外，有人喚他「小施！」他說他在鄉下當過代課老師，臨時性的代課老師，來台北做了快兩年打雜的行政助理，那家公司是他同鄉人開的，有時還會幫老闆帶東西給家鄉父母，後來公司倒了，老闆跑路，他就近在加油站打工，夜裡常跟這裡的晚班警衛小田瞎聊，也偷偷幫小田代過深夜的班，說著他把手伸進褲袋，「他會塞錢給我，好像只有我外公做過這種動作！」小田不想做了，建議他暫時在這裡做做看。

「就是那個，你看！就覺得是一間海砂屋！」他指給她看他住的地方，好怪的屋子，好像當初蓋這座大廈沒拆乾淨的舊建物，附近另一座大廈開工也沒解決它，看似一列拋錨橫陳在圍牆外的雙層巴士，使人聯想到廢棄的腐乳工廠、農業學校。

「真是時空錯亂，你不說我不知道有這屋子，只是我出入這裡也沒多少次就是了！人老了心思就一直一直往下降，降到這雙腳上，腳痛啊！」她說，「那上面是什麼？草長那麼長？」

「我們鄉下叫菅芒，跟秋天山上的芒草有點像。」

「菅芒我知道啊，很會割人。」

「我住在上面，頭伸出來外面跟小田聊天，就那個窗戶，」小施向前走了幾步像老師伸手指著黑板，「現在沒人住了，燈都不亮，對！我搬走了，我才不要住在離工作的地方那麼近，那會瘋掉！現在住的也沒很遠，走過山就到了，還是小田跟我報的捷徑，交通費省下來。」

「有沒有經過一間廟？」她依據女兒的描述，山上的廟是一大景點，山行者的交會站。

「先經過土地公門口，再經過地藏王菩薩門口，我會在那邊吃個早餐，天氣好有時候突然好睏，就先在廟口椅子小歇片刻！」

「真羨慕啊！自由自在！」她拉長脖子從腳到頭打量他，他講到一件令人由衷羨慕的事。

交談到了第四次他微羞地透露晚班警衛這個工作能夠做得下去是因為可以偷得浮生半夜閒，眾人皆睡我獨醒，偷偷寫點東西，等「它」稍微可以，他會第一個拿給她看。這事是沒人知道的。連他自己也沒想到。他壓低著嗓音卻完全壓抑不住潛藏的喜悅，眼神中閃爍著膽怯而熾熱的光芒，好像一隻雨夜裡保持噤默的蛙王，曲調呼之欲出。她把扇子掩在胸口，感動得無法言語。

「不過現在每個人都在寫，也沒什麼好稀奇的。」他怕她過度期待趕緊補了一句。

「不一樣，你寫的不一樣！」她知之甚深似的。

她幾度想提起這個新結識的朋友，再多想一層就罷了。他們熟起來多少因為她不想讓自己在情感上過於依賴言永從前的男朋友熊華。那個禮拜六正好是言永生日，她月初就發現了，特別跳過那一天，恐怕熊華起疑，月初即宣告這個月的禮拜六都有約會，請他不必來看她，到了那天下午電話響了好幾次，她按捺著不去看來電顯示，心情一陣陣紛亂。天快黑的時候，對講機響了，也沒去回應。八點鐘他上來按門鈴。她攀岩似的，手撫貼著門板，眼珠子對到門板上的透視孔，癡拙的模樣簡直像在索吻。她看是個男人，開門才恍然大悟，這人並非熊華。她稍有失落，馬上又開心起來，是熊華請警衛將蛋糕送上來。她杵在門邊，順便吹吹風，悶了一整天，原來風在這兒，聽到電梯門開的聲音慌張喚：「警衛先生！」被她叫回來的年輕男子一身卡其制服，胸前有幾枚徽章，光看那臉既稚氣又無助，好像跟他講件事都會徒增他的困惑。

「沒事啦！我只是想請你吃一塊生日蛋糕。」她不知不覺用一種哀求的口吻。

他沒有推辭，滿足住戶需求本來就是他份內的工作。

他脫鞋入內，依她的指令拿盤拿叉，「還要一根湯匙，我喜歡用湯匙吃蛋糕！」他不慌不忙動作死板精確機器人般的，她擔心他不敢表達內心的抗拒而哄著：「不會花太多時間！」畢竟他的時間是賣給所有大樓住戶，不是她一個人。

一個乳白色的小圓蛋糕，上面細撒一層雪花狀的刨絲。

「啊！好可愛！六月雪！這樣最剛好，就一張臉大，巴掌臉！我們兩個就可以把它吃掉！」

「不留……」警衛拿著紅色塑膠小刀懸在半空中。

「留給誰？她……她比較喜歡巧克力的……好吧留給她！唱歌許願？我會許，我在心裡許，切！畫十字，切四塊，我們一人吃一塊，你拿一塊下去晚點肚子餓吃，不然一個晚上那麼長醒在那裡，連盒子一起拿下去，我用保鮮盒留一塊給她。」

她輕哼祝你生日快樂，覺得一切安排得太完美了。她安靜地挖起一口蛋糕送進苦燥的嘴巴，抬頭看見年輕人謙遜的神情，感動得猛眨眼睛。

「蛋糕不吃則已，要吃就要吃最好的，尤其我這種年紀，第一次覺得奶油這麼好吃，白巧克力就更不用說了！」挖蛋糕的動作感覺到綿密的契合，吃蛋糕的節奏她也滿意極了。每一勺都美得好似一瓣百合。

離去前他隔著鐵門格柵對她說：「生日快樂！」

「其實，」她一喚，等電梯的警衛連忙轉回來，「沒事沒事！我是想說，其實她生日雖然是六月十八，但是六月十一我記得更牢，那天是預產期，她慢了七天，第一胎嘛，就一直念著預產期，好，好，快下去！你忙！謝謝喔！」

剩下的一塊蛋糕她很想吃，比吃第一塊更渴望，但又覺得吉永應該嘗嘗。

吉永吃一口就說：「嗯？不可能！不會是江太買的！」

她開心得不得了，聲音一下子高昂起來，謊說得圓滑又漂亮，「她哪捨得啊！想也知道！她女兒買的，嫁建築師那個，拜託！她家外傭買的都比她高級！一吃就知道了！」

她按捺不住跟吉永透露她的新朋友，實在是情不自禁了。

晚上吉永下樓倒垃圾，回來興高采烈說院子有一幅「梵谷的畫」！社區圍牆和外面舊公寓背靠背，公寓人家搭蓋的後壁空間封上一層波浪板，掛起一盞燈，燈火將板子上面手工紙般的毛纖質地映現出來，更美妙的是還產生螺旋的虹彩光暈，那筆觸和靈動感彷彿梵谷〈星夜〉中的光漩。吉永大概太驚喜，沒察覺這個新發現母親怎麼一說就懂。

其實某個週末夜警衛小施已經告訴她，攔她去看過了。就在社區餿水桶上方，傍晚一場驟雨，她以為是雨天帶來的淋漓感，使它濕漾漾的，產生暈染轉動的幻覺，還笑說：「這麼美，請他們多掛一點！」

至此她還能不說，默默享受著一份節制的雀躍。直到小施把他的創作借她帶回家，迴繞的樂音化作手上的樂譜，這份美麗的竊喜也差不多停止了。

禮拜天早晨她總是察言觀色，悄悄判讀女兒昨天外出過得如何。她知道這女孩子喜歡她裝做若無其事，不管她看出什麼端倪。光是察覺她在觀察她，即可能搞壞氣氛。禮拜六她自己一個人過分鬆懈，隔天早晨總會賴床。她在早餐桌上呈上那本創作，拿捏好態度和情緒，馬虎的話恐有交友不慎之虞，太當一回事怕引來反效果。就像吉永偶爾帶回一個小禮物，在禮拜天早晨拿出來，為六天的罐頭生活製造一個新鮮的開端。

「天啊！這什麼？」吉永翻開第一頁即驚呼，「這字真嚇人，一隻一隻好像蠍子，毛手毛腳！」她持續注視著吉永，這在禮拜天早晨是絕不允許的，吉永未抬起頭來，好像看的是她的習作，她亟欲得知評語，忽然想到開頭寫的是圍牆外那像梵谷的燈光，吉永該不會懷疑是她多嘴，那她也百口莫辯了。她忐忑起身假裝不以為意，吉永大動作拉住她。

「這真的是太……」吉永眉頭微鎖，微笑詭異，一臉陰晴不定。

「太怎樣？」她自女兒近似滑稽的表情判讀出些許正面的意義，至少是令人發笑的。

「太不可思議……真的是那個晚班警衛？頭髮短短表情有點悲悲呆呆的，好像學生要開學的那個年輕警衛？好像孤兒……我就有這種感覺，對！滿對的！從前……也不是太久以前，有一個作家告訴他那些年輕小跟班，如果你家沒有地，警衛、管理員會是想當作家的人適合從事的行業，」吉永笑了一聲，「可是……後來……他上山吊死在樹上……」吉永始終低頭看著那本學生型的筆記本，吞吞吐吐說出這話來，感到如釋重負。

「真的假的？胡說八道！人家多樂觀啊！你一定是把梵谷跟他混為一談了！」她搖搖頭轉身離開，「整天胡說八道！看內容啊！認真看啊！」

13

門外持續有聲音。早上六點不到。也許和最近發生的那件事有關。

隔壁，鐵門敞開會相撞的那一戶，搬進兩姊弟，兩人出入無定時，過著謎樣的生活。深夜，吉永被門鈴聲嚇醒，觸電似的自床上彈起，整個人被吸到那大磁石般的門板上，貓眼迷迷茫茫，外面的世界無聲無息，狂跳的心臟羸弱下來，極為難受。一個多小時後剛織的一個夢又被短促的門鈴聲扯破，這次一個男人倒退著將一大個人拖進屋子，隔著門板就在她眼前進行。接著「總監」拿著拖把出現，並和對門余媽媽說話。兩天後遇見總監解開謎團，無奈得要聽她長篇邀功。

隔壁青年倒在她家門口，第一次鈴響大概是他酒醉誤觸；余媽媽開門撞見，宣稱怕嚇到「對面的小姐」，去按了掌控大樓大小事的十一樓太太的門鈴——「總監」——母親給她取的封號，以前吉永上班的公司有所謂的創意總監，我看她應該叫歲月總監！總監立刻傳喚警衛，第二次鈴響可能是警衛自脅下將他撐起時撞到了按鈕；地上一灘尿，警衛奉命用拖把拖乾。當晚他姊姊不在，總監等不到天亮，即刻電告他們在鄉下的父母，父母抱歉連連，承諾盡快北上看他搞什麼鬼。他又去夜店混了，總監說。

吉永對準貓眼，看今天怎麼回事。對面余媽媽忽隱忽現：張一門縫，見她立在牆邊，手拿抹布在擦拭輪椅。

「媽啊！我剛才聽到門外有怪聲音……」吉永奔到母親床邊，母親側著臉讀枕畔一本小說。

「我只聽見小鳥在叫的聲音。」母親把書捲在耳邊，扭了扭脖子。

「是對面余媽媽在擦輪椅，不知道是不是老先生……我想去跟她說一下話。」

許久未見她那小女兒的乖巧模樣，母親支起上身，似笑非笑瞅著她。她有些靦腆，說起最近和余媽媽的接觸，也和隔壁新鄰居有關。

那日傍晚她開門見余媽媽站在面前，眼神柔亮向著這邊兩門之間的角落說：哪裡跑來這隻貓！余媽媽自屋內端出一個小碟子，盛了點剩菜，還拿出一條八成是老先生穿過的米黃麻紗方內褲，要給小貓當被子，那貓乾乾淨淨膽怯迷惘。

「怎麼沒聽你說，貓咧？」母親問。

「有哪，不是跟你說那對姊弟養的，貓偷跑出來，他姊姊不就在門後聽我們說話，等我們一個出去一個進去才出來把貓抱進去，好像怕我們咬她。」

「快去啊！去看她怎麼回事，我要起來上個廁所！」

余媽媽執行著不知第幾遍的擦拭，椅面、扶手、推把、腳踏乃至輪胎，轉身掃視剛現身的吉永，呢喃：「這張椅子，坐上去就下不來了……前年有一次，剛好是在煮晚飯的時間，我這個心臟不對，昏倒，我先生把我抱下去送醫院，看他就好好的，怎麼一下子說腦中風就不行了……看電視我問他，這是什麼？大象！這個咧？長頸鹿！好！長頸鹿！教他說會跟著說，不教他就發呆，我們孩子說要去找安養院，我說我要自己顧，我還行，照顧爸爸是媽媽的責任……」

余媽媽顛晃了幾步，將抹布塞在鐵門格柵間，手沒停的練習操作輪椅，接著面朝吉永兩手先抓好扶手，一屁股塌進輪椅裡面，苦笑著挪動圓鼓的身子，將重心調整到凹陷的帆布中央，手掌腳掌安置妥，挺起胸膛，嘆了口氣又沉下去，眉目低垂不發一語，似打起盹來了。

吉永雙手抱胸蹲在門口靜靜看著她，忽覺手臂發癢，一根頭髮掉下來，巨大地橫陳在皮膚上。長方形的門廳，兩端各四管日光燈照明，屋內反顯陰暗，吉永起身張望陽台，才知道雨來了。

吉永回屋不主動報告探視結果，母親有點光火，口吻冷靜：「是怎樣？」

「就你想的那樣。」吉永去摸了一下煮粥的鍋，走到母親房門口。

「是先生還是太太？」母親又問。

「是哪一個有差嗎？總會有人先倒下。」

母親坐起來，背靠枕頭試著繼續閱讀。

「如果你還沒餓，或想再躺一下，我先出去一下。」

「爬山喔？」母親轉過臉來。

「那也算爬山！」

「不算什麼？不算山？還是不算爬？受不了！」母親用力翻出書頁的聲音。

「下雨最好睡覺！」吉永想緩頰。

「雨最催眠了！買點香蕉回來！還有優格！」母親緩和情緒，不在先生孩子出門時和他們鬧脾氣是她的原則。

吉永快速抓檢了六樣東西在身上：手機、鑰匙、錢包、糖果、水和傘，向著母親房門說拜拜！電梯才啟動，馬上要停了，燈號「11」，她哀嚎天啊！同時掏出僅有的防禦武器手機。總監迎面而來，全副武裝，雲卷的短髮，黑眉黑眼線，修飾暗沉膚色的粉底和唇膏，適合社交性散步既輕鬆又帶點復古味道的衣裙，踩進電梯，像青蛙見著採集箱裡的昆蟲立刻吐舌將牠捲進去。

濃重的口氣裹著薄荷牙膏令人噁心，吉永皺眉閱讀因打招呼而中斷的訊息。總監抓緊時間塑造急公好義的形象。吉永裝作分神乏術，含糊地瞧了一眼，繼續練習憋氣。初來乍到時懵懂無知，和一群單純的住戶到時任主委的總監家裡開會，聽她解析危害住戶權益的事件，從此彷彿成了同夥，管委提名選票分配皆在不期而遇時聽她耳語。居家者看似軟弱沒主見，更是她洗腦控制的對象，下樓電梯沒給逮到，她不時在警衛亭守株待兔，發現獵物，立即鬆開聽命於她的警衛，一個箭步跟進電梯，一樣身陷牢籠。

最可怕的一次是父親過世後吉永和她單獨共乘電梯，她又開始善盡關懷住戶的職責，她所謂的生命共同體，成功地將吉永逼哭了。這麼羞恥的事不想讓母親知道，整整兩個禮拜吉永悶悶不樂，懊惱自己毫無招架之力，任她生吞活剝。除了電梯內的速食社交，有個禮拜六晚上她來猛按門鈴，反覆說著這戶有人在啊，沒來開門我就要擔心了……說話的對象是個民意代表，她帶他來挨家挨戶拜票。此事惹惱了母親，直嚷少來煩我！但還是單獨與她幽閉相處最難受。

下降的電梯溜溜球般收線止住，吉永冷笑望著燈號「5」像閃爍的燈塔。

進來的是一個擁有雙博士的中年男子，這也是在電梯裡總監口中得來的訊息，高級知識份子為鄰，她引以為傲。是個有下床氣的傢伙，轉身以鑰匙敲點電梯按鍵。她親切地喚他名字，問早，好像他剛從她家另一個房間醒來走進客廳。那人順便瞥了吉永一眼，關於她的問候，爬山啊？下雨囉！有沒有帶傘？等等的，冷淡地動了動喉頭。她說了句話，引起他很大的反應，清早第一句話像被驚起的飛鳥嘎怪地叫了聲「哈啊？」她笑著放慢速度，「我說喔，你這樣每天爬山，有沒有想過參加一〇一登高賽？」電梯到達一樓，那先生說聲「謝囉！」大步走出電梯。總監跟著出了大門往警衛亭去，並且切換另一種聲調說話。吉永想起那和母親交朋友的晚班警衛所寫的「X小姐」，每天清早都要來查勤監督。

有一陣子她六、七點散步，經常遇見同電梯年紀相仿的兩位男士，「雙博士」和「小隊長」。他們趕上班腳程快，她上山途中可能再度遇見回程的他們，初始她點頭微笑，漸漸能省則省，來得及就把傘壓低帶過；但下意識裡遠遠判讀著傘外的山友們，在山中，身影變得突出深刻。同棟樓那兩位男士因刻意避開，乃至只是下半身自傘下擦身而過，她也敏感的辨認出來，下切的腿部線條、特有的步態、眼熟的褲子鞋子，雖然少了一張臉，卻適得其反好像更親密了。後來發展出一種目空的安然，即使四目相交也罷，如此行徑始於父喪期間，之後成為常態。

二月底櫻花時節，藍文輕屋後坡地「裸奔」了一大塊，覆著一面藍白條紋帆布，十分殺風景。三月裡藍文輕在那兒忙來忙去，除草、整地、植樹；在坡頂近山路的欄干下種了兩株貌似海邊來的樹，柯枝糾虬光無一葉，不過個把月，它們趕進度似的長葉開花了，吉永立在欄干邊看著白棉紙般的花朵，讚嘆不可思議，毫無適應問題，同時輕輕望了自己家一眼。

雨欲去還留，拂掃過的山路，好像黑板擦過，那人一路寫字。雨若有似無，字鮮明醒目，寫字的人也許還在山裡。「油飯」、「外星人」、「猫」，偶爾有看不懂的字。犬部的貓曾經出現過。那寫字的人大概屬蛇，總是在即將變天、放晴或動盪時出來溜達。「外星人」從未缺席，旁邊畫有一個三、四十公分高的外星人。先畫圖再文字加注，或者題了字再圖說，不得而知。一顆燈泡形的大頭顱，沒有手指腳趾，甚至沒有封閉，開放式的四肢，用幾條鬚線呈現，像燃燒的火焰，為軀體，尤其那顆球狀的頭顱注入升空的能量。筆勁粗獷，好像畫得很快，像簽名。雖然是簡單的圖案，需要反覆練習，才能一體成形，毫無複筆，畫得幾乎一模一樣，一個標誌。

路上重複出現「外星人」，有字必有畫，有時只有圖像，一小尊橫躺在一級階梯上，或者廟埕邊緣一角。偶爾他用一個接一個的箭頭將字或圖像圍起來，像一個電路圖。

她沿著邊坡逆向上山，身邊大圖章狀的欄干一柱一字分別寫著「龍」和「虎」，泥塊擱在虎字上面，被雨水半融了，她伸手觸碰，彷彿它有魔力。

清晰的「槍手」題在涼亭台階上，是射擊手還是代打的人？他也曾在涼亭地板畫上蒲扇的形狀，裡面寫「猴」等動物名稱，路過的婦人紛紛留步，嘆那字寫得多正多好。在山上她們顯得太會大驚小怪了。

她繼續尋思，直到發覺無階可上，恍然土地公供桌一角近在傘下，樓上傳來真人實境的誦經聲。

「醫生怎麼說？要不要我陪你去……你知道我想見你……」一個男人貼著山壁將公共電話全遮住了，彷彿偎在山的胸口，「你如果也想見我，就到街上來啊，街上本來就有很多人……」

她仰起臉來，供桌上頭低矮的天花板被爐香燻成金茶色，一層香油蜜膠，平日常見歇息一種褐灰色的蛾，今天單單兩隻竹青色相似又不相同的小昆蟲，令人想起「青箬笠」、「綠蓑衣」。她拿出手機擺好拍攝手勢，勾在手腕上的傘掉在地上，嚇了打電話的男人一大跳，他回過頭來，臉上爬了不少皺紋。

14

日本前首相森喜朗率參訪團在台南八田與一紀念園區，種下兩千五百株河津櫻種苗，「日台友好絆之櫻植樹活動」由日台運動文化推進協會發起，會員指出「絆」意味兩國情牽相繫。森親自書寫「絆之櫻」紀念石碑。

蘇芊自從和爸爸爬過一次山就嚷著要帶媽媽去，宣稱那座迷你小山，她都記起來了！媽媽紋青看完這則報導立刻給蘇芊傳簡訊：「這個禮拜天去爬山如何？」傳完才發現那是張舊報紙。蘇芊回覆：「不知道櫻花謝得快！現在才要去！」紋青又傳：「難道只有櫻花好看？又不是櫻粉，純爬山！」

晚上碰面紋青提議找同事彩琳一道去，附帶說彩琳阿姨最近心情不佳，蘇芊便不好拒絕，但明顯不如想像中興奮，她說算了下次再找她，這女孩又開始嘰哩呱啦了。紋青暗地懷疑她偷約她爸爸，到了山上發現並沒有，純粹是強烈的占有慾。

在一處彎道的山壁上蘇芊發現露在濯濯童山外的樹根，看起來像大爬蟲類的腹部、右後腿和尾巴，逃避人類的驚擾而鴕鳥似的一頭鑽進山壁裡。這在離路邊水溝不遠的地方，上次沒有發現，前頭就是她和爸爸看松鼠吃蛋糕的地方。她拍好照，移開手機，驚叫，她赫然發現在大爬蟲類的尾部上方不過二十公分，一條灰灰皺皺的樹根酷似象鼻垂了下來，象鼻根部的土表更是有明顯的臉部象徵。

「幸好小象逃出來了！」蘇芊說，「我們把這座山取作象山……」

「不行啦！象山已經有了！在一〇一那邊！」

「喔對！那……叫象鼻山，不好聽，橡皮擦！象樹山，哈啊！好像台灣國語，像是山！」

「那就象樹山，比較好玩……」

「像是山，終究不是山啊！」

「……象是很有感情的，不！是最有感情的動物，一隻小象會因為生離死別就悲傷到死掉，你光看牠的眼睛就知道，好憂傷喔！」紋青伸手撫了撫象鼻。

女兒笑媽媽出門跑步隨身攜帶減至最少，是個極簡主義，爬個郊山卻變成奢華主義，配備許多東西。但這些增加負擔的好吃好喝的東西緩和了女兒隱隱作怪的壞情緒，她一直拿這次遊玩和上次相比而有所不滿。星期假日據她所說遊客是她上次非假日來的十倍，半路遇到好幾次踏青團，成員多為好學的年長女性，有的還帶著孫子，老師導覽的腳步說停就停，一行人阻塞在山路上。因此松鼠不見了！蘇芊咬著蘋果說。紋青不和她爭辯，不滿恐怕都是氣溫升高所引起，松鼠是有，但人群熙來攘往視覺和聽覺確實會變鈍。

兩人脫離主要的山路，岔上二十來級荒壞缺角的小階，眼前有條棗紅色的木棧道，就是風景區該有的模樣，陽光在那兒閃耀，紋青拉了一下女兒的手，回頭左後方有座方形小亭砌在岩壁邊，亭身白漆斑駁，地上有隻綠瑩瑩的金龜子和一張舊報紙印著近日灰頭土臉的財政部長，紋青脫掉袖束和外套待了下來。

她們噴上兩位辦公室阿姨提供的不同品牌的香茅防蚊液，無蚊蟲來襲。為減輕負擔，她們又吃起白煮蛋和茶凍。蘇芊看著一個年紀大的男人一手打傘一手搧扇走過棧道，說：「你忘記帶扇子！」「扇子？」滑手機的紋青揚起臉來，「扇子很多啊，促銷商品一天到晚在發，扇子好帶！」

「彩琳阿姨為什麼心情不好？」蘇芊問。

「她跟她老公快完蛋了！她老公搞外遇。」

「又是外遇，怎麼還不離婚？」

「離婚那麼容易大家都離了！」紋青用帽子搧起風來。

「都怪有孩子，你是過來人。」蘇芊斜眼看著媽媽。

「哼！過去人咧過來人！」紋青起身打量亭柱上的塗鴉，好似火炭抹的，有煙燻的感覺，「很奇怪，為什麼你爸會來爬山？他喜歡跑海邊的。」說著走出亭外踩著岩石，「智者不當，要當仁者了！」

「媽啊，爸爸以前有沒有外遇？」

「你要問他，你問我！他很自私，很難愛別人，就算有外遇也有限，喔！對不起！不要說他壞話，親愛的爸爸！你看這金龜子是不是裝死？」她用葉子將金龜子翻過身來，女兒拿一根樹枝推牠。

「沒反應！你們兩個怎麼會湊在一起？」蘇芊說話時樹冠層響起一陣騷動喧騰，循聲望去，松鼠從高處樹梢水漂兒似的咚咚咚躍過一根橫枝，投向鄰樹枝椏，像一個電信網絡的傳導，立刻得到同類急驚風地回響。幾秒鐘後銷聲匿跡，平靜無波。

蘇芊興奮地叫著：「你有看到嗎？會輕功耶！不知道有沒有人看過松鼠失手掉下來？」

「我想的是不知道有沒有人看過松鼠死掉，牠們總是活蹦亂跳……」

「你比我還巫婆！」

紋青差點說出她公司附近的公園就有松鼠，她們說的那兩種情況若發生在公園應該會暴露出來，但也不曾見過，牠們可能非長居公園，會不會是一個公園接一個公園跳過來，生老病死時也會如此回到郊山去，甚至一個郊山接一個郊山去向更高更遠的山上，再想下去就有牠們如何過馬路？能靠公園那幾棵樹支撐過活嗎？能睡在樹上嗎？等等實際卻又近乎愚蠢的問題，「難怪她們要跟在老師後面，把生物讀好一點啊！」

想走其他小徑，下回吧。蘇芊接受媽媽的建議，回到大路上去，路邊欄干上擺著一些豆子、瓜子和餅乾，看來已不鮮美，紋青說：「自作多情！污染環境！」

蘇芊想起被松鼠打斷的話題，又問：「你跟爸怎麼認識的？」

「以前就說過了，就同公司嘛！你不是說還要去看另一隻象！」

「喔對！象在哪裡？這裡這裡，這裡有兩隻獅子！」

蘇芊轉身張開雙臂阻止她前進。

兩隻銀獅子坐鎮在階口兩旁，門禁森嚴，草木皆兵，僅能以眼睛摸索被草葉包覆的階梯；階道左轉，樹木陰森一片，階梯失去蹤影，頭用力後仰，一個平台在高處若隱若現，紋青剛定睛，蘇芊就驚呼：「媽啊你看！有十字架耶！那上面是墓園嗎？有一個粉紫色的十字架……」

「好，安靜安靜！」紋青安撫著，一邊忽上忽下左搖右晃地打量，這獨樹一格的區塊，有頭冠、刺脊、肉垂，煞似隻大綠鬣蜥。新聞報導，綠鬣蜥寵物潮退了，紛紛遭棄養，流離郊外繁殖後代。

圍著十字架的矮牆霉斑點點，裡頭野樹野草蓬勃發展，如同階梯上的草葉，雖然鋪張但隱約有某種神祕的節制。粉紫白邊的十字架只露出上半身，看得入神便覺得它是有魂有眼的，俯瞰著她們。

蘇芊靠過來兩手攫住媽媽的上臂，邊驅使她行動邊低語：「會不會是一個小姐？」

「纏這樣怎麼走啊！」挪了兩步，紋青又停下來仰望，一條藤蔓爬上十字中心，口中喃喃：「我們在天上的父，願我們尊你的名為聖！彩琳阿姨跟她同學去教堂了今天。」

此時背後的人停下來討論獅子，一副菸嗓頗權威感的女聲說：「人家本來是黃綠色的，跟葉子一樣的保護色，圍城那天晚上一夕爆紅，被潑成紅獅子，後來才塗成這樣銀灰色的。」另一名女性說：「真的喔！黃綠色，再紅，再灰，哇塗了三個顏色，干獅子什麼事啊！這些人！鬧到山上來！」

蘇芊依偎耳語，「圍城耶……」

「哈啊！圍城！我跟小阿姨那時在外面逛街，買了一件黑色白點點的衣服，到現在還沒穿過。」紋青輕蔑一笑。

寬敞的階梯連著大斜坡，涼亭築在斜坡彎道上，外圍棲滿遠眺賞景的人，亭內也都是人。她倆手拉手當心著腳步打那好似船艙外的甲板穿過，一棵大榕根足伸向亭腳撐破了水泥地面，榕鬚拂過她們的額頭。

剎那間出奇的安靜，落葉打在涼亭外一頂長帽檐似的膠棚上，咚的一滴如水聲，她倆不約而同仰起臉來，瞧見透明膠棚上的影子，相視而笑。

近午的日光打枝頭篩落在行路上，金瀑忽大忽小，樹蔭忽來忽去，路上一葉條紋疏影，紋青喃喃自語：「是椰子樹嗎……」就地仰頭旋轉找尋上空的椰子樹葉。蘇芊留心著她的另一隻象，眼睫毛來回刷向岩壁。

抵達山上寺廟尚未發現象的蹤影。她們在廟前的大露台憑欄而立，欄外一片樹海，在戴上墨鏡的紋青看來，群象騷動。她見蘇芊又失落了，少見的主動提議找爸爸問問，蘇芊翻白眼轉身背對露台，說：「他會放在心上才怪！」

下山時紋青走山壁下，不期而遇那象，就在涼亭外膠棚邊的山壁上，利用壁上一塊平中略帶起伏的深灰色岩石，白筆描鼻，灰筆畫臉和身體，勾勒出象的半側面，象鼻朝上山的方向，多虧遮陽棚、山壁和樹的掩映，抽象的卡通象微有獸韻。蘇芊也發現了，有點不好意思的說：「在這裡啦！喔牠被青苔潑漆了，變得綠綠的！」

15

吉永禮拜六出去剪了一頭短髮，「你知道為什麼嗎？」她嬉笑著說，「我路過賣衣服的路邊攤，從鏡子看見自己，頭髮紮到沒半根，一個頭小小的，好像一隻禿鷹！」

「有那麼恐怖嗎？」母親突然想笑，差點噎到而咳了起來。有話沒說，咳得更凶。

「好，好，先喝一口湯，等一下再說！」

「你像禿鷹……」母親又咳了幾聲，終於止住了，語氣變得嚴肅，「那我像什麼?!」

「老禿鷹！」

「不！我覺得我很漂亮！哈哈哈！」

「自我感覺良好。」

「這樣好看，去約朋友出來吃飯！」

「你怎麼知道我沒有約朋友出來吃飯？」

兩人靜靜填著肚子，吉永又說：「你知道這裡住一個機長嗎？看起來是機長，機長帽，制服，每次在停車場拖著一個深藍色行李箱，女朋友小到像小女兒，有一次跟他們一起從地下室等電梯上來，他說，他又的……」

「他叉的？喔，他媽的！」母親說，「喔……原來他寫的不是X小姐，可能是叉小姐……」

「叉小姐？喔，你還真會想，他至少有眼光，知道你會認真讀……機長，他說他媽的！說某某人每隔一陣子不見就換了一批朋友！女朋友接他話說，他一直在找可以一起養老的朋友！他聽了不知道什麼感受，養老！有一次他帶她去對面爬山，走在我前面，光天化日更像父女！」

「那你有在找，還是已經找到了，你養老的朋友？」

「哼！養老的朋友！找一隻貓好了！美髮師戴一隻玉鐲，她跟客人說那是冰種飄花，她們在討論寶物鑑價節目，說投資玉器寶物跟股票一樣都是要繳學費的，交朋友更要繳學費，非常昂貴的學費。」

「所以？」

「所以……不隨便出手。」

「好歹那個四四八八的電話也回一下！」

吉永跟母親談到人際關係感情問題總要捏把冷汗，有被突襲的感覺。母親會讀心術，她整修門面多半是因為要見朋友，禿鷹之說也不是騙人的，且將見的正是這個打電話的人。

那天母親午睡早，她心血來潮撥了那試圖聯絡她不下百次的電話，不出所料只為招攬生意，她反射性的掉頭就走，話筒接近話機，還能聽見對方急切的呼叫聲，一時心軟將話筒拾回耳畔。

她將枇杷色的窗簾拉低，極耐性地聽她介紹，關於她們青春芳療身心工作室，從山林到海洋，由內而外，種種紓壓美體課程。一隻胖鳥兒飛來窗台，她低側著臉貼近窗簾未落盡的一小截天光，牠渾然不知，靜靜低頭覓食。

電話號碼申請保留，不會顯示出來，過程中那人試圖問出她的名字和地址、職業和生活型態，好為她寄來保養試用品，吉永一概回絕。

「那……那……」她無計可施囁嚅著。

吉永倦累但也習慣了她不討人厭的談吐方式，且許久沒有人在耳畔說那麼多話了，儘管是商業性的照本宣科言不由衷，似乎她也在努力掙脫那塊黏人的魔鬼氈。

「那啊，再見！」

「你是……」她情急亂槍打鳥連呼兩個女人的名字，第三個說的即是吉永。

吉永脫口而出一個蠢透了的問題，「你認識我？」

對方雀躍地抓住這條線索又提了兩個名字，表示她們真認識一場，不僅僅是商業名單。「雪莉」是吉永以前在藝術圖書經紀公司的同事，「凱玲」是雪莉的妹妹，電話那頭則是凱玲的同學。總之她們全來自中部一個產蚵的小村莊，全歸在一個檔案夾裡，吉永和姊妹倆去她工作的場所光顧過兩三回。喚起這段多年前的記憶，吉永想起這人的名字，因為太特別了，連生數個女兒的父親希望女兒閃邊去，快換個兒子來，取名「溫閃」。她記得她說給父親聽，父親哈哈大笑，說這名字和她從事的美容業倒是很相配。

對方接著講到有一年冬天她們還一起去吃過消夜，麻辣火鍋。

「喔！天啊！別講歷史！」

溫閃要求講最後一個記憶，關於吉永這個人。

「你皮夾裡有一張照片，是小時候你跟你姊或你妹，你們兩個都穿那種民族風的小斗篷，紅色的，現在又流行起來了，手上還拿小風車，超萌的！」

相認之後，她放心的讓吉永掛電話，只叮嚀：「我現在改名叫哲亮，哲學的哲，閃亮的亮。」

她再來電吉永也就接了，同樣禮拜三下午兩點半多，開門見山要求捧場，她現在自己開設工作室。

「認識的人有人情壓力！」吉永也直截了當說。

「那我們就假裝不認識啊！」她興高采烈，聽吉永仍猶豫又說：「放心，以前的她們已經消失了，剪掉這些線，我們就真的不認識了啊！其實，我也比較喜歡不認識的人，才有新鮮感，你以為social 不累啊，要不是生活壓力那麼大，誰想動用什麼鬼人脈！遊民在街上最不想遇到的就是熟人！有錢人不也一樣怕熟人。」

約好見面日期，吉永當真在構想見面時新的身分。都十年了，可以不必在外貌上做文章，與其說要讓她認不得，不如說讓自己認不得，問題是身分，就嬉皮笑臉說自己是外星人好了。

她選中一套意想不到的衣服赴約，照著鏡子試穿了兩回，像新近犯案的列車殺人凶手說的，這得預先培養情緒。這身衣服是前男友陳為拓家庭旅遊時姊姊媽媽慫恿他買的，短袖紫藍印花上衣扎進同一塊布料的小褶長裙，保守小家碧玉的模樣，活像一件大童裝。陳為拓說他知道她不會喜歡，他自己也沒那麼喜歡，她笑笑默認，慶幸不是洋裝，拆開來還有其他可能，至少可搭牛仔褲。她用清水漂洗掛上衣架，他在晾衣間看見覺得比他買時好看，央她穿給他看，她說等晾乾，就帶過了。

出門前後思緒落在一個猶可更動的矛盾點上，戴項鍊否？紮頭髮否？她反覆於上衣掏出來否。這套衣服讓她想到了這個人，或者因為這個人才想到這套衣服。早上九點場出現在山上的一個纖弱的小姐，父母親陪同，一身白長衣藍長裙白手套，白棒球帽遮蓋小臉蛋，攜帶貓食輕飄飄踩上連著廟頂的岩壁餵貓，唯有這時候她脫離父母單獨行動，更加不食人間煙火，像隻蝴蝶，蝴蝶餵貓吸引路人目光。

對方給的地址是一棟舊公寓四樓，她兩臂高弓拎起裙襬宛如一對翅膀，像被唱名上台領獎的女演員，挺直脊背小心翼翼往上走。搬家後未再爬過公寓樓梯，在醫院故意避開人群去走樓梯，樓梯的塵埃聞起來踏實多了。走到三樓她把裙襬放下去拖地，將上衣從裙子裡面掏出來，順手在腰際打個結，頭頂那俗稱公主頭的小髮結也給拆了。

兩人抿嘴互看，眼珠子像玩具盤上明亮的滾珠，在滑溜的軌道上探測著可以傾注安定下來的凹槽。瀏覽對方的衣著倒都輕快，她一襲淡紫高腰短洋裝，好似被剪掉袖子和裙襬的韓國傳統服裝，腰繫寬版蝴蝶結，宮廷侍女般的。吉永想，她一定覺得我很滑稽。

一開始茫然，幾分鐘後便知道完蛋了，不該走入一個居家空間。「哲亮」好像比她更不想暴露家的氛圍，迅速將她帶離玄關拐入套房，所謂的「工作室」。裡面裝潢別有洞天，彷彿獨立於舊公寓外，清淨恬美出落於泥塘的一盞花苞，相當隱密，豎琴的撥弦聲梳落塵埃雜想。

她慢慢調整著百葉窗簾，欲言又止。

吉永輕撫著冰藍色的壁紙，好似一時情迷跟人上了旅館，突然反悔想奪門而出。

「門沒有全關，有客人說她有幽閉恐懼症，不能搭電梯。」她說。

吉永看著散布在梳妝台上幾十朵錦橙豔黃的乾燥小花，若沒記錯，那叫蠟菊，溫閃從前工作的法國護膚品牌的象徵植物，她懷疑是她一朵一朵偷偷拿回來的，據說來自地中海小島這花即便凋落也永不褪色。

「這裡有一份顧客基本資料……關於數字的，不想填也沒關係，有……」

吉永並未下定決心不講話，只是這樣想過，不開口，即便有詳細的個人資料也是枉然，只是一種孤寂感不斷向她擁來。

「外面有人嗎？」吉永問。

「你覺得有人？」

「有一個人。」

「呵，一個小貝比。」

「自己在那裡！不把他帶進來……」

「那會讓我分心！不要讓他習慣香味！」

她自稱「X小姐（X光的X）」。X小姐徵得哲亮的同意出去探望他。

對面房門敞開，一葉仿古的小竹籃在盡頭窗戶下，淡淡的天光紗帳斜搭在竹籃上方。她走到籃邊跪下，眼睛浮出籃上，屏住吸入鼻腔的嬰兒香。他睡得極安穩，小臉似顆白桃。她動指輕推搖籃，隨即雙手將它穩住；其實搖籃緊靠牆壁，根本沒動。

她從嬰兒房出來，看見工作室的門閤上了，光線來自毗鄰的空間，那窗邊流理台上擺著青菜紅蘿蔔和一條蒙在保鮮膜裡的魚，她母親不吃這種超市賣的魚，她想不起今天煮了什麼。工作室的門開了，那一眼她記起溫閔，在亮麗的雪莉姊妹身邊，一張兩眼挨近沒自信的臉孔，雖然皮膚刨拭得非常光亮。哲亮也有些惶惑，看了對面一眼，微笑說：「快進來吧！」

在電話中她們說好只做臉部基礎保養。吉永推辭她所謂的全新的浴袍，躺下來更感覺身上衣服的好質料。她為她做皮膚檢測，邊報告問題所在邊介紹適於它的療程，好像一個農夫準備在土壤上栽培某種植物。

吉永不置可否閉上眼睛，好幾秒鐘，漫長的等待，心思推擠在睫毛間，想知道她用什麼眼神盯著這張明明是吉永又不再是吉永的臉。她再次調整照明，涼涼的手指頭終於伸向被太陽照亮的月球表面。

「等一下有約會嗎……」

她戴上口罩說話，過濾的聲音。聲音的記憶持久性強過一張臉皮。

「有！」

「不會弄出痕跡的，有也是一點點！」

「無所謂！」吉永笑著吞了個呵欠，「那裡只有我一個人！」

「喔。我那張新改過的顧客問卷，有一項，你過程中想不想聊天？最想聊跟最不想聊的是什麼？」

「聊天？我還好！」還是老派手法，針挑粉刺產生麻刺感，像繡針刺入布面。

「都無所謂？」

「也不是，好吧，旅行和美食不聊！工作和家庭不聊！」

「喔……那……你喜歡預先知道晚餐要吃什麼還是不知道？這不算美食或家庭吧？」

「嗯……無所謂！」

「他要我不要在他出門前就把要煮的菜從冰箱拿出來，他不想先知道今天晚餐要吃什麼。」

「我同意他的想法。」

流理台上的食材像一艘船浮現在腦海中，她想像多了紫色的葡萄和白色的雞蛋，純粹為了配色。一切都為延續生命，諾亞方舟。

那手在處理左太陽穴附近一顆釘子戶般的黑頭粉刺，她迷迷糊糊聽見她說：「……聽力有點問題……」

「誰？」

「小孩！」

她想起在層層敷料中間溫閃習慣用手在客人臉上搧風，好使它盡快吸收，以進行下一個步驟，但哲亮沒有這動作，以前大家都趕時間，現在不趕了。別人享受這過程，甚至睡著，她沒辦法，甚至四肢僵硬。她努力放鬆，想像騰空、漂浮，最終引來禿鷹。

她和那嬰兒平躺在懸崖上扮演屍體，而哲亮化作禿鷹。禿鷹溫柔地啄食它們，尤其集中在臉部肌肉，她緊閉雙眼，深怕被啄掉眼珠子。

「你剛說誰的聽力？」不知過了多久她突然冒出這句話。

哲亮又說了一遍，那孩子有一隻耳朵似乎沒有聽力，然後她們靜靜的不再講話。

16

午睡時不尋常的燠熱箍住她的身體，既疲憊又舒服，睡不多久醒了過來，感覺床之大床墊之厚，心底荒荒的，彷彿病之將至，想起氣象報告說南太平洋形成熱帶低氣壓，稍微鬆了口氣。

她知道熊華今天會來，他們之間小有默契。晝長夜短，吉永晚回家，他來訪的時間也晚了，一則早來她肚子還不餓，二則不必受限於不午休的餐館，可以做晚間營業的頭一個客人。如此一來，相處的時間就不會那麼長了。他開玩笑說，午餐吃吉永煮的，傍晚吃他帶來的，這叫先苦後樂，吉永煮的他盡量幫忙吃，當作養生餐。

這麼想著熊華的電話就來了，預告早點來，帶個朋友來，「方便嗎？不會打擾太久！」

「這下好了！」她笑著打呵欠。想熊華那落落大方的口氣，成熟男人的口氣。

比平日積極，洗臉，更衣，塗了點口紅，噴了點檀香在空中，走路運動，腦子不停繞著熊華帶朋友來的事打轉，終致心亂如麻，推開吉永房門，在她床邊坐歇，掐著腰和大腿，木訥望著窗外的山。

他們也真沒待久，一起吃了帶來的黑豆豆花，閒聊幾句，便告辭爬山去了。出門前熊華還把鼎泰豐的炒飯倒在盤子裡，叮囑：「餓了再吃，少水微蒸，不要微波，危險！」據說這是他母親的做法。

並一股熱氣的貼近她耳語：「今天不幫你吃孝親餐了！」

他們來前她倒想起了熊華的前妻叫做小青，今天結伴而來的小姐名霏霏。「兩個雨字頭的霏！下雨天生的，是不是？」熊華笑著轉臉問霏霏。「梅雨季！」霏霏甜美的強調。「細雨霏霏，好浪漫啊！」她說。

門方關上她已記不得霏霏的長相了。最搶眼的是一頭直溜長髮，在不打燈的午後自體發光。她還懂那是經過一種叫離子燙的技術造就的直順，看來不太真實，她記得吉永說過那種頭髮很沒表情。不過第一眼她就有了總結，她也只需要一個總結，比前妻漂亮！不可思議的也比當時帶來見他們的前妻看起來年輕。她猜熊華這個所謂的同事霏霏年齡小他至少一輪半。到今天她才更驚嘆，熊華看起來還這麼年輕，絲毫沒有歲月滄桑的痕跡，難道說女人生孩子趁早身體恢復得快，情傷趁早也療癒得快。她看過他站在三個女孩子身邊，沒一次顯老。當然也因霏霏畫的妝看起來成熟。

她手撫著陽台圍牆，等著迎接他們上山，身上一波汗涼。熊華她不知道，霏霏她可能不會再見到了。就算像小青那樣第二次見面就是在婚禮上，她也不可能再出席熊華的婚禮了，一輩子參加一次女兒前男友的婚禮就夠了，稱前男友根本不對。

她記得那天先生沒去，她和吉永代表出席，她們偷偷提前離開，新郎追到電梯裡，抱著吉永哭了起來，她很慶幸沒有答應他和言永冥婚的請求。聯絡熊華的初衷即是多個人多點事放在心上，這種心態算是健康的，別一灘死水，她努力告訴自己她樂觀其成，無一絲不悅。

剛剛他帶霏霏走出陽台眺望他們即將拜訪的山，霏霏輕嚷：「怎麼這麼小的山啊！那個字怎麼念？一個戀愛的戀上面，下面心改成一個山……」

「巒！」熊華說。

「對！巒！山巒！頭重腳輕，壓得扁扁的山！」霏霏講起話來真是一派天真爛漫，尤其那身影，靜如處子，動如脫兔。

將落的太陽隱在近地平線的某叢石樓後面，卻又好像與山面對面平起平坐，大放光芒，將山巒照射得金碧輝煌，較漫長的午後強悍許多，正是所謂的迴光返照。她所在的大廈樓影被壓印在山上，影中枝葉墨綠纖密，像一片裁切的海苔。影外油酥金黃則像薯籤的拔絲鍋。這麼想著肚子咕叫兩聲，蟬叫得更加劇烈，驚山動地。「叫一整天！山上也叫，屋裡也叫！」前後夾攻，她不覺喃喃自語。

熊華帶新女友來訪那個晚上，先生接完電話一臉沉重告訴她，他們就在附近，馬上到！像一片帶雨的烏雲即將飄過來，收衣服關窗門，她手腳冰冷急得在屋裡亂轉。她知道會有這一天，沒想到來得這麼快，言永離開剛滿一年，她站到漆黑陽台吹著冷風，噙住了眼淚。

出了門霏霏迫不及待說：「這位楊媽媽年輕的時候一定很美！」熊華沒有接腔。

到了山路上與對岸陽台的楊媽媽揮手道別，霏霏搭著手篷相立許久，好像比賽誰揮得久，對著一張模糊的臉，霏霏又說了同樣的話，「楊媽媽年輕的時候一定很美。」

他笑說：「你也把我想得太老了，她年輕的時候我怎麼趕得上！」

「她神隱的女兒是不是也很美？」

「神隱？那當然！青出於藍。」熊華一改節制，答得豪爽。這些年第一次有人提及言永，雖然是他行前輕描淡寫了一句，他感到安慰，她沒過問她的事，僅止於此。出乎意料的是這遣詞用字，他欣然接受，比他俗氣的「過世」溫柔飄逸多了。

霏霏挑在一處樹隙停步，乍見葉簾垂掛的洞天可眺望那棟大樓，興高采烈憑欄揮手，方向偏斜，動作更大。

「是她先揮的還是你？」熊華問。

「好像是一起的吧！我也不知道！她還在，你要不要來跟她揮手？」說著霏霏遞出一個浮誇的飛吻。

「她會很高興的，只是……看得到嗎？」熊華歪著頭一望，快步走開，想起離開楊家時霏霏問他：我表現得好不好？

霏霏跟上來，默默走著，彼此心底有一場攻防，沙盤推演，該如何保有神隱的女兒這故事的美貌呢，他尤其不明瞭自己該不該談，會談成什麼模樣。約莫同時上山的另一對男女就在他們眼前上演鬧彆扭，反而停止了他們的疑慮。起因是脖子上圍條小方巾的女士仰臉說：「你看！那好像一個人！」同行的男士口氣急，叫她「不要亂說！」因此惹惱她，再不出聲應他。可是才剛上山，路還長著，霏霏都替他著急。熊華看不明白，以眼求解。

霏霏慢下腳步，笑說：「那男的也真莫名其妙，膽小鬼，女的說得沒錯，你要不要回去看，那片很大的枯樹葉掛在半空中，真的很像一個人躺在那裡，躺在吊床裡，那個弧度，他到底看到沒，懂不懂她說的?!」

「等一下回去指給我看，不是每個人都像你這麼聰明，可憐的人，我最怕冷戰！」

半乾的斷莖殘葉散布在路兩旁、水溝邊，空氣中瀰漫著既生且熟的草香。熊華說：「貴客上山，草都割過了！」

冷戰男女步履超快，很快便望不見背影了。而他倆首度單獨見面，路上快快樂樂好感倍增。熊華也把討女兒歡喜的「松鼠的手」講給霏霏聽。霏霏說她養過黃金鼠。路燈下有人畫了一個大頭人，旁邊寫著「外星人」，霏霏煞有其事地偏著頭察看，他則注意到她帆布鞋上星形的商標，芊芊也穿這個牌子的帆布鞋。

「假的！比較像水母！」霏霏丟下這句話邁步走開。

「哈哈，難不成是真的，你相信有外星人？」

「可能喔！而且飛碟可能就停在山上！」

浮躁的蟬聲響徹雲霄，頂著樹幹上的沙場，如火如荼，難分勝負，林道上的人腳板灼熱，腦門給灌滿了。

面紅耳赤的霏霏將長髮攏在一邊綁上，脫掉白色長袖薄衣，露出貼身的銀灰色背心，肩頸和手臂因沁汗也微泛紅暈，穠纖合度的背連腰臀而下，猶如一株俊美的小樹。熊華毫不掩飾地看著她，自信心態健康且幽默，說：「我已經沒有什麼好脫的了！」

霏霏一閃神掉了衣衫，熊華搶先幫她撿到手彎上披著，那是他夏天最易長痱子的地方，香汗濡軟的薄衫有種生絲的質感。

廟巖前一道長階，夾道蟬鳴蓋頂，達到高潮，彷彿前有瘋劫火關，千萬婆口極力勸阻。

「快到了！上去就是了！」熊華柔聲善誘，將她的衣衫轉換到另一條胳臂上，同時得到兩種感覺，一邊涼爽一邊燠悶。

階梯走完繼而進到土地公庇蔭的簷下，霎時將轟天蟬囂拋至九霄雲外，漲紅臉呆張嘴的模樣，彷彿給打落頓時失聲的蟬。霏霏猛然想起此次約會上山的目的，是為生病的大姑丈祈福，想找販賣香火處。熊華告訴她，日前隨朋友去圓通寺走走，那兒已全面停止燒香，心誠徒手膜拜，神明一樣保佑。

拜完土地公，穿過遮棚小徑，霏霏迫不及待小聲問：「你說什麼寺？也在山上嗎？」來到地藏王菩薩這邊又拜了拜，把煩惱複習簡報予神明知道。倚牆一口不鏽鋼製的油香筒，大小形狀略似市區人行道上的垃圾箱，熊華將紙鈔攤平推入油香筒上的細縫，一小條豬肉色的紙鈔露在外面，正要拿起綁在箱上寫著「塞錢棒」的尺狀紙板，霏霏說：「我來！」手一指，紙鈔不見蹤影。他平時對她的彩繪指甲感到不解，這會倒把神奇都歸於彩繪指甲了。

夕陽西下，廟庭「ㄇ」字形的圍牆被孤單或者結伴的登山客占據，彼此之間餘有小塊空缺，人越多顯得旁邊的空缺越大，一群七、八名灰白棕黑髮色錯綜複雜的女性最為醒目，他倆站上前去，旁邊婦人馬上收攏背包挪了一下，他碰了霏霏的肩膀，示意她一個人就好，他在背後站著。身體發熱，石牆溫度更高，但倚上去就不想離開了，一種乾爽的石烤，地熱溫泉般舒燙，霏霏笑著拉他手來感受圍牆的熱度。

夕陽像一顆紅色氣球浮泊於半空，天空灰橙橙。大廈樓頂亮著一格格大小不一的液態金箔，由近而遠，恍似幾條迆邐扭動的金緞帶。臨別的太陽一路踮趾拂照，樓房終究無法鋪陳到它腳下就斷了。

全是夕陽的專家，談論夕陽，無須累述，只要目光調往灰濛擁擠的城樓、片斷的馬路，甚至擁在牆外的樹叢，霏霏自然有個什麼事情想發問，每次開了頭，臉往左上偏，熊華配合著低頭接聽，她卻欲言又止，幾次這樣甩頭，髮束鬆脫滑落。熊華眼看著一扇金瀑流瀉下來，匆忙彎身欲拾起掉在地上紫色的小髮圈，頭碰頭和她撞個正著。她接過髮圈，把他手彎上的衣袖拉過來，將髮圈纏繞在袖管上，「都在你那裡了喔！」她說。

她低頭繞圈時他只有盯著她的頭髮看，想起他鬧著玩的幫言永和芊芊綁過頭髮，烏溜溜的頭髮，也說過年輕秀髮何必強染，像霏霏這般美若霞光中的楓紅那又另當別論。

回頭夕陽已經缺了角，那騰空的缺法又引發議論，下緣平平地削去，並非觸碰到下面的遠山，而是在迷離的空中好像有個看不見的切削器，蘿蔔紅的太陽垂直往裡面送，切割處理後的霞絲刨花不掉在下面，反而是飛到上空，狀似物體入水泛起的漣漪。「好像倒影在上面！」有人這麼說。蘇熊華一瞥這群婦女朋友，其貌不揚，但很有美的看法。

憑欄的人們陸續散去，熊華踱向盡頭直角處，霏霏跟了過來。熊華舉起右手指向前方，感覺腰間有條柔軟手蛇繞上來，低頭瞥見她彩紫的手指頭，突然間忘了要說什麼。

「這棵樹真可憐！」他指的是長在圍欄邊一臂之隔的一棵樹，自幽僻的荒地長上來，約三層樓高，大幹小枝全被截去，不高過圍欄，截切處周圍長著一叢叢稚幼的嫩葉，與老成的軀幹極不相襯，好像辦公室裡的小植栽擺到古木上來了。有些枝幹的截切面比她的腰身還粗，平坦得可以擺組茶杯。

「這肯定是為了要看跨年煙火砍的，這是它的命，後半輩子大概都只能這樣了！」

一〇一大樓一枝獨秀浮現在它犧牲枝幹而空白的天幕上，好像時針和分針秒針合併指著十二點鐘的方向。

「真的嗎？哎喲……就是我，我最愛看煙火，我前一秒還想說這是個好地點……可以看煙火，這怎麼鋸啊！」霏霏扭過臉來，牙齒咬著嘴唇不放。

「大概是從那邊洗手間的窗戶，但也要有好長的鋸子，不知道……用電鋸應該不難吧！」

那樹長在圍欄與洗手間相連的夾角，洗手間敞開一扇長窗。一陣晚風拂過，薄葉輕浮地搖晃。

「你去年跨年不是也跟朋友去信義區看煙火！」

「不是非得信義區！信義區太多屁孩了！」

「今年呢？」

霏霏大動作轉過身來，仰臉瞅著他說：「你要約我來這裡看煙火嗎？」

「別鬧了！」熊華掉頭走開。

霏霏追著他，繼而賴著他陪她去洗手間，央他站在門口等她。

她進了門邊第一間廁所。他匆匆望穿洗手間，透過窗口看見那棵被截肢的樹，幾截啞然的枝頭，直的像煙囪，歪扭的像象鼻，給人焚燒乾渴的感覺。

他走到桌椅旁，發現擺設在山壁下的神龕築起了一道鋼鐵柵欄，神像和成雙的燈盞、燭台、花瓶被拘留在裡面，柵欄外的供桌上更大的燭台更大的花瓶以及一個香爐，兩界瓶中供著一樣的花，一樣瀕臨枯萎。柵欄和牆壁頂多一米寬，神像在裡面好生落寞。

他看得入神，給故意猛抓他手肘的霏霏嚇了一跳，她撒嬌怪他沒有等她，他指著她額頭隆起的粉紅小丘問：「怎麼回事？」

她摸著額頭想，「就剛才被你撞到的！什麼時候菩薩被關起來了？」

「大概是看夕陽的時候。」

土地公也打烊了，地藏菩薩所在未設門框，一列柵欄，土地公的小廟堂砌出房屋模樣，中間一扇窄門拉上鏤空鐵門，兩旁小窗石雕花鳥，透出暮光。

「之前你說什麼廟，在山上嗎？再帶我去！」霏霏伸手去拉披在他手上的她的衣袖。

「再說吧！」熊華想放手，她卻沒有接住的意思，只好繼續拿著，步入下山的階梯，又不放心什麼似的半扭著脖子。

「忘了什麼？」霏霏問。

「應該沒有吧。」

蟬聲沉倦，行人三三兩兩擦身而過，有人下山步伐緊湊聊興更盛，有人手拉手輕聲細語，都把中間隔有兩個人距離不發一語的他們當作一對避開。霏霏想起上山時一言不合保持沉默的那一對，便留心著肇事的那片擱在半空中的大落葉。然而葉背已漆上墨色，再獨特的形體也難以分辨，看見山下華燈初上的大樓更確認已經錯過了。

蘇熊華默默自頂樓點數下來，楊家無一點光亮，這讓他突然有些罪惡感。

「要再去看她嗎？」霏霏問。

「喔，不了，不了！天黑了！」蘇熊華說著繼續往前走。

17

戴黑框眼鏡的中年夫妻和孩子輪流貼向鏡子，動作好似張望著一口樹洞。等他們離開他發覺鏡面上有個東西白白的，從監視畫面上看像隻蛾。他跑進電梯一探究竟。

鏡面上一張便利貼，上面寫著：

「那些又是外籍又是安養院的女的住在這裡

如果帶傳染病呢？」

他未將它撕下，直覺是X小姐默許甚至指使她的爪牙這麼做的。

隔天便利貼上多出兩行黑字，寫在那兩行藍原子筆留言下面，他眨著眼睛讀了兩遍，心底喊帥！

「如果那些外籍是西方人白種人，

你們就不怕了?!」

那些所謂「又是外籍又是安養院的女的」，對於這張寫著外國字的貼紙漠不關心，一進電梯就杵在門邊角落，耳朵塞著耳機眼睛盯著手機。初來乍到時她們伸著瘦長的脖子仰臉張望，兩隻眼睛黑白分明又迷迷茫茫，像隻畏縮的小猴，在梯廂內抓緊繩索攀上溜下。

工作地點在二樓，雇主幫她們租屋在頂樓，只見她們在電梯裡來來去去，像一管針筒被推進推出，一會兒注入一會兒抽離老病生活。作為警衛他的辨識力和描述力都有待加強，他努力記住她們，另一個原因恐怕是，她們將他視為同類，對他笑容格外燦爛。自卑感加上定位自我的手機使她們成為「無頸族」，以致他最為熟知的是她們的頭髮，他寫道：「充滿鄉愁的亂髮，有時她裹著白毛巾，像阿拉伯人，（像在哀悼），有時濕答答的，來不及吹乾，好像掉進河裡去；有的柔柔順順像海帶，有的又粗又捲像一蓬枯（韌）草，它（她）們在電梯裡留下一股低俗廉價的洗髮精香味。」

最後一句隱約透露歧視，他把它刪了。

A棟樓裡住了三個「西方人白種人」，他們是附近一所國立大學的學生，房東是一名退休法官。抗議的便利貼出現反抗議隔天，保全組長輪休，到了晚上九點多地下主委兼總幹事X小姐踏進電梯，它還存在。他眼看著電梯向上攀升，X小姐轉過身去，他反射動作收拾起桌上的物品，她氣沖沖撕下它，回頭向上一瞪，拍打按鍵原梯折返，猛虎出柙衝到管理室興師問罪。

他毫無招架之力，像牢籠中的小白兔等著被撕裂。

「姓施的！請問你在幹什麼？你上班有帶眼睛嗎？還是瞎了？這誰寫的？誰寫的？」

她把便利貼重重按在他額頭上，手指用力點著，點中他的眼窩，不聽他支吾，命令他「調帶！調出來看！要是恐怖分子來放炸彈呢，炸死的也不是你，不干你的事，是嗎？我請你來打瞌睡的啊……

請問遊魂遊夠了沒啊你？」

「……是一個送快遞的小弟寫的，我以為他是在畫漫畫……」

「你以為！你以為！登記簿拿來，我叫你拿來，我看哪一家快遞這麼不專業……回來了啊！晚安！晚安！好可愛喔！去哪玩……沒事沒事！拿一個東西……」

陸續返家的住戶救了他，形象親民的X小姐咬牙切齒暗聲警告：「明天再好好找你算總帳！」

他將便利貼揉成一團，卻不敢扔掉，怕她想查筆跡回頭找他要。但出乎意料的，正義之神保佑，這事就了了。他知道一定是組長，他懂得傾聽，任她發洩，再卑躬屈膝適時認罪安撫，每次他們幾個組員出了紕漏，多虧他才大事化小小事化無。他幾次打探組長來歷，得到的答案都一樣，「就是做小生意的」，他就是不相信。

當月薪水被扣了五千塊，原因是打瞌睡，社區遭不明人士侵入。光打瞌睡罰款三千。第一個留言者他沒看見也不好奇，第二個留言者他守株待兔逮個正著。凌晨時分為了提神不錯過觀看任何一個夜歸人，凝視著死寂的螢幕，好像他就要人間蒸發了。特別是A棟十四樓的楊小姐，他認識她母親，每週六短暫聚首心靈交流，有義務在深夜護送（目送）她回營，那麼一位孤獨的小姐，那麼一個寂寞的母親。

她不照鏡子，雙手抱胸，要不一手托腮，好像路途漫長。有時她闔眼，前後左右地晃動脖子，一顆頭傀儡般沉重散漫不受控制。更可怕的是垂下臉來鐘擺似的揮灑散髮，突然間仰起頭向後甩，他看著頭皮發麻。有時她遇見下班的安養院女孩也沒有停止這些倦懶的運動。

禮拜六接近午夜十二點她才回來，已經站好了，感覺背後有異，轉身靠近鏡面，舉起右手，好像對著鏡子塗口紅。她到家後他把電梯叫下來，發現便利貼上多出兩行字。

如果X小姐調出那段畫面，看到的不僅是楊小姐，還有他尾隨而至，甚至會心一笑。安養院的負責人蕭姊也看見了那張便利貼，那個禮拜天早上她帶客戶上去參觀安養院，既矮胖又腿殘的她將它擋在背後，唯恐客戶覺察。安養院草創諸多瑣事，又有大樓管委會杯葛，再想起已是三個月後了。三個月後管委會以消防公安為由興訟，想把安養院驅逐出境，她看到法院公文又發了一頓火，想起那個聲援外籍看護的正義使者，興沖沖下樓打探。

代班的小施左顧右盼，聳肩答：「不知道哪！」蕭姊世故，知道他防著打掃環境的張小姐，拿了信上樓去了。等張小姐完工離去，小施上樓告訴蕭姊，站在她們那一邊的是十四樓那個酷酷的楊小姐，蕭姊壓根不知道他指的是哪位。

「她在家照顧她媽媽！」他又說。

「難怪！」蕭姊喃喃。

小施轉眼不見人影，她向著梯口高聲：「難怪有人性啊！怕老人，老人是妖怪嗎？會污染環境，核廢料是嗎？我就要看那些人將來準備怎麼老，老喔，我只說到大家都一樣會老喔，沒說那些有的沒的病喔，我可沒要詛咒人喔……」

梯道如山洞，魔音幽迴，樓下傳來小施的口哨聲她才閉嘴。

不一會兒，一個滿頭髮飾的安養院女孩下來，把一顆報紙球遞進警衛亭窗口就走，小施偷偷揭開兩大張報紙，裡面涼涼兩顆探病用的大水蜜桃，他用衛生紙沾水擦拭，用餐巾紙包好，放進背包，想著待會下班上山要邊走邊吃，剩下一點擺路邊石柱上。

這時回收區傳來屬於這個社區的晚禱樂聲，各種高低音頻的聲響，鐵罐鋁罐玻璃瓶寶特瓶紙類塑膠類。負責打理回收的是一個叫阿彌的女人，阿彌想當然是個窮困不聰敏的女人，但窮困不聰敏到何種程度他並不清楚。他聽過X小姐誇她聰明，她懂得在桶子裡放很多很多塑膠袋，好讓住戶把玻璃瓶用丟的丟進去。

最近張貼在公布欄的管委會開會紀錄可以看到，委員們在會中自我表揚，社區完善的資源回收，不但落實環保工作，還幫助弱勢家庭增加收入，可謂一舉兩得，功德無量！其實住戶們的回收做得粗糙不堪，她每日至少埋頭打理三個鐘頭，多在日夜班警衛交接之際，有時午間也來，分類、分送、維持整潔，變賣瓶罐廢紙所得，X小姐號稱每個月有兩千多塊。他把她歸類為拾荒人，鄉下人拾穗比這尊嚴美感多了。

他從背包取出一顆水蜜桃，輕輕送到她席地而坐的台階上，她老穿著的黑長褲旁邊。她自滑落到鼻頭上的鏡片後抬起眼睛，未及與他對上一眼便半途而廢，繼續拆解罩著各種材質包裝的玩具盒。

她還有錢染燙頭髮，應該不窮，也沒那麼傻！同情心作祟時他找個理由反駁自己。她灰棕色捲亂的頭髮，前面幾撮瀏海後面紮個小馬尾，他從上面往下看，髮量稀疏頭皮浮現，像隻遭迫害的鳥，羽毛稀稀落落。

18

路中央一顆土黃色的大石頭，吉永愣了一下，走到約三公尺外靜肅地注視著，估計三個人手拉手才能把它圍起來。

山路緊縮，巉岩聳立，光禿的山壁上樹根外露，狀似爬滿血管，最頂端且像數對鷹爪牢牢攫住岩壁。吉永平日路過盡速循根而上瞻仰那樹，沒有一次真正看清那硬漢，只見崩壞來時無處可逃，注目後盡速通行。偶有一個古人似的女人選擇在這裡打太極。

為了緩衝這種壓迫感，岩壁起首處刻有斗大的血紅的字，清早爬山精神好之類的標語。再往前有個小凹蔽，偎近山壁立著一組簡拙的石桌椅，苔蘚包覆，有如天然景物。清冷冬日乍見它裹上厚重白漆，儼然白雪覆蓋。這般輪迴一遭，吉永感覺自己從赤道走向了北極。難得有個女人走過去蹺著一條特別長的腿坐著沉思，使得背後的景致頓成假山水。

若不打危崖峭壁下過，右轉小梯，上去有塊平台，一個背著黑色後背包的婦人在那兒徘徊布食，致使這似樓中樓的區塊松鼠特別多，枝葉抖動簌簌作響。婦人不停操演一套唇舌技，叩喚與她有約的松鼠朋友。在吉永聽來魔囀幽邪，心機重重，帶有幾分劃地為王的自豪。初聞時的驚訝漸轉為厭惡，厭惡自己也豎起耳朵被她的音聲銘印了。

「長什麼樣？」母親問。

「很一般，太一般的家庭主婦，染黑髮，燙媽媽捲，賢妻良母那型的！戴一副掉漆的金框眼鏡。我被那種叫聲嚇到，好像什麼怪鳥，大怪鳥，看到是那麼普通的一個人覺得很受不了！」

「哈！如果一個白髮魔女就可以忍受？」

「也許！」

彷彿震動方歇，空氣中瀰漫著黃塵，但路是通的，人也未因落石受阻，吉永懸心壯膽從旁經過，打量它像觀察一具屍體般的，還仰臉找尋山壁上等量的凹陷。

隔天再見，忽然覺得那落石生腳像隻陸龜，後面跟著兩隻逃家的小陸龜，一行穩穩當當朝山下開拔。沒隔多久她下山時此處圍起了黃色封鎖線，陸龜寸步難移。

這兩天隨處可見「外星人」留下的字跡，是最大規模的一次，崩石暴走，字跡急草，割割劃劃自殘一般。除了新增一個「天花」，其餘皆是她見過的字詞。天花意謂天女散花？天花亂墜？抑或傳染病天花？這次她更肯定他用來寫字的粉筆就是那些崩碎的泥塊，有多少寫多少，意在化整為零，還諸天地。處於一種受迫逃竄狀態的寫字狂，下手倉皇激烈，泥塊粉碎堆積在字面上，像崩壞的蟻丘。外星人平日畫得乾淨俐落，今天看到的不是一筆成型，而是糊塗的，上面頭型還好，下面岩粉碎散，氣虛，體虛。

第三天上班時間，大地工程處幾名穿橘色制服的人扛來發電機，用電鋸對付逃逸陸龜，依然未徹底封鎖道路，好像僅是來郊外辦桌，一鋸鋸石破天驚，眾生靈噤若寒蟬。

第四天清晨特別沉寂，她慢慢靠近，塵埃落定，色澤加深，路面恢復坦蕩，暴風雨後的寧靜，製造出來的假象。她直立片刻，彎身拾起欄干下差點滾落山坡的岩塊，飛快起身。她邊走邊想順手將它往欄干或樹幹上磨擦，看它究竟是土塊還是石塊，只是手非但未使勁，還小心掌著。拿回家給母親看，母親說怎麼黃得像落葉，像她兒時鄉間孩子們挖來塑玩偶的黏土。她拿到陽台花盆靜靜使力一捏，掉了些泥粉，留下一塊質地不堅的岩塊，她懷疑它可以完全被捏碎。

大陸龜被切割成小陸龜，磊磊堆疊於離石桌椅不遠的山壁腳下，砌得十分自然穩定，獨立像座小塔，整體看來也不違和，是個成功的移植手術，堪稱一門手藝。更神乎其技的還是那顆石頭本身，原本盤踞的半山壁衍生出一座平台，四、五天光景那缺口已不突兀，彷彿禪人打坐的一處洞天，底下傾倒的草葉大半恢復原貌，犬貓闖入過似的。石頭滾落的過程，電光石火般的幾秒鐘，壓軋出一坎一坎的腳踏，她看到感覺到，不是妄想，整片山壁竟和藹可親起來了。

當晚她夢見山壁上打造了一層閃亮的皮革沙發椅背，KTV豪華包廂的裝飾。夢並非完全超能，仍有現實考量，包覆的範圍僅限山壁底部，高聳的岩壁作業困難，依然像扇面上的風景恣意開展著。

狀況排除後，吉永才想起刻意早點上山其實另有目的，意外看到了一場落石的行動藝術。父親還在時，早晨七點左右有一群婦女固定在山頂廟口跳國標舞，後來她到訪的時間挪後，也就遇不到她們了，早點上山想知道她們是否仍在那兒跳舞。如她所預感，她們全不見了，好像音樂盒上的娃娃旋進盒裡去了。

地藏王菩薩的供桌外面有四張八人座長桌，左右各兩張平行橫列在四根白梁柱下，猩紅色的粗糙木桌，桌面滿是拼接木條的釘痕。右邊第一張可能是畫桌，柱子上掛著一則裱框的啟事，公告每週日早晨七點至九點畫家在此揮毫，按登記順序，每人可索一幅字畫。底下註記畫家簡介畫室地址。畫家高齡九十，使人好奇他是否蓄一把長長的白鬍鬚，身輕如燕。

跳舞的婦人占用第二張桌子，應該來得很早，有目的的女人誰都搶不過她，未曾錯失過這張桌子。一部小唱機擱在桌邊，桌外空地即舞池，比一般學校的課室長些窄些，以另一排梁柱為區隔，技癢的插花客可以在外圍隨之起舞。她們滑動舞步沙沙作響，十分草根性，恬靜而強勁。她們經常播放的舞曲是些中英文老歌，也有父親喜愛的〈老鷹之歌〉。

歌舞昇平，沒有歌舞聲反而奇怪，交談像沒有溪流的岩石赤裸裸暴露出來，柱子上壓克力製的警語「廟宇聖地禁止喧譁」就變得無的放矢了。舞畢，那小唱機收進靠近洗手間一部廢棄的電冰箱裡。

第二張桌子如今並肩坐著兩個貌似幼教老師的女人，其中一人穿彩色皮革拼接娃娃鞋，她們在分享一串昂貴的日本迷你葡萄，好像一堆紫泡泡紫魚卵，你一口，我一口。

待她們吃完葡萄，換她在靠近舞池的桌邊坐下來。

大部分人目光落在兩個舞藝高超的靈魂人物身上，她倆換上低跟舞鞋，一黑一白，其他人不講究這些，只為活動筋骨。其他五、六名中年婦人，有時不成雙數，缺舞伴那人挺直腰桿扮演男士，一隻手臂僵硬彎曲空摟著一個人影。

天氣寒冷，其他人不約而同缺席，她倆依舊現身，見面就說這麼冷你也來！永遠是年紀較大擔任男舞者的婦人早一步到。她一頭短黑髮，勉強名為赫本頭，吉永這樣跟母親形容，投其所好。大概有七十歲，眼睛不大，眉眼曾紋過，喜穿黑色調，也戴帽子，個子高，比例好，甚至腿有點嫌長了，上身骨架稍大，體態維持得相當好。

她的舞伴留一頭長髮，前瀏海後直長，掩映眉目深邃，臉孔如錐，脖子一管細長，手舞足蹈時，瀏海小流蘇，長髮長流蘇，活潑嫵媚。對於國標舞吉永毫無研究也沒興趣，但覺得有趣，兩人面對面各出一手向前一手環後，尤其伸長牽起的手築出一葉形，彷彿合抱著一葉小舟，這舞就在胸圍間推波助瀾，一會兒一致向前，一會兒像鬧翻了扭頭走人，兩人做困舟之鬥。她舞姿婀娜，舉手投足盡是女人味，但一下了舞整個人放鬆走樣，變成一個普普通通的女人。

一個穿黑長褲的女人走了過去，吉永尋找的那兩個舞者終年著黑長褲，走山路方便，扭腰擺臀也有型有款，有時她們也穿黑色的蟑螂褲，高個年長的女人臀削腿枯給修飾得豐腴些。

「蟑螂褲？」母親錯愕，以為聽錯了。

「長褲，外面加一片同色的裙子，只蓋到屁股，我看攤販寫在上面才知道有這個名字，外罩的那一片像蟑螂翅膀！」

「嚇人！蟑螂褲！人家有叫花苞裙的多好聽！不是那個留赫本頭的吧，那也太不倫不類了！」

她空望著她們經常舞踏的灰蒼蒼的地面，隨著太陽升起，隱隱一潭微光。有個穿白汗衫的男人放著大塊空間不用，恰好就在這無形的舞室外面打拳，跳舞和打拳也許曾同時進行，她們缺席不是太久的事。樹倒猢猻散，問題一定出在她倆身上。

尋舞者不遇，連著數日兩個送孩子出門上學然後上山的女人喋喋不休，兩人直挺地坐在一張長椅上，望著風景說著俗事，戴漁夫帽那個說她女兒昨晚講了四個小時電話。吉永閉上眼睛兩手摀住耳朵。

再睜開眼，正前方一對眼睛直直望過來，她扭頭看著倚牆長列經書，起身離去前匆匆一瞥，確定那人是社區晚班警衛小施，他正望著在一旁看女主人搖呼拉圈的土狗，頭髮新理過，面帶微笑十分愜意。他在警衛亭內僅是個空殼、形影，許久未真正見著他了，都是透過母親描述，以及他出借的習作。

「不會跟他說我也看了他的大作吧！」她不放心跟母親確認一下。

「那當然！沒那麼二百五……這不算出賣，沒那麼嚴重吧！」

閱讀那些青澀習作，讓人感覺有點悲哀。不太想再讀下去的最大原因應該是手寫稿的關係，直接來自某人心思手筆交纏出來的字體，不就是「裸字」，毫無保留呈現在眼前，漸漸熟悉那字可以順暢閱讀時才突然意識到了。它要是打成印刷體還好些。即便是影印稿都好，那原稿太予人情感壓迫，親密得像一張床單。

前頭山壁下豎立著一支銀灰色燈桿，小施寫到山上的路燈都換成LED燈了。吉永走上前去，燈桿上註明LED燈，以及更換日期，難怪最近感覺夜色青森森的。據說LED燈省電達百分之五十以上，一百年前愛迪生發明的鎢絲燈泡都該淘汰了。她想起外星人，這點發明對他們而言也許可笑，傳言他們的科技遙遙領先地球人，相當科幻。地球人喜歡幻造假想敵來嚇唬自己，也許他們安貧樂道，根本不在乎這些。

走到半路，腳下落葉發出比揉玻璃紙更酥脆的碎裂聲，導致山壁草叢一隻蜥蜴驚起一躍，落荒而逃，她反被牠的大動作驚嚇。接著背後傳來急促的步伐；她放慢，它也跟著放慢；她遲疑不前，它故意在後面拖著。剛好經過一個崖坡畢露的大彎道，想像背後跟蹤的人將伺機行動推她一把。

無其他往來的聲響，她一面加快速度，一面往路中央偏移，避免臨近彎緣，腳下的小陡坡走來簡直像大陷落，步伐幾乎煞不住，她衝動得快要跑起來。前路崖壁切進一尊獸首——馬首，臉長顎尖，飄逸鬃髮，也是驚嚇樣，前足高舉，後肢直立，但人模人樣，她被自己的想像力搞得又怕又笑。迎面跟著來了兩個女人，她心跳和腳步漸恢復正常，背後亦步亦趨的腳步不再緊扣她懸空的心跳，似乎也恢復正常了。山路將盡，一波九點鐘像打卡上班的山友正在上山。

背後那人不是小施，不是警衛的皮鞋聲，不是他的行徑，除非他下班換了鞋，上山換了腦袋。她在進入下山的長梯前終於回頭，一個少年，站在離她兩部巴士外，無所事事的看著藍文輕屋後的樹木。只有他，沒有別人。

她回家打開陽台紗門，他還在那兒。

19

走完長梯，轉接山路，她看見藍文輕屋後山坡高出欄干的枝葉，也看見那少年，他站在昨天她看他一眼的地方，臉上有點鬍渣，雙手插在帽T的口袋，面帶笑容迎著她。她垂下眼睛，避開一隻被踩扁的金龜子。

她很鎮定，一早神清氣爽情緒機制尚未啟動，聽見他衝著她叫姊姊也裝聾作啞。還會有什麼事，準是借車錢那一套，這麼年輕，真替他難為情。

她沒有迴避，照平日的行走模式，靠左沿著邊坡欄干。山中交通規則大致同平地一樣靠右走，那少年走在她右後方以便和她說話，一個人扶搖而上，兩個人妨礙交通，他挨了白眼，盡快表明身分，「樓上的姊姊！你忘記了，我四樓的工作人員，你下來我們那邊掃過一盆摔下來的植物……你不記得了……我記得你……」他低聲試探。

吉永很驚訝，那個跟她交談過的催手男孩！

他靜靜跟著，不再說話，這個連結使他們不再是陌生人。她知道他尚未說出他的目的，想吊她胃口，聽那垮靴拖垮的腳步聲，顯得人很笨拙盲從，什麼都吊吊的。

「喔！小心！你差點踩死牠！」

他突然大聲說話，嚇她一跳，回頭見他彎下腰，用樹枝逗弄一隻鍬形蟲，牠氣呼呼高舉剪子要跟他拚，他以炫麗口技模擬坦克壓境的聲效，將牠推至欄干邊，「向左走還是向右走？驅逐出境！蹦弄……」製造墮落深淵的巨響，洋洋得意，十足的惡童表現，雖然對那蟲也許是好的，牠們不宜跑到高速公路來。

趁他尚未起身，她快步擺脫他，並修正自己恢復日常獨自漫步的心態。經過一個小蜿蜒，邊坡是滿布新苔舊蘚的方章形水泥欄干，鏽蝕的鐵條像扭曲的大蜈蚣露在外面；一不留神身邊換成一段新築的欄干，加高，做成一柱柱鮮綠的竹筒，彷彿動物園熊貓館的布景。

順著腳下的陡坡目光飛躍一片樹傘，停止在一塊沙質般的白色谷地，一部紅色轎車面向一排樓房泊在那兒。在山的對應下，樓看似斜傾，山與樓之間彷彿一只透明的漏斗。在熾烈日照下車身油亮好似甲殼，浮在一片白雲之上。癡迷的眼睛分泌出酸性的液體，將樹木的枝骨溶化，腳尖外是一塊綠滑板，心馳神往滑起樹來了。

人生潦倒跌至谷底的人等待地鐵進站隨機將乘客推落月台，新聞一出來，大家開始討論站在第一個候車位置的危險性，以及閘門的必要。本來她站在那兒就沒有一刻是全然放鬆的，如此愈加感到山谷的危美和地心引力，身體呼之欲出。

那男孩子當真做慣小弟、跟班的，懂得若即若離之道，安靜立在左後方，等她走開才趨前了解吸引她目光的是什麼，突然潑猴似地驚叫奔來。

「樓上的姊姊！可不可以借你的車讓我去辦件事！一天，一天就好，半天也行……我身分證押給你……還是手機……」

他追到她背後，超越先前所保持的距離，厚重皮靴的震動，有如電影裡怪獸入侵的聲響。她驚訝於他的天真，半側著臉警告他，他低頭努力爬梯根本沒瞧見。她故意停下，他幾乎撞上來，誇張地身體一個傾斜大翻，背貼護欄兩手大張抓住欄干，口中念念有詞。

一個威嚴的女人經過，一眼將他矮攝在眼角，他像被老師一斜瞪立刻定住，抿著嘴鬆開皮帶，將褲子繫高。

六角形的涼亭左右各三根柱子，柱子間橫接木板成椅條，中間留通道，形似書名號〈〉。吉永背對亭內，面向大榕樹坐著，往來的人打她背後穿亭而過。榕鬚被修剪成瀏海，樹枝上掛著一支深藍色的雨傘，還有一副可運動手臂的彈簧。

那男孩子減輕腳步的拖拉聲，走過來倚著她旁邊的柱子坐，上半身隱在柱子後面，開始說話。

「我們勇哥突然掛了！我們剛搬來的時候他帶我們來爬過一次山，吼喔！才爬一次，他就不知道什麼發炎，就沒再來了，那次我們來我還怕他以後常常要叫我們跟他來，那天他心情超好，超高興的，一直講笑話給我們聽，他說得出來很多樹跟花的名字，他說他對字沒感覺，喜歡看圖片，他自己說過目不忘！說他姊姊是博士，家裡很多那種有圖片的書……」

吉永把腳伸出去觸碰樹根，那板根像犁一般劃裂亭圍的水泥地面，且還在靜靜使力。一條大裂紋自亭腳沿著斜坡爬行，像丟下一根黑色的繩索給坡下的人。

「爬山促進血液循環，害我臉紅心跳，看到美女也沒這樣……勇哥突然掛了以後，他們就不給我進去，我說我只是要去拿我的東西也不行，才隔天我去我國中同學那裡睡一覺，他們就叫他家裡的人來把他屋子裡的東西全都載走！我現在很慘，超慘，我要怎麼證明有些東西是我的，就看他家人怎樣，不過他們看起來好像人不錯，都比他好，他也不錯啦……」

有人經過，他便閉嘴，用腳尋著東西踢，駝色的靴子鞋帶鬆散，好似從不曾彎身下去綁過。

他講了三次「掛了」她才意會到是真的掛了，而非某種行話，表示破產或生意觸礁行動失敗之類的。她這才把兩件事連接上，星期二或星期三早上她出門時，總監忙著跟人耳語，一個多小時後她返回，院子上出現一列小而新的家具，總監還在忙著，無暇點名式的問候。女人交頭接耳像一塊磁鐵，很快第三個女人也湊過來了。她聽到她們說話。總監自稱是她察覺「他」已三天足不出戶，透過可能的管道無法聯繫到他，最後決定報警破門而入，果真出事了！他最後一次現身，晚上十一點多提著一大袋飲料，突然昏坐在電梯裡，晚班警衛透過監視畫面瞧見，趕過去喚醒他，扶他到家，再提那袋飲料過去按門鈴，兩人還互道晚安。「年紀輕輕不知道是不是吃了什麼藥！」總監時間掌控得宜，最後一句話講完豎指比噓，擺手令她們散去，同時門口出現一個抱著三疊公事夾的束髮白衫女子，把東西擱在一個保險箱狀的鐵櫃上轉身離開，總監問還剩多少，她完全沒反應。她一消失，原先那兩個女人立刻重回總監身邊。吉永跟她搭同一部電梯上樓，一個幫人家帶小孩的女人推著一部空的豪華嬰兒車進來，這時她把一隻翠綠的玉鐲往手腕上推，不一會又把它滑下來，費勁的摘出手掌，放進口袋。

總監一定也把他昏坐在電梯裡的事跟她講了，她低頭暗暗巡索這箱形的空間，怕遷移過程中掉落了手足的遺物。她按部就班，表情平和，就像一般人搬家，頂多是告別一個居所的情緒，極可能就是男孩子口中擁有很多圖書的勇哥的姊姊，吉永分別和他們姊弟有過一段電梯時間，竟然一樣難捱。

一個步履蹣跚鬢角灰白的男士在男孩子對面坐下來，慢條斯理取出一支鋼管似的保溫水瓶，主動問聲「早啊！」男孩子回聲「早！」不一會又問人家：「那是象印虎牌嗎？」男士一臉莫名其妙，把手上一份派報攤在面前一張廢木材草釘的桌上。一個率性的腳步聲路過涼亭突然遲疑，「你最好趕快離開這裡，不要想做壞事！」他說。吉永扭頭確認是夜間警衛的身影，衝著那男孩子說，他在勇哥出事後屢次試圖進入大樓屢遭警衛驅離。男士扶了扶眼鏡，丟下報紙走出涼亭，帽子掉在地上，男孩子喚他也不回頭。

緊接著兩個穿短褲的年輕女孩並肩走來，用離對方遠的那手分別拿著一杯咖啡，語氣激動描述著得知某人的祕密後昨晚徹夜未眠，間或發出說不上來的低吼聲，穿過涼亭，一抹刺鼻的粉香。

吉永起身想快快離開涼亭，但坡下突然人聲騷動，一望是群白衣黑褲的人像饑荒羊群浩浩蕩蕩擁上來，只好趨前憑著欄干，受那聲音和畫面的影響隱約感覺到大榕樹的角力，欄干高低起伏。

「哇啊！」那男孩子叫了一聲，也向外彈，「這是在幹嘛?!」

吉永遇過幾次，多半是打造團隊形象的中小企業給白領員工做職前訓練，或鼓舞士氣的晨間運動。斂著下巴的這群人一致電動表情，不左顧右盼，不停走不停說，嗡嗡來到亭前也仍是斂著下巴，好像額上有角奮力往前頂就是了，爭先恐後又毫不衝突地擠入柵門，沒有一個取道亭外的路面。吉永感覺背後的亭子好似轎子給掀抬離地了。

那男孩子趁亂靠近吉永，好把請求一次說完。他傾出欄干，尋著前去的那兩個女孩，那群人就快接近她們，像浪濤淹漫上來，兩人不再並肩，一前一後把咖啡杯拿在左手，高高舉在欄干之上。

「你知道我借車要幹麼嗎？」男孩子開始自問自答，音調提高到眾人之上。

「我不能不去把我的東西拿回來，雖然不是什麼值錢的東西，但是是有感情的東西，拿回來我就要回家了，那部小折是我存錢買的，勇哥也有出一點，當作送我生日禮物，我放勇哥那邊分他騎，他說他需要運動，又不適合爬山……問題是，問題是我又不知道勇哥老家的電話跟地址，可是開車我懂，我有駕照，我們開車去過，開車我鐵定找得到，我很會記路！隧道、破學校、岸邊一塊怪石頭，還有一棵非常有趣的樹，我記得……不過要是在山上一大堆樹就認不出來了！它就是樣子特別會讓你想到枯藤老樹昏鴉……我還要去告訴他們，勇哥房租已經先付了一年，押金三個月，不要被房東污掉了，我現在沒有快點解決這件事，我沒錢也沒地方住了，這幾天都是去我同學那邊打地鋪……」

大隊人馬溢出涼亭，他的聲調跟著降下來，「我不能再去我同學那邊，太危險了，他早上去上班，留我跟他女朋友在那邊睡，我要自保，一大早就跑出來了，跑來爬山！笑死人，一邊吃三明治一邊打呵欠一邊爬山！拜託！你把車借我，一天就好，一天就辦好這件事，不用一天，半天，四、五個小時內我把事情搞定就回來……」他把樹枝扳向欄干，看它們一一彈回原地。他對著它們說，不敢面向吉永，反而是吉永帶著笑臉斜睨著他，烏黑的眼眸映著鬱鬱草木。明明假戲真做，卻看不出破綻。

她轉動傘，問：「勇哥是哪一個勇？」

「以前是勇敢的勇，去年改成永遠的永了！」男孩子欣喜作答。

她忍不住笑了。

她馬不停蹄下山，進門不歇腳打母親的電視劇前走過，走向陽台圍牆邊低頭一探，永哥要求樓上住戶管好自己的植物後在他獨有的大陽台搭出一頂簇新的遮陽篷，現在已經不見了，可見房東消滅他的東西像趕瘟疫似的。

回頭她跟母親娓娓道來這樁奇遇，從半年前被「催手」請去收拾墜樓的盆栽說起，「車手吧！」母親說。到無端他死了，以及後續總監、姊姊、小弟和一部小折。

「我看過他帶那部很特別的小折出門，有人問他去哪騎，他說河濱公園！」她強調他們的存在。

母親坐在沙發上仰臉聆聽，本打算用一節廣告的時間閒聊，沒想到情節出乎意料的複雜。

「你說要不要借？」說著吉永又推開紗門傾向圍牆，「天啊！他坐在樓下的椅子上！」

「我來！我來！我來看一下……」

吉永退讓，母親自沙發挪移至陽台，邊動邊摩拳擦掌地眨著眼睛。陽光下一頭灰髮和藍衫子頓時放大，毛邊分明。她緊靠著圍牆，伸出一隻手側抱住牆身，放臉張望。

「哎呦，他好像也在看我耶！讓他看到我……千萬不要欺騙老人家啊……借就借啊！現在到處都是監視器，那部老爺車，還怕它丟掉，他要是真的想回家改過自新，就幫他一下，他的那大哥已經來不及好好生活了……」

20

警衛給蘇熊華開了門，並未知會樓上楊媽媽，他從電梯轉出來見著一部輪椅倚在牆邊，登時錯亂，細看所倚處是兩屋中間偏右的。他向左轉，立在門外，稍靜下心思彷彿聽見屋內琴聲。對門一個胖墩墩銀髮後梳的老婆婆出來探頭，她門早就開著了。

他按了三次門鈴都無回應，對門的老婆婆等到一對中年男女，他便乘他們搭上來的電梯下樓去了。警衛看到他趕緊幫他聯絡楊媽媽，他再度上樓。

「怎麼來了？不是說爸爸住院，沒空怎麼還來呢？」楊媽媽按著門，探了對面一眼。

「最近對面老爸爸也生病，已經沒辦法靠老媽媽一個人了，所以常常有人來，也常按錯門鈴，我就乾脆不理它，不過剛剛不是故意的，我在彈琴，你去看，你去看，吉永這個女孩子，錢不是花在刀口上，是花在心口上，你看到沒，哎呦，去租這部鋼琴！說要給我彈，暖暖指也好，我全身上下最暖的就這幾根手指頭，這不是在折騰我嗎？我說地震時給我當防空洞還差不多！」

楊媽媽推他先行，他走到臥房口，看見房內多了一個額外的黑色大物件，一盞昏黃立燈侍立在旁，且是房內唯一的光源，好像一根光軸撐起一座黑森林。

「一個月五百塊，不知道真的還假的，聽說是全市沒得再便宜了這價錢，一天雖然不到二十，一天不摸它二十分鐘，錢不就白花了，還要學那些彈琴的小朋友，晚餐前後彈才不會吵到人家……」

等她來到房口，熊華讓路，她不進去，笑看著房內那挑燈夜戰的景象，「去！幫我把燈關掉！還是你會彈去彈一下？你家女兒應該也有學琴吧！你一定比我行，我這一輩子什麼才藝都沒開發，誰知道有什麼才藝，彈這些幼兒練習曲，人家還以為這裡有小朋友咧……」

「好啦！隨便彈一首給我聽，我剛從醫院過來，心情很糟……」熊華說著走進房底席地而坐。窗戶緊閉，也許是獨居老人也許是出租鋼琴冷酷的異味令他難受。

楊媽媽伸手按了門邊開關，頂燈亮起來。

「暗點吧！暗暗的就好，還是你需要燈光？」

「剛本來就是這樣彈的，混水摸琴啊我！」

滅了頂上的白光，楊媽媽移向鋼琴坐在琴椅上，撫著貓背似的柔柔撫了一下樂譜，略壓低燈罩，轉頭看著坐在右後方的熊華盤起腿來，擠著人中和頰肉，做個鼓勵小孩的表情。

她彈了兩小節，挺直腰背，從頭彈起，彈得不太有信心，音符飄飄散散的。燈光集中在人和琴之間的小渠，彈琴的人腰身纖細，右手肘彎輕巧飽滿，好像一隻年輕的手。

「就只會這種兒歌，真敢彈給別人聽，就你不應該用苦肉計！」

「啊！我都忘記鋼琴的聲音了，咚咚咚，一顆一顆圓圓的，很響很亮，好可愛喔，這什麼曲子？」熊華背往後仰靠在床沿，腳伸一半即抵到衣櫃。

「我已經獻醜了，有讓你心情好一點嗎？」楊媽媽將腳旋出鋼琴外，側坐在琴椅上，「是擔心爸爸身體嗎？」

「剛在醫院遇到我姊，莫名其妙又被她數落一頓，照顧爸爸我花的時間比她多耶，連離婚的事她也好這時候搬出來說……」

「喔吼！」楊媽媽誇張地苦笑一聲，又逆時針挪九十度將腳旋入鍵盤底下，單手在琴鍵上亂溜達，「你真孩子氣！你們真孩子氣！」說著她又把剛才那首曲子彈了一遍，這次彈得流暢，好像他心底已有音調，起著共鳴。

「這首曲子叫什麼？」熊華問。

「不是〈小星星〉嗎？」楊媽媽回頭看他，他望著別處。

「剛才那一首！」

「喔！那一首是〈蛇舞〉，一條壯壯的蛇。」

「蛇？」他立刻想起門外的輪椅，黑色的輪胎像蛇。

她又彈起〈蛇舞〉，一次比一次彈得柔軟生動。

「這些樂譜是吉永幫我找出來的，姊姊小時候彈的，可能是搬家時她看到了，姊姊還肯去上課，她去了兩次，說老師會瞪人不去了。以前捨掉過一批了，留幾本有圖畫的，有中文歌詞的，好笑是你看這一本，每首都有歌詞，有的是翻譯的，單單〈蛇舞〉，只有一個名字，沒有歌詞，只能用哼的，你看我多無聊，這些插圖顏色都我塗上去的，有顏色就漂亮起來了。這裡很奇怪，好像一到秋天就有人彈琴，我猜是同一個人，天涼以後音符就飄出來了，現在聽不到，要下午午覺，晚上十點過後十一點，靜一點的時候，好像也跟我差不多，是個老太婆，彈一些單音的抒情曲，到十二月就練聖誕歌，在那麼靜的時候我不敢彈，真的不敢……你還要回醫院去嗎？」

她用「姊姊」來代替，就是不肯說出「言永」。他喜歡之前那樣心照不宣，他是因為美麗的言永才來的，不是姊姊啊！不知人間疾苦的言永！她若還在，世界必然不是這樣了。人生就跟這首短歌一樣只有美麗的幾小節？無以言傳的幾個音符？這時候計較這個，簡直雪上加霜。

「你還要回醫院嗎？」

「待會，探病時間過了再說！」

「好吧！出去吧！把頂燈熄掉！」

楊媽媽搭上助行器，離開琴身凹槽，燈光照著牛奶白的琴鍵像瓷器般油亮。

「熊華！來啦！來這裡坐！」沒看到他跟出來，她喚著。

「你要是上個禮拜來就好，」熊華走到客廳來，將電視櫃做靠山一屁股坐到地上，「你是不開心還是因為累？」

「沒事，這樣坐比較舒服！」他逃避她憐憫的眼神。

「我說你要是上個禮拜來就好，我們去買了很多很好的葡萄，也送了兩串給對面的余媽媽，老人家吃葡萄最好，好吞好消化，我們很久沒有出去玩了，說了你會不敢相信，我們是跟一個剛認識的男孩子出去的，他幫我們開車，高速公路吉永少開，我不敢說，她一個人開我不放心……」

她看他還是慨慨的，遂說起結識這男孩子的經過，從她們的盆栽砸到大哥的陽台，大哥後來突然暴斃，有一天小弟在山上跟吉永借車去大哥老家要回他的東西，還了車載她們出遊，順便把他追討回來的小折以及私人物品載回家鄉，最後還堅持送她們回來，自己再搭車回家。

完全違背楊氏作風，把事情的落點和移動連結起來，高高低低一幅曲線圖。他眨眨眼，驚訝她講述時那副天真無邪的模樣。

「以前她爸剛生病的時候，我們三個人有志一同，反而三天兩頭開車出去亂晃，不管多遠，在車上就是在旅途上，車子的速度就好像瀑布沖沖沖，什麼煩心的事反正也插不了手，回家再煩也不遲，有時還真想乾脆睡在車上。這次他帶我們去買葡萄的地方離他家不遠，他其實是一個很單純的鄉下小孩，差點誤入歧途，吉永說那裡以前我們跟她爸爸去過，跟一個中風的先生買過梨子，我都不記得了，可能是在後座睡著了！」

「哼，隨便一個陌生人都比我值得信任！」熊華冷笑，說著起身面向紗門。

「哎呀你這樣說，說你孩子氣還真孩子氣，你也知道，我們還能怎樣過日子，對人和事都不能太當真啊，自然就走走走，走到這地步了，也真久沒出去玩了，光我們倆你看我我看你總提不起勁，又沒安全感，算利用他開車，他開車有一套，膽大心細……」

手機唱起歌來，熊華瞧了一眼置之不理，讓「我的寶貝、寶貝……」一遍遍唱著。

「這首歌還滿好聽的！」來電歌聲消失後一陣尷尬，她說，「這可當催眠曲，我現在失眠也撿她們小時候的催眠曲來聽。」

他推開紗門走出陽台，看著對面山上他曾停駐遙望這樓面的那段欄干，後方一盞路燈照著路面，好似很多塵粉在上面，說飛揚也不是，安定也不是。

「你想不想聽她們小時候聽的催眠曲？」她挪近門邊，推開紗門又問，「還有跟霏霏，那個漂亮的小姐來爬山嗎？」

手機又唱起同一首歌，「我的寶貝、寶貝，給你一點甜甜……」

「接吧，如果是姊姊的話……」

她來不及迴避，他已結束對話，只發出一聲「喔」。

「得回醫院了！」他吸飽一口陽台的新鮮空氣，推開紗門說。

「好，快回！快回！」她推著他向玄關行。

他踩在門後的腳踏墊上等她，說：「我也可以載你們去遠一點的地方玩啊！」

「好，再說！再說！可玩可不玩……」

「啦啦啦啦啦啦……錯了！唱到〈寶貝〉去了！」他試著哼唱〈蛇舞〉。

她笑了笑，哼出他要的旋律。

「你來彈，我錄下來，做成手機答鈴，這就獨一無二了！」

「哎呀……」

「我姊通知我女兒跟她媽媽，她們已經在醫院了！」

「快去快去！等我幹嘛呢？」她口氣急了起來，像學步的孩子走到大人跟前，最後一步欣喜又猴急不顧一切的傾身過來，他張開雙臂前去摟住她的雙肩，突然洋派起來，朝她額上啄了一下，手還在她肩廓上使力，好使她立正定住，然後轉身開門。

對門兩位訪客也正要離開，鐵門半開半掩，兩個女主人道別之際還忙著穿越門道探尋對方。電梯開始下降，剛才對老婆婆說「媽媽你不用出來」的男人對他微笑，說：「來看媽媽！」他剛才也想說一樣的話，反正客套，蘇熊華含糊的嗯了一聲。

「你們那戶面山？」

「嗯，面山！」

「面山好啊！」

「是。」

兩個男人掌握著對話節奏，給予最簡單的問題和充足的答話空間，電梯停止前靜靜沉澱。他的妻子，雖然剛才沒有叫媽，但八九不離十是他妻子，或曾經是，兩人看起來是一體兩面，有丈夫撐著場面，她完全讓自己鬆懈下來，掏心掏肺之後像沒入福馬林般了無生氣，雖然身上的衣服亮黃得像玩具小鴨。

三人魚貫而出，院子裡有女人的聲音在說：「像這些來探病的，要注意他們從幾樓下來……」蘇熊華反射動作掉頭看向警衛亭。

他故意拖慢腳步，想和默默無言的他們拉開距離。出了院子，幽暗狹小的通路停有幾部機車，側邊舊公寓層層疊疊凸出的鐵窗和雨棚，晚餐的油煙還懸浮著。

他在人行道邊停步，目送他們離去。他們過馬路，分別在兩人身上的深色長褲和黑色上衣暗沉在柏油路上，另外一半發亮似的，妻子像隻墜落的天燈，先生的白長褲邁開大步。

他們走到大樓斜對岸，像一對耳塞同時鑽進一部銀色轎車，關門聲重疊有力，不一會車子流暢地駛入車流中。他曾在這一帶繞了近三十分鐘找不到停車位，知道那個車位對他們而言有多幸運。五分鐘、十分鐘，時間被雙向的車輛拖行而去，路上計程車不多，他恍神注意著從山階上走下來的一對男女而錯過了一部空車。登山口有路燈照明，穿鮮豔 Polo 衫的兩人男紅女綠，郵筒般的依偎著，等在斑馬線那一頭。他因為陪病穿著一套灰色休閒服，挺像來爬山的人。

他決定走到外面的馬路攔車，邊走邊考慮撥打一通猶豫多時的電話。自從上次和霏霏來這裡爬山，回到辦公室兩人反而生疏，爬山那天她十分熱情主動，他們也默契十足，關係顯然更進一步，這也可能正是不進反退的原因，對她而言，他回應感情的態度和速度都太消極了。他看著路上滾動的車輪，試著哼〈蛇舞〉，一點也哼不上來。

21

對門兩個女主人送完客逗留在門後織著美麗圖案的踏墊上，探尋著彼此的動靜。

余媽媽過來這邊喚：「楊小姐！」

楊媽媽放掉助行器把門敞開。

「楊小姐，」見到人又喚一聲，「想請你幫個忙，現在我先生在睡，請你幫我注意一下，我想下去樓下安養院看一下，我兒子說明天要帶我們去看安養院，我想先去樓下看一看，才有個比較，雖然那個十一樓太太已經講了，叫我千萬不要去，說他們租約有問題，安檢也有問題，還有人要告他，也不知道真的假的，我偷偷去看一下，心裡有個底，我還沒有跟他們說樓下就有，怕他們把事情想得太美……」

「好啊！你去，我拿個鑰匙！」楊媽媽轉身，拿來搭在鞋櫃上的傘，鑰匙噹噹上手。

「瓦斯關了嗎？」

「沒開！看一下好了！」

她去摸摸冰涼的灶台，走進對門屋子，余媽媽為她備好一杯溫茶，還要從茶几上的罐子掏些堅果餅乾，她按住罐口催她快去。

「真的睡著了？呼吸……有問題嗎？」

「他不是呼吸的問題，OK的。」余媽媽在門柵外面用手比出一個O形。

她在電視和茶几之間站立數分鐘，以傘杖為軸心，半面向左半面向右，來回各兩遍，漸漸放大圓規的視線範圍，腦子裡建構著周圍環境以及潛伏獵物的心像。她想這人有囤積症，各式同余媽媽圓墩墩身形般的毛絨物擺布在任何可憑靠的小型家具上，堆積如山。窒悶來自大量的纖毛和褶皺，加上沒有開門見山的陽台，且有一個看不見的病人。這感覺早在接觸這屋子前即存在，每年五月，母親節，梅雨季，揮發至盡頭的餘騷猶未饒人，這兒又新布下數量肯定相當龐大的樟腦丸，強烈的宣戰意味直衝對門，硬是要幾近麻痺的她們再度同仇敵愾起來，吉永笑，我們跟打不死的蟑螂沒兩樣！

沿著茶几，屋中唯一獨立的島丘，繞到沙發邊去，她試著面向那杯茶坐下來，看了看不停在播報的電視新聞，從低角度巡游自屋陸衍生出來的一座座半島。她腳碰到一塊濕布，上面有一盆水，大概是泡腳用的，已經涼了。這張肥厚的雙人座桃紅皮沙發如同河狸築在壩體內的巢穴，坐在這裡可取得周邊綿延如小城邦堡的食品、藥品和日用品。

她仍正襟危坐。選擇桌上最新的一支遙控器，按掉電視，以為可以減輕壓迫感，卻反而往聲音裡去，聽不見半點兒音聲，恐怕是進了數以百計忍氣吞聲的毛娃肚裡去了。坐著難受，她起身尋找病人和陽台。他們的陽台在廚房外面，廚房亮著燈，昆布似的褲管一條條懸蕩在昏暗的陽台上。

兩房在浴廁兩旁，門微開，一明一黯，可想而知余老先生是在有燈光滋養的那一間，不同於廚房白光，是橘色調的，她從前也不讓臥病的先生獨自躺在黑暗中。她手貼門板輕輕按著，抓到它的脈搏，輕推，看到倚牆的床頭櫃上有隻不小的絨毛象，擬真的象鼻垂向枕頭，枕頭空著。再輕推，果然另一頭象現身，同時看見了另一個枕頭上像是木雕的一隻瘦弱病獅的面容。似真似幻，咕嚕咕嚕的黏痰聲發自他喉嚨。

她趕緊把門恢復到原有的夾角，免得余媽媽發覺，家庭照護者敏感的思維他人難以捉摸，屋裡彷彿布滿眼線和神經，可覺察蛛絲馬跡。

她在沙發邊角坐下來，避開男女主人臀形的兩塊塌陷，雙手用點力攀歇在扶手上，臨走道那一頭，易於出入的位置一定是妻子的。余氏夫妻平時偶用日語交談，她們聽不懂，無法得知內容是否涉及隱晦或相互攻擊才使用國、台語以外的第三種語言，反而沉浸在外國語營造出來的異國氛圍中。自從那夜余媽媽受到火災警報驚嚇獨自到對門討救兵，他們只關柵門，內門掩上而已。

她把手往外伸，將寬厚的沙發當作一匹小馬夾在腋下，指尖向下以掌心摩搓涼涼的皮毛。

余媽媽去了整整一個鐘頭，她不消看時鐘也曉得，屋裡和她們一樣不掛時鐘。她心底彈奏〈蛇舞〉，手指頭在沙發上起伏。

找朋友累！不找朋友悶！江太常說。她開始後悔。同時竟補償似的想起一些美好，而稍稍寬容了自己。她們大美嬸嬸家的沙發也是這種慵懶癱軟型的，以前的年代這相當時髦，每次上那兒去，大永和小永就一人一邊坐在它兩個寬寬的肩頭上，她們說那像沒切的吐司條，她們喜歡剝著沒切的吐司吃。有一次大美嬸嬸問言永，你媽媽怎麼不再生一個弟弟或妹妹？言永答她，我媽媽肚子不好！大人吃不動東西說牙口不好，看不到東西說眼睛不好，想當然媽媽是因為肚子不好才不生第二胎。遲遲不生第二胎是你媽媽說她無法再愛另一個小孩，也是大美嬸嬸說的。

「喔！感恩！感恩！」余媽媽臉貼在格柵外嚇了她一跳，看起來頗歡喜，還有點調皮。

「至少新新的，近有近的好處。」余媽媽站在踏墊上宣稱，「老闆娘是個胖女人，她小聲說住戶有優待，她說她婆婆和親家阿嬤也住在那邊，快九十歲了啊，乖乖在那裡，倒好幾年了，她說她婆婆倒下去之後她不知不覺一直胖起來，人看起來是很慈祥。」

余媽媽噤聲入房探視先生，出來時說了句日語。

她默默朝門邊移動，余媽媽跟過來，順手抓個毛偶說：「這個拿回去給小楊小姐玩，好可愛捨不得丟，以前買給我孫女的，她在國外，我只生兒子，沒有女兒可以疼，我小時候我爸爸跟我媽媽很疼我，那時候台北市只有兩間幼稚園，我爸爸每天早上背著我去讀書……」

余媽媽拉著她一張張解說被毛偶簇擁的家庭照片，她剛才一個人的時候刻意避開，她寧願看玩偶。余老先生注重學歷，有一面牆掛的是兒孫大學以上的畢業證書，好幾張是英文字。如此時針又轉了一圈，她對家族史意興闌珊，較感興趣的是余媽媽有個兒子是雲遊四海的船長，也許因為單身，說得不多。她兩腿柴硬，繼續聽她講用照片做成四個冰箱磁鐵的老二家成員。

臨別時余媽媽靈機一動把兒子拿來放她那兒的登山杖送給她，她也沒推辭，拄了一杖一傘進了家門拿起鞋櫃上的巧克力就吃。

如釋重負卻也精疲力盡，上床躺著又不舒坦，想下樓找小施說話，重要的是把沒吃的晚餐打包拿下去丟。

垃圾車剛走，小施正在給餿水桶襯上新的垃圾袋，甩開大垃圾袋的動作像撒網似的。

她跟小施討文章看，他小心翼翼拿出本子，有所顧忌似的翻查著，不見天真愉快的神情，她快快說：「沒關係，那就算了……」

「我寫得像傻瓜。」

「別活得像傻瓜就好。」他說得落寞，她也答得落寞。

他又說：「本來十二點半以後可以放心亂寫，那天暴發戶半夜三點應酬回來，大概也是一個醉漢，亂停車，擋到他進車庫的路，他大發雷霆，我一個人怎可能時時刻刻盯著，就算看到了趕過去，人也可能跑了！罵得狗血淋頭，恐嚇要讓我待不下去……」

她自口袋掏出余媽媽塞給她的毛偶遞給他，說：「突然想吃泡麵！」

「剛聞到泡麵香，正掙扎想吃泡麵，這個禮拜已經吃兩次了，管他的，換另一種麵，再一會兒，臭架子先生回來之後，泡一碗上去給你，我有兩個泡麵碗。」

他將薄薄的寫作本裝進那只滷味專賣店的白色塑膠提袋，她歸還時也不換別的袋子，一直沿用。她上樓後，坐在距被窩不遠的床沿燈下，邊讀文章邊等待泡麵，心思無法集中，讀了又讀，只看見一堆毛茸茸的沒有臉孔的玩偶。

晝伏夜出的夜行動物，黑夜是白晝，以夜作日，天光時只有渾渾噩噩只為等待黑（長）夜降臨，漫漫白夜……

夜幕低垂時他們急匆匆的離開了基地（這個小宇宙）。有一天交班時小吳跟我說他只做到月底，他將要和他表哥去泰國養蝦。他是機動性的特派警衛，哪邊有人休假他就去哪邊代班，不分社區、日夜，我和他只有幾面之緣，詳細情形不好多問，我只問他是泰國蝦嗎？他說應該是。

蝦讓我想到小田，他有去釣蝦場的嗜好，釣蝦場釣的是泰國蝦，小田說現在泰國蝦貴起來了。一池蝦到底有幾隻？小田辭去夜間警衛，盡情過夜生活，白天不務正業，無精打采。

小吳瘦小不起眼，估計不超過五十五公斤，有些住戶私下給他一個綽號「小警衛」。小田說之前有一個「大警衛」，身高接近兩百，體重一百二，看起來雄壯威武（像個巨人），住戶很有安全感，但其實一身的病，「還沒有誰是做警衛的料，就看你了！」小田這樣開我玩笑。

沒有誰不以貌取人，以致常有人來探聽我當警衛，而且是夜間警衛的原因，尤其婆婆媽媽，老男老女，有一個孕婦常常看著（觀察）我，我以為只是走得慢，生完孩子她便直言：「你這麼年輕，長得好好的，不像沒讀書，沒啥不正常，性格也沒有大問題！為什麼……」（我記得非常清楚是這樣講的）聽說信義區那邊的豪宅都是年輕體面的警衛，或者說年輕體面的警衛都到信義區去了。無用如我竟為這事感到困擾。沒想到有一次出了點車禍，走路一拐一拐的，就沒有人問了，之後雖然好得差不多了，還是半真半假的裝做（模擬）走路稍微一拐一拐的，困擾便離我而去。

小吳宣布（跟我說）他要走了之後下班反而不急著走了，他坐在座位上，用一枝好像沒沾過水頭尖尖的毛筆小楷，在撥弄盆栽的沙粒（土粒），眼睛湊到盆邊，那雙圓滾滾（炯炯有神）的大眼睛占小小的身體很大的比例，都變成鬥雞眼了。那盆迷你小盆栽，種一窩又直又挺硬邦邦的像塑膠的植物，密集的程度像香爐插滿香，好像是組長的。小吳的私人物品只有蚊香，他雖然皮膚很黑，很像鄉下老農，卻極其怕（在意）蚊子，下午就開始點蚊香。組長極其討厭（排斥）蚊香，巴不得把它踢到外面去。

小吳走後也沒什麼好感傷的，每個離職的警衛都看見更光明的未來，只有小田例外，他屬鼠，愛四處鑽，躲在暗處。只是我開始有點不習慣沒有蚊香殘餘的警衛室，竟然想去買蚊香。小吳用的鱷魚牌是小時候的老牌子，竟然找不到，也許他是回鄉下買的，他也沒說他從鄉下來。超市裡各式各樣的防蚊新發明誰有時間研究，傳統蚊香只剩兩種，都說是純植物提煉，就選便宜那種。我這是明知故犯，組長準會有意見，他說，毒得死蚊子也毒得死人。他對小吳的蚊香特別包容是因為小吳看起來像一個有病的人，待不久的樣子。對我，就沒有了。

打開新的蚊香，心情竟然有些興奮，我先把它擺在背靠警衛室後面的那張公園椅子腳下。

她扭扭脖子，打呵欠，起身走到玄關門後待了一下，回到床沿換個坐姿繼續用眼。

傍晚是住戶回家的尖峰時間，我得放亮眼睛監控並且打招呼，旁邊公寓飄來陣陣炒菜香，根本沒聞到薰香，但是住在最高樓層的小瑋回來聞到了，問我怎麼有一種怪怪噁噁的人工香味。他是一個很秀氣的男孩子，戴一隻銀耳環，穿「煙管褲」和限量帆布鞋，拎著一只大大的「托特包」，這些時尚名詞都是他教我的，只要我眼睛多看一秒，他就自動報上名稱，因為他對品味一絲不苟，我不想承認那是我點的蚊香。他看我不知所云的表情，故意向著花圃挑了一下鼻孔，像白兔一樣可愛（靈敏）。我從監視畫面裡看見他進到電梯裡面手還不停搧著風，忽然感覺薰香濃（猛）烈，喉嚨發乾想咳。我想趁他們不注意把它掐熄，這時夜幕低垂烏雲密布，行人腳步加快，雨已經（冷不防）下下來了，我無法再站在凸出的一小片屋簷下對他們（矯情的）笑著說：你好！下班了！回來了！我剛踏進警衛室就響起一大聲雷，雨湍急的加碼落下，看著那些逃竄的人我覺得只有我是身心安頓的。看到那個住B棟受虐兒似的蒼白男孩我才想到該幫他們撐傘。於是，我在庭院裡（涉水）走來走去，一部分自己（肩膀）落在傘外，將傘放在他們頭頂上，顧及紅貴賓，書包和名牌包，有人不領情，用手肘把我推開。主委看見了，罵我害人家淋雨。

我放下單薄的荷葉，回到我的小山洞，立刻有一種幸福感把我包圍起來。雨不停止，他們絕不會來敲我窗戶，我當然也就輕輕閒閒（遺世獨立）了。

雨停了，我聽到有人開信箱鐵片掉下來的聲音，想到下雨時沒辦法攔下住戶來領掛號，這是強迫症組長最在意的事，曾經有人晚一天收到掛號而怪罪到警衛頭上，就算不急，他也不容許它們在警衛室過夜，這是原則問題，他說。我趕緊按鈴通知他們，但是他們不想下來，也不許我送上去簽收。這種情況也曾發生，我告訴組長雨下得有多大，但他不接受，因為他家那邊一點雨也沒有。我能說什麼？算了，已經值得，我想到雨下得最激烈那時，雨紛紛從窗口門口濺進來，我關起門窗，把音樂聲放大，那種亢奮好像全身通電一般的快活。除了看門狗，他們全成了落水狗！

等雨完全停了我才想到蚊香，跑出去一看，那條小綠蛇頭上竟然吐著一根火紅的舌頭，好強的生命力！讓它繼續燃燒吧！我把它移到門內。

它吸收（取）了瀰漫在空氣中的濕氣好像愈加壯（龐）大，郁香撲鼻，比之前更加濃（妖？）烈，下過雨空氣清新到不行，若小瑋嗅到了該不會像小白兔昏倒……

她邊呢喃著「小白兔！」邊打呵欠，起身挪向門邊，感覺有些虛弱，半途折返，上床坐著下半身埋進冷冷的被窩，閉上眼睛。

我回到警衛室裡，不一會開始無精打采，睡蟲環繞，睡蟲長得跟蚊香一樣是螺旋狀的，膨脹！繞來繞去！從來沒有來得這麼早這麼玄（旋）的，九點半多！對抗它就是打開風扇，吃酸梅，帶著好奇心去散步找人聊天，巡邏時假想自己是偵探。

沒有人跟我說話，頭腦笨重，錯在不該打開書本，看不過一頁又陷進昏沉（泥淖）中。這次牠們變得更龐大了，像一個超級強國攻占了我，從我肩膀上壓下來，還摀住我的口鼻，我昏眩缺氧又幾乎看不見，一部分身體消失不見了，每次勉強睜開千斤重的眼皮，眼前都是模糊的……我猛甩頭，簡直像乩童上身。好不容易從黏人的椅子上站起來，想出去透氣，才跨步就看見地上一條小蛇，腳一縮重心不穩往前撲，蛇沒被壓死，還在蠕動。

土紅色的，好像一條粗粗的血管，竟然是一條蚯蚓，好久不見了蚯蚓，不知道是被滂沱大雨打醒，還是被我的（妖怪）蚊香招喚出來。我則是被牠嚇（驚）醒，趕緊把剩下的迷魂香丟到垃圾車去。

我把手電筒打亮擺在桌子底下，小心翼翼的踮起腳尖在這個鴿子籠裡，我還不想趕牠，想看牠能否自己爬出去，要花多少時間……

呵欠一個比一個長，小施沒有來按門鈴，她也已經非常睏了。

22

美術館五點半閉館，週末夜間免費開放也從五點半開始，吉永在戶外散步等待夜間開放，鄰接美術館廣場的白色建築正好有一場露天演出，從地緣從那方位平日即是間夢幻餐館，何況初夏在這兒舉辦婚宴。入口處適度的布置著薄紗、花兒和氣球，呈靜置的等待狀態，等待魔術、時髦的新人和風采翩翩的賓客集聚天台。

輕盈飄然的身影聚集，背後是黃昏抒情的酒黃天光。兩把小提琴，四野空曠，新人和賓客發表感言和祝福，恰如其份的笑聲掌聲歡頌聲層次分明的一波波湧來。

吉永取了一個畫面最美的距離，背景木麻黃枝刺向天際，側邊上樓的階梯連著屋頂欄杆，越過美術館上空的飛機映在他們腳下餐館的玻璃窗。雖然不能免俗的想看新娘的面貌，這重要性可比畫龍點睛，但這有時並不操之於觀賞者，如同看畫。回頭驚覺背後空無一人，她忍不住笑了，大步在廣場上走，用力拍打腳掌，好像想嚇飛地上的鴿子，也像穿雨鞋的小孩存心濺起地上的積水。瞥見美術館簷下立著一個手插卡其褲的男人令她有些不自在，幸未四目相接。她朝館側通往停車場的小廣場走，透過落地玻璃望入館內，金魚暮色在裡面優雅地擺尾。

五點半過了幾分鐘她才又晃過來，不經意地瞟了天台上的婚禮一眼，毫不感興趣的樣子，他們腳下的燈光亮起，無聊統一的白衣微微泛紫，兩人完成終身大事。

再好的展覽一看再看也會有了無「心意」的時候，純熟的走步趾扈起來，貌似興致高昂。年度大展展期往往長達一季，少有花能開過一季，美術館的常客得保持恆溫，練就不熱不冷的態度。有時就只像個寂寞的貴婦，定期開保險箱，點數寶物。對她而言，更像是參訪墓園。

她越過大廳，乘手扶梯直上二樓展場，「隱藏的真實：典藏品修復展」，冬末春初開啟的展覽。常設典藏展向來在二樓，這展等於是她歷年來在這兒拜會過的名畫大會合，星光雲集。十字交接如走迷宮的展場，天花板低矮，空間狹長，像白色的車廂、隧道、洞窟，引發藏匿、找尋、長驅直入的欲望。作品在兩側牆上一幅幅排開，她習慣逆時針方向前進，慢慢旋轉，繞行展間。兩岸的畫面對面，它們相遇重逢的機率要比和觀眾見面來得低吧，觀賞者的人影短暫映現在裱裝壓克力的畫面上，彼岸的畫一直投影在此岸的畫身上，成為一種神祕的交會。

第一個展間右手邊牆上第一幅畫是陳澄波的〈夏日街景〉，郵局的月曆曾印有這幅畫，她提起這幅畫是這個展出的開端，母親馬上說出：「就是那個公園，有花圃，樹畫得圓圓那張嗎？」當時父親的病已無積極治療的必要只能等待奇蹟，拖磨的日子，月曆形同虛設，翻頁的動力沒了，舊畫面凝滯，乍見新頁的驚喜也有限，她故意大聲唸出圖說的小字。一九二七年，陳澄波旅日打拚習畫，這件作品第二度且是連續兩年入選「帝展」，他更是第一個入選帝展的台灣西洋畫家。她在地下室的書店裡讀到一本傳記，形容陳澄波皮膚黝黑，長得像鄉下人、原住民，生性熱情樂觀，一起留學的同鄉他最年長，妻子留在家鄉縫衣養家。以當時的情況，他應該會是坐下來給在台灣的親友寫信，告知這個好消息，看信的人讀到這兒說不定雀躍地唸出聲來。

低頭確認地上「請勿越線」的灰色標線，她老聯想到草蛇灰線，她將腳尖挪前抵在線上，伸長脖子，眼神殷切，一副嗅吻它的模樣，想看清楚一點走入夏日街景的小人兒。編著一條長辮的小姐所撐的陽傘花色較年輕，隔個花圃，牽著戴帽小童的女人撐一支暗沉的陽傘，兩人所穿的綠色及膝裙大同小異。三人背對畫面，樹蔭下彷彿有什麼發出鳴響的活動吸引著他們。

曝曬半個多世紀的夏日街景透出一絲焦味與焦慮，前景那片黃土赤地幾乎占畫一半面積，是厚重的綠樹和不夠晴朗的天空白雲的總和，行人揚起虀散般的黃塵瀰漫在空中。光線昏暗，又處於角落，一個恆久、厚重而死寂的豔陽天。

兩牆中間一座長條桌櫃，病歷平放在玻璃桌面下供人閱覽。〈夏日街景〉病症有：「局部剝落、灰塵污染、油脂污染、不當補色、全面龜裂、破洞。」利用現代科技拍下各種檢測照片以為佐證。單邊光源側拍的照片最觸目驚心，修復前的畫布嚴重凹凸不平，特別是那片黃土赤地，滿是參差的皺摺龜裂，像一塊黃癟的裹屍布。這件篳路藍縷時期的作品長時間未裱裝於畫框，支撐體亞麻布老化強度不足，顏料脫落剝離，色澤暗沉沒了層次感。

凡此種種，其實就是老化，典藏名畫沒有資格走入此一自然進程。逛美術館的人該慶幸自己有的只是一雙膚淺的肉眼，無憂無慮的逛過去了。

「畫面加濕攤平／塗凡尼斯層／畫面加固／接邊／基底材加固／調整內框／繪畫層清洗／填補缺洞／清除不當的補色／補色／重繃畫布／畫布轉移／更換固定調整器／更換內框／X光檢視／紫外線檢視／紅外線檢視」

修復工作儼然殘忍嚴峻的外科手術、琳琅滿目的醫學美容，不僅在肉體上面作業，甚至是脫胎換骨，魂飛魄散。

她回頭佇立在〈夏日街景〉前，多位留日畫家的作品，同赴日本接受治療，算是他們與日本情緣的延續。修復師撫觸著這些作品也許沒有久別重逢的感覺，但一定感受到了南國高溫潮濕的氣候。

她鮮少加入導覽隊伍，遇到了洗耳恭聽幾句，藉機打量隊伍中求知若渴的小羊，在三塊綠洲之間移動兩次，然後離他們遠一點。她從不買導覽手冊，這次破例想買竟然尚未出刊。像往常一樣她在禮拜天早晨把薄薄窄窄像張登機證的展覽簡介遞到母親面前。

印在簡介上的主題圖像是陳澄波的另一作品〈紅與白〉，母親一無所悉，這才是正常現象。這是一幅油彩寫生小品，51×39公分，年代不詳，畫著一支壺形綠花瓶，插有紅花與白花，花瓣油彩厚重，白花多於紅花，花瓶擺在赤褐色如一片紅土的木桌上，背景是失血肝臟般的深褐色。

身負宣傳大任的〈紅與白〉被切割成三個窗塊，左上是經由X光呈現的灰白畫面，左下可見光接近原本的顏色，右邊長條形以紫外線拍攝，看起來藍藍綠綠陰風慘慘。母親沒說什麼，幾天後她從山上散步回來，母親說：「嚇死人了，那個花上面有一個女人頭！」母親指的是左上角X光透視下花朵上面浮現一個女人頭，四朵花巧妙的構成她的上半身，比例姿態都合理。她被頭像驚嚇，以為靈魂附身，回神想可能是一種設計，現在的世界一切都是設計了。所以她知道母親並未閱讀簡介上的文字。母親笑說：「看了還有想像嗎！眼睛不行了，留著看路，看風景。」畫布經過兩次彩繪，X光檢視下包藏底圖昭然若揭，第一次畫裸女，靜物為第二次創作。

最令她感興趣的並非隱藏的畫中畫，那不過是個話題，既然畫家已經用厚厚的油彩淘汰了它，要不是科技多事，它連魅影都不是。她發現有個畫家叫何德來，她居然不認識，他的畫在展覽中占很重的比例，集中在第一個展間。她離開〈夏日街景〉，橫向半側面慢慢左移，何德來的兩幅大型畫在同一條線上，她聽到一女一男先後念出兩幅畫警語般的名字，「人終須一死。」「人滿為患的地球。」她隨之轉臉，他們正看著掛在一起全是裸男裸女的兩幅畫，鄰近吉永的小姐說了句話，先生向她傾了一下耳朵，臉卻來個怪異的扭曲望向吉永。像鳥群被攝影鏡頭驚嚇一轟而散，吉永趕緊收回臉來，聲音的記憶倒帶甦醒，「人滿為患的地球」。

隔著一個女人三幅畫的距離，那男人叫陳為拓，她居然認識，還和他同居過四年。他的眼神透出不可思議彷彿看見畫中畫，引得照理是他女朋友的女人也看過來。她這時臉跟著右撇也很自然，好奇他們所張望的。

一時燒紅的鐵沉入冷水般的，煙霧瀰漫，嘶嘶作響。做什麼都徒然了，照著自己的進度移動，她本來就是參觀得最慢的一個。

他倆不走馬蹄形路線，而是回到入口，從前面依序觀賞另一面牆上的畫。她停在何德來那兩幅畫前面，雙手不自覺在胸前交叉，左手舉起掩住嘴巴，在人中取暖，一副不解的模樣。兩幅都是能將觀賞者納入其間的大型畫，人站在前面彷彿被囚禁在畫裡。〈人終須一死〉乍看像春宮圖，裸男裸女全投入在動作中，肉體與肉體連結；唯一自成一體的男性在做運動，單膝弓曲另一腳後伸；唯一獨處的女性跪得直挺雙手合十抵著下巴，成一橢圓形，兩人之間有兩個字「落葉」；和女人隔著一團交結的人體，是隻小貓頭鷹，睜著兩隻大眼睛。

〈人滿為患的地球〉則簡單多了，躺在星空中的一對男女，和五個一兩歲的孩童漂浮糾結成一組人體，左上角一彎新月。星空顏色偏綠，赤裸健壯的身體也偏綠，泛著苔青。

她聽見他女朋友壓著大驚小怪的口吻說了不少話，他沉默，這愈加證明是他。眼見不能為憑，聲音最騙不了人，沒有他聲音已經三年多了，一時間又回到耳邊。她走到那排畫盡頭，一溜煙離開那兒，過十字路口，慌亂中回頭一瞥，如她心眼所見，他倆倚著中間那座像珠寶店陳列商品的透明櫥櫃。她怕重蹈覆轍，急忙抽回視線，大概知道他高她一個頭，她穿橘紅印花上衣。

她努力表現得興致勃勃全神貫注，紙上羅列的病徵全出現在她身上，黴斑、變形、起翹、剝落、氧化、污染、龜裂、泛黃、空鼓，像李梅樹的〈白衣小姐〉那位小姐身上的白衣鼓起成泡，衣服下的一切也都在鼓起成泡，無論什麼光都照不出來。

白衣小姐臉色紅潤氣定神閒托倚著雕花木桌凝向畫外，三分之二個世紀前畫家定調的白已不得而知，修復前X光所見加上她的心理投射，白洋裝泛黃起皺，像流理台的油污噴上魔術靈正在溶解起泡，白衣小姐左手無名指上的戒指依然堅定。校外教學首度見到〈白衣小姐〉，她的髮型和年齡與母親相仿，回家之後跟父親聊起上美術館，至少還說得出一件作品。

她盡可能專注對畫，忽視空間裡其他的流動，但在轉換展間時未知的冒險情緒又突然湧現。她兩手插在裙口袋裡，肩膀挺挺地揹著背包，讓肢體和衣物環環相扣，自成一體。她偏愛有口袋的衣服。在白衣小姐面前她很是懊惱，不該穿這件藍色印花上衣，和他女朋友身上的印花相比顯得老氣，她原本穿的是件白上衣啊。

她拐進放映室，背包自然滑落，習慣性的坐在近入口的椅條一端，布幔下的光或動或靜的干擾陪伴著她，椅條另一頭囤著一具黑影。紀錄片裡的修復群正忙著為離開原畫框的圖畫於畫心背後托貼紙層。「加托與總托覆背紙層，以修復用中性薄美濃3刃及楮皮紙4刃、5刃逐次加托三層強化後於乾燥板上定型……」取名托命紙、托心紙，兩人輕執四角，像給嬰孩做搖床的一匹白布，畫面越發蒼白，映顯出觀影者臉上的惶恐。

不出所料，朝聖者必經之途，女朋友撩開黑布幔走進來，陳為拓跟著，女朋友辨別長椅兩端兩人的性別，和他調換位置，男靠男女靠女。她在那一刻更認出他那種無所謂好配合的肢體動作，以及氣息。等他們就座目視前方，她偷偷將目光轉移到他倆平行併攏的大腿上，都穿牛仔褲，線條飽滿漂亮，像酒窖裡兩對酒瓶平行置放在瓶架上，他們且動作一致的將手交疊在胸前，避免與陌生人碰觸。吉永不自覺地又把左手壓在鼻唇間。陸續有兩個人進來門邊站了一會。最早在長椅上那人從他那頭的布幔離開。吉永隨之起身，裙子被扯了一下，原來被他女朋友坐住了，「啊！對不起！」他女朋友說。

她拎著背包循剛才的參觀路線一幅幅快速倒回去，在何德來小幅畫〈終戰〉前面停留，這畫具象的部分只有一小隻貓頭鷹立在一根瘦長的枯木上，畫得並不精細，鷹和木連成一氣的黑褐色，兩隻鷹眼射出亮光，背景全是著魔亂舞的筆觸。畫布如戰場，據說這塊畫布使用了三次，第一次橫的畫了一幅水果靜物，第二次直的畫了一個男人的肖像，據說是自畫像，兩次都在戰前，第三次在戰後。

走過〈夏日街景〉，從入口離開展場，乘手扶梯下一樓，左轉往裡面，沿著玻璃帷幕走，俯瞰地下室，或說天井，周圍竹枝盆景，白色桌椅擺在裡面，桌上有遮陽傘。她看著自己的鞋子映在玻璃上面，好像騰空踩在天井上，明知假象還是膽怯。曾經被冷氣凍僵跑進天井取暖，身歷其境才知道裡面枯燥；夜間俯瞰幽美多了，桌椅都幻化成安逸的白兔白鳥。她臉貼著玻璃仰高，探不見天窗，更不可能知道有沒有月光。

她在一樓草草行逛，不時以指背輕扣展場牆壁，水泥牆和層板隔間，實心和空心兩種絕然不同的回聲。她晃進放映室，倚上牆邊卻片刻不留，撩開布幔就走。

離開前她來到美術館最後一個避風港——洗手間。她打開門那件橘紅印花燈籠上衣走了過去，望過即有美好印象，印花俗美一眼立判。她跟在她後面走向洗手檯，低頭認真洗手，洗手乳搓出許多泡沫。陳為拓極可能幫她背著背包等在外面。他女朋友稍微碰了一下水，便開始對鏡撥髮。她不想看見自己今天的樣子，尤其在同一個畫面，卻還是抬眼瞄了他女朋友一眼，就一眼，那眼睛濕亮像剛點上油墨未乾，青春洋溢文藝氣質，像個研究生，一隻手鳥喙般來回在唇上塗護唇膏，見她捧水淋向小盆栽，啊了一聲說：「枯掉了！」隨即俏麗轉身離去。她的聲音單獨出現，竟然好像吸收了陳為拓的聲音無比熟悉。

她澆完三盆盆栽，還想找事磨蹭。美術館洗手檯的植物枯萎是頭一遭。

她繼續沿著玻璃帷幕走，俯瞰像座景觀模型的天井，一個白衣人走進裡頭，她想外面那場浪漫婚宴差不多也該結束了。

23

余家計畫送余老先生入住安養院這段日子，一股惶惶不安的氣氛瀰漫過來，既勞師動眾又不動聲色，門廳偶有小騷動，難以覺察究竟哪一天採取行動。

再也聽不見余媽媽教余老先生念著各種動物名稱的聲音，吉永想起從前動物園搬遷，她說她想去看，父親笑說他們用密閉的大車載運，免得動物看見外面移動的世界受到驚嚇，不是她想像的大象獅子長頸鹿列隊行走！

吉永一陣子未和余媽媽獨處，有兒子作陪，她們只是點頭之交。這天兒子在樓下等著，余媽媽忘了東西倒回來，見到吉永抓著她手哽咽訴說與先生分離的情景，「那日我眼淚流真多！」兩人抿著嘴感動不已。

自那日起余媽媽奔忙於夫妻分隔的兩地之間，安養院一去就不想回來，逼得大家一個禮拜步上軌道，漸漸她探望先生項鍊、耳環、別針一樣樣戴上去打扮起來了。吉永看著她的背影走在出了大樓的小路上，像個參加孫子畢業典禮的祖母，粉橘套裝，乳白圓帽，左手挽著小提包和傘，原本持傘的右手多出一個保齡球包；她說「兒子」兩字重重捲舌，「兒子說」去看爸爸帶的東西裝滿這個包為限，「兒子說」坐 hire，日語，計程車，不可以坐公車。

那日看著她感覺異樣，像一支走偏的指針，那日她在路上跌倒被迫中止探視先生，那日正好是他們的訂婚紀念日。安養院優惠試住即將結束，余媽媽在病床上說出把老先生轉到樓下的想法，兒子說：「樓下有安養院怎不早說！」

余媽媽將住戶抵制樓下安養院的事拋至九霄雲外，餵食時間一到便下樓陪伴，午晚餐後各剝八顆葡萄，洋葡萄和土葡萄輪流，自備小刀小盤切半去籽，親手餵進先生嘴巴，自己咬著據說對身體最好的葡萄籽。睡前卸了髮髻換上睡衣還要再巡一次床，出門反鎖鐵門「恰、恰、恰」三聲，回來開門又「恰、恰、恰」三聲，報時報平安。那頭楊媽媽聽到對吉永說：「這樣也不錯！」

院方特許她把先生接觸到的紡織品全換成自家的，好像大眾池裡一個人湯，女主人雍容華貴隨侍在側，院內居民投以看待貴族般的眼神。大樓住戶在電梯裡看見她抱著寢物微笑的模樣，以為這棟樓裡她有兩戶，另一戶通常是買給已婚子女，這是實踐家庭美德者的理想，但是總監偷偷對他們做了一個她頭腦不清的手勢。許多人根本不曉得二樓開設安養院，他們沒掛招牌，只在玻璃窗貼花似的貼上五個剪字，總監怕攆不走反而替他們招攬生意，對於她沒把握站在同一陣線的人乾脆不戳破。

余媽媽頭一次搭電梯上樓頂，為了將棉被枕心曬乾曬透，好在病眾呼吸生息的場所築出一道暖洋洋的牆。電梯終站再爬一道鐘樓小階梯似的，鑽出天台燦亮無比，好似自管徑通往漏斗口，光瀑四面八方來，使人突然有腿軟下沉的感覺，是懷裡一團棉被所致，也幸好懷裡一團棉被緊緊摟住。

先生比她更為保守，老阻止她上去曬棉被，從前住公寓就這樣了。個頭高不了圍牆多少的她緩緩向外緣移動，看見他樓屋頂即站住，像隻一身毛海的綿羊愜意地瞭望眾丘坡。陌生而新奇的世界，眼極力瞇了又開開了又瞇，各樓頂的凹槽大小深淺不一，式樣妝點也不同，大多禿頂，少數冒出綠色毛髮。

她妄想找出他們住了大半生的老家的方位，她繞著梯屋轉，面山站住，山頂一叢叢聳立的樹冠，乍看如孔雀開屏，再看便亂了，剛剛眺望的一座座屋頂紛紛投射上去，且是動態的，像散布在山頭的流籠，掛在一條看不見的纜繩上面。有一次她說動先生去坐貓空纜車，出門時碰上電梯維修而作罷。

余媽媽在樓頂做大哉望時，樓下的人找她找得天翻地覆。先是她小兒子在門外猛按門鈴，安養院找過，電話打遍，再度下樓詢問警衛，警衛建議問問對門鄰居，他人尚在電梯裡，警衛即告知問過了，不在那兒。他沒多想，但去年發生住戶暴斃家中的意外，警衛馬上幫他叫好鎖匠，他說哥哥那兒有備份鑰匙。

很快一個金毛頭的小伙子提著工具箱來，警衛放行後不久追上來了解情況，余媽媽這兒子他沒見過，鎖店新來的員工他也沒見過，一問都說是小兒子。

鎖店小兒子是新手，十分鐘逼近門板仍不動如山，他喃喃找著各種藉口並假設各種可能，怒火中燒渾身散發惡氣。

警衛無法久留，總監接獲情報趕上來即嚷：「怎麼開那麼久啊？」鎖匠把工具一擲，兩手自敞開呈梯形的工具箱撈上來一堆小器械，像海盜打開打撈上來的珠寶箱的標準動作，但非狂喜，而是暴走怒吼說些別人都聽不懂的話，毫不理會總監直說：「這人ＥＱ怎麼這麼差？老廖是怎麼了？怎麼派這種人來啊？」

最後他跑向電梯，剎那間變得很有禮貌，強顏悅色說：「不好意思！等我一下，我忘記拿一個東西，有那個東西就行了……」

吉永也出來關心開鎖，總監聲音一到，她反射動作望了對門的小兒子一眼，隨即閤門入屋。這位不習慣被稱做「余先生」的先生不知所措只好踱開，踱向光亮的窗口，循著窗邊的樓梯往上走，走了一層樓聽見電梯開門聲，一個奇怪的口音高喊：「阿嬤回來了！在樓下！」完全是他所盼望的他完全聽懂了。接著又是他所害怕的呼喚：「余先生！余先生！」他三步做兩步想盡快現身好使她住口，差點摔下來。

鎖匠邊收拾工具邊抱怨，「耍我！」他重重拍打電梯按鍵，喃喃有詞的等著開門，一進電梯便摜下工具箱，好像打撈到一箱廢物將它重拋入海。

「怎麼一個比一個糟糕！沒一個像樣！」戲散了，總監兩手扠腰瞪著電梯，見余先生出現便撲上前去，「余先生，你媽現在在樓下失神了，你現在要趕快去樓下安養院看你媽，我跟你說，」兩人進了電梯，繼續說：「我猜喔，你媽可能有點失智了，你要趕快想辦法，幫爸媽找一個安全可靠的地方，那個外勞說，她剛莫名其妙跑上樓頂，跌下去還得了……」

余媽媽立在安養院入口放眼望過想過，哪個走法是通往先生床位的捷徑，沿途最好別碰見過度難堪複雜的病患。這個角落的床位是老闆娘私自保留的，給了這棟樓第一位入住的住戶，滿足她報復管委會的心理。

這條完美的探親通道大致挖掘完成，在裡面不會遇見太多外人，好像只是走進一個曲折的房間。其他病患的家屬把她所經營的駐院照護當作精神指標，有她在就有質感、安全感。她很快便和院內的看護交上朋友，特別是一個面貌清秀笑容較多的越南女孩，那女孩餵食老人多一點口語哄騙，夾雜她的母語，聽起來像牙牙學語，動作輕輕柔柔，指甲白白淨淨，肯學肯做，即便家屬不在旁邊，也是好聲好氣待這些人的。一日下午余媽媽大睡一覺，醒來不知今夕何夕，趕到那兒，那女孩已經餵飽余老先生，老先生看起來平心靜氣，連八顆葡萄也餵進去了，張嘴給余媽媽看她舌尖上的葡萄籽渣。那葡萄且是她買的。

孺子可教矣，余媽媽跟她撒嬌說沒有女兒，她訴說對遙遠家鄉媽媽的想念，兩人開玩笑互稱「媽媽」和「乖女兒」。

余媽媽又來按對面的電鈴，堵在門口交談，有點兒偷得浮生半日閒的意味，吉永光著腳站在踏墊上靜靜聽她說，提供恬淡的眼神。余老先生病倒後，陌生的出入者突然多起來，吉永不再隨手關燈，方便隨時自貓眼窺探，更怕余媽媽心力交瘁跌跌撞撞。八管日光燈照射下來，哀怨畢露，微笑顯得寒傖。這天余媽媽提出邀約，「我們一起去坐貓纜，和老楊小姐，再約我小兒子看看！」

老楊小姐受到鄰人家生活變動的影響，心情有些起伏，從前兩戶不多往來，現在走得勤，彷彿結交盟友，提醒她這同路人，我先探路，你跟著就是了。吉永來跟她說出遊的事，用一種說服的語氣。吉永未直接拒絕她覺得很奇怪，說是「盛情難卻」，她冷冷問：「盛誰的情啊？」

隔天她料門鈴差不多該響了，變得一副興致勃勃，「貓空這名字光聽就好玩！」又惹吉永討厭地問：「她小兒子人看起來怎樣？」

原本天晴樹靜，臨出門忽然下起雨來，兒子說：「這太陽雨很快就過去了！」但余媽媽心情已烏雲密布，「一下過雨纜車會溜得太快！去跟對門小楊小姐說對不起啦！改天好天氣再去，我下去看看爸爸！」

吉永有預感泡湯了，等對門傳來聲音立即開門，才聽他附帶落雨動作地說：「下雨……」她便了了椿事地搶說：「沒關係沒關係，下次再約！」他一鞠躬，她也一鞠躬，關門。

「雨都停一半了，真是的！」楊媽媽自陽台拐進來說，「不然也去飲個茶！」

雨在她走完長梯時幾乎感覺不到了，她挪開傘，有點失望雨真的停了。哲亮愚公移山似的在對付她臉頰上的黑斑，屢次叮嚀無論陰晴出門與否皆須防曬，除非你的家像超人一樣是鉛做的！為了乘纜車特地搽上了防曬粉底。即便是落雨時也未完全隱身的太陽，此時敗部復活恣意潑灑，雨中行走眼睛是清亮的，陽光橫行人皺著眉頭。

上山後第一處平台難得冷清，去年修築木欄杆，木椅也換新了，經常有人在那兒逗留，她叫它做「漁人碼頭」。最近或許是欄杆外面的樹籬倒缺了樹木，從她家陽台望過來，此一缺口像座拱門，露出一小段欄杆，好似兩小節樂譜。構造拱門形狀的樹木呈淡金綠，上頭垂掛幾條略焦捲的藤蔓，門後襯著更遠的樹更深的綠。常常有人攀著欄杆眺望對面樓房，好像樹林鬱悶想從這兒透氣似的。很妙的是欄杆上面新添了幾片緋紅闊葉引來陽台上遙望的母親好奇，「怎麼那裡老是有一個戴紅帽子的人啊？」

失而復得的散步較平日來得嶄新愉快，陽傘壓得沒那麼低，她拾起一段交纏成麻花狀的枯藤，藤蔓粗過腳拇趾，漁夫捕獲大章魚，將自己相形瘦弱的手臂擺在牠的觸手旁邊供人拍照，神話因此幻滅。

走了一段，她把枯藤擺在石欄干上，旁邊兩根方柱上面有神祕客用泥巴寫的「天」和「使」，提醒自己下山記得帶走，握在手上不知不覺它便粉身碎骨了，屢試不爽。

一路沒有一片落葉，每轉一個彎就會被那種肅穆嚇著。「形七劃」，路上清晰的三個字。她往邊坡外看，好像起霧了。張望幾次，霧透進樹隙，山飄浮動盪，有個腳步節節逼近。她疑神疑鬼，越走越快，幾乎要跑起來，咚一聲，傘帶打在傘面上，嚇出一身冷汗，彷彿有隻手搭上肩膀。一個扛著瓦斯桶的男人超越她賣力往上爬。

抵達山上廟口她聽見有人說：「好，雨停了，要下去了喔！」那人是附近一所國中的老師，稀疏幾根頭髮抹上髮油耕梳過，露出肉色的頭皮，他時常帶特教班的孩子上山郊遊，他們和她一樣，上午有兩節課的時間可以運用，或許權充體能課，出現的頻率才可能那麼高。

那群孩子三三兩兩歇棲在廟庭周圍，有點酒醉遲緩的模樣，又像陽光下互相搔抓的猿猴，頸背駝而肥厚。穿粉紅色體育服的女學生請求老師：「等一下！再等一下子才出發！」男學生穿粉藍色，加起來十餘個。「好吧！那就再一下下！」戴金邊眼鏡的老師慈祥地答應他們的請求，繼續保持一貫閒適的姿態，兩腿交疊坐在椅子上。

兩個女學生手拖手在地藏菩薩的供桌前低頭研究著什麼，感覺吉永走過來便走開了。一個男學生單獨走過來，將拜神的合十雙手預備著。

他們出發下山出乎意料的集結得挺快，老師也無須點名。吉永斂著下巴輕輕慢慢走下階梯，他們正在階梯上小心移動著，兩人一組，雙手下垂雙腳張開，兩腳都踩到了同一條階上再跨出下一步。有個胖男孩一馬當先在前面說：「這裡聽不到回音！」「我們追過去！」後面有個人說。老師大聲提示：「呼吸！」他們紛紛跟著說：「呼吸！」馬上稍安勿躁。

不一會階梯又彷彿生了口舌嘰嘰喳喳，吉永稍一遲疑險些踩空。後頭一個女學生說：「老師！走大馬路對不對？」「對！走大馬路！」老師說。

吉永走下階梯，掉頭看階台上散布著粉藍粉紅，好似一隻隻凹陷的氣球正聯手吊起一座沉重的階梯。

她恢復平日的速度奔走在山路上，一時錯覺，以為林間流動的風是她快步帶起來的。

她看到漁人碼頭才想起忘記帶走擱在欄干上頭的枯藤了！坐在椅子上的男人看見她的怪表情竟露齒微笑，像那些孩子般天真，忽然想起那是在門口見過兩次的余家小兒子，聽說余家其中一個兒子是船長，這會在日光下額頭黝亮倒幾分像船長。他邊穿皮鞋邊準備跟她打招呼。

「這腳怎麼好像生鏽了！」他笑說，「前面只有一條路嗎？」

「只有一條大路！」吉永停在原地說。

「只有一條大路！謝謝！謝謝！」他拍了一下藍色西褲的褲腳，手按傘柄站起身來，「余媽媽硬是叫我來，硬是叫我帶這把傘！她說了不知道多少遍，她剛搬來時爬過一次，復健半年，爸爸一次也沒爬過！」他舉起手，錯身而過，回頭問：「沿著這條水溝走嗎？」

「嗯，應該是吧，可以這麼說。」吉永回望，水溝邊上一道青苔綠瑩瑩蜿蜒而去。

他再度舉起手表示再會。

24

未正式打招呼的舊愛重逢像瞥見河面有具浮屍似曾相識，和打撈上來處置是兩碼子事。夜裡的美術館宛如一間豪華旅店，從那挑高透明的大廳離去胸口蕩過流浪者的孤獨。走向停車場的路上吉永恍然大悟，在館內以為遇見的前男友僅是錯覺，自我加強的連續錯覺，坐到駕駛座上她越想越好笑。

隔了一個禮拜她準備再度前往時心底竟然還掛記著，她費了好些心思打扮，為了在美術館裡看起來美好。恰好是哲亮小孩的生日，她準備了一幅梵谷拼圖當作禮物，路上又岔去買了一個有聲的玩具。

她走進二樓展間驚覺館藏修復展下個禮拜就要結束了，意謂這批精心修復的典藏品又要回到庫房閉關，遙遙無期地等待下回召見。它們雖有生命卻沒有自由。她仍舊行禮如儀好好靜靜先站在陳澄波的〈夏日街景〉面前，它依然垂著一張塵土面紗待在兩牆的夾角旁邊接受探視。

她必須快點描述何德來這兩幅畫，遲了怕淡忘，但又抓不到重點。〈處女〉，一九二〇年。〈遠古之夢〉，一九八五年。兩畫相隔六十五年，八十五歲完成〈遠古之夢〉，兩年後辭世。〈處女〉，三個若有所思的少女站在一起，三套同款式拖地的白袍白長頭紗連結在一塊，彷彿一床移動的蚊帳，但三張臉各朝不同的方向；右下方裸體小童扭著頭仰看她們，身上有邱比特的配備，翅膀和弓箭。在山洞裡躲藏過，她們全身弄得髒兮兮，沉重的白袍宛如受傷的白鴿，卻依然保有聖潔的靈與魂與身子，一手棲止於胸前對劫難隻字不提。白紗裙占畫的最大部分，清除上面的黃汙油漬是修復工作最顯著的成果，讓白紗再現輕柔飄逸感，並且技巧性的保留幾絲淡黃作為衣褶層次和韻律。清洗前後的對比展示在玻璃櫥裡。

兩幅畫之間的關係既給人時移季往的感覺，又恍惚須臾，在展間裡它們掛在同一面牆上，光陰的箭擦牆而過。

〈遠古之夢〉全畫漾著浪漫的水光波紋，兩名仙人長髮長袍，三個仙童一彎橋一垂柳一小舫，都和波紋同樣色調鋼筆藍湖水綠，既硬且柔的筆觸。丹鳳眼的她們兩兩對立，一女孩奔跑，有的手持蒲扇有的提著燈籠，似從夢境霧境追尋至天明水秀。在創作歷程兩端的這兩畫共通處簡而言之就是出世、宗教境界，彷彿繞了地球一周回到原點。

她不知道時間消逝得那麼快，常常是腳痠提醒了她。她在一樓可透視地下室天井的玻璃帷幕邊找到一張椅子，無思無想靜坐了好一會兒，直到把腳交疊起來，感覺到一種異樣的親暱。從前她絕少碰絲襪，那是老派女士的象徵，現在她倒穿起絲襪，一則保暖，在美術館裡逛到最後會喪失所有熱能飢寒交迫；一則給疲勞無依的腳多一層支撐和隔離，好像畫裱了框。這事當然也被母親發現，她不捨得不提，且趕緊將她那兩打保存多年所謂品質很好的絲襪塞給她，然後開始留意她有沒有穿。她穿了，也明白為何叫玻璃絲襪，破得很快，她很喜歡，各種型式的脆弱和毀壞。

洗手檯上換了一盆小草，上個禮拜她澆水的那盆白紋草已不知去向，和展出的藝術品相反，離開這兒的盆栽應該曬太陽去了。

她沿著玻璃帷幕走，不忘點數天井底那十五張白桌子。走近大廳落地玻璃門邊發覺外面在下雨，下得還不小，將她喜歡的那種瞬間自冷房墜回熱塵的感覺澆滅了。

屋簷下站著四個為雨所困的人，身材和穿著相當講究的一對男女情況和她一樣，車在停車場，傘在車上，淡藍色窄裙勾勒出水滴形腰身的女人望雨興嘆，以前看氣象報告，後來靠直覺，現在三百六十五天折疊傘不離身，晴雨兩用，今天開車，車上有長柄傘故意把它拿出包包，但長柄傘不能帶進展館，得寄放服務台，為什麼呢？難道拿它當攻擊武器？

男人早就不耐她的解釋，「哎呀，以防萬一啊，美術館就是美術館，這叫遊戲規則，一開始雨沒這麼大我就說我衝去車上拿傘，你就不要！怪誰？」

「再五分鐘不停，你就去啦，不停也會小一點吧！」女人說，「你頭不是剛洗！」

閉館時間一到，屋簷下出現更多雨傘不在身邊的人，個個表情嚴肅，好像下錯一步棋，動彈不得了。那對外貌酷似雅痞談吐卻不怎麼高雅的男女尚未離開，都過十多分鐘了。

「等都等了，現在去淋雨不是白等了，明天又不用早起！」女人低頭玩弄手腕上白色的錶。男人持續滑手機。

檐下的人節節後退，左前方屋檐外的地面，館方的照明落在那兒，彷彿一隻炒鍋，雨豆在那兒劈啪噴濺，看向別處雨便沒那麼急迫了。

畢竟是美術館，且免費參觀，畢竟等雨不是等人，究責徒壞了心情也無從究責，佇候的人站一定位不再焦躁地移來動去。一盤殘局。於是乎那人一走動吉永馬上感覺到，而且是走到她身邊站住，她覺得靠得太近侵犯了她，馬上警示性地撇了一下臉，他完全接招回敬她。感覺他整張臉面向她來，她慢悠悠地盯了他一眼，就算認出他也沒太大反應，嘴角輕浮表示真的是你！轉臉繼續看雨。

直到她臉部的線條柔和點，站在她身邊留著點山羊鬍的男人才鬆開嘴笑著說話。

「我在二樓看到你，我看你看得好認真哦！」

「你不知道你說的第一句話我就不喜歡嗎？」

「那你希望第一句話說什麼？你不是在等人吧！」

「好久不見就好了。」

吉永作勢要再瞧他一眼，但又不瞧也罷地轉開。

一個穿白長褲的男人接到電話把背包護在懷裡，一路發出燙著似的聲音奔進雨中，跳上計程車。

那個似乎是全場最跟雨過不去的女人嘆了聲：「天啊！」

「要好久不見那太容易了，我真的不覺得好久！是好久，但看到你又不覺得好久了！你一定是喜歡晚上來美術館那種人！」陳為拓說，「我怎麼覺得我一進二樓就被你發現了，你好像在跟我玩捉迷藏……」

吉永轉身臉貼玻璃望著暗下來的大廳，櫃檯還有燈光和幾個工作人員，他們不疾不徐的，好像準備在那兒過夜。

「你怎麼比以前更痞了！」

「啥？我以前有痞嗎？」

她這一說馬上後悔，不該提以前。

陳為拓將背倚在玻璃上，表示他知道她不喜歡他們的對話被其他人聽見，讓這面玻璃為他們傳話。發言前轉臉看了她一眼，看她像小孩一樣鼻尖貼著玻璃。

「你記不記得你以前有過一個點子，要在美術館裡面下雨，現在真的下了，在紐約現代美術館，展了一間〈雨室〉，人造雨，自動感應裝置，人走過的地方雨還會自動停下來，有趣吧！」

「雨室?!」她無法從玻璃牆上看見正在室外展演的雨，只聽到雨聲，封閉的館內充滿令人嫉妒的乾淨與安靜。

「我都忘了，你爸還好嗎？」

「還好。」

「那就好！這兩年我媽身體也不好，你換電話，不回 Email，我才發現我們失聯了！我竟然沒有你家電話也沒有住址！很扯！說出去沒有人相信。」

吉永自鼻孔哼笑一聲，「有又怎樣！」

「東西搬到那樣也太殘酷了，我才發現我也被丟了，剩下的東西都還在……」

「丟掉吧！拜託！馬上丟！我都想不起還有什麼了！千萬別開棺驗屍，酷一點，直接丟！」

她說著又笑了。同居挺像經營一間美術館，定期展覽，有一些館藏。感覺陸續有人像鳥兒般飛離這條棲息的電線，她掉頭捕捉他們最後的身影。那對舉棋不定的伴侶一聲不響跟著衝入雨中，他們終歸是有默契的。雨似乎小了點。剩下的都是個體戶。

「你知道有一首歌叫〈Who will stop the rain?〉嗎？」

「不知道！」吉永持續張望閉館的大廳，彷彿癡心等待安可曲的樂迷。

「寄給你！」

「別麻煩了！」

「你在看什麼？不是早就打烊了，還有什麼好玩的……那一次在誠品門口……」

「最後一次？」她把左腳伸出鞋外，讓受潮的腳趾透透氣。

「對啦！最後一次碰面，不是正在賣新年月曆，我以為你只是回家過年……剛好在你背後櫥窗，有梵谷的月曆，我說要買給你，你不要，後來我去買了……」

「我也買了，年一過就打五折了！」

「對啦！打折買的，是五折嗎？放著，全新的，都沒用，去年選了兩張裱了框要給你……」

「我也選了兩張裱了框！」

「無所謂！選的一樣，裱的框也不一樣，你不想知道我們選的一不一樣嗎？下次拿來就知道了。」

「我懶得掛東西，找個喜歡他的人送了！」

「就你最喜歡他！」陳為拓腳跟併攏站得很直，面向她等她答應。

「我最喜歡他？」

「下禮拜六，或者禮拜五，晚上或者白天，門口有公告啊，超商贊助，一整年的禮拜五都可以免費參觀。」

「我沒注意，不吸引我，謝謝！」

吉永走進雨中，還仰起頭來讓雨撇畫在臉上。

陳為拓兩手插進牛仔褲口袋跟著過來，邊問：「你開車啊？你敢開上路了？」

「早就！」她得意洋洋地說，「別跟過來！有人等我！」

「真的假的？」

吉永停下腳步臉半回，「喔我眼皮好重，我被雨催眠了，我要快走，腳好痠，肩膀也好痠……」

她一走動，他又跟進。

「真的有人在等我！謝謝你！這不是雨室，真的在淋雨！」說著她將自肩上滑落的背包一把抓在手上，朝背後揮揮手，跑了起來。

25

兩個地點一樣的郊遊在同一個晚上前後不到一個小時約定，前面那個像糖一樣的，後面那個是苦藥。

聽楊媽媽彈〈蛇舞〉那晚，離開楊家前往醫院的路上他撥電話給霏霏，霏霏叫他再帶她去爬山，一時他心情大好，像吸了芬多精，整個人精神飽滿。在醫院等候他的幾個女性——母親、姊姊、前妻和女兒也很不可思議的興高采烈。離婚後稀少的聚首盡力營造成相見歡，尤其有他姊姊那個公關王在，但那晚不太一樣，他望著她們親密的圍繞在父親的病床邊，想起似乎某個哲人說過，「婚姻像蛇窩」。

一見他來，兩個小時前才和他吵過架的姊姊喜孜孜地對他說：「我們約好了……」天啊！在他出現前他們的話題圍繞著他帶芊芊去爬山，以及芊芊自告奮勇又帶媽媽去爬了那山一遍，於是他們相約舊地重遊，下山去接爸媽聚餐就更完美了。

「小青和你姊夫的生日都快到了！」他姊姊提示完轉向芊芊說：「過一陣子，阿公都好了，我們再來安排阿公阿嬤一起去，看外婆要不要一起！」

他避之唯恐不及，直說：「你不適合爬山吧！」

她一陣喋嚷抗議：「我不適合？我仁者樂山，我跟我高中同學，她和她老公都是山友爬的山可多了，都百岳那種的……是你不喜歡跟一群婆婆媽媽去吧……這你寶貝芊芊提議的喔！」

病榻上的父親一路聽來也覺得美事一樁，加入慫恿他的行列。他細看父親，比兩個小時前他離開醫院時氣色好得多。

家族聚會，平常心就是；和霏霏之約也不該過度期待，患得患失；他需要心理建設，終究他心底除了芊芊，對其他女性都不平坦。茶餘飯後在辦公室說出了這個成群結隊的小困擾，不經意地向霏霏解釋兩人的約定要排在後面，他寧可先苦後樂。

他姊夫假日玩重機，外甥是明星高中高二生，雖然只是郊區半日遊，糾集他們同行也視同一個專案，讓他姊姊很傷腦筋。他怕愈勸她打消計畫她愈要執行，只好靜觀其變，眼看前妻的生日快過了，至少表示生日祝福的困擾不見了。最後日期落在「芊芊他們考完段考」，姊夫能不能來還說不定。

姊夫不但來了，還邀他不常碰面的妹妹，星期天早上八點二十分捷運站見，三個當媽的女人各提一袋早餐，蘇熊華見狀提議先去不遠的麥當勞，把那些中式西式的早餐解決掉，同時寒暄暖身。

在室內尚不覺得，走在山上蘇熊華嗅到他姊姊身上濃濃的香水，那氣味在父親病榻前令他反胃。

「你不知道這樣會招蜜蜂嗎？」他說。

「你要跟她說虎頭蜂她才會怕！」燙了個鳥巢頭兩眼浮腫的姊夫笑嘻嘻地說，他的 Polo 衫很貼身，臂肌繃在袖口。

「雷龍提醒過了啦！我就是習慣動作了嘛，還拿濕毛巾擦過了！」她掏出傘來，不好意思的重複跟兩個打扮樸素著運動休閒服的女同伴解釋。她穿一套芥末黃白點子褲裝，裡面襯白背心，髮上紮著褐色的網狀頭巾，墨鏡架在頭上，說著手指一掐，咚一聲傘爆衝，手上開出一朵太陽花。

「蘇西姊！你看那棵樹跟你一樣綁頭巾哪！」姊夫首先爬完長梯，指著頭上的樹吆喝，上來的人跟著仰臉張望枝頭上的黃絲帶，辨識印在上面的墨字。

「哎呀！不談政治！」他姊姊緊張兮兮的噓孩子別念出那些字來。

「哇！這麼高他是怎麼爬上去綁的啊？要攀在哪啊？猴子上樹？」姊夫一找到訕笑的話題便興奮。

他趕著他們離開梯口，別擋著後面的人。

芊芊指著林子裡說：「那裡面還有潑漆咧！」

她媽媽怕殺風景回頭瞪她。她附耳跟她表哥說了，兩隻石獅子在圍城夜被潑紅漆的事。

一夥人排排站在矮欄干邊，好像一群出來謝幕的演員，話題自然圍繞在腳下山坡上的私家庭園，以及對面的高樓大廈，幾棟樓正正直直像放大直立的一把尺，刻度分明。

「熊華！你不是很喜歡來這邊，乾脆就在這邊買個房子呀！」姊夫說。

「沒有，就來過兩次！」他匆匆掃視對面樓房，跟他們一樣正在了解環境。

「你看後面兩邊又兩棟新蓋起來了！更高！應該會比這棟好、比這棟貴！」姊姊說。

「它沒這一棟離山近啊！」姊夫強調。

「哪這樣算，這一棟又沒什麼，好普通喔！後面越蓋越好，一看就大坪數的……」姊姊把墨鏡放到鼻梁上。

「什麼值錢她都搞不清楚……」姊夫搖頭。

「剛路上看到一棟新大樓叫春天部落格，真的，這房子就像部落格，一格一格的！」姊夫的妹妹Lady對小青說，她的雙胞胎女兒直問在哪兒。

「說我住在春天部落格，比說我住在陶朱公好吧！真有房子叫這名字耶！」小青說。

「你們別笑，你嫂嫂就喜歡這種升官發財的名字，帝什麼寶什麼的，她最愛……」

「胡扯！我那麼俗氣嗎？不過，你要買帝什麼寶什麼給我，當然是很好啊！芊芊！雷暴龍！等我！」

她加快腳步甩開先生，趕上兩個青少年，識相地靜靜跟在一旁聽他們談些什麼。

忽然一聲銳利尖叫，把所有人的耳朵從原先的話題割開，只見她傘拿得老遠，又叫又跳，只有離她最近的芊芊看見她傘上黏著一條蛛絲，絲上晃掛著一片葉子，她手揮傘也揮，不見蹤影又疑心掉在身上。先生嘲笑：「世界級的急驚風！誰敢帶她去騎重機啊！」她不甘示弱回嘴：「誰稀罕！爬山乖乖爬山，不要重機重機掛在嘴邊，了不起喔！」

芊芊看姑姑惱羞成怒了，便叫她留意松鼠出沒，以及旁邊欄干上登山客放置的誘餌。Lady 則急忙叮嚀雷龍幫她看好兩個小童，別讓她們去摸那些食物，回頭跟小青說那天她才看新聞報導，登山客亂餵鳥兒吃東西害牠們嘴巴爛掉，一種叫什麼酒雀的鳥兒，在高山上。

她拿下墨鏡，欄干上成堆的食物引起她興趣，她比喻像「金山銀山」、「金銀島」，蟻群前仆後繼連成一條路來，看見一片長方形的杏仁餅衝口喚了先生名字，隨即改叫 Lady 和雷龍來看，指這好像一種昂貴的名牌杏仁餅，去年聖誕節她買給他們吃過，雷龍說：「山寨版的！」Lady 附和，雙胞胎不約而同說：「你們沒吃怎麼知道?!」姊夫跟熊華拋去一個賊笑，說：「沒錯！山寨版！山寨貴婦！」

熊華平常看他們夫妻耍嘴皮只覺得煩，今天倒未激起不良反應。屬於某拉風車隊的姊夫如預料中對這適於老弱婦孺的小丘抱持親近侮慢的態度，但也沒他想像的嚴重，好像每個人都把自個兒當牧羊人，此行只為放牧他的羊群，而他更是以牧羊人的牧者自居。

芊芊說「松鼠」和「爭吵」她老是搞混，雷龍馬上背出松鼠是 squirrel，爭吵是 quarrel。這一刺激芊芊就背起來了。Lady 叫女兒一人背一個，兩人爭著背松鼠，這時出差的爸爸打電話來，兩人考他背出松鼠來。

但是關於「手」芊芊可是有備而來，她叫了聲「爸爸！」開始說起人類的骨頭共有兩百零六塊，其中手骨面積不大但數量卻最多，五十四塊，難怪手也是最靈活的部位，可以做精細的動作；而承受全身壓力的足骨有五十二塊，骨盆很大但只有四塊，顱骨廿二塊，耳骨六塊，肩骨四塊，胸骨廿五塊，脊椎廿四塊，手臂骨六塊，腿骨八塊。

「芊芊姊姊好厲害喔！」雙胞胎姊妹為她喝采。接著她告訴她們，松鼠這種低等動物沒辦法單手拿東西吃，一定得兩手，上次她和爸爸來爬山爸爸告訴她的。

樹叢中傳來松鼠那像壓動幫浦的聲音，一聲或斷續數聲，大家循聲追蹤，爭相報告：「在那裡！那裡！」漸漸只剩兩個小童在比賽誰先發現。牠們定在枝頭一兩秒，踩著彈簧在枝上跳動，縱身一躍不見蹤影，樹葉沙沙作響。小童形容如「曇花一現」、「驚鴻一瞥」。但是對客人帶來的伴手禮毫不客氣，一隻小松鼠直接從杆頭上拿了東西就吃，好像那是牠的餐桌，臉半側向山路，小嘴不停車動，引得眾人直讚好Q！好可愛！

Lady 和小青一碰面便開始回想以前曾在哪些姻親場合見過，其他人也都是關係人加入搜尋的行列，提供片片斷斷的記憶，卻沒有哪一場聚會有兩個以上的見證人。熊華對前妻所說的有印象，那天她心情不佳又被湯汁弄髒衣服，但這時最好假裝失憶，婚姻的記憶是這般蛇鼠一窩。

事實證明有無共同記憶一點也不要緊，空白的畫布反而易於描繪上色，小青和 Lady 一見如故，一路上有談不完的話。特別是 Lady 有了兩個現成的保母，手腳思路都鬆綁了。

小青附和著 Lady 和芊芊，讚美階梯上的小椰樹、石獅子崗座上的爬藤，不提階梯上去有個墓園，自顧自拉長脖子仰望，十字架幾乎被遮蔽，一小塊粉紫若隱若現，圍牆亦被植被包覆。靜默片刻，腳和山路同時進行一個明顯的爬坡和彎曲，等回復徐緩，Lady 突然跟她說：「我覺得你現在變得比以前更年輕更漂亮，不要給他聽到！」並作勢回頭尋她前夫。

芊芊大步跳上前，瞅了後面一眼說：「我早就告訴過他了！上次來爬山的時候……」

「拜託喔！你們！我臉早就紅了，沒辦法讓你們看見我臉紅了……」小青拿出扇子搧風，整張臉紅通通。

「是真的，前舅媽！」雷龍也湊近表示贊同。

「好好好，等一下下山不請客不行了，嘴巴那麼甜……」小青笑個不停。

「要請也是他們三巨頭請，我們續攤去吃冰淇淋！」雷龍說。

芊芊和雙胞胎高興響應。

相較於他們的歡快，後頭三人更形俗朽，不知不覺話題淪落到投資理財和兩岸財經關係，聽見前面歡呼，姊夫急忙高呼：「我也要！」下巴一放立刻咕噥：「奇怪！離婚的女人真那麼魅力大增，你，快去跟你小姑互動一下！你，快去跟你前妻孩子的媽聯絡感情，全世界這麼態度健康的前妻沒幾個，對嗎？」他姊夫向他姊姊一勾眼，姊姊接腔：「沒錯，要我喔，離都離了，老死不相往來！」

他姊姊當真趨前加入年輕人的行列，與他倆為伍實在無趣，枉費此行。熊華原有此意，至少基於禮貌，路上幾次有意無意張望前妻背影，沒辦法，她總是走在前面，自在灑脫，倘若單獨出現他未必認得。以前碰面並不覺得，今天就像基督徒說的，是個新造的人了。他想起最初在辦公室從背後摟住她肩膀，甚至最後一次吵到離定了求她別哭也是從背後摟住她。他以前偏愛骨架小的女人，接近發育不良，但是現在她看起來發育完全，芊芊說的兩百零六塊骨頭健全完整，他僅能在上坡時微微看到她背上左右對稱天使長出翅膀的地方，兩根骨頭微微弓起，其他都與他無關了。他們的關係剩下姻親聚首的禮節，一對稱職的前妻前夫罷了。稍早 Lady 有幾顆蘋果，她有沉甸甸三顆剝好的柚子，他自告奮勇幫她們提著，她剝過柚子的手散發柚香令他想起從前。

姊夫見他沒動作，說：「不去？那我去，刺探軍情！喂！年輕人！等一下大叔啦！」

姊夫快步上前，又是揶揄自己的老婆來娛樂大家，說她昨晚還擔心大陸來的沙塵暴今天要達到最嚴重等級，專家說的，懸浮微粒指數會有多高，想為大家準備N95醫療級口罩。老婆一旁插嘴：「我的醫生娘朋友說，每吸一口氣就會吸入五千顆懸浮微粒，跑步時的吸入量是五到十倍，小青！你聽到沒？跑步空氣更差！」

接著他說給孩子們聽，島嶼其實是山頂，位在海面下的山，當它的山頂露出於海面上時，這山頂就叫做島嶼，那麼，他們現在也等於在島嶼上囉。

他們全覺得這番話莫名其妙，Lady 不知是哀嚎「喔！哥！」還是「Oh! God!」

他們在涼亭歇息，自欄干探出去，一片樹幢幢的山體表面，「這沒什麼山稜線可言！」雷龍喃喃。雙胞胎問這山多高，芊芊說：「別問啊！以後你們就會讀到山不在高，有仙則名，好吧，你覺得多高就多高！」她們的蘇西舅媽喃喃：「這樣就夠了，你想要多高，多走幾次就有了。」

遠方有一模糊的城市，果真空氣十分糟糕，像剛加了消毒劑的自來水，粉粉霧霧。一條黃蜜蠟色的串珠手環擱在欄干上，十一顆珠子，上面六顆下面五顆地扭成一個「8」字，除了身高不及的雙胞胎，每個人都看了一眼，然後和它保持距離，沒有人提起。

熊華仍然慢慢踱在後面押隊，隊伍剛經過，一隻小松鼠迫不及待迸出來，杆頭上有一掌心的泡麵碎，牠拿了馬上彈跳到鄰杆上享用；又有人經過，牠一撲，貼在樹腳下，人走了，牠馬上一躍，自欄干下衝至馬路上，知道過頭了，又莽莽撞撞蹬上欄干，方向感距離感皆不足，有泡麵的那一杆在隔壁。熊華獨自看得哈哈笑，說：「辛苦你了！」

他們爬上長梯接近廟簷，小青突然掉頭踩著階梯走下來，他大仰著臉，聽候差遣發落。她表情嚴峻，嘴巴緊緊閉著。他異常緊張，像欄干一樣杵著，等著知道她想單獨讓他知道的事，希望她像松鼠一樣只是想找吃的。

姊夫爬完長梯轉身凝著笑臉朝他揮手。

她來告訴他孩子們到廟口找廁所去了，她沿著長梯邊緣走，發現寺廟荒廢的底層有隻死掉的貓，請他快想辦法幫牠收屍，且別讓他們看見，「天啊！好可憐喔！」她說。

雖然面面相覷，但就像女主人與男主人的私語，很快得到要領。她斜著走上階梯，觸碰到竹筒形的扶手便兩手攀附在上面，腳步慢下來，好像拉著一條粗壯的繩索艱難地往上攀登，到了她確認貓陳屍的地方，回眸給他一個莊嚴的眼神。他多希望只是她的幻覺。接近廟簷，她又回頭向他指了指上面，表示寺廟服務處在更上一層樓。

他差點作嘔，佩服她看見那貓而能不放聲尖叫。不知者無罪，她真不該東張西望。他手支在欄干上閉了一下眼，算是致哀。蘇芊要是看見恐怕會嚇哭，她小時候常討著養貓。幾隻宛如披著黑紗的大螞蟻爬過欄干，朝牠所在的方向前行。那貓想尋個隱密僻靜處，算是走到了，到了矮牆邊才倒下，躲過眾多眼睛，最終遇上一個善女人，醜陋恐怖的死相未被公然揭露。牠面朝矮牆，臉都黑蕪了，流出一灘比臉還大的污黑的液體，模糊腐敗的臉上兩隻直亮如玻璃珠的眼睛呼之欲出，身上的皮毛宛若航過暴風雨糾成一團團。牠周圍亂囤著一袋袋灰白的沙包，有的束了口，有的沒有，像女人的孕肚，使人聯想到「打胎」這種字眼。地上積了一層水泥灰，還有一台生鏽的推車滿載汰舊的日光燈座，一排舊窗子從一根紅磚柱子堆向矮牆。離牠不遠的牆角積著一批落葉。這些垃圾以一塊大門板橫隔在這一界，另一界稍有打理，周遭有些蕨草荒盆，一口廢棄缺腳的大香爐立在中央，爐中盛著一株小椰樹。他必須這麼研究一番，表示對她交代的事不馬虎，表示比她勇敢。

這個場地只築女兒牆和幾根柱子，上頭即是土地公廟前放香爐和砌金爐的地方，久遠以前這或許就是廟亭，漸漸被往上蓋的精緻建物取代了功用。臨走前他逼自己再看牠一眼。

寺廟的管理員是個戴金邊眼鏡的中年男子，相貌端正像個學校主任，在這勉強算是三樓的佛殿旁有一個挺像樣的辦公室，他面朝門口凝神坐著，好像在想著下一步棋。蘇熊華小人之心地以為若是小青來委託，或許好辦些，但他已想好對策，他願意提供那貓的喪葬費，若需動用到寵物殯葬業，爬到山上也許得加點錢。

「不用不用！我等一下就去把牠埋起來，這邊剷子鋤頭都有，空地更是不缺。」管理員回絕他的好意頻頻道謝。

「反正我已經準備好了，一點心意，就捐做香油錢好了！」他拿出一張千元鈔。

他在收據上面寫上「林紋青」三個字，管理員喃喃：「是個小姐？」

「是，是她發現的，她在下面陪孩子，怕他們看見會害怕！」

「小姐有愛心，心思細膩！」

「請問要埋在哪裡？」

「我先去看一下，就埋在那附近好了，以後你們來就看看那附近。照你描述的樣子，很可能是中毒，登山客百百種，帶上來的東西也百百種，唉！牠們只能自求多福了！」

蘇熊華來到樓下，一行人全站在圍欄邊，他走上前看見兩棵開滿花的欒樹，樹冠近在腳邊。之前沒有花朵他未特別注意，兩樹茂盛並立在廟亭外，他們有如站在熱氣球上浮在樹上。姊夫馬上報告姊姊剛鬧的笑話，她以為欒樹有開黃花和紅花兩種，還列舉了市區哪些路段兩旁有欒樹，表示她可有在留意，殊不知花由黃轉成磚紅叫做蒴果，「不懂還要跟人家辯！」

Lady 叫了聲「姊夫！」把那「夫」字拖得很長，孩子們也跟著大聲「夫」他。

「這個人就是非得把我惹毛不可！下次我們自己來！再請你們去吃大餐！我說的是現在正在開的嘛！之前之後要變什麼叫什麼我哪管得著！」姊姊說著把架在頭頂的墨鏡放到眼前。

小青匆匆後仰看到他站在最旁邊，中間隔著一排人，便把頭朝前面傾探；慢了半拍他也像一顆被按下去的琴鍵肩膀往前低，兩人眼神在半空中點到為止，一切都了然於心了。

26

A棟十四樓的公共空間是唯一被管委會評為三A等級的，三戶人家門口連雙拖鞋都沒有，更別說是鞋櫃，梯道未放置腳踏車和雜物，僅幾支收束整齊的長柄傘掛在安全門橫桿上。余媽媽將拖把頭高擱在氣窗的窗框上，像一匹長征歸來一躍而起的白馬，把桿也不落地。停泊門外的輪椅，余老先生在樓下養護所住了三個月突然與世長辭之後也不見了。自然死亡的蛾是地面上唯一的物體，來訪的兒子睹物思情，彷彿見到父親魂魄歸來，彎腰拾起那蛾拿去見母親。

夕陽自樓梯旁的窗口照射進來，越過電梯門前，一蓬明光打在門廳瓷磚牆上，屋內的人透過貓眼管窺，彷彿帆船行至出海口落日前。對門余家門板上的金字春聯若隱若現，似金爐深處燃燒殆盡的金紙。吉永看見夕照絢爛，同時收到晚報——一天又消逝了。

那名溫柔體貼在樓下養護所照顧老人的外籍看護，也是在這塊棺材形的長方形門廳接收到情感熄滅的訊息。某日飯後她餵完余老先生八顆葡萄，余媽媽拿出一枚金戒指，感謝她盡心盡力，也算是給乾女兒的定情物，她說樓上宿舍人多複雜，不宜持有貴重物品，請媽媽代她保管。提防外人，兩人使用表情和小手勢，無需言語。自那時起她便名正言順造訪媽媽家，每次歡喜帶回一隻絨毛小娃，令一起工作的室友羨慕不已。余老先生逝世後，她帶著水果來訪，用不見進步的幾個詞彙和余媽媽閒話家常。

某日上午十點鐘，她在外面按鈴，喊媽媽斷續喊了十分鐘，聲調由怯怯探問演變為哭哭啼啼，漸趨平緩哀吟，吉永都看在眼裡，長髮女孩不得其門而入無助地撫著門板。連獨善其身的楊媽媽都促她出去看看怎麼回事。女孩聽見聲響，低頭向窗邊的樓梯逃逸，留下掛在門把上一袋東西，吉永過去察看，兩顆沉甸甸像老黃種人乳房的木瓜。

門把上的袋子不見蹤影表示沒事。幾天後兩人在門口相遇，吉永提起，余媽媽直言無諱，她沒有體力精神和時間與那女孩在客廳聊天長坐，她在門外按鈴呼喚媽媽時她其實在房底裝睡，「我很能睡！」她強調。又說到那枚金戒指，余媽媽的說法變成是女孩拒收那枚戒指，有點慶幸沒有物證口說無憑，之前約定便不算數了。拒絕回應也是為那窮人家的女孩著想，免得她繼續破費。

女孩又悄悄來過，門把上綁了隻袋子，袋中的葡萄酣然地躺在紙套袋裡，吉永知道她不會再來了，松鼠不出現，餵食將不再有意義。

盛夏日光充足，她隨手掐熄日光燈，隔壁屋裡的音響愈加氾濫，小女生玩世不恭的怪腔調，調皮而歡鬧，幾近撒野。音樂太過鮮跳，裡面的人迸了出來；或者，他緊貼貓眼注視外星訪客好一會了。來不及迴避，吉永說嗨，這歌好聽。

那高個男孩戴頂帽子，一張蒼白小臉耽美憂鬱，大概新近姊姊搬走他正快樂自由得無處宣洩，二話不說馬上進屋摘出那片ＣＤ，追到電梯門口。她懷疑她聽錯了，他畢恭畢敬一鞠躬，「請收下這個小東西，謹致歉忱，」說著噘了一下嘴，「別客氣，這老歌了，好幾年沒聽了！」

她差點笑出來。又是個餵食松鼠的人。松鼠不會挨餓，只是好奇。

出乎意料的母親非常愛聽那片ＣＤ，首度播放時母親一踉蹌差點摔倒，她不在家時還會自己去開來聽，音量之大，不下年輕人。既慵懶又來勁，戲謔淘氣，瘋瘋癲癲，童妖的喉音呢喃亂吼，母親聽得生氣勃勃臉泛紅暈，好似偷喝了酒飄飄然。她在門外感受到強烈的節拍衝擊門板，好像裡面開趴，既錯愕又錯亂，沒有馬上開門進去，還聽見她像個孩子似的重複聽著同一首歌。

「天啊，這種歌說是老歌！」母親將ＣＤ封面和歌書拿在手上研究，絲毫沒有求助於她的意思，自己查字典，「Asteroid」是小行星，「Galaxy」是銀河。這個丹麥合唱團體名叫「The Asteroids

Galaxy Tour」，「喔！這叫迷幻搖滾！」她笑著說。
吉永出門時開玩笑說：「等一下說不定余媽媽會來打聽這什麼歌！」
這樣的興頭上終將過去，她有經驗，像跳傘，降落後會有一大件落寞將人裹住。

她在山路一個大彎道有時可聽見鬧鐘響，滴滴！滴滴！不在剛上山，而是走了一段才被喚醒。順著偵測器般的滴滴聲，她不住地朝腳下的坡地探望，好似那兒有一個城市或一艘沉船被發現了。腳步未有停歇，身體自動順過蜿蜒，有如歌劇院看台的坡地，立著形形色色高矮胖瘦的樹木，地上覆蓋植被和落葉織毯。近處的樹可看見樹幹著地的情形，愈往下俯視僅能隱隱瞥見樹群樹帽，好像全擠在一支漏斗裡了。

滴滴聲漸趨微弱，另一個持續性的機械化的聲音取而代之。一個矮小的女人斜背一只民族風小布包，兩眼漠直嘴角下撇邊走兩手邊輪流拍打肚皮，啪啪！啪啪！令人想起電視廣告那隻裝了鹼性電池的兔子，不停移動不停打著背在身上的鼓，無休無止。吉永拖慢腳步，像廣告裡與活力兔子對照的那隻電力耗弱的疲兔，好讓那積極規律的聲音遠離。

一閃神，背後有個東西撞上來，一個女人不抬起頭連道兩次對不起後超越她，用她聽不懂的語言對耳邊的手機說話，沿著欄干低頭前行，靜的時候多，說的時候少，語氣低迷，轉頭一彈指彈落欄干上的餅乾。

她一路沒停的講電話上山，吉永將兩個背影，那被余媽媽拒於門外的外籍看護和她聯想在一塊，長髮低束，高瘦身材，寬鬆白上衣貼身黑長褲，拖鞋，在山下的樓房遊蕩也是這身裝束。

她腰肢柔軟步態輕盈，走上廟口把手機換到左手，對著右側山壁的神像鞠躬，以母語簡短致敬，口氣完全不同，誠誠懇懇，對周邊休憩的人們不屑一顧，繼續上山絮語。

吉永低眉一掃，尋找棋盤上適合稍事停留的棋格，腳步卻不朝它移動，竟是跟隨那講電話的女人走入另一片樹林，頓時感覺樹木低矮些，天光耀眼些，差別最大的是道路。以寺廟為中心，接引人們前來的道路一氣呵成，此去丘坡紛歧，山路粗糙窄小，一小段一小段的延伸鋪設、逐年修繕，建材和呈現方式大異其趣，有像大樓中庭的花圃走道，也有完全素顏的泥巴小徑，駁坎也不明顯了。講電話的女人持續駝馳前行，毫不認路，更別說賞景，彷彿抒發心中不快是當務之急，如美容工作者哲亮所言，執行一完整療程始能達到功效。

她被電話牽著走，忽而可以看見她的腳行走於耳廓般的梯階，忽而一頭鑽入耳道不見人影。

吉永突然意識到她這一走可是天涯海角地要走回她的家鄉，乃停下腳步目送她離去，她伸手把頭髮撥到耳後，那隻螺旋大耳紅通通的，一旋身消失在岩石後面。一道影子拂過吉永臉龐，頭往後仰，看見她踩著一座鐵架梯子曲折上升，一隻手持續掩著彷彿受傷血流不止的耳朵。

轉身準備離開，發現那女人腳下她剛才擦身而過的坡壁一樹杜鵑正美，紅花朵朵疊羅漢似的往高處洽光綻放，形成一座紅色花塔，她目不轉睛，以補償錯過另一株紅色杜鵑的遺憾。那杜鵑在廟巖下的山路邊，枝幹傾突於半空，陰涼峭壁下一年僅此一樹春暖花開。因為它，吉永下了兩個結論，一是紅色杜鵑開得比白色粉色都晚，最晚；二是整個城市這株杜鵑開得最晚。當然，那是剛搬來第一個春天的事了，母親哼哼笑了兩聲，不予置評。母親不相信是對的，多幼稚武斷的想法。即便對她有這麼點故事，後來也來來往往不再擔起頭來，想起時枝頭已添新葉，最後凋零的幾盞花托殘留枝頭，一根根像過了熱水的蝦鬚。有時是看到路面的落花才想起，今年徹底無知無覺。

她又挪了一次碎步以避匆匆行人，放下杜鵑繼續前行。木籬外有零星幾朵紅花相隨，定睛一看，又是紅杜鵑，葉片厚圓油亮，根本就是茶花葉子，假面杜鵑這是！哪個多事的女人或男人撿拾杜鵑落花插接在茶樹枝上，她不是第一次受騙了。

又受到不明意圖的驅使，她一路奔回社區，進電梯剛要喘口氣，卻嗅到煙味。以為是山上空氣形成的對比，出電梯濃煙迎面而來，鼻子指向右轉，鐵門後門板微開，按門鈴卻無回應。等待的分秒如被人摀住口鼻，她急得彷彿看見門縫飄出煙羽。

組長和一名戴著口罩的銀髮女士一路嗅上來，發現吉永已守在煙窟外鬆了口氣，兩人輪番按鈴大聲喊話仍無回應。組長貼著鐵門，「裡面有聲音，好像老鼠在搬東西……」說著嗆咳了起來。

吉永知道余媽媽為什麼躲著，肯定跟那晚滷肉釀禍有關，滷肉據說是她小兒子最愛，一鍋燒成黑炭給冒險衝入的警衛取出扔進樓下垃圾車仍薰臭難聞，居民驚慌搜尋，管理室電鈴響個不停，總監威脅要啟動消防灑水系統來熄煙，余媽媽為了她的家當和娃娃苦苦求情，和那次相比，今天小狀況。

吉永大聲叫：「余媽媽！是我啦！快出來！」

門悠悠地開了，組長氣呼呼揮著煙衝進去，跑到廚房對著天花板上的偵煙探測器邊咳邊罵：「上次說潮濕壞了，修過了還是沒用，禮拜一才剛測試過……」

獨居婦人「張媽媽」勸導余媽媽不該在這時候再噴香水，並使勁傳授許多居家安全須知，組長搖搖頭走了。

余媽媽窗子早已全開，拿條濕毛巾摀臉，跑陽台換氣並挪來兩支風扇。

張媽媽是隔壁棟的住戶，末日來臨預備者，今天碰巧打另一扇門進院子，嗅到異味馬上通報警衛展開行動，平安落幕還不肯離開，脫掉口罩以煙追物猜了幾種食物，余媽媽裝傻不答，抓著吉永閒聊，她快快然離開，隔著鐵門又叮嚀：「裡面那扇門沒事就不要關！門口放個幾瓶礦泉水！煮東西記得設鬧鐘……」

「我本來就沒關啊！」余媽媽嘟噥著揭開風扇的防塵面紗。呆了幾秒，把吉永拉回來，按下遙控器，紘樂像藤一般細長地自毛絨堆裡抽了出來。她牽著吉永去看藏在陽台雜物堆裡一小支帶柄鐵鍋，呵呵笑說：「聽音樂聽到睡著！杏鮑菇！我的午餐嗚！」

吉永回到家，走向母親房間，背靠門憮憮地看著母親許久。她裹著蠶絲被躺在床邊，突然蠕了一下，說：「說要側睡比較好，向右側，讓心臟在上面，不要壓著……」

「你喔！」吉永拐進浴室撥了一下頭髮，像剛在山上撥弄那借屍還魂的杜鵑一樣，散步向上抹上的一點氣色瞬間灰飛煙滅了，那鍋杏鮑菇倒燒出一張枯皺人臉。

「你這樣不行啦！」她邊走向廚房邊說：「焦味臭成那樣，吵成那樣，你還睡你的！」

「還好啊！什麼焦味？」她一個使勁坐起身來，嘆了一口大氣，「哎！天要塌下來，我也頂不住啊！中午吃什麼？」

27

「楊媽媽！吉永真的住在這裡嗎？」蘇熊華調皮的問，趁他們聊得開心。

「你說什麼？哈哈，是我有妄想症還是你啊！拖鞋放在那邊，衣服曬在那邊，你沒看到？你還真有創意啊你！」楊媽媽東指西指，笑了又笑，故作迷惘地瞧著他。

蘇熊華有些難為情，就是不只一次窺視過曬衣杆上那群狀似昏鴉的衣服，他更加懷疑，衣服全都垂掛，兩隻袖子像翅膀合著，著實看不出來母女兩人的差別。

然而，楊家是他年輕時的愛情聖地，楊家人優美高雅，尤其現存的這兩人最難拿掐，有時喜怒無常捉摸不定，他不敢造次。有一次逮到機會，撿起一條小方巾，曾大著膽子想撩開一件冰藍色上衣的胸口，卻匆匆將方巾搭上衣架就跑了。這屋內總有一些無以名狀的心眼和感覺加諸於他。

「你不是也看過了，外面！我哪裡去弄那些枯枝蟲子來啊？我這跛腳婆！你要證據是不是？證據多得是，你看！隨便一抓，她的書，她的信，她的帽子、高跟鞋、球鞋，我哪裡可能穿？這哪是我穿的！牙刷、保養品……」

有了起身的動力，楊媽媽東奔西跑的拿出一些物證來。蘇熊華光笑也不阻止。抹殺她女兒的存在罪不可赦，即便是玩笑話亦不容許。她神情緊繃，自己也知道那些個東西不等於吉永，不表示吉永住這兒，拿出一些言永的東西，難不成言永也住在這兒。她好像在深呼吸，愈不想被激怒愈可疑。她把陽台的紗門打開，凝望，似乎需要更多氧氣和想像。

她以沙發為樞紐，分別向玄關、廚房、房間出發，腳提得較往常都高，每返回一次就諷刺地笑看他一眼，最後舉起那四爪助行器如四根權杖一起落地，威嚴地步出陽台。

他連忙起身緊跟過來，故作輕鬆地說：「全台走透透！」他以為他投注了那麼多寶貴的假日午後在這裡，總該可以像個家庭朋友般的和她平起平坐，這一刻他徹底覺悟了，她仍是多年前上個世紀他膽戰心驚拜見的那位嚴謹的女士。之於這個家庭他永遠是第一個男朋友，必須接受他們的道德規範和情感教育，特別是一個只有女兒的家庭。

她挪了一下位置，好讓他能跟她並肩貼著圍牆站。他鬆了一口氣，頓覺海闊天空。

「你看！那兩個人不知道在屋頂種什麼，一天到晚忙來忙去……」

「大概是種菜吧，我媽也說想要去租一小塊地來種種菜，就不用擔心農藥問題了，問題是交通不方便，我載她去澆水一個禮拜也頂多兩天，說了好幾年！」

「我們這屋頂不知道有沒有人種，沒上去看過，用那種保麗龍箱，種一小塊兩個人吃就夠了！他們住在最上面的樓中樓，邊邊這一戶，兒子是醫生，吉永去藥房聽她跟店員聊天，她很好認，頭髮很白很短，很像那個很有名的美食家……」

提到吉永他們警覺了一下。她彷彿他們之間一個無法擺脫的第三者。

「樓中樓……」蘇熊華呢喃重複，「樓中樓，要是買得起，樓中樓是很理想……」

「你看那裡……亮成那樣！」她轉臉看他，眼眸漾著光彩，皮膚也有了血色。

「我一出來就看到了，被閃到了，太陽在吻別！」那門完全接收夕照金光，其餘零零星星，像些碎玻璃。

他們說的是斜對面樓中樓天台上敞開的那扇門，正在滑落的太陽集中全力吸附在不鏽鋼門上放閃，陽剛灼亮充滿力道，有如一個長方形的太陽，亮得嗡嗡作響。

兩人和助行器挪來挪去，最後她命令他先進去，她訓練有素一氣呵成的回到屋裡。

「你怎麼會有這種想法？」她在沙發前準備好卻又放棄坐下來的念頭。

「什麼想法？」蘇熊華問。

她沒有回答，走向玄關取來鑰匙打開吉永的房門。他什麼打圓場求饒的話都不能說，更不敢靠近。

她並未敞開房門，拿了個像手拿包的東西便快快出來，深怕她那苛刻的女兒隨時會出現似的。

「喏！你看！你看這是不是吉永！」她用一個硬硬的東西重重打在他手上，附帶瞪他一眼。

蘇熊華反射動作抓住那個不明物體，立刻雙手圈住她的肩膀，嘴巴咿咿啊啊的要湊上她臉，被她一手擋開，命令他：「去坐著看！看是不是吉永？坐下！」

一本半新不舊的筆記本兒，封面是些古色古香的花草，他翻開來，眼睛卻看著她，她嘟著嘴瞪他，作勢要打他，繼而向各站發車似地走了起來。

「萬一有什麼祕密？」他看像本日記。

她不回答。

「喔！你偷看過了！」

雲山
陳淑瑤 著
長篇小說 創作發表專案
PEGATRON
INK

「我光明正大看，她不給看的鎖在抽屜裡了！」

這一說他都沒期待了，母親可以看的日記。

「我不認得吉永的字……」

她走了一趟廚房，回到他面前，嚇他一跳的鼓大力氣吼著：「難道是我的字？你要是要來惹我生氣，你就不要來！」

「對不起！我真的沒機會認識吉永的字啊！楊媽媽！」他彷彿看見她眼睛濺出淚來。

此話的另一層意思也就是，言永的字我才認得。他想再來一次摟抱道歉，立刻被她制止，趕他去陽台。不一會她自覺反應過度而柔聲說：「外面看吧！還不用開燈！字有點草！」

紗門裡的她像一隻灰紫的爬蟲奮憤地挪來挪去，動作機械冷酷。他望進屋內，有那麼點興災樂禍。

火車站裡的月亮：諸多燈泡之一。
森林中的月亮：鬍子裡的一滴。
山上的月亮：讓我們期望它不會滾下來。
仙人掌不會刺穿它！

保羅克利日記一九一四年八月

山上的石頭都長青苔，

拿一顆石頭去山上養苔成嗎？
關於我們，
我只記得我們買過一塊長青苔的磚，
後來青苔死光枯盡，
磚也就只是一塊空心磚罷了。

星期五夜　星期一晨

颱風後原以為只有躲在地藏洞裡，很多蛾。還有一隻背脊尖聳像刀的青色大蚱蜢，六隻腳，後腳特別長，躲在心經柱子下面凹的地方。一出來廟前面亭子，幾百隻蛾啊！在新粉刷的牆上。天花板有幾隻倒掛，大多是垂直的在牆壁上。一隻一隻看起來像一個個帳篷，上年紀的人愛穿的淺灰褐色，緄邊，中間米色，不討喜的舊色，好像很舊的簿子的顏色。也有全黑，兩隻翅膀各有一條白線的一隻，像是版畫刻出來的，線條很簡單，顏色不飽和。

星期五

斷裂的、掉落的和仍掛在樹枝頭的枯枝葉
散發出一種乾枯的焚風的氣味。
蛾都飛走了。
土奔下來一種類似沙士的味道。

還曾經聞過一次是紅茶味，她聽了哈哈笑，說是我想喝吧！山之飲。
甚至聞到蒸粽子，那時並不是端午。

星期二
地震後上山，山上倒了一截我這麼高的樹木，
從山壁倒栽蔥的插到幾乎路中央，斷碎的地方蒼白得像紙，底部還向著山壁。
一隻把一片大葉子啃完的大毛毛蟲死在剩下的葉柄上，半倒掛，
前頭和中央各有一腳黏在葉柄上，後半段垂掉下來，變成一個「厂」，喝，
吃飽撐著的，慢慢慢慢，身體消瘦下來。

星期三
下午在陽台刷牙，望下山兩人，想看清楚是一對母女嗎？
是一對老男女。

星期五
看到樓梯上有一個怪男，陌生客，我假裝只是過馬路，停下來看電線桿上協尋失智糖尿病老人的傳單，害怕的感覺又來了。拖著我別去的想法又來了。那人走得不慢，已經看不見他。其實並沒有抬臉只是感覺他已經不在前方。他沒穿鞋，赤腳上山。有一個常出現的中年

男子也都打赤腳，長短腳，身體大，手長，像猿猴。

到了涼亭前的斜坡，那人蹲路邊，開一罐罐頭，倒出一塊扁圓形的肉凍，登山杖和藍色塑膠扇子擺在地上，腰間擠出一圈肥肉，一股重穿汗濕又乾又濕的衣服的臭味。且提了一塑膠袋供品上山拜拜。他沒什麼好怕的。不要有人走在後面，我喜歡落後。

被人覺得害怕的東西不見了也就沒有存在的價值了！

蘇熊華吟哦了兩遍：「被人覺得害怕的東西不見了也就沒有存在的價值了！」

星期二

好幾天沒上山，上山路上發現一雙深藍色拖鞋，厚厚的膠質，鞋板上有小凸起，昨夜下雨，水積在拖鞋前面，鞋尖朝下山的方向，鞋放在下山的小斜坡彎道邊，靠近護欄，一旁有大樹，他也許是想到樹上嘔吐！我鼓起勇氣向樹上望……

配合本子的花草封面，裡面記的盡是山，跳躍式的翻閱，不見其他成分，簡直是山的日記，蘇熊華用力回頭一望，那墨綠的山彷彿一雙展開的巨翅貼在他背後。以前朋友笑他，姓蘇的找個姓楊的，蘇武牧羊。成天往山裡跑，真把自己當成羊了。雖然這描述是女生的心思和口吻，但天知道是不是吉永。這想法鐵定會激怒她，卻躍躍欲試的想挑釁。

星期二

昨天是地球日。

書上老是寫雲浮出山頭，今天看見的是山浮出雲頭，雲好像把山分離了，告訴自己這是我最喜歡的山的樣子！但我沒有多餘的時間逗留。我只留了一點時間回想這些天的天氣，好知道我最喜歡的山的樣子是怎麼來的。六日下雨，上星期五也下，我有藉口補永遠補不足的眠，上次上山已經是星期四，而昨天微雨，大部分時間是陰晴天，醞釀成今天的山。葉子上餘有一些雨露。

他走近門邊問：「這山很安全吧！沒出過什麼事……」

「沒有吧！」楊媽媽推開紗門，彷彿要再確認一下。

「這個本子讓我想到什麼你知道嗎？蘇武！牧羊。」

「哈哈，蘇武牧羊，羊也牧蘇武啊！」

「怎麼沒年沒月沒日，只有星期幾！你這……挺像把吉永藏在山裡頭……」他故意鼓起臉頰。

「你才是把你的霏霏藏在山裡頭！」說著她一把將紗門撞在門框上。

「霏霏！天啊！你還記得，就那麼一次！這寫的好像……也看不出來是指對面的山啊？也沒名字，她的生活就只有這些，過這種生活還太早吧她……」他將頭伸過來貼近紗門，嘻皮笑臉說，「我看我幫她找個工作才是真的……」

「才是真的……是啊！求之不得，她爸要她照顧我，我說我又不是失智失能！你看完就這結論！

以前他們都笑我是這家裡最務實最不懂美的，我看你比我還有過之！」她坐下來打開電視機，不動遙控器，眼睛也不動。

蘇熊華進來坐在她旁邊，手上握著那本子，搭了兩次話，她都沒反應，電視倒有回答：

「企鵝犧牲了飛行能力才成為潛水專家……」

「大象熬過一次乾旱，就有可能再熬過一次，牠們靠的是記憶……」

他乖乖地說：「看這種節目很好，每次都能得到一些啟示！」

28

他最近開始向住戶道晚安，而不是你好，日落月升見到人道聲晚安，感覺很好，紳士風度。

本號十四樓的訪客蘇先生沒有看他，也沒把晚安聽進去，背影顯得相當疲累，卻飛快轉身，撞見他正瞅著他。

「那個……十四樓的楊小姐，大概幾點會回來？」蘇先生走了過來。

「大概……」他做出回想的呆滯樣掩飾慌張。

「她長期住在這裡嗎？」蘇先生又問，審問。

「她……我想一下，嗯是……楊小姐……」

「她一個人嗎？」蘇先生的眼神盯著人不放。

「嗯……」他努力想用一個虛字就表達出礙於隱私，無法再透露，卻被他的嚴肅震懾撒起謊來，「有時一個人，有時不是。」

當晚楊媽媽未下樓。最近他很散漫沒寫適合她閱讀的東西，她又老問為什麼。因為蘇先生，他有些不安心，還是上十四樓一趟，但沒按門鈴就下來了。

九點鐘洪太太運動回來手伸進警衛亭，一個和菓子掉在他桌上。他將那和菓子放口袋找空檔上十四樓，遇見楊家對門余媽媽拿垃圾出來，接手那包垃圾，道晚安！又折回電梯。

他丟完垃圾，轉身給嚇一大跳，阿彌坐在回收箱邊的台階上，雙手伏在箱沿，頭掉進箱內，像一個折斷的人掛在那兒。

「喂！回去啦！我幫你看著！」他喚阿彌。

她迷迷糊糊搔著頭走了起來。

一個鐘頭前他見她坐在那兒整理回收物，手上的小手電筒緊貼著紙上的字，令人好奇她想知道什麼。前幾天他聽見組長和住戶聊天才知道她最近遇到了麻煩。社區庭院開放，外面的人抄捷徑取道路過，有人順手拿走回收物，白天晚上都有，他們描述女賊長相，似乎有些出入。

十點的巡邏結束他將左右兩側院門帶上，只留警衛亭邊的出入口。他到水槽邊洗把臉，走向回收箱，手電筒一打，有個黑黑的東西跳起來，他跟著一晃；手電筒再指向台階，一個紅色小零錢包擱在阿彌坐的那條階上。

回收箱打理好了，高聳的物堆夷平，廢物甚至就是垃圾丟了，值點錢的紙類瓶罐也安置妥當。住戶們常把「這看起來好好的」東西丟過來，還至為珍重的單獨倚牆擺放，好讓她如獲至寶撿回家，東西越來越多，她也待得越來越晚，點個小手電筒，周圍一圈如海嘯過後的漂浮物。早一點的時間他根本不願意走到這邊來，看向這邊來，那感覺像小時候養蠶養到最後，布滿污漬的衛生紙層層疊疊，桑葉殘敗，產完卵的蛾殘敗，幼蠶成蠶也都殘敗，天知道如何收拾是好。

他鼓起勇氣將手電筒照入方形橘色大塑膠桶，漁港裝魚那種耐摔耐拖的大塑膠桶，放在最上面是一張報紙副刊，他懂得那有別於其他版面的排版方式，大塊的文字集中，配上插圖；他移動手電筒和身體，把那張副刊的頭題和作者名字看清楚，彎身將它拿起來。再次探照紅色零錢包，又被剛才那個會跳的東西嚇著，奔逃一塊像狗屎的東西。是隻蛤蟆。

又有個東西掠過左旁，他轉臉它也跟著晃動，弄明白是自己的影子，還是覺得恐怖。上下左右好幾面鏡子，阿彌架設的監視器。

一隻紙碗擺在桌上，他把其他東西揮到一旁，打開碗蓋，冒煙，一碗麻辣燙。他走出警衛亭望著巷道，一個男子漢身影立在巷道盡頭，兩腳微開，舉起一隻手，若隱若現向他舞動手上的免洗筷，橫在胸口另一隻手捧著紙碗，那樣子像泥灘上的招潮蟹。

不顧對方揮手示意不用過來，他走上前去。

巷口的大樓拆了帆布和鷹架，他到現在還不習慣，他不太往上看，只覺得它挑高的樓面和側邊停車場的入口像是橋墩和港口。雖然泥水的部分已完工，地面早已是乾的，但總有一種潮濕感，腳步沙沙的。保全公司提早進駐，監控進出的裝潢人員和家具，夜裡無人之境無事可做，這名新來的警衛名字和保全公司一樣都叫永安，很快便找上鄰近另一名孤寂的守夜人。

「謝謝！帽子不錯！」他走到他面前揚了一下下巴，剛認識還不太熟悉他的長相，概略的印象就是白白壯壯的，諧星模樣。

「哎這蠢帽！」永安把貝雷帽從頭上揮掉，塞在褲後面口袋，他前額已禿，立刻老了幾歲。

「謝謝！」他塞給永安一張鈔票。

「不用不用！拜託陪我吃！」永安回塞給他。

他豔羨地張望著永安的據點，想仰頭吼它一聲必定回音四起，空城的日子真美好，為所欲為，哪怕只一個晚上。大廳亮著一盞優美含蓄的壁燈，鯨魚般流線型的櫃檯，大理石地面，仿酒店式設計，地上遺落裝潢材料，空氣中飄著樟木或者是柚木香，永安先生腳步聲粉粉的。

半個小時後他端來一保溫杯的烏龍茶，只見永安背貼牆壁闔著眼睛，就在那盞像在微笑的壁燈下面，軀幹直挺有如釘子釘住。茶杯擺上櫃檯並未吵醒他，而是離去時的沙沙聲。

他在警衛亭外踱步，有時在窗口前停下腳步，身體微側手搭窗框，那姿態是常找警衛閒聊的失眠老人顧先生，住頂樓，被散熱器的運轉聲困擾多年，每次住戶大會都提出抗議，上個月悄悄搬走了。

禮拜六晚上的遊戲，捕捉楊小姐返家的畫面。

整個晚上他第一次張望桌下的籠子，雖然踢到無數次了。他有些緊張。

車庫鐵捲門動了。畫面上是楊小姐的車沒錯，進車庫前遲疑了一會。

過了不止十分鐘，尚未見她搭乘電梯。這幾個禮拜六她下車後都在停車場逗留。

瞥見她在停車場內怪異的移動，他當機立斷乘電梯至地下二樓。

她背對車道，面向牆壁仰著臉走來走去，像觀賞著一幅巨型圖畫，悠悠地晃近她位於角落的停車位，迷迷離離，回音「安」。

他怕嚇到她，直直站住，中間隔著兩排雙層立體停車格，她還是嚇到了，像被人從後面一大把揪住頭髮，頭震了一下，手掩住嘴巴，強作鎮定朝電梯的方向走。

他走到她剛剛徘徊的那面白牆前面緩步游移，她的樣子立刻上身。粗糙粉飾的牆面泛著鹽霜顆粒，白堊斑駁，露出鉛灰的水泥，有些灰禿比臉還大，整個像一大片塗滿粉筆的黑板。類似柏油路面，彷彿馬路延伸進來，濕潮，質地不堅，牆腳微傾。突感天搖地動，一陣噁心，手扶著牆壁，沾了一掌灰。

他走進楊小姐銀灰色轎車和白牆間，車停得很近牆壁，他思索著牆灰髒還是車塵髒。兩扇車門之間凸出一長條報紙。他直直蹲下，喵地叫了一聲，又一聲，伸手拖動報紙，報紙上一艘用廣告傳單摺成的小船，船上躺著一條魚。被迫中斷大餐的貓探出頭來，猶豫打量著這面善的巡邏人。

他將報紙挪回去，道晚安，盡速向上衝。在黑暗中他好像按對了密碼獲得動能，步步契合梯階，活躍得令人驚訝。

他深呼吸和緩步伐，兩手扠腰在庭院上踱步，然後進入基地，手握著筆擱在桌面，眼睛直視窗外，打了一個呵欠，走筆寫下：

「夜歸的Y小姐給那隻住在地獄（域）裡的貓買了一條魚，眼熟的自助餐的清蒸魚，上班前的晚餐十天有八天都吃自助餐，今天在店裡還多看了一眼，鐵灰色，手掌那麼長，吃魚是奢侈的事，貴又多刺，會害我來不及上班。我也想買魚給牠吃，但知道牠不會餓死，又怕情況失控。她自備報紙鋪在地上，用漂亮的彩色傳單摺成紙船」，他停筆摺了一隻小紙船，「來載那條魚。」「上個禮拜我幫忙處理掉鋪地的傳單和面紙，還有一些茶葉蛋食物殘渣，（她會以為是誰呢？不是警衛就是清潔工，難道是老鼠！）但傻貓就地留下了排泄物，這也是必然的（動物本能），餵食牠就應該想到。那隻貓以為找到天堂，來了就不走了，地下三層任牠玩樂、躲貓貓，卻苦了我。

東窗事發，可怕的垂簾聽政的X小姐聽聞了，比其他住戶後知後覺就夠她沒面子了，何況是她的死對頭直接到管委會反映。她在Y小姐的車位後面踩到了屎，誓言將牠逮捕歸案。那隻鞋還是打掃大樓的Z小姐幫她洗的，她蹺著二郎腿在警衛室等鞋子時給組長下了弄走牠的最後通牒。組長命我這個禮拜務必完成任務，下個禮拜提早年度大消毒，請清潔公司加強用藥。言下之意好像再解決不了，就要毒死牠。」

他看著剛寫下的字發呆，伸手摸到杯柄，舉起重重的杯子啜了一大口冷茶，拿剪刀剪掉下半張紙揉進口袋，剪紙揉紙聲令人如釋重負，只留下Y小姐買魚那一段，後面加上「魚有如盛在皇冠上那般高高在上。」

他走出亭外吸菸。整晚未再回到字裡行間。她究竟在看啥，他還在納悶。那條魚滿足了貓，他對行動沒有把握。

他將籠子拿到門邊準備採取行動，庭院外亮起了梵谷之燈。一整晚他就老疑神疑鬼，以為貓已經裝進籠子裡了。籠子裡有貓飼料和嬰兒被，這是從一位愛貓成癡的女作家的文章裡學的，製造一個類似山洞的小窩，免得牠被捕時慌張暴動。交班時組長看到籠子，從口袋掏出兩百塊給他，「這不能請公款！再抓不到不是你跟我，公司都要被換掉了！看要送到山上或哪裡，遠一點，越遠越好，牠們精得，再回來我看牠小命不保，我們飯碗不保！」

他在紙上畫下幻想的豪華停車場，牆壁上的畫閃閃發亮，他想去參觀永安那棟新大樓的停車場。他淡閉著眼睛，楊小姐的停車位來到腦中，他把籠子放在楊小姐的車子和牆壁之間，順利誘捕到那隻貓，提著牠漫步上山，一路未遇見任何人，森漆漆靜悄悄。

29

出門後常晃神，有時忽然以為身上沒有衣物趕緊低頭看看，她到哲亮的工作室瞇了一下，在公園坐了好一會，意興闌珊打道回府。停好車，顛著腳醉酒似的在停車場喚「喵咪！喵咪？」走路去買伏冒熱飲，見藥局櫃檯又擺出以前她買給父親喝的「精華液」，二話不說買了一盒。盒裡二十四管玻璃裝的暗血紅色液體，真像血液樣本，萃取所有滋養身體增強體力的莓類，最好在舌下含個幾秒，藥師說。不含也不行，太濃稠了，一下子吞進去會嗆到。父親不喜歡奶類營養品，倒接受這個，她沒敢跟他說其實是母親節禮盒，也逼母親喝了幾劑，喝完嘴巴紫紫紅紅，挺漂亮的。

走廊下一個向著馬路抽菸的人回過頭來，她錯身而過又掉回頭，看見藥局店長在對她頷首微笑道晚安，手上香菸放得好低，像要燒到褲子了，突然好生尊敬，好好站直，回他一鞠躬。

她出門這段時間電梯給貼封了護壁板，四周圍全是白色保麗龍，向著梯門的鏡子中間切割出一方鏡面，好像開了個天窗。她背貼牆壁，手臂使力壓迫那層封膜，進而摩擦，想鑽進去。

電梯門外晃過一個人，她反射動作上前，一把拉開去按她家門鈴的余媽媽。

「啊我以為你出國了！我現在馬桶裡跑出好多老鼠……」余媽媽表情誇張。

「好！好！」吉永按著她的手腕。

余媽媽手撫住心口，「喔，牠們是我們去南部找大兒子的時候跑上來的，我用一個以前我小兒子的工具箱壓在馬桶蓋上面，不要讓牠們一直跑出來，牠們拚命要跑出來，弄到頭都斷掉，到處都是血……」

「啊！我怕老鼠……」吉永兩手掩住口鼻。

「我怕血，嚇死了……我們來想辦法，啊用這個！」趴搭一聲，好像一隻死鳥散翅掉下來，余媽媽將擱在氣窗上的拖把曳下來，「還是來找一個大袋子把馬桶包起來……」

吉永跟隨喃喃自語的余媽媽走進暖烘烘的屋子，鼠灰的軟硬體疲伏於客廳周圍，浴室和房間繫著燈光，余媽媽回頭望她，「明天再弄了！我沒有睡不行，睡不好什麼毛病都來了！」

吉永接下拖把，答應幫她放好，叫她去睡。

「晚安！」進房前余媽媽回眸一笑。

她上前巡視浴室地面豆乳白的瓷磚，一滴血也沒有，馬桶蓋上確實有個生鏽的鐵箱，馬桶蓋貼合在馬桶上面，猶如兩片蒼白冷笑的唇。這畫面意味著小是阻塞，大是暴力、死亡。她必須採取行動，證明所言不實，牠們不曾來過，明早余媽媽照常吃早餐、上廁所。

她鎮定的執行任務，以衛生紙包住手柄拿開工具箱，人站在浴室外面用拖把的竹桿掀開馬桶蓋，蓋子撞上水箱，轉身血鼠四竄，拖把那堆足鬚像鼠尾巴纏絆在腳邊，一個踉蹌臉撞上茶几，她奮力起身，咿咿呀呀哭叫著才好像有人牽引跨出一大步，門緊跟著關上。

她喘著氣將拖把拔離地面，用最後一點力氣把那顆章魚頭甩上窗框。

總算排除所有牽扯，發覺背包掉在余家。她踢電梯門一腳，轉身用後腦勺撞著門板，巴不得門一開就那麼跌入梯井。

她噁心欲吐，盲目踱至窗邊，頭抵著窗戶用力喘氣，余家兒子擺在窗軌上收集菸灰的飲料罐似乎在抖動，她挪向牆壁，額頭和髮絲磨得牆壁沙沙作響，臉一揚，人跌在階梯上啜泣。哭聲充滿梯間，像一塊乾燥的木材在爐子裡猛烈燃燒開來，貼在牆上的左耳和靠近梯道的右耳感受到的回音不同，既密閉又開放，莊嚴宏偉儼然大教堂的聖樂，直達天聽。

她不停揮趕臉上的淚水，壓抹著眼睛，想從源頭止住氾濫。耳朵稍離牆壁，感覺梯間有隻甲蟲暗暗觸動著鐘罩。她強抑制住哭泣，手抹著鼻涕，鼻腔輕輕吸啜，那腳步浮顯上來，跟她一樣，設法使聲音變輕，最好消失。

淚水一下子就涼了，像兩張薄膜封在臉頰，哭泣的配套活動幾近停止，人一下子虛空到彷彿蒸發了。

它繼續游移。躡腳。止步。清清喉嚨，示意他要走過來了。

她重得像鉛錘，也無意閃躲，收攏肩膝臉偎向牆壁，腦波心跳微弱，幾近停擺。

他手攀著樓梯扶手，爬得吃力，避免讓人聽出吃力。一隻腿強健些，一隻腳拖累些，強的等弱的放上同一階再繼續下一步。

她竟感到興奮，哀矜而喜，他現在是「施烈桑」，他在模仿扮演那個假裝瘸腿的警衛，他一路這樣爬上來？還是只在這時候？他常常這樣練習？哀歌般的哭聲使他充滿罪惡感躊躇不前，突然想到用這種方式祈求原諒？

她想仰臉道晚安……回音如耳語，我愛……。

腳步聲停止，他道了聲晚安……。

他可能乘電梯下去，抑或走出天台由另一棟樓大步走下去，總之，消失了。

電梯燈號層層下降，停止在「2」，看護工出門上班。

它又從「2」一路往上爬，看護工下班回家。

她站在樓梯口對著安全門橫桿上一排傘啼笑。初始是他們家的傘，後來隔壁年輕人也跟著掛傘；傘張放在門廳是余媽媽的特權，鮮豔的傘花正對她的貓眼，余媽媽是個雨傘狂，總是有各式各樣的客人雨天來訪留宿似的。橫桿上停留最久的是父親的一把深藍大傘，有一天她心血來潮撐出去，到了一個定點收傘，再要撐開傘骨嘩嘩嘩一齊折斷崩塌下來，她一面驚嚇，一面忍不住嘻笑，好不容易將分崩離析的傘骨一一收攏，用手兜抓著，勉強繫上帶子，仍然掛回原處。某日，又心血來潮將父親生前使用的鑰匙塞進傘內，交代母親那兒有備份鑰匙。

折斷的傘骨猶有一股扭曲的力量，她伸入棘叢中摸索，手臂上被劃出幾道血絲。

開門的瞬間即知道母親也經歷了一個動盪的夜晚。

她盯著母親尚未熄滅的床頭燈緩緩前進，它像擱在馬桶蓋上的工具箱一樣不尋常。鋼琴琴蓋也反常地開著，巨大的琴牙等著啟齒。床罩皺得像一片亂步踩踏的沙灘。

母親背著房門面向床頭燈側躺，姿態頹喪，彷彿被潮浪拱上來的羸弱的海狗，手上抓著一本書。母親開口說話，以制止她走到燈下看見她傷心過的模樣，聲音浸過淚水。

「江太走了！」

「喔。」她鬆了一口氣似的在床沿坐下。

「真羨慕，走得快……」

「嗯。」

「幸好搬家了，要是還常常碰面，不知道要多傷心，人還是疏遠一點好……她女傭晚上打來說的，她還有一本書還沒拿來還……」

「算了！送她！她要回印尼我們可以再送她一些。」

「繪本，童書。」母親將書本攢到床頭櫃上。

「她有小孩嗎？」她拿起另一個床頭櫃上的筆來玩。

「應該有，一定有，一陣子沒見面，上個月最後一次見面，也是女傭打的電話……」

「你們吵架了？」

「沒見面就是吵架，那全世界不都吵完了！」

「怪怪的。」她起身說，「等一下，我先去換一下衣服，要喝蘋果汁嗎？」

「不要啦！」母親把身體翻正，一手遮在額頭上。

家居服鋪在床上的樣子像一道不明黯影，她將它拿起來穿在身上，拉高窗簾，讓夜光透進來。她喜歡在這種亮度觀察房間，不那麼一目瞭然。她趕快回到母親房間，有個結語在等著她，今晚可望就這樣落幕。

「有時候她兒子不是會載你們去吃飯？」她站在床角發問。

「我們自己去比較多好不好？她叫的那個計程車，夫妻輪流開，兩個都很好，醫院也是他們跑。」

她再要開口，母親打斷她。

「去年什麼時候……她們去醫院看到你，她叫她女傭追過去看，說你去看婦產科……」

吉永啣著一個高音「我？」直到母親講出重點，「哈？無聊！你不會是因為這樣生氣吧？喔天啊！你們這些人……這些女人……」

「我說她幾歲了，看婦產科很正常啊！別人不愛聽的我不會講，以前她兒子……算了！」

「喔！拜託！算了！我好不容易頭痛好一點！」她坐到地上，背靠床，頭仰在床沿。

「我沒跟她不高興啊，只是說有個老朋友以前沒聯絡，現在聯絡上了，較常來找，她自己起疑，以為是你有男朋友，我就讓她去懷疑！」

吉永爬到床上躺著，問：「誰？誰聯絡上了？常來找？」她特意瞥了母親一眼，然後側躺弓起身體。

母親伸手扭黯床頭燈，邊說：「就蘇熊華！」

那名字在舌尖撮著，昏暗中聽來風也似的，不太真切。

她驚笑說：「到底還有幾個地雷？蘇熊華！蘇先生！那不是上個世紀的人了嗎？我幫你找藉口，楊言永託夢要找的。我的天啊！我去刷牙……」

屋裡只剩她房間的桌燈，她在浴室摸黑，抓出牙線，牙刷抹上牙膏，走了上排牙縫，向著門口問：「你找人家做什麼啊？」牙膏太多，吐了一口，匆匆一瞥銀灰鏡面上鬼影般的自己，也許心理作用，頰上淚痕一抹刃亮。

房裡兩片窗簾之間裂著一道幽光，母親未在上床前將簾幔闔上，也是因為突如其來的噩耗吧。這班窗簾卡住好一陣子，兩片簾幔無法會合，距離兩掌大，一道海峽，她處理不來，愈弄愈糟，縫隙縮小一點兒，卻整個卡得更死無法動彈。母親習慣睡床這頭，習慣床上閱讀，兩人都不提找人修理，她用衣夾來控制光線強弱，夜間兩支衣夾像鈕扣將兩邊合攏在一塊，頂上開著一個領口；白天左右各兩支衣夾固定掀捲起來的簾幔，她自山上眺望，儼然高掛兩件清裝，有時挺像朱銘的太極。但有一天它突然就好了，母女倆也都沒提誰修好的。

「喔！難怪！」吉永回到房間忽然語氣愉快，「我就覺得奇怪，江太怎麼會送常春藤，她不像會買常春藤的人，她會買竹柏、萬年青！我就覺得奇怪，好像有男人來過，他幫你修窗簾？」

母親笑著將頭扭向窗簾。吉永走過來撩起窗簾一角，望向通往入山緩梯的斑馬線，掀得更開，見對面山腳有個外籍新娘的水電行老闆在移動腳踏車，他準備開廂型車離開，用一排腳踏車占車位。再掀，發覺山上黯啞無光、凝黑沉重，好像長髮的女人轉過身去，黑壓壓一片。白晝大雨容易導致夜晚山上停電，她們習慣遠遠的夜燈了，遇到這種情況星月無光，覺得怪怪的。

「下過大雨嗎？」她問。

「還好，不算是大，也不小啦！」母親將落在身邊的被子拉到身上蓋好，「蘇熊華離婚好幾年了！」

「好幾年了！」她走到父親這頭，將床單拉平後往上面撲倒。

閉了一下眼睛，她仰起臉來望著窗簾間的縫隙，彷彿比剛才大些亮些，她笑了一聲，說：「真相大白！感覺家裡有男人來過，我還在想，會不會是以前那位爬山的先生……」

「哪位爬山的先生啊？」母親敏捷地撇過臉來，兩人同時看見對方眼底的幽光。

吉永臉垂在床上，「大美嬸嬸家那邊山上的先生……」

「喔！天啊！你是在作夢嗎？做得比我還凶，哪一世紀的夢？」母親笑了出來，「江太說的，死丫頭就是死丫頭！」

「你看，我一說你就知道，你不是對他印象很好……」

「還有呢？怎麼可能？剛還以為你要幫我關窗簾！」母親將手背橫在額上。

「我有製造機會給你們喔……」

「不就很謝謝！只是聊聊天……」

「有話聊很重要……我真的不知道為什麼，竟然想到那位先生，也沒別人好想了……」

言永驟逝那個夏天，父親出國考察，她們去大美嬸嬸家住了一陣子，他們全家去美國探望外婆，順便幫小孩找學校，大美嬸嬸的先生英俊叔叔是父親的同鄉學弟。將近一個月母女倆幾乎每天健行到附近山上，第一天遇見那位先生，最後一天也遇見那位先生。父親回來也不催她們回家，每天來探望，叫他留宿，他說他認床，見她們心情好轉，尤其母親，乃興起搬到附近的念頭，或郊外接近大自然的地方，母親斷然拒絕。吉永直覺母親對那位先生有好印象，只因母親反常地主動攀談。

那位先生也的確順眼，在她十七歲挑剔的眼光看來。所有山間偶遇的人最基本的俗世身家調查都省略，連她們的關係也不過問，但對提供美好生活情報卻很熱情。那時候的她也已經懂得了與其日日在憂傷中漂流，不如讓自己被一根垂倒入河的樹枝攔截下來，歷史課本教的，要平內憂，先製造外患。有一天她藉口上廁所先行回家，另一次則是腳痠想坐會，要母親先走。母親轉述那位先生的釣魚經驗，他也是個魚達人，釣的魚全都送人。後來那次則什麼都沒說，隔天她晾衣服時發現母親口袋裡有張皺巴巴刷白的紙張，藍色原子筆字寫著姓名和電話號碼。她那時是真心覺得轉移注意力談個小戀愛有何不可，當然，她對父親十分有信心，乃興致勃勃走到電話機前，說要從0到9一個個去試被洗糊掉的兩個號碼，母親笑著要她先算出有多少種可能。

「你到底找他幹嘛？啊！我餓了！」說完話吉永整個趴平。

「不知道！看看他……過得好不好？你要見他嗎？」母親盯著她的亂髮。

「你這好像要看小說結局，他過得好不好？那你過得好不好？你在他面前不用表現得好像過得很好的樣子嗎？」說完話她立刻將臉又壓在床上，兩隻手像企鵝似的後擺。

「他想見你。」

「見面做什麼？我只想談楊言永。」吉永一揚臉即看見母親的眼神，揚棄整個夜空，閃爍著。

她告訴母親有一天她收到一張給楊言永小姐的明信片，興沖沖打電話告訴言永，言永很高興，要她馬上念給她聽，當然她已先過目，明信片上那些公開的私語。事隔多年，她竟一句話也記不得，她不能也不想隨口說出大概的意思，它有一種特別的語言，迫不及待想對偶然同行一分開立刻想念的一個女孩子說，她尚未返家信就到了。自從和蘇熊華戀愛以來，言永難得單獨與女性友人出去旅行，那人是朋友的朋友的朋友，言永講這一串「朋友」的口吻真叫人心醉，好像遙遠天河一顆不知名的星星。

「蘇先生想跟也不能跟，她們為朋友當中第一個結婚的人辦告別單身旅行。」吉永說。

「然後呢？」

「沒有然後。」

母親知道自己問錯了，吉永也覺得自己答錯了。

靜默片刻，母女倆都在想然後。然後言永發生意外。

「這代表什麼？這不代表什麼！」

「這當然不能代表什麼！但表示她還有愛上其他人的可能。」

「一張明信片就愛上了?!」

「一個字都沒有也可以愛上！」吉永說。

母親笑著在枕上左右擺動頭顱，弓起膝蓋，準備起來上洗手間。

「你這個小惡魔！自己的祕密裝幾十個保險箱，專出賣我們……」

「我找出來給你看，一定還留著，不記得放在哪裡……」

30

空氣和光感，床和枕都不一樣，吉永醒來發覺整夜睡在母親床上，一時難受得很，淚水濡濕臥蠶。陪病另當別論，這是成年後第一次和母親同床過夜，許多年彷彿在這一夜倏忽過去了。

背對背，知道對方醒了。

過了約三分鐘，母親開始翻動書頁。

「你看這個……」

「不要，你念……」

「這一段，你知不知道……我快走到山上了，越到山上風越大，好像快下雨了，我在長樓梯斜斜的階梯上停下來，手扶著模仿竹子形狀的綠色欄干，突然像領受領悟到了慷慨激昂起來。一群真正的竹子，綠柱子，綠管子，就在我眼前，這恐怕是山上我所看到最大最壯的竹群，非常古老，纖維很粗，看起來已經是竹竿了，顏色比冥紙亮比鹼粽暗，切一段下來當筆筒一定很棒，有些竹段還有綠色的條紋。喂！你上次說的金絲竹是不是這種？念到哪裡？喔，風把我的制服，衣服，吹鼓起來，一下子就把一路上流的汗吹乾。我聽見竹子在唱歌，閉著眼睛感覺它們搖搖晃晃，推過來擠過去，坐船的感覺。竹子包圍著一棵老樹，不知道是竹子先來還是老樹？有竹枝摩擦樹木的聲音，也有竹筒裡面發出來的管絃樂，絲竹聲，咿——咿——咿——，好像鄉村破舊的木門移動的聲音，」

淚水止了吉永才出聲，帶著鼻音，「有時候風真的很大……」

「你爸有一本中英對照的泰戈爾，那天我剛好翻到一首詩，有幾句就好像他寫的這種樣子，拿給你看，你看看要不要抄在旁邊給他對照。」

When storm clouds ramble in the sky and June showers come down.
The moist east wind comes marching over the heath to blow its bagpipes among the bamboos.
Then crowds of flowers come out of a sudden, from nobody knows where,
and dance upon the grass in wild glee.

當烏雲在天空轟鳴，六月的陣雨落下時，
濕潤的東風吹過荒野，在竹林間奏響它的風笛，
突然，成簇的花朵從無人知曉的地方跑來，
在綠草上跳舞狂歡。

吉永跪坐下來，地板涼如露水，手伏在床頭櫃上，將母親指定的詩句抄在那本十元商店買的廉價筆記本上。

同時，樓下警衛小施剛下班，走出組長的視線，轉彎經過回收箱，拎起兩個套在一塊的賣場背袋，放到僵硬的肩膀上。

三更半夜他憑印象將石頭從花圃角落一顆顆拖出來，他很驚訝會有這種反應，手臂軟弱手指發麻，活像摸到頭顱，冰涼得如同水中撈起。

組長別無選擇收下兩顆石頭他可以理解，B棟八樓的大鬍子先生連X小姐也要讓他三分。

「喂！那兩個寶你要不要……」組長見他一臉錯愕，笑說：「我想說你單身漢比較有空間，算

了！你那房子租的，好東西人家不會丟出來，拿去處理掉！」

他將兩顆呆滯的石頭暫時擱在荒置的健康步道邊緣，夜闌人靜才用腳緩緩將它們滾到回收箱旁。組長的妻子是基督徒，桌邊有一行她提供的勵志小語：「工作稱心有意義，不會白白勞碌。（以賽亞書65: 21-23）」此一任務在他困盹時提神醒腦，且讓他想到，被固定在健康步道上的小石子或許挺羨慕一顆走動的石頭。

隔天石頭不見了，極可能是阿彌處理掉的，他沒問，也可能真是寶，給撿走了。

又有石頭被送到樓下來，組長拒絕收容。

「他跟我說讓我擺在花園看美，我跟他說花園已經夠美了！你不能一廂情願啊！你丟我撿！幫幫忙！我們不是撿破爛的，我夠忙了我！」

換上便服的組長站在警衛亭裡對鏡梳頭，黑灰白分布勻稱的頭髮有一種權威的浪漫，小施喜歡看他梳頭，邊聽他指導應對住戶的守則。這個時候組長說起話來鏗鏘有力，尤其像這樣出了一口氣之後。從敘述的事件和語氣裡方便他分辨此人的屬性，他祖母常說的，是熊是虎，心底有個譜。基本上組長的大方針是跟著X小姐的風向球轉，不壞事的情況下才討點警衛應有的尊嚴。

因此，他以為這人是個軟石，沒想到他轉而找上晚班警衛。這人簡直沒有眼神，把石頭棄在院子上，不開口，光用食指對他一指，他也用食指指向通往垃圾車的走道，他不理睬，兩手扶腰走掉了。這可能也是新近流行寶物鑑價節目的後遺症，他們自以為眼光精進便開始汰舊換新，將雅石木雕丟給警衛和院子。他將石頭搬進崗亭，用手電筒探照各個面相。瞧不出所以然，普通石頭罷了。阿彌一家最近被房東趕出去，不忍增加她的工作，雖然她是吞噬異物的高手，任何怪東西她都有辦法令它消失於社區。他暫時將它們推藏於花圃深處，某日被組長發現挨了一頓罵，他再三提點，無足輕重的住戶無理的要求千萬謹慎把關，杜絕後患。

他一派輕鬆上山去了，頭戴棒球帽，避免與登山客眼神接觸。上回提著那隻被驅逐出境的流浪貓上山，牠倒安份，沒出聲，像新娘子躲在轎子裡，是他鬼鬼祟祟壞了事，遭人質疑來放生的，最後一路將牠提下山。

山上多的是背購物袋的人，青蔥葉菜露出袋口也平常，他的購物袋大了點，沉甸甸有如幾顆南瓜壓在袋子底。有個中年男子早晨偶爾背個像他這麼大的袋子上來，站在兩梯交會處賣粽子。

嵌在袋尖的兩個石頭一前一後摩擦暗撞他的胃和腎臟，以為離開階梯會好些，也沒有。他坐在路邊石柱上，袋子往旁邊石柱上擱，挪來挪去，想讓柱子和柱間橫桿托住石頭，也沒能。他回頭一瞧，四下無人，袋子一傾，石頭滾落坡下，重力加速度，一股力量將他往下拉，回神連忙抓緊袋口，勒住一隻野獸似的。

石頭變得更重更結實，且亂了在袋中的秩序，撞來碰去。他右肩剛剛被那麼一帶，肯定扭傷了。饑腸轆轆，交班時組長賞的飯糰在斜背的書包中壓成飯餅。

晃過他眼前的長馬尾女孩坐在岩下的椅子上休息，兩隻潔白的球鞋微微交叉。他剛才忙著思索石頭的去處，駁坎小平台或山壁下的坳洞，分置或者集中，未留意到她胸前抱著一束花。年輕女孩，聰明伶俐的學妹模樣，淡黃T恤，外罩淺藍白格子衫，牛仔褲，一束裝在透明塑膠袋的花直桶桶地倚在肩坎上，好似一個小童站在大腿上，路過的人她視若無睹，認真呆滯想著心事。

經過她面前他盡力保持優雅，離開十多公尺爬上階梯，回頭望，她仍然堅定的面向邊坡的欄干，氣勢如后統御山林。從更高處看，花擁擠膨脹，人成了支藍花瓶。

這花鐵定是為山上諸佛而來，要比她早一步抵達廟口的念頭激勵他，他將左肩上的重物向右後推，右手伸至背後攏住袋身，以馱負的姿勢負載那幾顆或許還有用途的石頭。花蓮有一座六十石山，他尚未去過。警衛這工作使他腰圍變粗，後背長出一層脂肪，但這時能感覺到骨骼像軌道被石輪壓蹍著。

踏上通往寺廟的長梯他僵扭著脖子回首，在有限的視線範圍未瞧見她。他側著身子橫斜著走長梯，跨階層跨梯面，走成一座座金字塔型，忽左忽右兩眼凸著輪流斜視，上到三層樓高始瞥見抱花的女孩，她臉偎著花束，依舊冷漠。

熱汗發不出來，他感覺身體鼓脹得像隻發燒的大象，踏入廟亭那一腳簡直震動山巖，卻不急著卸下背上負擔，光對空著的花瓶張嘴憨笑。佛桌上一只茄紅淺盤，幾朵玉蘭花半浸在水中。

他朝樓梯張望，抱花的女孩直挺挺地走了上來，像球道上唯一沒倒的球瓶，反朝保齡球而來。他轉身順著甬道往裡面走，佛桌上數顆黑斑的野金桔擺在盤子裡，花瓶也空著。

途中兩個地點引發他安置石頭的念頭，都是頭一遭發現的新大陸，現在想來有些迷惘。獨立於山坡樹幢間，六角形的鼠灰小屋，和警衛亭差不多大，應該有玻璃窗，他像隻套上牛軛的牛扭曲角度意外瞄見，約四倍於保齡球道的距離，石頭滾至屋腳震落覆滿屋簷的枯葉，棲止於屋邊靜生苔蘚。但必須從接近垂直的坡上出手，才可能順著坡度抵達，估計走到了那個方位卻看不見那小屋蹤影，只發現邊坡下有一截湮沒殘斷的鋁管扶手。

另外，一棵樹在邊坡欄干外擁有一塊小平台，平台大概是樹根盤結而成，上面滿布鮮豔的紫褐斑紋鴨跖草，外圍一批綠色掌葉，高度剛好能蓋過他那些莫名其妙的石頭。樹幹上綁著一條寫有英文字的粉藍色緞帶，緞帶垂捲無法判讀是登山隊名稱，或者其他。錯過了，都錯過了。

31

他們再度相約出遊前一天霏霏沒來上班。午後沉悶蘇熊華突然明白，一日不見如隔三秋，她要他開始想念她。

隔天午後同樣的時間，他在對岸山路望穿秋水盼著大樓那頭的霏霏。

霏霏未料到這次他不打算造訪楊家，前一晚準備了給楊媽媽的杏仁豆花，還有送她大姑時已順便買好的手工餅乾。

「好吧！那就去吧……不過……」

「不過，別說是跟你來的！」霏霏跟他確認門號樓層眨眨眼過馬路去了。

霏霏的善解人意有時真令他招架不住。他獨自上山很快爬完長梯，等著霏霏到陽台相望，但始終不見她現身，那垂閉的紗門像隻患了白內障的眼。

時間超出一般交情的寒暄，幾種可能，沒有約定楊媽媽不開門，或者不在家，又或是楊小姐在家。蘇熊華有點焦躁，他根本不希望她們彼此知道太多。他對楊媽媽還有點信心，她總是保持距離，對霏霏卻沒把握。

長梯轉進山路的夾角一大叢大葉片的植物開著許多白喇叭花，在山上有人問這是什麼，自然有人回答，也許同伴也許陌生人，「蔓陀蘿！」「有毒喔！」待他們走完長梯踏上山路，方能區分這些人是否同一群組。

蘇熊華無所事事，折回去看蔓陀蘿，估計上百朵，一管管垂墜如鈴串。地表百分之七十是海洋，這是常識，那植物占陸地多少面積呢？他任性的站在梯邊賞花，讓經過的人繞他而去。一對成熟男女貼近他，如同他們是一夥看花的三個友人，兩人邊聊邊各自拍花，女人說，這叫珍珠白你知道嗎？婚紗很多是珍珠白。

他退出往下走，一眼瞥見霏霏，在平地她貌美出色，何況山上，她和一個家庭走在一道，像個人見人愛的小阿姨。

階梯一角可窺探坡上那大宅院，梯座下一堵石頭駁坎，底下花園茂密，俯瞰幾乎不見空地。那些草葉看一眼還稍安勿躁，爬上駁坎以及簇擁在梯道旁的植株，怎麼好像突然長高，圍拱著貪婪的眼睛。

越過園子，一間好似被屋檐壓扁的大房子，屋蓋上特寫著好天氣，大片晴光反射刺眼。院門口由往下約三十個台階旁的小徑進入，現在完全被竹叢遮蔽，但是可以想見進門後有一條小徑，將人引至一個木製平台，平台上有桌椅鞦韆，連向大房子正門。所有一切都泛著日曬灰、苔堤綠，除了那一大片屋檐銀翼般發亮。

一個重重的腳步抗議似的在他鄰階停住，不及轉臉看清她臉，柔軟傾身攬腰抱住他，他挪了一下，讓她上來和他擠在同一個台階。

「我以為你放我鴿子了！」蘇熊華睨了她一眼，她兩頰嫣紅髮鬢微潮，「怎麼？你好像跑了五千公尺……」他沒想這一抱非鬧著玩，繼續摟得緊緊的，攀在身上。

「我去幫你買飲料……」

「你這小狗腿！」掛在他腰邊兩瓶冰涼的飲料，這一抱他完全沒知覺它們的存在了。

「看什麼……」霏霏臉伸到他胸口，他又挪了挪，讓她仔細看這宅院。

「牛車輪！一隻雞耶！」

「哪裡？我剛怎沒看到……」

他把她伸出去指那隻雞的手抓回來握在手中。那雞在倚牆的牛車輪附近，一只鏽褐色鐵絲罩將牠罩在屋腳約半塊榻榻米大的地方，鐵絲纖細稀疏，可以看見是一隻漂亮的小公雞。

「鞦韆！雙人座的！用那塊L型的木板圍住，坐在那裡喝茶才不會被我們指指點點！」

「哪裡？喔！你都看見我沒看見的！」蘇熊華這才察覺木製平台上有兩片同樣材質的木板圍成屏風，避免一覽無遺。他比剛才更感興趣，布置著各種安逸元素的庭園。她在他半個懷裡忽動忽靜，像在找尋著遺失的東西。

「你看，那有個閣樓！」她首度仰起臉來尋他的眼。

「是嗎？」他們面對屋子側面，屋子上頭兩片低低的屋簷架成的夾層，縱看成嶺側成峯，所謂的閣樓在峯頂。自三格玻璃小窗張望裡頭，樓面似乎鋪設木板，幽暗中隱約有光影，就他們的角度似乎非常低矮，低矮得人得爬著進入。推測那裡面應該是一大片，有更多無聊的登山客刺探不到的地方。

「那……天花板是平的還是尖的？好想躺在那裡滾來滾去！」

「喔？」他在她額角輕輕一吻，將她推至面前，環腰摟住她，感覺她心跳浮在他手臂之上，「我知道哪裡有小閣樓……」

失去主控權她突然有些羞怯，雙手扳著他的手指，試圖將它打開，為了掩飾驚慌延續同一話題：「好想知道從那裡面看出去是什麼樣子……一定都是樹葉……」

「看不到人……」

他受不了自己像個初戀少男玩味著每句話每個小動作。超乎期待，兩人的關係一日千里。平日在辦公室裡衣冠楚楚公事公辦應對進退……全是紙上談兵，此等進展速度如在雲端，非常不真實。

已經調情到這個地步，照原定計畫上山實在糟蹋良機，他下巴擱在她頭頂磨了兩下，乞求首肯。他想她也一定還盯著小閣樓，園裡最充滿幻影的地方。這時他突然懷疑並無閣樓，他倆看到的不過是玻璃窗反映的屋外的世界，和兩人內在的需求。那玻璃霧舊得會騙人，庭院景色濃綠得會騙人。他重新感覺到梯上的人來人往，便湊向她的臉頰。她將他的嘴一把推開，快步向上。

他對穿越這座山印象模糊，頭腦只想著麻痺獵物將她帶回他那有夾層小樓的屋子。

他想趁勝追擊，上了山一心想找適合親吻她的地方，之前那個不顧路人側目的他快要消失了，那完全不像他，所以也不太算數。晴朗暖冬，上山的人比任何時候都踴躍，臉孔模糊，好像同一群人去了又來，來了又去。他們自動散成兩翼，一片美麗的葉子頗不平靜地躺在馬路中央，前面連著四、五個黃印子，可見葉子下面覆蓋著狗便，他緊握住霏霏的手，其他感覺都鈍了，要不是霏霏揪他一把，他肯定一腳陷進去了。

山壁下岔開一道苔綠小階梯，他望上面也是人便作罷，終於只見到樹篷和枝條，仰臉走了幾階發現上面一頂白色亭蓋，雖然不是「合」字型的閣簷，但古舊得幽美，撐起一片雲天。霏霏變得異常沉默，似乎也為剛才的大膽和突然展開的關係忐忑不安。

踩上兩個半樓層看見大白桌般的亭子底坐著兩個女人，他忽然惱怒起來，好像別人占了他辦公室，多看一眼，趕忙收斂那副猴急樣。兩位女士打扮和坐姿幾乎一樣，身材、年齡、氣質都相近，像裝飾在亭子裡兩尊秀逸的陶俑，交談不動聲色，語音沉靜，想打聽一句都沒辦法，也根本沒將他們放在眼底。

霏霏的手機鈴響，蘇熊華直覺想到辦公室的同事而有點殺風景，霏霏怯怯地沒接電話，怕形跡敗露似的。鈴聲停止後她輕柔走到離兩位女士最近的柱子倚柱坐下。他立刻過來，幾乎是粗魯的，用手撥開她貼在白柱上的頭髮，她回頭一望，柱子上有個鬼臉塗鴉，她笑笑，把他拉下來坐著，迅速朝他臉頰一啄。

左後方的腳步多過右後方他們走上來的那條階梯，亭子像被這兩條小路啣住，兩方人馬匯入亭外的木棧道，腳步踩在架高的木板上聽起來趾高氣昂。四個人彷彿已是極限，路過的人雙雙對對皆未留步，大概也因為這四個人極為安靜。

「不覺得……有點像楊媽媽嗎！」霏霏有點受不了這沉悶。

「誰？喔……是有點！瘦瘦的，又白……楊媽媽沒有說什麼吧?!」他低頭看著腳上專為爬山買的休閒鞋，僅穿過兩三次，幾個鐘頭，新得有點傻氣，特別是單獨和年輕的小姐在一塊的時候。

「她忘記我，卻記得我的名字，叫我霏霏小姐！可能我自己一個人去，感覺她好像變得比較瘦弱，很……沒活力，我說我跟家人來，她叫我問候你，說最近有親戚來……過很久了嗎？你還會想念楊小姐嗎？」

「哪來那麼多想念！真的不知道多久了，不願意去算！說還想念是騙人的……其實我有點怕再去，越來越怕，楊媽媽好像……當然她會永遠想念她，這我相信，我沒辦法像她那樣……發生這種事，我有一種怎麼形容？被迫害的感覺，你不記得比別人久都不行……這玩笑開得真夠大……意外，就是意外……我和她妹妹一起去處理的，楊媽媽整個崩潰，楊爸爸根本走不了……天啊！」說著他用力吸氣，想一口氣把它講完，「最記得就是她的頭髮……還香著，很有彈性，很漂亮，好像還活著，軟軟的，長長的，我們站在靠近頭髮這邊看她，這樣比較好一點……不是看到一整個人……那真會受不了……」

「我都起雞皮疙瘩了！可以問她的名字嗎？」霏霏把臉傾向他肩頭。

「她叫言永，語言的言，永遠的永。」

「言永，言語，永遠，那不就是海誓山盟。」霏霏的淺笑聲緩解了傷感。

「難得，這次用對成語了！」

「她留給你什麼永遠的言語？」

「當然是我愛你！開玩笑的！那時怎麼曉得要好好記住，我對語言的記憶力不好，領悟力更差……什麼樣子？我的表達能力可是會暴殄天物的，像楊媽媽？也像，也不像，不像，並不像，總之就是永遠都那麼天真美麗又單純，但是說話……不太有自信……」他重重的摟著她的肩，好像回想很傷元氣，需要集氣。

「你應該永遠不會忘記她……」

「最好是啊！有幾封信，鎖在以前的房間……」

「那還好，有情書……有照片嗎？下次拿給我看！」

他望著木棧道上行人的身影，訝異此刻他竟然在對一個有好感的女孩子回顧他的愛情故事，更驚訝自己和愛情之間那遙遠的距離。剛剛他倆手拉手走過，沒有轉臉去探看楊家的樓台，他以為他們已有默契，不去探測另一間樓閣，言永，更在幾重山外了。

「在楊家看到她在照片裡，還是茫了一下……我們站在她頭髮這一頭，那樣子好像在飄浮，飄在水面，」他伸手比出那高度，「我們想抓住她，抓不住……」

「她妹……」

「誰受得了！說什麼眼淚不可以掉在她身上，哪裡可能？都滴到她眼睛裡去了！她們差好幾歲，一個小女生，我一路抱著她，要不然我也撐不住……好了，不能說了，不說了！」

她鑽到他面前，變換幾個抱的方式，發著「嗯？」的詢問聲，模擬當時的情景。他罵她「小鬼！」略一凝思，和她交換座位，用左手將她的臉攬在胳臂裡，太陽穴貼著他的心跳。她閉上眼睛，神情哀淒。她的臉泡在淚中，黏在他的胸口和手臂上。

「有了芊芊以後……她的事就過去了，這還是最有效的療癒。之前我爸媽跟我姑，他們偷偷討論冥婚，讓我姑姑來跟我說，我也很掙扎，還去問了高中導師，最後去提了，但楊家人反對，楊爸說，何必呢？那時我很想知道反對的是楊爸還是楊媽媽，還是全都反對！」

「他們也是為了你好，結婚不等於愛，婚姻是愛情的墳墓……」

「名副其實的愛情的墳墓。」

樹靜山暖，兩位寧靜的女士陪著一直坐下去，恍若地老天荒。她們終究起身飄然遠去，留下神祕對話盤桓不去。陸續有人在亭邊徘徊，皆未久留。

他們離了那座祕密祭壇。蘇熊華雖放下心中塊壘，卻也不免悵然，非但焚山慾火熄滅，還笨到用同一堆柴枝去撩燒傷心往事，回到大路上愈覺荒謬，想不通。

邊坡護欄的杆頭上堆著一顆顆肥滋滋的花生米，流動的蟻群像一道芝麻撒在杆頭與杆頭間的橫桿上，牠們無力搬動任何一顆花生米，只能朝聖般不停的向它走去，運用族群的力量逐漸將它分解。

霏霏說起小倉鼠和小林旭比賽吃熱狗的趣聞，想逗他笑，其實芊芊已經傳影片給他了，他假裝不知道，問她誰勝誰負。

32

晚飯後她悶得喘不過氣，藉口買東西出門，換衣服時那張著魔的卡片氣若游絲哼著生日快樂歌。在賣場排隊結帳白晃晃的光瀑搞得她暈眩加劇，捱到前面剩一個買兩包洋芋片的年輕人，她晃到站不住蹲了下去。

母親午睡時她悄悄翻尋那張向言永表白的明信片，找個不打緊的東西原本是件小事，不知不覺認真起來就什麼事都做不了了。地毯式搜索是一種可怕的精神動員，翻山越嶺，遊走於瘋狂邊緣。那張卡片貼著小收納箱，一個蒼茫彩影向她招手，卡片一打開，壓扁的生日歌饔聲饔氣唱了起來，光署名「晴美」，無任何其他，她想都不想即闔上。誰知那歌斷不了，如何按壓那顆黏在紙上的磁片都沒用，只好關進衣櫥的背包裡，讓它盡情地唱。唯一的收穫是讓一組小木偶重見天日，哲亮的小孩或許會喜歡。

因此連著兩天母親憶起她的同事「晴美」，她這輩子收到的唯一一張音樂卡片。電力耗弱，像被餓死的雞，「祝——你——生——日——」音符拖拉歪扭，日夜幽鳴，她亟想將它當垃圾丟掉，但母親受得了，沒事還跑到衣櫥邊聽它悶哼，她氣她受得了。夜裡她想著那明信片該不會被母親藏起來了，進而夢見她照著上面的地址寫一封信，想約那男孩子出來見面，但實在很難措詞。

對面余媽媽現在常來她們這邊坐坐，上午時間兩邊門戶洞開，余家兩個媳婦不約而同買給婆婆的兩部不同品牌的多功能手推車，能當椅子、輪椅、助行器、購物車，她不好意思收起其中一部，也不好意思說另一部歡迎楊媽媽使用，只好一起擱在門口。

兩個媽媽交心是從那天早上，余媽媽的門不小心關上，楊媽媽出來關心，兩人貼著鐵門聽屋裡播放〈卡儂〉，余媽媽說那是二十二年前兒子從日本買回來送她的禮物，那時他有個日本女友。滷肉釀災那晚楊媽媽更是殺到對面把她接過來，總監追過來繼續嘮叨，楊媽媽突然拍桌飆淚要她管好自己的事就好。

當晚余家大兒子接了總監的電話並未趕來，不久小兒子在樓下給總監逮到，加倍奉還的教訓起這些失職的後生晚輩，忽然話鋒一轉，建議他不如給點錢找「對面那個楊小姐」幫忙看顧余媽媽，又知之甚深地說：「這年頭有錢也不一定能辦事，人家爸媽的退休金、保險金就夠她用一輩子了，嫁不出去也就算了，不知道現在治好了沒，她爸還沒過世她就先得憂鬱症了，我看她那個媽問題也不小，我看是比她還嚴重，有那個基因……」「這年頭有點憂鬱不是很正常！都不憂鬱才奇怪哩，我現在就很憂鬱！」余家小兒子聽不下去欲堵她嘴，誰料愈說愈過分，「偷跟你講，你多觀察，那已經不正常了，很多事很奇怪，正常人不會這樣……」過後她更擅自在余家門外張貼「小心火燭」，沿牆一路貼進電梯。吉永早受夠她電梯裡那套生命共同體，一氣撕光那些貼條，碰巧余家二兒子偕妻子上門遞名片，仍得好人家好氣質的模樣，將名片收下豎在玄關鞋櫃上。不到兩天，那兩張雪白的名片在敲打聲中倒了下去。

電梯內張貼房屋整修公告，這回出現在她們樓下，吉永從山上回來經過警衛亭給組長攔下來介紹給樓下女主人，趕忙將手上一片青苔樹皮藏到背後，年輕貌美的女主人滿口不好意思，吉永只是在想許久沒看見人穿大蓬裙了。

隔間全打，天搖地動，第二天火力全開，兒子來帶余媽媽出門，比手畫腳找楊媽媽一起走。楊媽媽婉拒了，一個人在屋裡顛沛流離，躲著轟炸路線，摔打助行器，眼珠子上下打轉欲抓出他們震裂她屋子的證據。

吉永開門，楊媽媽沒聽見，還在兩秒的轟炸間歇回嗆人家王八蛋，從聲音到肢體都怒髮衝冠，人和空間都在晃動，吉永罵得比她還大聲，促她快去準備出門。震耳欲聾，兩人交相嘶吼，落荒而逃。

她帶楊媽媽到附近一家日式速食店，假裝沒瞧見余媽媽和兒子在裡面，楊媽媽興致高昂的享受買來的恬靜，不一會兒開始無聊東張西望，發現余媽媽，久別重逢般趕過去訴說。她拗不過余媽媽直喚「小楊小姐！」過去聊幾句。忙著看報的余家小兒子當笑話說給她們聽，「那個管很大的女人」建議他找「對門那個楊小姐」幫忙，問那個女人怎麼回事，怎麼以霸凌住戶為樂。她們聽了都翻白眼。兩個媽媽合力慫恿他去忙去，她們要再點抹茶霜淇淋來吃。兒子一走開，余媽媽說：「開口閉口說她在做功德，長眼睛不曾看過這種女人，現在是民國幾年？哪個鄉下？母夜叉……」楊家母女都笑了。

隔天她們仍然待到忍無可忍才來這兒避難，坐著打盹，腰臀發疼遂去公園蹓躂。吉永提議坐車去吃日本料理，母親眨眼睛，示意別走遠。

第四天強震過去了，電鑽往耳裡的銅牆鐵壁穿鑿終於結束，沒想到打裂木料的聲響貼近日常，更暴力更真實，更是心理霸凌。吉永試圖憑靠流理台的直角站著，還做不上事，眼看著收集魚石的玻璃瓶給震落到地上。她開門想分散聲音和振動，余媽媽也開門，劈頭就說：「哎喲！我心臟不好……」

母親說她屁股沒肉坐不起來，出門兩天累得起不了身，用棉球塞住耳朵，側臥把一隻耳朵壓在棉被上，另一隻用手和棉被蓋住。她笑她做手捲，她說挺舒服的，襁褓中雲遊。

她們動身出門，在粉塵瀰漫的電梯裡不發一語，路上遇見總監打招呼也不發一語，彷彿聾了。失魂落魄直走到路口也不討論去處，一個穿制服背書包的少年打面前走過，余媽媽說：「怎麼今天不用讀書？」母親懶懶的看著他的背影回答：「要去圖書館吧！以前，楊吉永你不也是！蹺課去K書……我們也去圖書館看書啊？」余媽媽問：「圖書館可以吃東西嗎？我帶了一點腰果和青葡萄乾……」

吉永腳步一停便覺搖搖欲墜，催她倆：「那走吧！去看個報紙再說，那裡有老花眼鏡！」閱覽室擁擠，老花眼鏡都被拿光了，吉永靈機一動將她倆帶到樓下兒童閱讀區，費了點勁讓她倆面對面坐進合併的課桌椅內，發給一人一疊繪本，自己盤腿坐在一旁泡綿墊上翻閱童書。

「我們坐累了也要去你那裡坐！」余媽媽把書直立在桌上，兩手各執一端。

「坐下去就爬不起來了！等一下真的得爬著出去我看。」母親嘀咕。

「好啊！這裡還可以躺，我回去拿被子！」吉永俏皮地回她。

「還想躺咧！」母親嘆了一口氣看著窗子，一臉煩憂。「你去你的山上！好幾天沒去了……」

「去動動好，趁年輕有力，我們剛搬來去爬過一次，復健了半年還不好……你看！我書裡也畫一座山！」余媽媽也勸她去走走，她們有伴。

山上也有工程在進行，發電機噗噗作響，像放在後頸上抖動的電動按摩器。

「你沒發現多出了好多木瓜樹，都沿著邊坡，擋住視線，不知道誰沿路亂撒種籽……」

「木瓜樹不好嗎？」

「怎麼會好？那是庭園裡的樹，果園，這不是你私人的果園，山就要有山的樣子……」

吉永聽到她們討論木瓜樹，發覺自己已經穿越工程停下來仰臉盯著樹上的木瓜。一隻松鼠跳躍兩公尺，從一株瘦樹到木瓜樹上，兩腳勾住樹幹，頭下腳上啃著長在最下面的那顆木瓜。

吃了約五分鐘，牠繞樹幹一圈，自另一頭啃食同一顆木瓜，角度也許不順，也許飽了累了，很快結束，又循原路回那株瘦樹。樹上十多顆木瓜，唯獨那一顆被松鼠鑿食，幾乎成了空殼。

沿途多了一些木瓜樹，一桿桿如傘盞插在欄干外邊坡上，她被那段話和那隻松鼠點醒而回過神來，她寧願什麼都不想地穿過這條綠色大街。那女人為何排斥木瓜樹，它單調、不偏不倚、沒什麼蔭子、只為果實而生，通俗。

落石在路面上留下黃泥印子，擊落迸開的痕跡一閃一閃如星光的表現手法，中心點一顆顆五十元硬幣大小，散布在六、七步的範圍裡。

大落石砸凹的路面填平後，每當行人快要遺忘這個補痕，「外星人」三個字又被寫在這塊四、五雙鞋大的水泥補丁上。最初一層灰白平坦如薄冰，她不曾打上面走過，但上面已出現裂紋凹陷。今天有個電路圖在上面。

「阿飄」意即鬼魂，她走在路上就像個阿飄，瞥見一名素衣婦人彎腰對著梯邊花盆搖動扇子，跟上前去，梯邊連著三個花盆種含羞草，葉子全被搧闔起來了。

再回過神來，人已站在供桌前面反射動作地膜拜過了。桌上兩束瓶花供養到了生命盡頭，委靡殘缺慘不忍睹，不出這一兩日就會被拋出露台，落在堆積香灰的坡地上。有時花束卡在簷邊樹枝上，她邊爬梯邊仰望，花束裡猶有幾枚亮眼黃花一息尚存。眼前垂死的花各有敗相，那小太陽花最糟，被塑膠頭套框撐住，整臉發著灰黑霉菌，外圍一圈花瓣完整無缺強顏歡笑。另有紫菊、小黃菊、康乃馨。姬百合空掛著一片色衰的粉紅花瓣一支花心，白百合花瓣掉在桌上，一正一負，彷彿擲筊。還有一種黃色稻穗狀小花。五花八門、龍蛇雜處，佛系花束之美她欣賞不來，也正是它的哲學所在——這就是人生。

她轉身逐字默念《心經》，墨紙金字樸拙渾圓，右側伴有一行注音似的日文小字，使得中文字乍看彷彿異國文字。約是她半身長的經幅裝裱於狹窄的栗色木框內，覆蓋其上的透明封殼濃縮著一幅豐美的映像：兩串殷紅流蘇垂懸於右上角，右下是暗沉的香爐瓶花；左上角一條細長燈管，燈管映上了油亮如枇杷膏的天花板，渙亮一長條，細看，燈管下的蛾也在裡頭；天花板與燈光相輝映，一灘灼亮紅豔嬝美火山熔岩；左下角景深處有湖青的遮陽篷、篷外的天光和樹影，世人陸續上山走入漾著光華的框架，身影似社區夜間警衛的男人穿行而去。

兩百六十字《心經》，她從未能心無旁騖一次念完。

她猶豫了一下坐了下來。一個行步顛簸的男人正走過廟庭，他已緩下腳步，不像在山路上賣力傾馳，她甚至看過他搖晃身軀，幾乎是顛跑著上山，狀似被追殺。他也是常客，白皮膚，單眼皮，頸上搭著一條白毛巾，多半著短褲，不怕暴露長短不齊的腳，勤奮不懈，兩腳無粗細不均的問題。她猜想施烈桑觀察過這個人，可能還模仿過，方才設計出跛腳警衛這個角色。眼前這位先生也頗年輕，表情漠然略帶防衛性，可能每個人獨處時都像警衛吧。

她匆匆下山倒是心無旁騖，馬不停蹄趕到圖書館發現她倆並未乖乖待在兒童閱覽室，幾本糖果盒般的童書也被魔術變不見了。她不死心走到她們坐的那兩張桌子旁邊，目光投向一對在不遠處看書的母女，也好像是母子。粉藍色的孩子從母親臂彎和書頁中仰起臉來，等母親也跟著望向她，她投身到那塊粉彩拼接的泡綿墊上，動作大到像盜壘。

電話沒人接。

起身開始暈眩，持續快走能抑制或者忘掉這種現象。她從窗邊一條可愛的木梯通往樓上，兩個老人沒辦法走小木梯，需搭電梯上下。接近午飯時間閱覽室人還是一樣多，她掃視這群人，他們像被擺在架上的一些次級品，令人厭惡。她一一從旁探視面向電腦桌的人。綁著花頭巾還不算太老的婦人豎舉報夾大張報頁，像駛單桅帆船，那種了不得的姿態也令人厭惡，婦人突然抬望眼，用一種歡迎詢問的良善眼神注視著她。她想學松鼠不為所動，繼續急躁的自轉、愚笨的偵測，發覺櫃檯那位禿頭的資深館員像山上那株瘦樹，也用寂寞的眼神等待接受亂入者的求助。她斂起下巴調整步伐，不及反應撞上一座檯子，垂臉瀏覽陳列在檯上一冊冊年度好書，它們也一樣面目可憎。她縱覽整個檯面，不知怎的感覺這應該是座噴泉，卻乾枯了。

她敏捷地又爬上一座樓梯，像松鼠那樣看似隨機投靠，然而目標明確，堅牢的石梯，通往書庫。

她走過一堵又一堵書架，好像走過枯朽林區，角落有幾張獨立小桌椅，書架上無一線光，緊繃在架上的書冊狀似安定其實緊張萬分。她挺享受這種盲目和失蹤。離開書陣，牆邊有面鏡窗，照著靠近牆邊的推車上一列待歸位的書冊，它們排列在一起，未分類，偏偏這時候看來好像每一冊碰巧都是她想看的書，她目視它們映在鏡子裡的名字，反轉的文字，充滿吸引力。

正要伸手觸碰它們，自己卻像送行的人在列車開動前先跑了。乘電梯下樓時，她腦子不斷閃過尚待搜索的角落，自習室、洗手間、樓梯……或者去超商看看。

影像停止晃動，她看清楚兩個老婦人背對無障礙步道，面向馬路並肩坐在一張木椅上，一頭偏灰一頭偏金的銀髮在陽光下稀疏張揚，那背影一看就知道是愉悅的。她在斜坡道猶疑止步，繼續走動，眼冒金星，走道乍然陰暗下陷。再揚起臉，母親正好掉過頭來，表情有些錯愕，好像老師提早出現了。余媽媽跟著回頭，用手上的一杯飲料招呼她。

「晚上的警衛先生買給我們的，還有蛋餅、燒餅……」余媽媽急著跟她報告。

「他上山去了！」母親說。

楊媽媽打岔告訴余媽媽：「有直升機來了！要不要出去看？」

沙發是黏人的東西，兩人觀望著彼此的意願，起不了身。

盤旋聲中步出陽台，一架玩具似的直升機低低掠過山頭。

「他們搭直升機在空拍，不知道在研究什麼？唉呀！剛剛忘記出來跟她揮手了！」她想示範給余媽媽看，每次一說話就忘了。

「哼嗯！我也忘了！你看，真失禮，我把睡衣穿到你們家了！」

「有什麼關係！」楊媽媽看都不看她的睡衣，扶著圍牆巡視浮現的山路，「你知道他們在忙什麼嗎？那邊又垮掉一塊，要築擋土牆，不止這樣，山裡面也有，掉一塊補一塊，好像貼膏藥，新三年、舊三年，縫縫補補又三年，以前我們不是都這樣笑人家。那邊！那邊！也有一小塊等著要補，先用帆布像蓋什麼那樣蓋起來，猛一看還以為是瀑布……進去了！灰塵！整天挖東挖西的！」

余媽媽高出圍牆不多，放眼於大樓與山的兩岸之間，喃喃：「說要坐纜車……沒辦法，幸好山我爬過一次！」進屋把沙發上猶有餘溫的抱枕重新攬入懷中。

「你瓦斯有關嗎？」

「關了啦！門沒關，我們好心的小楊小姐去看過聞過了啦！」余媽媽說著仰起鼻孔漫空嗅聞。

「那人現在已經不見了，我們剛來的時候，早上七、八點，八、九點，十點，都看到他在那兒，上去下來，上去又下來，一直在爬山，好像蠶在啃桑葉，你知道嗎？白頭髮，沒穿上衣，一件白短褲，白襪子長長的，白鞋子，皮鞋，黑皮帶，都這樣，一身白，看起來比小楊小姐他爸老，身體還這麼好，倚老賣老不穿衣服，好像他家的，以前我們那學校一個老老師也是這樣，有礙觀瞻，跑步不穿衣服，雖然是下午傍晚，接近放學時間，校長也不好說他，他們推派我代表保健室去，我說，林老師，你這樣會著涼……」

「難看啦！老男人跟女人一樣，不穿衣服晃來晃去……胖還是瘦？」

「標準啦！你說人老……」

聽聲音樓下裝修剩些細部的工作在進行，偶爾傳來幾聲小器械釘鑽敲打不干擾，反而是她們想將它納入其中而故意暫歇無言，有那麼點鼓舞點綴的作用。不過，較難忘的畢竟是大動盪那幾日，現在只是餘波盪漾。

倒是山上工人的吆喝聲沒有減弱，也沒有隔閡，楊媽媽惦著話尚未講完。

「說那個先生那麼勤勞運動，不穿衣服就算了，大家原諒他老，見怪不怪，結果有一天早上，天突然暗下來，好像快下雨了，一群太太越走越快，趕著要下山，看到他，也不知道他是上山途中，還是下山途中，靠著山壁的排水溝蹲下來，脫了褲子就上起廁所，那個路不寬，你也知道，那群太太全嚇傻了，摀著嘴不敢講話，趕緊走另一條叉路跑了……像撞鬼了……」

「哎，身體好，不聽使喚也沒用，就是頭腦有問題了！」余媽媽掐了掐抱枕，「怕就怕這樣，丟人現眼！」

「果真後來就沒再來了，還不是住附近，搭捷運來的……不知道是被禁止，還是忘記路了……」

「你先生幾歲回去的？」

「七十三。我還大他快兩歲。」

「喔！我頭家八十三。我小他半歲。」余老先生多活了楊先生十年，余媽媽感到滿意，神情自若。

「這些男人不知道在急什麼……直升機！又來了！可能是同一架喔！哎呀！忘記把開水倒進熱水瓶了，」楊媽媽逕自起身，重心不穩往前傾。

「小心！小心！」余媽媽情急將抱枕拋到她面前，自己都笑了。

「我說用開飲機方便，燙到一次，兩次，她就說不要用了……不說我還真不知道，說鐵很容易散熱，我看還是再熱一下子，她要喝溫帶熱，嘴巴好像溫度計，多一度少一度都不好喝。」

「這麼挑剔！不會吧！小楊小姐那麼可愛！喔，不是鋁的吧，不要用鋁鍋鋁壺煮喔，會害人失智的，研究出來了！」

「沒有，早就沒用了！就挑剔白開水是不是笑死人！也不准我開瓦斯，有一次忘記關……」楊媽媽打開瓦斯，默數三十，熄火，說：「不是說孫女要來跟你住？」

「也好也不好啦，怕不習慣，現在一個人有時拚命睡，睡到九點，她也不知道要幾點起床，阿嬤睡那麼晚怎麼好意思！小時候我帶的，長大沒常見面，老大說要叫孩子來，老二也說要叫孩子來，兩個都女孩子，能說不希望她們來嗎？真煩惱，這種事……老大說他家那個過敏，叫我多多少少清掉幾個娃娃……」見楊媽媽走近，仰臉問：「怎麼好像救護車的聲音，來到這裡就消失，至少有兩次了！」

楊媽媽笑說：「這你還不清楚？把老人送去醫院，不然就是從醫院送回來，樓下的養護所！安養院！還分什麼養護型什麼型的，垃圾分類！一堆名堂！」

「喔……你陽台開在這邊聽得比較清楚！我說奇怪，喔咿喔咿一到這邊就沒聲音了，他們叫的救護車！我都忘記樓下有開那個，裡面什麼樣子也忘記了，有，我記得我頭家的床號八之五，哈哈，他迷迷糊糊，我也迷迷糊糊！」

「每天十點多一點就聞到，應該是他們在煮飯，好大一鍋，飯香才會飄這麼高，還好像從前那種柴火味，聞了人會餓咧……」

「最近好像有人坐月子常常聞到麻油香，我該回去了，坐著有話聊就不動了！以前念我們家老的坐著不動，現在自己不動了！啊！可愛的小楊小姐回來了！」

門沒關，吉永大聲說：「嗨！」

余媽媽看著她走過來，說：「你看！臉紅通通的多漂亮！每天要運動！今天山上好玩嗎？」

楊媽媽一副不干她事，認真的在她的運動路線上，想起重新加熱的開水還是沒有裝進熱水瓶。

「今天有一件好玩的事，一隻貓跑到樹上去，昨天就聽到牠在那裡喵喵叫了，昨晚下雨淋得濕答答，牠竟然下不來，不敢下來，也沒很高，五公尺左右吧！今天有人拿鋸子去鋸樹，把那個膽小鬼救下來！牠沒臉見人，樹一傾就跑掉了，可能是剛出來流浪，離家出走！」

余媽媽仰臉盯著她微笑，她單膝跪下，又說：「今天還看到那個掛一串牛鈴的老爺爺回來了！楊媽媽！那個掛一串牛鈴的老爺爺！他每天早上在山上掃樹葉，背包上面掛一串銅鈴咚咚咚，消失好一陣子，我以為他退休了，他今天出現了，在廟邊種了好多盆花！楊媽媽！明天我們跟余媽媽去吃……」

「余媽媽明天心臟科要回診！」楊媽媽打岔。

「那後天，吃日本料理，我請客！」

「怎麼好意思給小楊小姐請客！」

「剛幫一個朋友的朋友整理完會議紀錄，聽錄音聽到我耳鳴，還校對一些稿子，我有錢……」吉永直起身體，轉臉望向陽台，啼詠自對面傳來，「聽到沒？大師又在高歌了！你一歇下來，眼睛稍微看到他，他就搭訕，說自己學聲樂的，運勢不好，否則是帕華洛帝那種等級的歌唱家了，然後開始天籟，強迫人家當免費聽眾。」

余媽媽笑著說：「真討厭！做人要謙卑一點！」

楊媽媽從玄關一個大轉身說：「有掛牛鈴的人，愛吹牛的人，那你是什麼？放牛吃草的人？」

「說牛鈴啊，我頭家年輕的時候從鄉下帶一個來，是銅做的，我還問他帶這個來做什麼，孩子玩，孫子也有玩過，我不知道收哪裡，好久沒看到了，找到拿來給你玩！」

「哈哈！余媽媽真當你三歲小孩，讓你當牧童去！又拿這什麼回來了！」楊媽媽看到吉永指梢垂著一串紅潤的小漿果。

吉永起身，那串果子拎到耳垂邊，「像不像耳環？有一個珠寶設計師，她把珠寶做成花草的形狀，有叫藤蔓的，超美！我把這個放在窗台擺美，順便給小鳥吃！」

「不要亂撿亂餵，小心現在常常有這型那型的禽流感，不知道有沒有毒！」

「小鳥比我們聰明，有毒，放在山上牠們也不會吃。」余媽媽說。

「說的也是啦！牠們已經熟這些東西了，那天新聞不是報，登山客到高山上廚餘垃圾都不帶走，害酒紅朱雀，哈啊！我竟然叫得出名字，酒紅朱雀！害牠們吃得嘴巴都爛掉了！」

33

入夜後他不再那麼擔心別人注意到他的臉，只是垂頭喪氣，像籠子裡被麻醉的獅子。

鐵斗摩擦車身將垃圾絞進無底洞，垃圾車和音樂聲揚長而去。他平時喜歡這組聲響，前面像遊樂園的海盜船回晃擦過底座，後面像笨重的大甲蟲快樂起飛。這表示十點鐘了，跨入夜的前門檻，今天卻給嚇一大跳，這才想起他說今晚要幫楊媽媽買晚餐，好吃的鴨肉羹，他沒吃晚餐也徹底忘了這事。

他趕緊用對講機跟楊媽媽說對不起，一股稀巴爛的情緒突然像嘔吐物般湧上來，稀哩嘩啦哭了。

楊媽媽穿家居服出門，輕手輕腳環著警衛亭打量他，他低著頭假裝看手機，麻痺的臉一直往下掉，重如盾牌。

楊媽媽乘電梯上去，他從螢幕上看著她始終低著頭，兩條法令紋特別的深。

他算好她進門的時間，拿起對講機又掛了回去。改舉起溫暖的手機拍下自己一臉殘破，克制不了一直笑，撕扯著疼痛。

冷靜下來之後，他盯著手機拍下的那張挨揍的臉，最重的傷痛在左邊嘴角，頗像小丑畫得又紅又大的嘴。一個點被釘子穿過，整個人被釘住了。許久未寫下有質感的文字了，今晚一定可以，他想。

搞了個把鐘頭，無論紙筆寫電腦寫第一人稱寫第三人稱寫，都說不出個所以然，疼痛的重心轉移到太陽穴，有個脈搏像定時炸彈在那兒嚓嚓嚓地讀秒跳動，肩膀、腰椎和眼睛都疼。

那對據觀察是毒蟲的同居男女從B棟樓出來，女的坐到庭院椅子上，蹺腳哈菸，一條腿像象鼻垂在那兒，時而甩動幾下，男的站著講電話，女的插嘴，一說話就把拿菸的手舉得高高的。

老天垂憐，他們今晚音量出奇的不大，鬼鬼祟祟的和約在夜店碰面的朋友確定一些事，還算清醒，否則他不上前制止，管理室的電鈴就響了。

那女的將菸往後拋進花叢，一顆紅火星劃過，動作帥氣，像儀隊的一個手勢，接著撥弄一頭妖白發綠的長髮，不再參與談話。突然她驚悚叫啊！旋即起身貼著男的翻找什麼，嘴裡不停低噥，然後靜了，朝管理室走過來。

這時他反倒低下頭去。那女人急躁逞快，緩下來拉低緊身短裙下襬，併攏雙腿，修正步態，以為警衛正從昏暗的窗口張望迎接著她。警衛忍不住吊起眼簾瞄了一眼，又垂下臉去。細高跟鞋高挑的腳步聲，像女祕書要給老闆送份資料。

一直等到她柔柔地叫聲「警衛先生」，他才微擡起頭來。「哎呦！你臉怎麼了?!」她一大驚小怪菸嗓畢露，不讓他重複摔車的謊話，「跟人家打架吼！」她說。他招架不住，答不出話來，也著實被她眼皮上面兩隻張牙舞爪的黑蜘蛛嚇傻。「誰啊？哪個流氓！要不要擦藥？我皮包有小護士，擦過了喔！小心啊！現在壞人騙子很多！警衛先生！」她調整回柔聲道，「你有沒有鏡子？我眼睛出了點問題！」

「手機可以照。」他終於開口。

「太小啦！我兩手調整比較好！」

他扭頭確認警衛亭裡有一面大頭鏡，組長十分重視儀容，下班前必定站在前面梳頭換面，但他值夜，疑心生暗鬼，忽視慣了也就視若無睹了。

他指那鏡子。她興奮走向側門鑽進警衛亭來。他挪了一下椅子，好讓她站在他椅子後面照鏡子。似乎是她的長髮掠過，一抹毛涼在他後頸，或者她的存在本身就像一隻巨大的蜘蛛，下一秒他奮起奪門而出。她男朋友坐到椅子上，好像換講另一通電話，聲音變得更小。

「好暗喔！」那女的整張臉都要貼到鏡子上了，「我都不認得裡面是我……」

他故意裝作沒聽到，不願意點亮頭頂的電燈，免得自己受害。光源來自鏡子右下方的捕蚊燈，還有桌上的監視畫面，全被她幽藍發紫的長髮吸收了。他想到了一個很好的形容，鬼火、墓穴。她轉過頭來，透過窗口確定男朋友在哪，繼而對著鏡子撥弄髮絲。

「兩副太重了，拆掉一副！」她走出警衛亭，好似借用完廁所，來跟主人說一聲。

警衛愣了一下，才意會到她指的是假睫毛。現在稍微可以看見她的瞳孔了，雖然還是黑壓壓一團。

她跺了兩次腳，男朋友終於結束電話，起身朝她走來。他想起剛剛不該大意放她一個人在管理室，連忙跑進去拉抽屜。他聽到那男人說誰不來載我們，要坐計程車，孤柱的高跟鞋聲戛然而止，女人嗚嗚一聲，說身上沒現金。他叫她先去跟警衛借幾百塊。又跺了一次腳，她嗯啊地啼了兩聲。

一股憤怒被逼近的腳步挑起，他腦子裡快速轉過的念頭卻是將門鎖住，躲到桌子底下。然而，他迎向前去，兩拇指掛在褲口袋邊，好端端的聽完她的鬼話，然後掏出一百塊說：「只剩這樣。」

她把那張鈔票拿去給男朋友，男朋友罵：「他媽的！臭警衛！給我記住！」然後開始一路講電話。路邊新大樓的警衛跑出來兩手扠腰望著他們的背影。

剛安定下來，警衛的腳步聲來了，他又是一個想逃的念頭。

「他打人啊？」永安的大白臉探進窗口，伸手想托起他的下巴。他啪地一聲打開那手。

永安是唯一知道這件事的人，遲早得面對，再怎麼沮喪，還是提起精神簡單報告。

從前的晚班警衛小田陸續跟他借了八萬塊，前妻開刀、小孩生病、自己生病無法工作又得給鄉下父母一點生活費，各種理由，直到今天上門討債被他打了，還是相信這些事情都是真的，他躁鬱症發作無法工作也是真的，一切事情本就互為因果。原先小田也有各種理由拖欠，後來索性電話也不接了，或許公司還留有小田的基本資料，但他哪敢讓組長知道，一夜閒聊，碰巧永安也知道這號人物，透過同事幫他要到小田的住址。

永安對著窗口嘆好長一口氣，玻璃窗都要起霧了。

靜了兩分鐘，永安拍拍窗框，說：「Hold 住！Hold 住！怎麼又一個王八蛋垃圾！回去看看，等會再來！」

一刻鐘後永安再來，情緒反而激動，他則好多了，紙上有一行字，「寂寞兩字都是寶蓋頭」。

永安怕他嚥不下這口氣，恐再度上門理論，便舉了許多此類嘔死人的案例，從親朋好友到社會新聞，大自隨機殺人小至在捷運上辱罵洋人在自己國家是乞丐，都是保全幹的，這行業太多社會邊緣人、心理變態，尤其我們這種日入而作日出而息，古時候叫做看更的，根本跟鬼一樣！很多同事他都看不下去，像他倆這般正常奉公守法根本稀有動物。對於小田這種咬人的惡犬，保持距離為上策，上一次當學一次乖……。他始終沉默，永安探進窗口發現他被睡蟲五花大綁，便默默回自己崗位去了。

他睡了一個在這個座位上未曾有的好覺，心情已大致平靜。他走出亭外，背靠亭子，兩個手肘往後擱在窗口；這是小田在這個崗位和他夜話時慣用的姿勢。他臉朝一點鐘的方向，對著那個在加油站打工的人用五千五租來的窗戶，窗內小燈終宵明亮，躺下前他將燈罩對著地板上的床墊壓低。現在一片黑蔭。

手機螢幕不再有黯夜星空的魅力，青草的色澤從灰藍裡透出來，一則邀約共進早餐的簡訊閃現，組長現身天乍亮。

離開社區，他散漫地走著，遇見一個穿保全制服的先生，手指頭勾著一袋早餐，兩人互看一眼。

永安連叩六次，把他叫到速食店，為他點了套餐和咖啡，那塊金黃薯餅比他所能想到的任何早餐都美味。永安仍是昨夜的永安，擴大夜裡那席話，夜裡他透過關係調查出更多小田的暗黑紀錄，痛批這種社會敗類，再安撫無辜善良的受害者，他愈淡定他愈不放心，賣力講述漫長人生的永安之道，口才驚人，做警衛可惜了。

他怎麼離席，怎麼像平日一樣步行上山，在廟前歇腳，他都記不得了。

他一人獨占一張大長桌，懊喪疲勞到了極點終於放空之舒服，被桌椅托著如騰雲駕霧，毒品上身的感覺常這樣形容，輕飄飄。他沒有告訴永安，真正令人心碎的是小田染上毒癮。

和他對應的另一張長桌同一個位置，一個平頭強壯如武僧的男人吹起笛子，山樂飄飄未使他飛得更遠，反而像降落的摩擦，連帶的將周邊帶進真實。他的眼時闔時開，偶爾微張，吹笛的男人是唯一存在的，像拉著風箏的線將他的意識繫在這個場地上。

吹笛前他先是拿布抹了地藏王菩薩的桌面，再拿拖把繞著供桌拖地，拖完將拖把橫放在兩手上，舉高敬拜菩薩。接著將一小壺咖啡，他沒有聞到味道，他聽到有人問他，和一盒糕點，呈到菩薩面前。這些畫面使他感到舒服，好像自己是一尊菩薩。

吹完一曲，女山客讚賞，問他學了多久，他說記不得了，只不過是一支鄰家小孩丟棄的笛子罷了。然後輪流把兩個杯子湊在嘴邊，又吹了起來。再來一曲是走到供桌前面對著菩薩吹的。

笛聲停止好長一段時間，他閉上眼睛反覆自問結束了嗎，而又好像把剛剛的笛聲帶進幻夢中。

吹笛人側出長桌，靜靜看著地上一隻鴿子低頭啄食。他不知不覺也跟著靜靜看著那隻豐滿輕盈好似吹笛人吹出來的鴿子。吹笛人又得回答山客的問題，是的，這些小穀米是專程為鴿子準備的。是吧，牠是聽見笛聲才來的。山客藉此表示已在這裡坐了好一段時間。吹笛人笑了笑。

楊小姐出現在吹笛人背後的另一張桌子同一個位子，是他們看鴿子時來的，也可能早就來了，完全被吹笛人遮住。楊小姐臉上表情十分僵硬，他也十分尷尬地自腫脹的臉擠出笑容，一夜暈染它肯定變得更多彩多姿，更勝鴿子身上挑紫抹綠的羽毛。關於這件事楊媽媽和楊小姐會互相報告，做許多不實的揣測，這要比他的文字精采多了。他和楊小姐不約而同將目光投向那隻貴婦般的鴿子，牠好像知道大家都在注意牠，故抬頭挺胸擴大範圍走來走去。

鴿子看起來非常富態，他則看起來非常悲慘，他是吹笛人唯一主動找話說的人，聊表同情。吹笛人告訴他，以前有一對鴿子常飛來這邊玩，一點也不怕人，卻有個多事的人把牠們抓到地下室關起來，控制牠們，逼牠們繁殖，最後害死了牠們。

所謂地下室是指他們腳下的空間，從廁所旁邊一條階梯下去。他抿著嘴巴點了點頭，然後注視著那隻鴿子直到牠吃罷，一飛站上圍欄，飛走了。

34

父親的生日宴上蘇熊華咬到了魚頭裡的一塊石頭，幾分鐘前母親邊夾魚肉邊說：「你上次不是在問魚的那個石頭，我問賣魚的，他說不一定每隻魚都有……」她把魚頭讓給兒子吃，代表他不是小孩子了。

他姊姊又大驚小怪問東問西，他默默用舌頭舔弄著疑似另一塊魚石，聽它喀喀碰撞牙齒，沒有聲張。魚頭厚實的骨塊可魚目混珠，他細辨兩種輕響，結晶般的清脆才是魚石。通常是成雙的，只得一塊，另一塊恐怕被碾碎了。兩塊小白石擺在金黃色的桌布上，像冰糖屑，毫不起眼。

父母親的生日宴是每年例行的家庭聚餐，他姊姊第一怪他永遠不主動，第二怪他不去約小青，拖到她打電話去，人家推說太趕，連孩子也有事不能來。第三怪他快一個月沒回去看爸媽，回去只坐四十分鐘！他難得笑笑，未反駁她。倒是他們夫妻對於他在忙什麼爭論起來。

「很明顯嘛！會不會跟魚有關？」他姊夫瞥著他笑。

「忙著研究魚喔！」他姊姊說。

「你就一個弟弟，從小一起長大，你一點也不了解他！」

「你就一個兒子，從小看到大，你也不了解他！」

「喔！最好別了解！」他們兒子雷龍終於開口，「舅！後來芊芊又帶她同學去爬山，我也帶我同學去，而且居然同一天，她們是約好的，我們臨時起意，不過，她們是早上，我們是下午，芊芊寫了一首詩，我同學也說他寫了一首詩……」

「我好像在臉書有看到……」蘇熊華想迴避這個話題。

他那打岔專家姊姊已經插嘴三次，你跟誰？怎麼不約我？你不知道我需要運動嗎！

「胖貓啦！他心情不好，報告出來，他媽媽有癌症，帶他去散心，順便山上有神可以拜！我們還捐了一點點香油錢！」

在座的長輩輪流讚他好孩子時，蘇熊華那兩顆小石子差點給眼尖的服務生抓到盤子上收走。他偷偷用面紙將它包好放進口袋，隔了兩天才想起，乃將它拿出來洗乾淨，雖然看起來很乾淨，放在茶几上，然後又忘了。直到霏霏問他好像有什麼弄掉在地上，他悄悄撿起，拿去放在背包口袋裡。

他沒去探望父母不會有罪惡感，沒去探望楊媽媽卻有。心底幾乎做了止步的決定，楊媽媽先下手為強在電話裡將他的心思說出來，「我以為我們很有默契了！說實在的，夠了！這樣就夠了！很好了！」她說。正中下懷，幫他找台階下，他厭惡被看穿卻得把握機會順水推舟，「我知道！你愛清靜，不喜歡送往迎來的……都在同一個城市裡嘛，想出來走走曬太陽，一通電話就來了，坐捷運更快！」

一切似乎是為了和霏霏步入情侶關係做準備，但也不全然，這事任誰也不會懂得。如願以償後，就只有這兩顆小魚石勾起他再去見她一面的念頭。他想看她打開廚房角落小玻璃瓶的軟木塞，對準瓶口輕脆地將它們滴入瓶中。否則，它們就什麼都不是了。走入她的屋子像走入一部小說，這樣的結尾他倆會更喜歡。這兩顆魚石和瓶中那些傷感病態的石子不同，來得正面些、有份量些。

最後一次了，想逃脫遊戲規則，最後仍乖乖遵守，在禮拜六下午到訪。人都已經到樓下了，反而遲疑，為了有反悔的機會，未事先聯繫，在人行道徘徊，手上拎著霏霏新近迷上的一種蝴蝶餅，據說香港在流行。他踏上鋪設地磚的公共空間，拿出手機來漫遊，不再走來走去。

眾多人聲在周遭徘徊不去，他抬頭看，是一群年約六十多的中老年人，有男有女，打扮正式，有三個人手上掛著紅色喜餅袋，好像剛從訂婚宴過來，有人喊：「有啦！有寫！」所有人都仰頭，蘇熊華也跟著仰頭，看見他們呢喃念出來的「蘭心養護所」，如他們所說的低調，只是五張淺粉紅的紙寫著這五個字貼在二樓玻璃窗上。

他們沿著牆腳，七嘴八舌討論入口，蘇熊華本想上前告訴他們，其中一人接到電話指示，他們便蠕動著一頭左一頭右，最終方向一致，話題也一致，邊走邊對這棟樓品頭論足，偶爾仰高著臉，尋找新的話題。

蘇熊華跟著他們走進大樓，他們聊到大樓出入口不在面山那頭，難道是風水的問題，開門見山到底好不好。一個年紀和他們相仿臉寬體胖的女殘障人士在門口迎接，罩袍掩蓋肢體缺陷，卻用一根比枴杖複雜的手杖來凸顯異於常人。電梯發出超載的警告聲，蘇熊華退出來，一派輕鬆的拿起手機來。

那個胖得好似吞了幾個小孩在肚子裡的女人把他們押上去之後隨即下來，她一個人在梯廂裡看起來比剛剛更龐大，像蝙蝠張開翅膀，她一招呼，他便乖乖地跟著上去，幸好路程短，她只打聽出他的姓氏，她是事必躬親的養護所所長，自稱蕭姊。

他若即若離地跟在那群人後尾，從中了解他們的家族關係、養護所的外在條件，以及將來彼此可以付出和不能接受的地方，如同談論一件親事，即將嫁過來的是一個逐漸失能的失智女長輩。

蕭姊的頭反覆左擺右晃，那一家人有的傾左有的傾右，使她得以看見導覽隊伍後面的那位參觀者。她舉起手來，似乎還踮起腳，眼睛閃示，下巴在那看不見的脖子前面移動，殷切地問：「蘇先生？ＯＫ嗎？行喔！有問題隨時提出來喔！」他躲開她的眼神連線，前行者回復並肩靠攏，她繼續說：「我們都是照規矩規定做事的，我們就是一個將心比心就不怕出錯，萬無一失我不敢說，我自己的婆婆媽媽也都住在這兒，我們的這些外籍看護天使你看看，我寧可多花一倍的錢讓她們住好一點，近一點，住在樓上，目的就是好好照顧這些老人家，她們也很乖很肯做，沒有被污染，不會表裡不一……」

他們打探起樓上的房價租金。走一步算一步，到時或可倖免，蘇熊華還不需思考父母親的最後一哩路，扭頭朝牆角望。一個背牆坐在床邊的女人斜視著參觀隊伍，一忽兒回到自己手上，一忽兒又望過去，一來一往，一隻手一高一低，好像在縫著什麼東西。有個聲音類似「莉亞」，這女人望向聲音來源——一個花衣女子，馬上隨她的下頦所指，目光折向蘇熊華。他對她微笑點頭，也對那個提醒她有人在看著你的花衣女子微笑點頭，三個人形成一個三邊關係，都是局外人。

隊伍往窗邊移動轉彎，蘇先生明顯落單，在被招呼後他趕忙跟上一瞥，窗外翠絲綠裳，找尋領隊身影的想法半途而廢，循著好似剛剛才被他們闢開的走道迅速脫離這地方，按下電梯按鍵，接著更做了一件幼稚的事，爬樓梯，更上一層樓搭上他剛剛叫的電梯，且想著裡面那兩個女的看著他落荒而逃會是何種表情。

楊家門戶洞開，一雙深咖啡色老式的平底鞋擺在門口。他停下腳步，果然聽見老祖母對話的聲音，他突然一陣欣喜，空蕩蕩的心全被填滿了，方才樓下那些老人沒一個人能開口說話，現在彷彿聽見其中兩人在聊天了。

他打電話把楊媽媽叫出來，還好她們節約能源，電梯外面的空間一向昏暗，彼此稍顯激動的表情有所保留。他按住她一邊的肩膀，感覺那塊骨頭異常突出，手滑下來覆住她抓助行器的手，使力看助行器穩不穩當，然後把東西遞給她。她向著窗光拿高那個像牙科裝牙齒的透明小夾鏈袋，左右移動，終於看見若有似無的內容物。

「哎呀！是魚寶石！我說拿這兩顆乾掉的米粒給我幹嘛啊！很久沒進貨了！這麼小的事情你也記得！」他訴說它們的由來，提到母親和生日宴。她頻頻點頭。

進了電梯他迫不及待拿出手機，想問霏霏能否見面，這是他們交往以來第一個未約會的週末。電梯停在二樓，他怕是蕭姊送那群人下來了。門外的外籍女工彷彿被他過分熱情的笑容嚇到，遲疑一下才走進來。他自嘲多慮了，蕭姊不可能那麼快放他們走。

走到人行道時他的手機響了，匆匆一瞥兩個疊字。

「爸！你在哪裡？」不等回答，芊芊開始「告訴你一件很勁爆的事！」

聽她說得起勁，他遂在花圃邊坐下，訕笑了一聲，揚起下巴望對面的山一眼。

「那個姑姑不是有約我們一起去爬山嗎，還有姑丈的妹妹 Lady 阿姨也有去，Lady 阿姨跟媽媽一拍即合，一天到晚 Line 來 Line 去……很快就變成閨蜜……然後 Lady 阿姨說她老公那次沒去爬山，他們就約我們再去爬一次，我那次沒空，媽媽就帶小阿姨去，Lady 阿姨老公也帶他同事去，好像想要介紹媽媽跟那位先生做朋友，結果那位先生竟然是跟小阿姨去約會，媽媽也無所謂，反正不喜歡，約了好像兩三次，小阿姨就沒興趣了，好像是說沒有想像的那麼有話聊，但是那個先生已經在臉書上說他在談戀愛了，就超尷尬，小阿姨說那是碰面，並非約會好嗎，那個先生還不以為然，說她女人心海底針，裝迷糊，小阿姨說速食成這樣，他又罵她什麼，跟食物有關的形容詞，哎呀！我忘了，媽媽說虧他想得出來！小阿姨封鎖他，他們就互刪好友。Lady 阿姨就罵她老公介紹這種好人，她老公說本來就不是要介紹給她的，氣死 Lady 阿姨了，她和媽媽又在那邊 Line 來 Line 去……」

他扭著脖子望後看，那提著喜餅袋的家族又出現了，果然蕭姊在後面押隊，她傾力招攬他們，腳顯得吃力，身上土紅色的民俗風寬袍在日光下愈像是染血。

他起身過斑馬線。

「爸啊！你有沒有在聽啊？怎麼都不說話？」

「聽啊！還真有趣，真會牽扯他們！說你的事啊！」

「我沒事啊！自己一個在家讀書，讀到愛睏死了，想來吃冰淇淋……」

他隨著過馬路的人爬上階梯，走到長梯過半芊芊不想跟他聊為止，不明白自己上來做什麼。過了長梯三分之二他放眼梯下那座城堡，一段時日不見，它的版圖好似縮水，綠葉掩映，快看不見屋腳了。他和霏霏曾脈脈注視的閣樓好似被壓得更扁了，玻璃窗霧白泛苔，愈見幽深。

電話鈴聲響起，嚇他一跳。他未依習慣察看來電顯示，手機拿高突然脫了手，瞬間不見蹤影。梯上來往的行人和他一樣都慌了手腳，低處有狗吠了起來，一個拄著一枝樹枝的老翁請大家稍安勿躁，分析剛剛最後一聲鈴響不是在下面，應該是卡在梯邊的枝葉中，切勿伸手胡抓，真掉下去可就麻煩了，說著朝院子一瞥，似乎擔心屋主藉機整他們。於是請他報出電話號碼，老翁蹲下來撥通電話，一響，循聲將它從密集的葉叢中抓出來。大家鬆了一口氣，繼續上山的上山，下山的下山。蘇熊華瞄了一眼未接來電，走到長梯盡頭始按鍵回撥。

談話一開始就陷入僵局，霏霏問：「你在哪裡？」他沒打算說實話。霏霏問：「你去看楊媽媽？」他身體發熱盯著欄干邊繁擾的枝葉，坡地上的綠物紛紛往上爬，爬不上來的巴著屋子，屋身全然被遮蔽，僅浮出一個屋脊，舉頭楊家就在對岸。「除非你想見我，否則問這些……沒有意義！」他突然現出上司的原形，出乎意料的柳暗花明，霏霏說：「那等你忙完再看要怎麼約。」

他有幾種選擇，關乎見到霏霏的時間早晚。一，立刻回頭下山；二，走到山頂地藏菩薩面前，再原路折返，這已是一條值得紀念的路徑，一個模式；三，據說有多條親山步道，任意走一條下山，不再複習楊家和那間有閣樓的大屋子，說不定反而離霏霏近些。

那個可張望楊家樓台的樹廊缺口似乎沒多大改變。長椅邊有個圓形鐵盒，盒外掉落一圈香灰完整無缺，感覺昨夜無風無雨，有人在這兒久坐。他背著欄杆坐了下來。

兩個穿童軍制服的男孩子從山裡走來，跟著有更多少年童軍駐足，漂亮的紫色領巾和長筒襪上墨綠色的流蘇，將他們襯托得雄糾糾氣昂昂，尤其是像芊芊那樣清湯掛麵的女學生，個個天真無邪。

一個同樣童軍裝扮的中年胖男子走過來，他完全不想看把臉轉開。

35

哲亮說乳房周圍的淋巴最多，也是最容易接收壓力的部位，每隔一陣子又老話重提建議她接受專業的乳房按摩。上了美容床，四肢飄浮耳根輕，多數女人無力招架，越是吉永這種頑固的客人對美容師越具挑戰性。她俯伏，臉塌向床頭那口黑洞，褪去上衣接受肩頸按摩，一來延長待在這張舒服的床上的時間，二來哲亮實在鼓吹太多次了，都說免費體驗，她只好退而求其次。那手落在看不見的背上，彷彿彈琴，完全是一種軟化的技藝。節節失守，摻雜著朦朧的情慾，她心驚膽戰又欲拒還迎，真怕哲亮突然俯身下來吻她耳朵。

「你的肩膀很美，就是太緊繃了，你等一下去照照鏡子，整個肩線都柔軟了！你看那些有點年紀的女人，即使不胖，從背後看，這裡繃一團肉，那裡繃一團肉……你是可以用按摩把它推勻的……」哲亮加強著背部撫摩，要她用心感受，有些脂肪正往胸前推去。

「不應該這麼晚生小孩，一生完就覺得自己老到不行了，不是皺紋，有一種很大的轉變，現在生理期不會覺得那麼不舒服，更不舒服的是排卵期，那種悶脹，很討厭！廁所的臭味沒那麼噁心，更噁心的是廚房的臭味，死的東西沒那麼受不了，受不了的是生的東西！」

哲亮自言自語中，說出一些發人深省的話、可怕的話。還曾說過她怕和她的小孩獨處，吉永現在也怕和她獨處。

「哎！我這雙手被養刁了，我真想知道它要不是因為錢，是喜歡摸女人，還是男人，女人摸起來細緻多了，一層羽毛，男人像毛被拔光了！」

她抓了薄被掩在胸口翻過身來，哲亮將美容燈移開，悄悄話那麼小聲說：「休息一下。」然後把她像解剖完畢的屍體般丟在平台上，退出房間。

她急欲睜開眼睛，這是臉上唯一保持中立免於各種關愛的淨地，這世界仍是原樣，兩幅畫掛在牆上。

美術館推出徐冰回顧展，當中她最喜歡〈背後的故事〉這件作品，從大門進來往裡面走，迎面一大片玻璃帷幕做成九連屏，燈光襯托，屏中一幅放大三百倍的明朝畫家董其昌的山水畫〈煙江疊嶂圖〉，未設觀止線但只能遠觀；觀眾被隔離在天井對岸光線黯淡處，前面一排半個人高墨綠的植物發揮對照作用，畫中山水愈加維妙維俏。光的撫摩潤色點石成金，適當的距離一樣重要。磨砂玻璃、植物和觀景人在作品中各司其職。

這也是一個開放的劇場，可遠觀也可褻玩，人們被光景誘引走向燈箱般的畫幅背後——一條迴廊；這才恍然大悟，背後是一幅立體雕塑裝置，經由拼貼組合，調配與玻璃板的距離，在燈光烘托下造成視覺轉化，化腐朽為神奇。乾燥的蕨類擬似山水畫中的樹叢，撕裂植物的表皮處理出水波紋路，各種生活廢棄物在形塑山巒、屋舍、煙霧、舟楫、山嵐種種的意象，扮演著不可思議的角色。註記說明此次展出採用的都是寶島的植物。她想參與這樣的工作應該很有趣，抽絲剝繭，臨摹仿造，以假亂真，敏銳的直覺和科學的方法搭配得天衣無縫。也可以說虛構與真實是一體的兩面。

繞行天井一周，揚臉向大廳落地玻璃，倏忽夜色如大潑墨大屏風包圍了美術館這堵小屏風，回望殿堂上的〈煙江疊嶂圖〉沐浴在夕照中。

外頭沒有想像中黑暗，有風聲和笑語，轉個彎，大廳側邊空地上比正前方的廣場熱鬧，遊玩的人好似團體分組，無個體戶，她很快就被牆邊玩影子的兩個女孩子吸引。

那一大面白牆左下方有一列燈座，小燈泡往牆上射出一柱柱光芒，幾秒鐘變換一次調色的光彩，微藍微綠，漾成一片朦黃朦虹的光泉。靠近牆壁兩個一樣高的女孩，彷彿被牆上人影操控的布偶，演繹著一個簡單的故事，長髮過肩穿及膝裙那個肢體語言豐富，短髮貼耳那個穿七分褲，肢體纖細很孩子氣。她倆用兩支手機兩部相機一組腳架，互拍、自拍、合照，持續半個小時。風有時大到影子笑聲都在晃動，衣衫如旗幟簌簌飄響，女孩一頭長髮一窩小蛇般四處亂竄，藍白條紋的裙襬如浪花拍打。楊吉永總想到實際面，那該是件褲裙，否則早就翻起來了。

腳架被風吹倒，她們同聲驚呼離開那面牆，影子像兩個磁鐵從牆上拔了開來。燈光依舊漠然打在牆上，影子倒在地上。活力頓時消失，長髮女孩跌坐地上，短髮跟著坐下來，長髮隨之側臉枕在她的大腿上。

吉永發覺左後方有人靠近，乃放開抓住的一把頭髮反射動作地往右移動，免得好像他們是一起的。這也是隨機殺人新聞的後遺症，但是她提防得毫不徹底。

原來有人認識我！她聽到她的名字被叫出來，有種一刀捅過來的感覺。

「楊吉永！」他又喚了一次她的名字。

第二次在美術館遇見陳為拓是這種情況，她記得，因為徐冰和那兩個拍照的女孩；也因為他們，陳為拓的出現變得有點像幻影。本來她四處漫遊毫無目的，和他碰頭好似為了展演某個物體和意象，而聚在一起的兩個呆板的物件，茅草和麻線，磚塊和樹枝。她按住飛揚的頭髮，陳為拓定睛一瞧，表情有些怪，好像認錯人了，她也有同樣的感覺。

他開始問問題。

——我看你看了好久，你在看什麼？

——是那兩個一直在拍照的小女生嗎？

——你是剛來還是要走？一個人嗎？

——裡面有徐冰看過了嗎？我猜你會喜歡那個用很多乾燥的植物拼湊出來的圖畫，對不對？

更令人厭惡的是，他說他在這間官方藏寶殿裡看過最不會忘記的其實是皮克斯動畫展，還乾笑了兩聲。她不願意另外花兩百五十塊進去看皮克斯，雖然她也喜歡巴斯光年和三眼怪。且她記得很清楚，那時正好有傳染病在流行，好像是某型禽流感，入口站著兩個戴口罩的工讀生負責朝參觀者的雙手噴灑消毒液，每個人都戴著口罩，一種弔詭的情境，值得冒險參觀的展覽。

他說他今晚是為了把那兩幅「那年的梵谷」拿來給她，自從在這裡偶遇，他就把畫放到後車廂，「心裡想總會再遇到吧！」他說。

起碼她做出挺感動的笑臉，雖然心底想的是他要搬家了，甚至是結婚。又說他母親中風，最近他出嫁的二姊回來幫忙照料母親，他才鬆了一口氣。她並未表示關切。「小中風！」他強調，「有在復健。」

在前往停車場取畫的路上，他說：「你有上健身房嗎？我看你好像變得……」

看他找不出合適的形容詞，她接口說：「粗獷！」

他哈哈大笑，連聲否認。

安靜下來之後就一直安靜下去了。

「你還好嗎？」他的語調陡降。

「喔，我以為你找到形容詞了！」

「嗯……形容詞，好像變得……堅強？強壯？也不是，就是有在運動的樣子，運動的線條。」

他看了她一眼，她低著頭看路，影子落在前方路面。「不過，很奇怪，我還是認得你的影子，我們常常夜遊，走過很多夜路……」

「哈，竟然冒出影子來，做廣告美術的職業病！」她都覺得自己笑得太過浮誇，完全否認他對她的身影瞭若指掌。

下樓梯時影子折曲不成人形地歪斜在階梯上，她扠起雙臂，看著影子多出兩支壺柄。「喔！徐冰！難怪說影子……」她又笑了一笑，再度否認他認得她的影子。

她從車道折回人行道，讓他自去取畫。他在深色車後面停下來，那不是他們以前開的車，無須辨認，以前開白色的車。

裱著白框的畫面朝向前方，陳為拓拿著走過來，好像一張長腳的大撲克牌。她坐在一張面向停車場的「凹」字形椅子看著他。停車場地勢低，泊滿了車子，她覺得溫暖多了，雖然石椅還冰涼著。

她挪了一下，把畫自他手上接過了放在椅子上。

「我以為要給我坐咧！怎樣？是嗎？」

陳為拓追問這是不是那份月曆十二張畫裡她最喜歡的那兩張。從前一起看展覽，他以擅長猜她最喜歡哪件作品自豪，因此吵過架。

她把畫拿到大腿上立著，呢喃，「難得把房子畫得這麼大……」畫中的屋頂爬著幾道樹根般的粗線條，尖頂指向深奧的寶藍色夜幕。

「要不要去喝杯咖啡？」說話的同時，他的手機響了。

「謝謝，我還要去看個朋友。去吧！謝謝！今天就把它掛起來！」

「有空好歹聯絡一下！你有我電話！可以去看電影！我的電話不會變！」陳為拓走到車道上，回頭說：「小心啊！在美術館停車場拿著兩幅名畫！」他揮了揮手，手機又響了，他還是沒有接。

幾部小客車陸續爬過警衛亭邊的小陡坡，駛出這片藝術境地。場上有數分鐘毫無動靜，置放在周邊堅硬更勝車體的雕塑作品，都在向她強調自身的存在，具象的銅雕奔馬、石刻的鄉下老婦，好像都縮短了與她的距離。立在高台上身材不成比例有如一株枯木的高挑裸女，她總擔心她有一天會倒栽蔥重摔下來，她用一道影子預演摔落。抽象的石雕視作隕石，鋼材擬為星座。能在這裡有一場激烈的擁吻就好了，兩人變成一件鑄像。但是，一切都不及影子堅固。

她抱起畫框走入車陣。那兩個不停拍照的小女生超前她，不發一語走向一部迷你古董車，兩人的身材比她剛剛感覺的嬌小許多。她更希望陳為拓帶來的是那幅一個人踽踽獨行的海報。

畫放在副駕駛座上，她給哲亮打電話，確定她先生不在家。

「我給你送個東西過去好嗎？」

「當然好！」

「你不問是什麼？」

「知道就沒有驚喜了！」

哲亮的工作室牆上有兩支並排的掛鉤掛滿衣物，哲亮說本來是要掛畫的，一直沒時間去做這件事。看到兩幅畫掛起來，她驚喜的躲在吉永背後嘰嘰喳喳，手環著她的肩膀。已經哄睡的孩子突然醒過來，只好把他抱來在肩頭上搖晃，一邊夢囈般的貼在孩子頰上反覆說著：「我喜歡有房子的畫，我要買這種房子，是法國嗎？我亂猜的！」

吉永靜靜看著畫，想著孩子應該沒有聽力問題，哲亮並非故意騙她，那時也許產後憂鬱作祟，她對孩子和未來充滿恐慌。

兩幅畫都畫房子，適合做禮物。一棟宛如童話城堡的獨立別墅，前面兩條曲折小徑向房子兩旁延伸，左側小徑一個戴帽的女人提著裙襬走路。彷彿暴雨將至，而非夜幕低垂，背景是不均勻的深寶藍，但前面小徑一片黃白小花被陽光點亮耀動著。房子的窗戶從樓上到樓下皆比天色陰暗。

另一幅十多間房子橫列在畫中央，午後約四點的夕照來到高高低低磚紅墨黑的屋瓦上，梵谷畫少見的平穩，房子集聚成一條地平線，畫的下半部一片田園，一行行蒼綠泛紫低矮的植物，也許是薰衣草，自房子前面延伸過來，每一行都和屋前的路面呈T字交會。和前一幅畫相反的是，陰暗落在田地上，天空雖有一些沒擦乾淨的鉛筆灰，但基本上是一片晴午的粉彩藍。

「客人頭躺在這邊，一睜開眼睛就看到！」哲亮說。

她朝那窄小的單人床一望，笑了笑，下午她躺在那上面，朦朦朧朧想起陳為拓，幾個小時後的現在他變成牆上的兩幅畫。

她出手熄滅工作室的燈光，哲亮正要說房子多的那一幅好像也有個女人小小的走在房子和「稻田」之間。她說時候不早了，改天聊，倉促走到門口。哲亮急忙跟過來，攔著她定睛一看，說她眼睛好紅，人看起來很疲勞，要去拿一瓶先生喝的提神飲料給她，不顧她猛揮手再見。這一相送又把孩子弄哭了。吉永追進去緊抓哲亮的手臂，要她別動別說話，並且吻了孩子的耳朵，他便不哭了。

36

電梯再度被包紮成獨眼傷患。牆上公告此番室內裝修預計施工半年，直到年底，最後一天。聽說是五樓一名住戶買下所有五樓面山的房子，從A棟跨到B棟，隔間全部要打掉，戶戶相通，成一棟橫的透天厝。楊媽媽馬上想到是「暴發戶」，求證於警衛小施。小施說沒錯，是他，那其貌不揚的胖矮男，前妻皮膚黝黑身材火辣，愛穿白色緊身衣超短毛邊牛仔褲，乍看像拉丁美洲的女人；而新歡白皙嬌嫩楚楚可憐，帶著一個女童住了進來，贍養費和女童的身世，為住戶帶來新的話題。

吉永補充說明，暴發戶在電梯裡總是雙手緊摟愛犬，把別人當成電梯小姐，且總是趿一雙皮拖鞋，四根腳趾全裸，僅一個皮圈扣住大拇趾。

宛如臨時搭蓋的工寮，人們不再行禮如儀，甚至對彼此視若無睹。有人怕揚起灰塵躡腳進出，有人故意用鞋跟去磨踩地上的塵砂，更多的是彷彿進到靈堂，哀思緘默。上次電梯穿「保險套」，鏡子被封貼留一小框，牆上一則留言，請他們鏡子別遮這麼高，有人會照不到。吉永和母親笑說這是余媽媽的手筆，余媽媽的高度和作風。這次鏡面留得更小更高，吉永有股衝動想拿美工刀狠劃開它。

余媽媽在意不了這事了，工人們忙進忙出之際，余媽媽的親人們也忙進忙出，余媽媽從昏倒開始，整個患病和安置歷程跟當初余老先生差不多，半個月前終究落腳在樓下的養護所。不再聽見對面的開關門聲，來和余媽媽同住的孫女，有一度是媳婦，只過夜，都消失無蹤了，余媽媽的情況不得而知。吉永想帶葡萄下樓看她，猶豫不決。

楊媽媽對這事硬是淡定，像是一切照劇本走，不必訝異。早在孫女住到這裡，余媽媽便不再來串門子，碰了面也冷卻到僅只點頭問好。孫女更是刻意保持距離。這孫女留個學生頭，打扮也十分清純，講電話說英語，出門進門用日語問候，余媽媽喚她「娃娃」。

隔壁男孩子也消聲匿跡了，久未聽見吸塵器和貓叫聲。他帶回來的女生或者在他出門之前或者之後，總是一人輕掩門扉單獨離開，直覺都是只來一次的女生，像書頁翻過不重複，有一個住了下來，屋裡開始有貓叫聲。從前他和姊姊同住時養的貓被姊姊帶走了。門板上姊姊留下的記憶只剩換過的門鎖，以及一個小巧精緻的聖誕吊飾。

酒後失態醉倒在門口之後，男孩子遇見吉永總是禮貌又帶點懺情的向她鞠躬，吉永好不容易鎮定接受，斂顎淺靜一笑默默走開。過道裡昏暗讓這一幕順利進行，有時燈得開著以利老人與訪客，男孩子神情緊張。她終於好好端詳他那次余媽媽也在場，她們在門口遇見隨便閒聊，余媽媽好興致還曾搬張古怪的矮凳出來門口坐，不然它就沒用了！余媽媽說。她們聊著，男孩子一開門就站在她們面前。他變得愛戴帽子，各種風格的小帽子在他頭上好像坐在父親肩上的小童俊俏頑皮，底下眸子仍舊閃爍陰鬱。那日甚至是一頂紅色小圓帽，余媽媽臉仰得好高，說她也想要一頂問他哪兒買，他害羞得說不出話來。

太安靜了，吉永幽幽的哼歌，再不熄燈了，燈管一支接一支地壞，一閃一閃眨好幾個禮拜。

禮拜六她因為感冒晚上八點半多就回家了，電梯裡才想到應先知會母親，問她想吃什麼。她昏沉到越專注探聽屋內動靜，越感覺屋內搖晃有聲響。

母親竟然不在家，手機放在家裡。

她抓了鑰匙跑出去，按下電梯卻躲到樓梯邊對著紗窗，熱淚如一股暖流劃過乾枯的臉，光想著母親去找警衛聊天，唯有這麼一個想法，如果不是，那就糟了。這些事都是母親自己說的，事後聽說是一回事，正在進行又是一回事。

她坐在樓梯上臉趴膝蓋歇會，起身慢慢伸出腳尖，方才黑暗中被潮水淹沒的樓梯在腳下一階階浮現出來。她緊抓扶手，像抓著一道陌生的邊坡護欄。

上下樓層透來的光，織出甬道裡一張蛛網。轉角堆放雜物，最易辨認的是金爐。鐵馬朝窗口啜飲天光，她伸手向牆角摸索車鈴。等電梯的人近在咫尺，她腳步放輕，時而懸著不動。連續四層樓的暗域有如鑽進一口空井。

聽到人聲立刻止步，研判來自一樓，這裡應該是二樓了，她躡腳右轉，電梯門板青光幽微，中間一道裂縫彷彿隨時會散開，一股說不上來的氣味，鑽探涵洞似的，一身潮悶。安全門一扇掩著一扇敞開，她緊握鑰匙，憑靠門板朝裡窺伺。

進入睡眠狀態的養護所內兩個群組像雨後的飛蟲聚在燈下。她最先看見的是她母親喜愛的那件橄欖綠的針織背心。余媽媽的臉被枕頭墊高，表情模糊。她想看清楚些，幾個月不見，她走樣了，但很高興仍舊是她們的余媽媽，她們三個人又連結起來了。一個體型比她倆加起來還龐大的女人坐在床的另一邊，像個巫師。年輕的外籍女看護似乎也圍著一個人，她們節制著音量，但還是讓人感覺奴婢成群的。

她回到家逕去洗澡，慢慢的洗，出來連忙去喝了杯伏冒熱飲。

母親已更衣躺在床上，她問母親要不要來一杯，她先是拒絕，幾分鐘後說她也要一杯。

晚上十點垃圾車的音樂尚未走遠，大樓傳出火災警報。向來是誤觸警鈴，吉永和母親倒是比鎮定的，這又令人想念余媽媽，從前她早就來按門鈴準備逃生了。吉永開門，門廳浮晃，消防設備存放在壁龕內，一片紅色鐵門，余媽媽在上面封貼一張雪景圖。

「趕快換衣服！」她說。

母女倆動作迅速，一個穿下樓聊天的衣服，一個是上山散步的打扮，踩進電梯吉永說：「啊！不可以坐電梯！」

「爬樓梯？要我死得更快！」母親環顧四周說：「暴發戶就是暴發戶！」電梯裡的護壁板一星期更新一次，亮白得令人侷促不安。

消防車在馬路邊鳴笛守候，一樓中庭烏鴉鴉擠滿了人，肢體動作誇大好像護住小雞的母雞那人準是總監，每看見有人加入疏散行列，馬上高調唱出他們的樓層和名字，以及居住狀況，「她們家就她們兩個！女兒照顧媽媽……」

吉永紅著臉和母親優雅地往人群外緣走，總監湊過來說：「吉永小姐！你自己看看啦！他們連一個人也沒撤出來，那種地方千萬不能去啊！我跟你說……青蓮小姐！這住七樓的！她也是犧牲工作專職在照顧媽媽，相依為命……」

吉永回頭一瞥，那如萬家鬧鐘的警報鈴戛然而止，杵在大門邊如一根鈴舌的青蓮小姐一身白衣，灰髮荒亂，面無血色也無表情，根本沒看見外面這一票人似的，蹙著眉頭漫空轉轉望望，不理總監呼喊掉頭搭電梯上去了。

吉永笑了，迎面一個好漂亮的女人，微笑輕聲說「嗨！」鬧哄哄根本聽不見，只見兩顆閃亮的黑眼珠。吉永跟母親挑了一下下巴，這就十五樓家那個雍容華貴的女傭，光那渾然天成明豔照人的額頭，彷彿蘇丹皇后。在她之前那個女傭從來不笑，現在她把她那挑剔刻薄的女主人挽在手邊，像是將垂垂老矣的她當作一根權杖。

這時忙作解鈴人的警衛不知打哪跑過來，怒火中燒的住戶紛紛擁向他，他乖乖地接受不知是第幾回合的責罵了。楊媽媽根本不忍心張望。總監在住戶七嘴八舌的究責行列中表現出色，扮演仗義執言的在野人士她也很在行，雖然她一直都是官方代表。

南天竹旁邊那張椅子被占了，楊媽媽繼續移動，吉永默默跟著，避免過度扶持。恐怕又是菸害，眾良家婦女集思廣益規範抽菸道德，批鬥菸槍不遺餘力。鄰近住家的居民咆哮抗議。椅子上的老先生大聲一呼：「是鬧完了沒啦！沒聽見罵人了啊？蚊子一大堆！不行就換掉啊！保全公司換掉！消防公司換掉！統統換掉……」

總監溫柔的表示，夜深了，留待明早她通報相關主管嚴懲。

吉永和母親轉出中庭。

「那邊一張椅子！」吉永說。

「可憐的施烈桑！」母親喃喃。

吉永一聲低吼揪住她手臂，在陰暗的巷道中母親過度亢奮。

她們在一張面向馬路的雙人椅坐下來。

母親用腳踢著地上的菸蒂，吉永低頭說：「這邊更多！」

六、七節菸頭聚在一塊，剛抽不久，還白白胖胖的。

「以前你那個陳先生抽不抽菸？」

「喔，回家才斷的。」

吉永輕笑一聲，說：「我也抽啊，後來……爸爸生病才沒抽的。」

一部白色休旅車彎進來，停車場門口燈光乍亮鐵門捲起，一張口將它吞了進去。

母親低頭又踢了那菸蒂一下。

「以前爸爸也抽菸，生你之後才戒的，那時生了一場大病。」

「你還是他？」

「我。」

「喔。要上去了嗎？」吉永摸摸口袋的鑰匙。

「再坐一會！這麼幾年第一次坐在這裡，不覺得很舒服嗎？」母親伸手摸花圃上的小葉子，「這好像叫仙丹花，以前學校有。」

吉永停止東張西望，向著對面山壁。人行道旁都是房屋，唯獨這一小塊山壁還保留著，前些時日也出現剝落崩塌，碰到雨天，工程車在路邊駐紮整整一個月，一道又一道補強工序，繩索綁在上頭的樹幹，下面繫著工人，手執粗大的水管對著山壁噴送泥漿，周遭樹木全灰頭土臉，馬路兩岸有如水泥淹過。一個禮拜後，她恢復從旁邊的陡梯上山，順便參觀煥然一新的山壁，表面刻意製造凹凸，鑲在裡面的水管露出一隻隻孔眼，灰白的礁面上布滿沙粒氣孔，好像一塊人工堡礁。

她轉臉關照母親，母親也剛好掉過頭來。

「忘了跟你說，」吉永說，「前幾天看見那個墳墓插了一支立牌，市政府通知他們要把墳墓遷走。」

「喔，那清明就沒有掃墓可以看了！」母親朝對面仰起臉來，拍拍她手興奮地帶她掉頭往上看。

「看起來不錯喔！」母親柔笑著說。

一片幽藍窗景，像一張X光片。

窗後面是彷彿獨立於大樓外的養護所，那日她見母親夜探余媽媽得到一個雜沓的千島印象，此刻是一片平滑寧靜的湖面。她留意著排列在窗邊的瓶裝花草，落地窗簾半推在一旁，天花板上一條玩具火車大小的簾隔軌道。住過院的人對象徵日升月落晨興夜寐的拉簾都不陌生，甚至是有好感的，那軌道的彎度和簾幕滑過的聲音，四人房的簾幔同時拉上好像一組瀑布群。

窗景中最立體最動人的是一個向上漂浮頂到天花板的氣球，一條白繫線猶可見。接著母親說出她害怕聽到的那番話。

「那個負責人說我要是下去的話，她要想辦法給我和余媽媽一起安排在靠窗的床位，靠窗這邊看出去就是山，跟我房間也是一樣……」

她不知道該說什麼，用腳碾著地上的菸蒂，母親也跟著這麼做，還故作輕鬆說：「抽一根有感覺，吞雲吐霧，抽五、六根是不是就沒感覺了，反正就是吸氣吐氣……」

她暗暗深呼吸，仰高臉對著假山壁上的樹木說：「早上我在山上，一直聽到左邊有一個吡吡的聲音，滿大聲的，以為是一隻蜻蜓，想看完那一段去看牠，就快看完聽到有人啊了一聲，看過去，那人還把鞋底舉起來看，我就知道完了，他踩到牠了……」

37

她在公園邊講電話邊撫著樹幹，時而仰臉看著手上高聳入雲的黑板樹。

很久沒聯絡了，雖然找好說詞，還是有些緊張。不再聯絡是從她以電郵回人家電話開始的，一次兩次回了人家的邀約。鍾珊問怎麼想到打電話來。她說今天突然發現射手座的生日到了！好陳腔濫調的說詞。她們聊了一會星座和友人，她繼續撫摩樹皮，好像沒有這個輔助動作就說不下去。

她好不容易鼓起勇氣介紹哲亮的工作室，她記得鍾珊和一票有能力的姊妹朋友年紀輕輕就有上美容院的習慣，「怎麼講……家庭手工，有點隱密，經營有點困難！所以……」講這通難為情的電話，意外察覺公園裡這群黑板樹無論從哪個方向都好看，有個角度甚至像一座豎琴。

不到兩個禮拜鍾珊打電話說她去過哲亮的工作室了，「果然很吉永小百合，一踏進去就好像閃進什麼樹洞樹屋裡面，還有一隻小猴子，喔！還要爬樓梯！我多少年沒爬那麼長的樓梯了！還真返璞歸真！」接著她邀吉永下禮拜去她新家玩，「可以嗎？還有一些其他人。」她們最後一次見面就因為鍾珊又未事先告知還有其他人，把她給惹毛了。鍾珊老想畢其功於一役。地址一分鐘後用簡訊傳來。

母親總能解決吉永準備禮物的煩惱，她從百寶箱裡拿出一塊手工織毯，上面的圖案據說是個童話故事，有火、浣熊、兔子、船和樹木，父親退休那年夫妻倆遊日本時買的，以為搬新家可以用！她一聽要母親換別的，母親說別的更不捨得，她那些東西有個釋出的排列順序，搬家不都搬好幾年了！

至於服裝，她想穿她最美麗的那件黑底駝色緞帶環繞的小斗篷，好多年沒穿了，鍾珊沒看過，她很確定。

「斗篷？你也不可能一直穿著啊！」母親說。

「小斗篷啊！誰說不行？我就是要一直穿著，拿掉圍巾和手套就好，隨時可以走人！來去一陣風！」

她出門時母親問怎不畫點妝？她說時間還早。她沒跟母親提哲亮這個人，也沒跟哲亮提過她的家人。

她爬樓梯上哲亮的公寓時脫掉斗篷，下樓梯時將斗篷披上，臉上多了哲亮為她畫的妝，彷彿鋪了一層細緻的金沙。除了和客人初次見面，不見天日皮膚如白菇的哲亮幾乎不化妝，客人寥寥無幾，自稱化妝技術倒退十五年，小心翼翼的生疏手法所畫出來的筆彩有青澀古典的美，倒也適合節慶。眼影是哲亮這個禮拜才網購的，硬是不收吉永的錢。

有備而來讓她覺得自在。這是鍾珊喬遷新居的第一個生日、第一個結婚紀念日加第一個聖誕，四合一的社交場合，她現在反而喜歡這樣，扮演三十個朋友當中的一個，而非單獨見面，細剖別後一切。

她每映入鍾珊眼簾，鍾珊就出現怪表情，好像在搜尋她所熟悉的一部分吉永和吉永變異的那一部分，脫口而出：「你比我想像的……怎麼說？比我想像的健康！哎呀！在說什麼？好像你很病態！」

除了哲亮和對面余家，這是近年來她唯一造訪的私人住宅，這屋子和那兩屋子形成強烈對比，她自身也是強烈對比。進門即面對開闊的客廳，這也是她首見的，河岸第一排景觀大宅，據說有兩百七十度的視野。賓客和男主人爭相引用售屋的專業術語，引導大家正確使用觀賞角度來解讀這屋子。左右兩面大玻璃窗前立滿貼臉探看的人，多是女人，一進門便往夕照採光處走，環肥燕瘦窗前比身影比品味談笑風生。兩面大窗中間一條走道，盡頭一面較小的窗，遠看，連結左右大窗成環狀景帶。冬季枯水期，河面上的沙洲幾叢刺狀的植物，蒼茫如畫襯在小窗裡，趨前便不是了。

客人討論好風景掛窗簾與否，鍾珊說她正傷腦筋，一則她收藏的畫不知怎掛了現在，二是她不能不給做窗簾的表嫂生意做啊。有個女人說對面根本沒房子，要她就一絲不掛！

客人陸續回到客廳，吉永再度長驅直入上前探望窗外他們說的淡水河。河景逸出片面窗框，延展成遼闊景致；或許是畫框不見了，淡淡暮色不見了，荒煙蔓草的感覺更攔不住。精采的是腳下建物與河床之間的高架橋，高低交錯如電動玩具模型車道，流不盡的車輛，眼睛縱情享受馳逐，手腳卻緊繃。

天暗後，風景截圖不見了，窗是一框墨藍，吉永端著蛋糕再次走到窗邊，河已遠去，草叢不再像刺蝟般尖銳，燈下的橋愈加繁華流麗。驚覺背後有人靠近，一動，手上的蛋糕撞上窗子，一顆抹紅的奶油沾在玻璃上，回頭，一個四歲左右的小男孩跑掉了。她從口袋拿出手機，單膝跪下，拍攝暗夜玻璃上的奶油。漂亮得像隻小鹿的小男孩遞上一張衛生紙，她笑著將它擦掉，呵了一口氣再擦一遍，兩人相視而笑。

她有點捨不得吃掉那塊蛋糕，非常綿密非常令人放鬆，端著它走來走去，像一個柔軟的舞伴，手和嘴和眼輪流呵護它。對照鍾珊一身藍絲絨小禮服，這蛋糕叫「紅絲絨」。柔膩的乳白，絲絨質感，外圍一層比聖誕紅還有過之的大紅說是覆盆子，沾附在嘴唇上，就算不是剛好唇紅齒白，也好像親吻過。

剩下最後一口，她又晃到河岸邊，背著客廳的笑鬧聲，小男孩隨後跑過來的腳步聲步步進逼，她轉身，他馬上放緩步伐，食指豎在鼻嘴上對著她笑。她轉身面向窗子，用手指挖了一點奶油點在鼻頭上，回頭逗他。他尖叫一聲，立刻又比「噓」，然後高舉食指，抹去她鼻尖那一顆奶油，點在自己鼻頭上。她又從盤子上補了一點上去，他們一起在玻璃窗前挪動，好從黯黑的玻璃上照見兩個小白點。這時她聽見奶腔的聲調連續呼喚一個名字，乃推了小男孩一把，令他快回客廳去。

她一出現在客廳，一對女人的眼睛盯著她不放，她想微笑帶過，見女人胸前是那小男孩，便笑了一下。鍾珊見狀說：「喔！剛剛維維就是在跟你玩喔！」小男孩的媽媽問：「這位是？」鍾珊說：「這位是……我的大學室友，叫她吉永，吉永小百合，我媽取的，以前我媽好喜歡她，說她是好樣的，剛剛那個誰也在問，那個穿斗篷走來走去的那個小姐誰啊？好像寒舍很冷呢，跟維維一樣穿著帥帥小西裝，就不肯脫掉了！」

鍾珊的先生插嘴：「哎呦，要強調是你的御用閨蜜啊！」鍾珊朝他手臂用力一拍，「還說，真的很丟臉，以前大學本來住宿舍，跟吉永是室友，搬到宿舍外面之後，有一次心情不好，喔！還拜託我室友去叫吉永來安慰我，她就腳踏車騎騎，去把吉永載過來！就他啦！就被他氣哭的啦！」鍾珊又往她先生手臂一拍，大家又笑了起來，有人笑她到底幾個丫鬟，有人說多虧這位吉永，不然可就沒有今晚的神仙眷侶了！

「我懂欣賞她，她懂安慰我，就這樣！」鍾珊說。小男孩的媽媽開口說個「那……」鍾珊馬上懂她要問什麼，「還沒結婚，據說，據說單身，階段性任務，照顧爸媽，不單身也不行，懂嗎？」鍾珊說著掐了維維的下巴，「肥水不落外人田，每次跟她介紹，表哥堂哥都試過了，但是夫家那邊不行，免得把我比下去，哈哈！徒勞無功，說真的，亂點鴛鴦譜，她是抱獨身主義了我看！現在的宅男宅女不止不婚，不要伴，連朋友也不交了，我好不容易才約到她，我想她可能有點糟不想見人，沒有欸，反而變美，精神奕奕，現場已婚未婚的男士別說你沒注意到……」

「多出來走走嘛！有那種居家服務，對！我知道，日托，有需要可以去申請，我們這種年紀都是這種困擾，我知道有一些就這樣，慢慢沒有社會互動，孤孤單單，很可怕耶，日本現在還流行一個詞，叫無緣死，緣分的緣……」小男孩仰起臉來用怪異的眼神打量他媽媽。

那些圍繞著鍾珊夫妻的親友們，吉永全覺得好面熟，像她母親無論外出或者看電視，眼前出現的人全都面熟，這是老到一個程度就會有的感覺，世人約莫那幾類。

小男孩附耳跟媽媽說了句話，媽媽轉述出來：「維維說要請你去我們家玩！」大家輪番取笑小男孩，鍾珊更是吃味，他額上的汗毛濕捲貼在皮膚上，有人說越看越像小洋妞。他跳下媽媽大腿往走道跑去，媽媽說他難得沒生氣。

輪到她被關注的六分鐘過去了，吉永越是感覺輕鬆。新地板走起來很不踏實，她飄到洗手間去，對著鏡子笑。下午哲亮幫她化妝時她突然說了一句話，「我不怕變老，怕看起來嚴肅。」拜小男孩所賜，她想她今晚看起來不會太嚴肅。

廚房裡幾個女人吃著零嘴，加熱魷魚片的腥香味瀰漫到洗手間去，島型流理台邊把酒言歡的氛圍迷醉著她們，台面上的人和食物飲料愈聚愈多，鍾珊說生孩子的事她不強求了，她要好好享受沒有心理負擔的生活，高聲一呼：「喂！各位！小姐明年過三十九歲生日喔！後年三十八！你們都要來喔！」

幾個孩子被牆邊三個紙箱吸引，鍾珊說：「小朋友！送你們！喜歡就拿走，作聖誕禮物、生日禮物都可以！箱子打開，看一看就累了，太多了，我先生他同事新竹人，說要幫我們送一些去新竹的慈善機構，台北物資太多了！不要浪費我這些寶貝喔！新新新人類！」

這一說吉永突然眼尖，發現一個熟悉的東西，今晚鍾珊最覺陌生，很久以前她們互送生日卡片和禮物時，她送給鍾珊一個貓頭鷹形狀的藝術蠟燭，那大小和手繪的羽毛從背面看像一顆毬果，隔著遙遠的時光彷彿變得更精緻了。她希望有孩子看上它，但沒有。他們把可拆解的玩意兒拿出來放在地上玩。小男孩的媽媽過來對吉永說：「他叫你黑色水母阿姨！」

吉永本想告辭，為了打聽新竹的慈善機構而逗留，鍾珊忙著打點表示該走了的朋友，根本沒法靠近，最後她也加入告辭的行列才和她說到話，鍾珊高聲呼叫：「小陳！你下星期要回去嘛，我朋友也有一些東西要捐，可以一起麻煩你嗎？」

小陳，一個清瘦的青年馬上來到面前，開口說話更加似曾相識，他遞上名片叫吉永聯絡他。吉永想知道慈善機構的地址或名稱，或依稀記得的地址或名稱。鍾珊見他們未馬上談完便忙去招呼別人了。吉永忽然想起他或許是像她去看乳房外科遇見的那個人，雖然那個人的形影早就模糊了。

用小陳提供的鄉鎮名稱——「竹東」，以及後面一個「光」字，吉永上網查出「世光」的資料。過了兩個禮拜打電話給小陳，確定他把鍾珊託付的東西送到世光去了。接下來的禮拜六她把她和母親努力自家中搜刮出來的一批全新的容器和兩張椅子放上車，依照衛星導航，一路開往竹東。她給世光打過電話，一個親切的小姐叮嚀她把車開進院內。

一部黑得發亮的新車早她一步爬上小城門似的入口，開進樸舊的院區，兩部車並排停在水泥地上。吉永邊打開後車廂邊張望周圍環境。隔壁車一個女人卸下輪椅，一個男人從左後座抱出個孩子，吉永看了一眼，他的體積約莫像那晚在鍾珊家和她玩的那小男孩，但年紀應該大得多。他們默默將他推往左邊裝飾有小燈泡的三層樓建築物，她自然往右邊那矮房舍移動，好像和他們一樣熟悉這裡。

她捧著箱子走落一個小坡，遁入一個又一個入口。她再回車邊把一張椅子攬在身上，院子空無一人，她停下腳步，仰臉凝視站在花圃玫瑰叢中一尊纖細蒼白的聖母像。

回收站像個倉庫，沒有堆東西的地面就是走道，捐贈者搬進來的箱子像消波塊一個個立在走道左邊，往內陸望去，有經過整理的鞋子一小區，掛衣服的單槓四、五根，疊得高低起伏不見台面的衣服好幾堆。幾個貌似外籍女傭的女孩穿梭其間，選購試披樂在其中。

吉永跟著在「衣海」裡走了一遭，伸手摸摸那些不分季節和類別的二手衣。女孩們似乎是在為她們的第一個冬天尋覓過渡性的禦寒衣物，包圍著一面瘦長的鏡子相互欣賞打趣，她迷茫地感受到一點冬天的熱情，厚重的霉味也是其中一種情誼。

她朝右手邊那一區走，聽著櫃檯綁鮮豔絲巾的女人還在跟也許是志工也許是像她這樣的拋物過客，訴說櫃檯上那隻白色柴犬的故事，十分應景，充滿聖誕感恩的氣氛。

到處是書籍，周邊築有高高的書牆，窒悶更勝織物，中央集合上不了架的書刊ＣＤ成一座小島。光線不足，字體小的書名她懶得辨認，抽出一本作者名字筆畫最少的書，「三毛」。她很快就轉出來了，這時候書是她最不想看到的。

服飾區隔壁臨街有個較明亮正式的展示空間，像間瀕臨結束營業的小禮品店，成組的杯盤、相框、鑰匙圈種種的，看不到絨毛玩偶和玩具，入口處有張海報明列十來項物品不宜捐贈，這兩項是她印象最深刻的，列在頭一頭二。

剛才有位先生接手她帶來的兩張椅子，這會過來問她，那椅子一張賣兩百元，差不多嗎？她說可以。她從置物架遮掩的窗子張望底下的街道，外面的人似乎看不見這隱形的城堡，雖然架上的物品背靠背兩面擺設，試圖吸引他們的目光。

回頭她去拿了三毛那本書來結帳，早年她母親看《夢裡花落知多少》，她姊姊也跟著看，這一本三毛是譯者。

最後她回到那區等待處理的新到貨，發覺她帶來的箱子被翻過了，一隻保溫瓶和一隻咖啡壺分別在兩個女孩手上。她們察覺她在注意她們，靦腆地笑了。她在一個箱子旁邊蹲下來，翻了一翻又換一個箱子，一抬頭，恰好看見一個女孩從箱子拿出當年她送鍾珊的那隻貓頭鷹，看起來像擔任保母的女孩偏著頭溜著黑眼珠問她：「你喜歡？」她用力點頭，接下了那隻貓頭鷹。

38

她想到有件事該做了，叫吉永退掉那部鋼琴。吉永看她沒事做反先問她怎不彈琴。她說禮拜六你不在的時候我都有彈啊。其實她並沒有，那琴成了一座冰崖。但她不是每次說謊，她記得她彈過。

樓上冬之琴音如期返來，彈得比往年更好更勤，尤其禮拜六吉永外出時，她的手指頭感覺到觸鍵的麻熱，胸腔起起伏伏。陰綿細雨中聽見〈蛇舞〉，一時心窩暖暖的。她動了上樓的念頭，又怕只是幻聽。有一天她拿好鑰匙和雨傘，準備上樓一聽究竟，進電梯按錯了樓層，小施的聲音突然在裡面響起，她聽不清他在說什麼，電梯往上走，她惶惶不安往外走，小施大聲將她喚了回來。他託人買了一碗薑汁花生豆花要給她，還有一碗給一個剛出院的獨居長輩，她想打聽是個什麼樣的人，又提不起勁。

她費勁的用鑰匙開門，小施在背後拍她肩膀說：「我已經去B棟送完豆花，你怎麼還在這兒？沒事別亂跑，下來找我聊天！這個……你很無聊的時候就隨便看看！括號裡喜歡的幫我打勾，不喜歡的可以畫掉！剛忘了叫你看我們的香蕉樹，結香蕉了！」

小施那份手稿寫得亂亂的，她定不下心，反覆看了許多遍，不知所云，只好借用吉永的眼睛，打聽可曾見過那幾棵樹。

「不是跟你講過，完全不要理他括號裡那些坑坑疤疤的東西就好讀了！括號先生好像在拍紀錄片，有話直說也好……」

吉永邊讀邊思索，直覺想到的連結他紙上勾勒的，上山特地將那樹好好觀察一番，回來後重讀那段文字，出乎意料的，兩者非但未契合，還好似分得更開了。

五頁「傾斜的樹／傾倒的樹」她們討論了三天猶未完。

她一個人的時候閉著眼睛，琴音在天花板上顫動，她想像那雙手、那幾棵他單獨抽取出來描繪的樹。雖然隔空觀望，可是很玄的，她也不乏穿越林冊的印象，毫不空洞。

他們靠左沿著邊坡上山，近身觀看落腳於邊坡上的樹，傾斜的樹多在俯瞰時發現。吉永說下山也循原路回來，邊坡在右，上山躍躍欲試，下山好像羊吃飽了遲鈍了。

「左半邊比右半邊敏感，也許！」吉永說。

「把那部鋼琴還回去好了！」她說。

「為什麼？它又沒傾斜，它是我們屋裡最穩重的！」

「太穩重也會有壓迫感！」

「如果你一直往山壁上望，好像每一棵樹都傾斜，一傾斜就好有壓力，它們不像邊坡的樹有那麼多傾斜的空間，順向坡的意思……是不是大部分的樹往哪裡傾哪裡就是順向坡……」

「我說鋼琴的事……我彈夠了啊……」

「夠了……再搬，家裡太空了……」吉永說不下去了。

邊坡下一棵樹幾乎與邊坡欄干垂直，幾近九十度傾斜，好像從坡壁往外直伸的獨木橋，扎根處低於路面約兩公尺，與直立的樹看起來沒兩樣，只是天旋地轉了。特立獨行的樹體型不小，一把年紀了，硬頸固執地撐在那兒，被許多由下而上正常生長的樹包夾，小施形容像舞團表演被眾人舉起的那個橫躺的舞者，照理是體重很輕的一個，最耀眼的一個，擁有一個顛倒的視界。它花多少時間達到這樣的狀態，是種特異功能還是不得已，那力道叫人折服，堅忍不拔不屈不撓。

有隻鏽斑貓坐在樹上，樹幹上面一層絨毛青苔，吉永抓住這條線索，認為她知道他所描寫的那棵樹。樹葉交錯掩映，她首次發現靜坐不動的貓一恍神以為牠浮在半空中，樹葉托著，進而注意到那棵樹。她多次目擊那貓靜坐在樹幹上，離山路遠遠的，被牠的身體和其他樹木遮蔽，無法看見那樹的盡頭。牠安穩坐鎮，冷眼直視欄干的方向，一副山大王的模樣。

「我邊走邊往那邊望，樹幹上一朵好大的香菇，還以為是一隻松鼠在吃東西！這幾天都沒有看到貓坐在那裡了。」

吉永允諾給鋼琴出租店打電話，那日起吉永每日不定時撫彈一會兒，她在浴室裡聽著心慌，出來看見彈琴的手彷彿自琴身上傾斜下來的樹。

她盡量拉開窗簾多少是為了那琴，卻又怕看到琴身上的冷光，人坐在琴椅上，冰利的反光面積縮小，看起來沒那麼冷。她喜歡看人家在鋼琴上面擺家人照片，其他樂器可沒辦法，但她一直沒有這樣做。

吉永最後一次掀開琴頭上那條白色蕾絲罩，抹去自蕾絲花邊篩落在釉黑的琴身上一排花樣塵朵。

「我好像彈到〈給愛麗絲〉就停了！」吉永十指暫停在琴鍵上揚聲問，「那是幾歲？」

「我哪記得了那麼多！那個出租鋼琴的先生是老闆嗎？」

「應該吧！店裡只有他一個人，那店很小，很擠，鋼琴擺得滿滿滿，」吉永從房底閃出來找她說話，「而且那店很有趣喔，前門後門都開，反正也偷不了，前面馬路後面也馬路，光線也太充足了，鋼琴都不像鋼琴了！店被路和車夾著，又吵又好像車子隨時要撞進來，很有趣……也沒在怕的！想也知道，一定很多灰塵，沒有其他東西，就一根雞毛撣子放在旁邊，而且天花板很低，好像違建，將來會被拆掉，還有樓上，也是矮矮的，更矮，好像玩具屋，擠滿鋼琴，胖的人根本走不進去……」

「那個人不胖啊，也不會太瘦，長得算不錯，穿白襯衫扎牛仔褲……」

「你怎麼記得那麼多？」

「白襯衫扎進牛仔褲，看起來很……不知道怎麼說，那天是他先稱讚桌上相片的言永很像一個電影明星，我才開始注意他的……白襯衫扎牛仔褲以前是很時髦，男演員、搞藝術的才這樣穿，穿這樣的人好像很固執……男人好的品格有，壞的也都有，哈哈，可能因為白襯衫牛仔褲你才想租一部鋼琴吧！」

「天啊！你還真為老不尊！租琴不是租人啊！上半身老闆，下半身伙計，確實在店裡跟來我們家都是穿白襯衫牛仔褲……」

「哈！還說不是，有沒有？」

「有什麼？原來你喜歡這種 style！我可是真的因為那間可愛又危險的鋼琴小屋，不跟你說了，改天載你去看你就知道……」

「萬一他認得我們……」

「你是希望他認得還是不希望？琴還回去之後，你還會認得它嗎？」

「那可要偷做記號。」

臨別前帶給她們一次美妙的談話，她突然有些捨不得。趕租約到期吉永撫弄式的彈琴，用情不專，重量不重質。她的耳朵像防空洞窩進許多躲空襲的人，遂聽不見樓上的琴音。樓上的琴好像跟她們一樣擺在主臥室，會不會樓上彈琴的人（那位老女士）乾脆歇手傾聽她們的琴音。她居然像小時候那樣大聲敦促吉永好好彈認真彈。

吉永另外提到一棵傾斜的樹全然橫在階梯上空，樹幹蒼勁輕盈彎曲橫過，樹幹上有山蘇，有藤壺似的植物，有像印第安人的頭飾直立羽毛狀的葉片，像一葉載運花卉的扁舟，穿越寬大的階級與對岸的樹交頭接耳。山頂寺廟在望，大家忙著爬梯，少注意到它的存在。

施烈桑的手稿——「長夜筆記」，一向週六夜出借，下週六夜歸還，背著吉永進行，佯裝與吉永無關。這一次拖了兩個禮拜。禮拜六吉永準備出門，她又把它拿出來翻一翻，電視上正播放著有中文配音的地理節目，「信天翁愛在最陡峭的懸崖上繁殖，像信天翁這麼長壽的動物跟配偶培養感情要花很長的時間……」

不經意發覺那棵當選模範生的相思樹倒掉時，令人驚訝（震驚？震撼？）不已，晴天霹靂，空氣立刻凍結了！我都忘記原本在想的事了！它是做樣板的一棵相思樹，有一支做成樂譜架形狀的不鏽鋼面板的圖鑑站在路邊，供人補充常識，它身材勻稱，又高又壯，穩紮穩打，以後（將來）會變成百年樹木那種不平凡（禁得起歲月考驗）的樹。回想起我以往路過很自然的會摸摸它，感觸（觸感）一種很結實的感覺（臂膀）。我閉上眼睛去撫摸樹幹上的溝紋，想起了盜木人，他們在黑夜裡撫摸樹木，心懷不軌。

事情發生在我離開台北的一個假日，並沒有聽說有什麼天災，隔天我走過去只知道倒掉一棵樹，並沒有想到是它。傾倒（頹）後看不到樹梢，看起來好像短短一棵，枝幹也好像縮水了。（巨人倒下！）它被（誰？）連根拔起，乾枯的根球往上翹，沒有想像的那麼大，斷掉（折斷）的根一條條露在土塊外面，和它的高大身材不成比例，就向著欄杆邊，路過的人都可以看得很清楚它斷裂的根部，好像一個人沒穿褲子，毫無尊嚴。

但是更悲慘的是被它拖垮的另一棵長在坡下一點的相思樹，我還有印象，是在它右下一點，兩棵像是跳雙人舞的情侶樹，（殉情？陪葬？）它整個把它給壓垮了，樹幹和樹幹合抱在一起。上面那一棵葉子都枯萎了，被壓在下面那一棵硬撐著，根沒有全部露出來，根是樹木的最後一張牌。葉子還是綠著，在做垂死的掙扎。它撐不起它救不了它，人們也沒有試著伸出援手，至少捨身搭救（被牽連）的那一棵還有一點兒活下來的可能性。糟糕是發在焦熱（渴）的八月天，捨命陪君子，一點也沒希望。它們一起被打倒打進黑暗，一起墜落深淵……他們快速湮滅它存在的證據，那支圖鑑說明已不知去向，假如我沒有碰巧看到（偶遇）這一幕，後來再經過也許會覺得怪怪的，好像少了什麼……

傾倒死亡的樹令她想到倒地的非洲犀牛，一槍斃命。

另外一種情形是一開始就先看到樹的屍首，完全沒救！被大卸八塊，（像鮪魚要做成罐頭）躺成一堆，橫切面好像受到驚嚇的蒼白，樹的外皮顯得非常之蒼老。離欄杆下大約我一個人身高的地方，我以前好像沒注意過，這兒有一塊地方泥土看起來鬆鬆軟軟，沒有植物，可能是被下去鋸斷樹木的人踩成這樣的，然後又飛噴出很多木屑。一截截的木塊集在一起，至少集在一起，沒有分散，在它們下面有大棵的植物，有一截比較長的木頭藏在葉子底下，看起來比那些木塊都長，可能是工人懶得鋸了，就把它推到葉子下面去藏起來。但是再仔細看，好像並非如此，那比較長的樹桿子（槍桿子）是俯衝埋進土裡的，那樣子（傾斜度）也很像我們參觀過的古蹟大砲。

最可怕的是欄干被撞出一個缺口，我發現時不是事發當天，因為樹已經被處理了。隔一天破一個大洞的欄干修理好了，動作可真快，（毀屍滅跡？）可以看到有水泥剛塗過的痕跡。我站在這個地方，轉頭朝路的另一邊（對面）擋土牆上面看，天啊！那棵傾倒滅亡的樹是從那裡越過山路衝破欄干掉下去的，它不是連根拔起，它的基座（根基）大約剩下五、六十公分還站在原地，折斷的地方撕裂傷也不足以形容，脆弱而又堅強，顏色也很慘白，遭受生離死別的剝奪，無比傷痛！

一定就是「禍根病」（？），倒斃的樹大部分都是生了這種類似癌症的難（不）治之症。從那上面衝下來，倒勢鐵定非常猛烈，真的跟大砲一樣，砸出一個炸彈坑，叫人驚心動魄（魂飛魄散）！樹木殺傷人動用國賠，多數因為禍根病使樹木倒伏，以及大王椰子的落葉惹的禍。如果山更陡峭，墮落得無影無蹤，我們就不知不覺了，只見根部的泥土被遠遠拋出，不知怎麼回事。這種事一定是發生在深夜裡，但願是（還好是），空無一人的時候，森林裡的動物和植物全都唱起哀（悲）歌，直到第一個上山的人把腳踩上去，牠們自然就靜止了。又是新的一天，一大早察覺一棵樹這麼離開了！還諸天地了！我也無言以對。

吉永出門後，她始能專注的再讀一遍，順便做午間催眠。

兩名搬琴工人十分鐘不到就把鋼琴移進電梯，她鬆了一口氣，忽然明瞭在這之前心裡面的大費周章完全沒必要。她對那兩人的穿著打扮幾乎沒留意，只是覺得汗臭味也太強烈了，不過早上十點。倒是他們帶來的棉被、厚布等保護配備她瞧個不停，好像那是一雙翅膀，一切就靠它們了。

穿白襯衫扎牛仔褲的先生臨時有事不能來讓她們有些失望。他在電話裡把檢查鋼琴狀況的工作也交待給饒富經驗的搬琴工人，工人結束電話笑笑的跟大家說：「小心啊！他說這家人可以信任，不會亂來，有問題一定是我們的問題！」然後敲出了幾個音。

鋼琴和搬琴工人緊縮在電梯裡的畫面好像經過精密配置和嚴格的排練，令人動容，電梯門闔上那一刻，其中一個工人突然露齒微笑。

吉永慢慢走回屋裡，整個人忽然鬆垮掉了。

母親坐在床畔指著鋼琴消失後地板上那塊整齊安定的毛灰，說：「那裡有一張紙條！」

吉永遲緩蹲身，輕輕掐起沾滿灰塵的紙條，屏住呼吸看著一個人的姓名、電話、電郵和地址，有氣無力地說：「誰啊？怎麼會跑到這裡來！」

「誰啊？」

「沒有啦，快出去，我來擦灰塵！」

39

電話鈴響，分針和時針重疊在十一前面，吉永說：「還真的要去！」接起電話說：「喔！好！」放下電話出去陽台邊探了一下，回房邊披上羽絨外套邊聽母親說：「小心啊！有沒有帶手電筒！」

他坐在樓下椅子上等她，一條胳臂擱在椅背上，臉趴在胳臂上，頭戴條紋扁帽，身上依然是一件絨布格子襯衫，他說台北人多屋多反而不冷。

他下午來拜訪她們，送一箱網室葡萄，也是坐在這張椅子上，楊媽媽特地拄著雨傘下來見他一面。他說為免觸景傷情，他最好別進這棟大樓。楊媽媽說現在要進大樓簡單了，就說要到二樓安養院探親。他說永哥以前住的四樓現在有一棵樹，好像有住人了。吉永說，陽台養著一長方池魚，水面有水生植物，可看到白雲飄過池面，雨滴點擊出小漣漪。池子兩旁擺了些挺講究的盆花，那棵樹葉子不多，時而看見兩個學齡兒童、一條黑色中型犬，夜晚地面還能打出燈光。寥寥幾個共同話題，他認真的聽她講完，仰臉向上看，「他們一定是買的，不是租的！你從樓上看到的？」「不然咧?!」她說。

他聽到腳步停在椅子旁邊，迅速揚起臉來，摸著他的帽子說：「帥吼！我騎 U bike 去買的！」

她心想他該不會一下午騎著 U bike 亂槍打鳥到處找那個女孩子吧，他看起來好像在工地忙一整天那麼疲累。

「走吧！等一下人就開始多起來了！」她說。

第一次結伴同行，她有些不自在，分心在他身上，好像一隻腳鞋帶鬆了又不方便綁，一半心思給拖著。兩人上到兩入山階梯交會，轉身眼睛溜向對面大廈四樓，燈光照出陽台那棵葉子不多的樹，香檳色的客廳感覺很洋派。

長梯上的人三三兩兩，她的同伴和她自己，她都覺得陌生。她未曾問過他的名字，背地裡叫他「永哥的小弟」。山腰兩側那三戶人家，只「作家」的莊園看起來尚未過完這一天，紅色木門上一隻燈泡，下緣點出一瓣朱唇；園子裡的屋舍別有憧憬，天燈似的鼓脹著華氛黃光。路過的人竊竊窺伺濃密林葉中盛裝的庭園，她自覺白天已摸清它底細該有不一樣的見地，一時也無從著眼，狗靜靜趴著。

她望見母親房間亮著客廳亮著，她的房間也是，倉促出門忘了關燈，三個區塊連成一條光帶，標示出她們的生活所在。

永哥的小弟停下腳步雙手扠腰望向對岸大樓，她不想要這話題而轉移目光，然而他既不移動也無攀談的意思，一臉專注。但一舉步鬆垮的步態馬上又顯示出別後的他似無多少長進。相較於那些聰明的步伐，她反而喜歡他那好像負傷或是不大情願的腳步聲，有點江湖賣藝人的味道。

「你晚餐吃什麼？」她站住等他跟進。

「喔！晚餐喔！隨便吃……滷肉飯還有菜頭湯，以前跟永哥去過！」

越過漁人碼頭她又停下來問他：「你車停哪？」

「喔！山下！靠河濱那邊有一個國小附近，以前永哥去那邊騎車。」

他神情落寞偏就是不提那女孩，事事聯想永哥，再追問豈不二度傷害。她叫他看欄干外邊那株巨大的枯木，高聳的兩根彎曲的枝椏，在她家看過來的那幅風景畫的左上角，好像一對灰白的鹿茸自滿山綠意中竄起。隱隱聽得一個笑聲，來自他喉嚨或山的某個幽谷。

「我要走快一點囉！」她說。

後頭腳步聲湧來，更多更快，不完全是心理壓力和錯覺，她封閉多餘的感官，好讓自己像進入喉嚨的食物，糊裡糊塗被後面吞進來的液體追著跑。

這和她心目中的夜行上山完全背道而馳，這像部隊夜間行軍，趕在時間內殺到目的地，只知道腳踩著一條斜坡路，山的概念模糊不清，光急著掙脫低垂在周圍及上空毛手毛腳的遮蔽物。即使你看不見整座樓梯，信念也會讓你跨出第一步。這是哪個偉人說的，好像是金恩博士。

路燈幽微，路燈到不了的地方也不是她想像的黑魆魆，斷續的隊伍斷續浮現手機的螢幕藍光，像螢火蟲遊行。身體微傾僵化的人群，她會跟母親形容像影集《陰屍路》，她盡量投入演出。

要不是突如其來的邀約，此刻她必如同往年立在陽台，看長梯上愈來愈踴躍的人龍像條水柱逆流而上，不懂他們哪來的熱情。如今答案揭曉，也可能是冷淡的，置之度外。

永哥的小弟接起電話，她放慢腳步稍待，不一會，後面驅動著激進的同類，不看還好，看了愈覺得他們嘰嘰喳喳說的是一種外星語。永哥的小弟前後說了三次「問那麼多幹嘛啦！」結束談話，環顧四周，尋她一眼再邁步，好像認清事實，和他一起上山的是這位「樓上的姊姊」。他想把一直抓在手上的手機放入口袋卻被撞掉，爆了粗口又強忍下去。

此時此刻完全不可能有下山的人，山路成了單行道，但循左道近邊坡欄干的人比右翼山壁的人多，好接近天光，隨時張望標的物——那竹筒狀的建築物。有個女人尖叫，說摸到欄干上有冷冷黏黏的東西，同行的友伴倒出瓶裝水給她洗手，水聲嘩嘩。吉永並未像平日那般沿著欄干上山，進香團般的景況是可以預見的，關於山路的記憶都游離了，一味盲從前進。

較長時間走在他們前面狀似一家族的九個中壯年人，很容易看出最熟門熟路卻最不熱衷的是戴白圍巾的男人，他把手一直揣在口袋裡，走路飄飄顛顛的，臉一左瞥就說：「啊不就在那裡，就那根糖葫蘆，在這裡看就好了嘛！」同行者不想錯過任何環節，像狐獴那樣動作一致遙望遠方，不顧後面的人趕上來了。幾個女眷輪番提議請吃美食以為犒賞，他愈是吊兒郎當的裝出邊走邊打瞌睡的模樣來逗她們。永哥的小弟真打起呵欠來了。

通往廟簷的長梯動盪不安滿是人，左側欄干邊一整列停止攀爬站定位的人，吉永留意到右梯邊幾朵冷冷的白花，那是茶花她曉得。

「ㄇ」字型的廟口露台幾乎泊滿了人，日間開闊的廟庭好像緊縮變小了。尤其右側牆外有一棵被削伐不得高出圍牆的樹，全為今晚憑欄之用，卡位的人形成厚厚一道人牆。這一刻看見它不算數，要確保在關鍵那一秒抓得住它，手緊攀著圍牆鞏固地位，任後頭的人如何暗中角力皆不為所動。吉永看到這局面趕緊將脫掉的羽絨衣穿上。

「這裡真是香火鼎盛啊！」有人大聲地說。

永哥的小弟在菩薩正前方的圍牆邊搶到一個位置，喚著「樓上的姊姊」，吉永鑽進去和他分著那一小個立足點，試著把臉側出圍牆，那樣子活像拚命擠上火車探出頭想和月台上的人揮手道別；而前面腳下一片樹林，像座黑色冰山，似乎正慢速消融移動著。旁邊一個爸爸將孩子舉上肩頭，孩子的媽在背後雙手抓住孩子的衣服說：「小心哪！抓住她腳，別栽下去！」吉永讓了點空隙給她，她用力以肘尖抵著圍牆，使力讓自己著陸。永哥的小弟因而被擠出這一線，貼著吉永的肩背，也可能是其他更陌生的人，這時候也不能想這些了，只希望快點兒開始。

騷動就這麼凝結著。好像疊羅漢的人為了一個完美的時間點而凝結著。背脊一片潮熱，吉永自嘲，現在懂什麼是生命共同體了。一股熱情從別人身上傳到自己身上，她想回頭看她認識的人一眼，她真正認識的人，半扭脖子只覺一堵人牆，此舉引起連鎖反應，不得不放棄。此刻的她像一顆葡萄，和其他的葡萄顆粒累累結在一條梗上動彈不了，緊密得甚至造成皮肉凹陷。

相互牽引的結構在煙火燦爛那一刻終於稍微鬆動，緊繃的表情和肢體有了點舒展，有人用手機播放現場倒數計時的畫面增加聲光效果，許多人舉起手機攔截流瀉的火花，一片喝采新年快樂。

山頭和真實的火花之間似乎因燦亮的天空剎那縮短距離，幻燈片一張接一張在天幕播放，考驗他們的感受力和記憶力，許多次吉永告訴自己我最喜歡這一幕，記住這幕就好，最終記憶的速度還是趕不上物換星移，層層疊疊不停洗版覆蓋終究煙消雲散，全忘光了。

經過一波轟炸，煙霧瀰漫天際，周遭塵煙環繞，好像吹熄蠟燭，有點缺氧。

那把孩子扛在肩上的爸爸在確定煙火結束後，慢慢將孩子放下來，說：「好了，明天再買仙女棒給你放！」但還是堵不住孩子嚷：「我還要看！」媽媽出言立即見效，「愛哭！那下次不可以來囉！不快下山，吵到小鳥失眠，明天就沒辦法唱歌了！」

煙火結束五分多鐘，人群鳥獸散，圍牆邊尚有兩對男女棲息交談，吉永在靠近牆壁經書的桌邊坐著，好像跑完百米，有一種虛脫感。

永哥的小弟用手機照著牆上大片紅紙，黑色簽字筆一行行寫滿人名、金額和日期，幽幽的光點在上面賊頭賊腦地移動，回頭對上她的眼睛說：「有人捐十萬耶！」見她笑著搖頭，又用台語說：「伊真正不是阮女朋友喔！」她忍不住笑了起來。

他帶來的故事其實挺可愛，他說那女孩是上個月在網路認識的，她很想來台北看跨年煙火，他便去「弄」了一部車，吉永沒看見車，想是部笨重的老車。女孩則無從想像，可能披著一條紅黑相間的粗針圍巾。她蹺課，他們早上出發，在車上他告訴她要帶她去山上看煙火，她說當然是要去一〇一，他說那邊太擠了，真正內行人才不去那邊。女孩告訴他，去年今天三個從外縣市徒步到台北看煙火最後進了警察局的小學生，其中一人就是她堂弟。中午他們到了台北，他帶她去她想去的微風廣場，請她吃拉麵。她吃一半說要去洗手間，人就不見了。他打了兩個小時一百零一通電話，她才簡訊回他，去找朋友。他問什麼朋友，就沒再回了。

步下廟邊的長梯，兩人各據階梯一方，吉永看茶花愈加皎潔，他沿右邊的欄干，頻頻回望遠方，說：「一〇一還霧霧的……好像被燒過，有點變形……」

她想聽取他的呢喃卻麻木地越走越快，有時候腳板還得使力煞著。他掏出手機看了一會又放回口袋。他們一路上沒再說話，前面一對異性友人則談興高昂，不時可聽到「我男朋友……」、「我女朋友……」冷熱交接的時刻有助於發展他們的陰暗情誼。

吉永有意快步超前，卻一直未得到同伴的附和，忽然看見地上有幾道抓痕，就在路燈下，她緊急煞車，扭頭看清楚畫的是那個外星人，但沒有寫「外星人」，頭朝上坡方向的外星人，她呵地笑出聲。右後方一路空嚨空嚨的腳步聲跟著消失數秒，又繼續走了起來。

吉永緩慢下來，免得他們跟著加緊腳步，他們應該趁今晚多聊些，也許會改變些什麼。她聽到身上的羽絨衣袖摩擦衣身的霍霍聲，索性兩手扠腰，感覺它更蓬更鼓，像太空人。這件羽絨衣她搬回家後不曾穿過，掛在衣櫥裡很顯眼也很占空間，像隻巨無霸蠶繭，說好上山跨年立刻想到穿上它走在山上的樣子。記憶所及右下襬有一塊小污漬，現況只會比記憶中更差，深夜裡穿再合適不過，也算是廢物利用。

漁人碼頭就在眼前，她覺得該和永哥的小弟聊聊便站住了，那對曖昧的朋友也倚著木欄杆停了下來。

永哥的小弟說剛剛好像在夢遊，他好愛睏，要回車上睡覺了，好人做到底，等到明天早上她不來電話他就要回去了。吉永笑說原來灰姑娘回到現實的時間已經寬限到天亮了！

40

各台晨間新聞全在重播跨年長達三百秒的煙火表演。短暫一眠，雖說天亮了卻一片灰朦朧，吉永用不著睜眼也知道。這一覺睡得可糟，她臥在床上接永哥的小弟打來的電話，他們凌晨分手時說好，不管灰姑娘有無消息早上他南下前會說一聲。

電話中永哥的小弟語氣驚恐，好像事情就發生在眼前，那個女孩死了，果真很衰，每來一次台北就要死掉一個和他有關係的人。

「又不是你害的……你又不在場……」她說著迷迷糊糊，毫無同情心。

「什麼咧！從我們去看煙火的山上抬下來……」

「喔！還以為你說的是那個女孩子，那是誰……」

他的車停在樓下，他下車過去探看。

大約一個小時前確有救護車的鳴笛聲在底下嗡嗡盤旋。樓下有養護所這種急難救助是家常便飯，清晨時傳來感覺聲調異於平常，大可歸因於一夜沸騰，清早還在扭曲不真實中，唯有聽覺敏銳的居民方能分辨聲音在彼岸非此岸，那時吉永嘆了一聲，想再討點睡眠。

虛應了幾聲，吉永丟開手機，臉埋進枕頭掉眼淚，還真希望死掉的是那個愛慕虛榮的女孩。她也不過是犯了年輕女孩都會犯的錯，何況他殺要更殘暴、更破碎。

凌晨看完煙火回到家她突然心情十分低落，依舊朝貓眼一望，輕輕放好鞋，快步過去熄掉客廳和她房間的電燈，輕輕踏出陽台，身體緊貼圍牆看著兩個年輕身影下山。

長梯上路燈照明的一段是整個畫面的亮點，再上去有一大叢濃密的竹影，燈光下台階陰暗分明，亮的階面似一列鋼軸，好像腳一踩就會滾動。以此為中心，愈偏遠愈沉靜，她靜下來，山也靜下來。她察看各個角落有無滯留者。

白衣人在這時闖入封筆的畫面，且就在那列明亮的滾軸上絆倒，臉傾在階上。他繼續向上攀爬，背上一只深色背包，像馱著一隻烏龜。和所有她曾經目送上山的人沒什麼不同，只是他在對面山路上停駐了片刻，五、六秒，六、七秒，朝她揮手，一下而已，她不確定，也許其他陽台窗口也有人正凝望著他，大動作的朝他揮手。也許僅是幻覺，她眼睛十分疲勞，她舉起白白胖胖的袖子，他扭頭邁步朝山上移動。她直覺他就是永哥的小弟說的那個把自己摺疊在山裡面出不來的人。

她看到自己睡前莫名其妙寫給一個陌生人的信已經得到回音了，半夜就回了。她將那張寫有姓名通訊地址的紙條夾進筆記本，捲起簾幔，安慰地望了山一眼。藉山殺人啊，這是。

她推開房門，想問母親誰來電話，母親反倒先問起她來，她據實以告，是永哥的小弟，但未告知有人從山上被抬下來。

她問母親剛誰的電話，母親支吾的一下說打錯，一下說小施問她要不要吃燒餅。

母親也對女兒說半套實話，是小施打的電話，打來警告山上有狀況，救護車在山下等著，楊小姐要上山最好晚一點。掛了電話才想到，國定假日吉永應該不會上山。

救護車敞開的車廂對著樓梯口，路過的人向留守在車外著橘色制服的先生打聽出了什麼事，全是早起的年長者，那訓練有素的先生哀矜無言，唯獨面對寂寞的夜間警衛，他搖搖頭說：「找到了！來不及了！」

小施深吸一口氣，照常踩上階梯，手團著剛買的飯糰，並試圖團緊腦袋裡的東西。上到長梯約三分之一處抬頭向上望，兩個穿橘色制服的人扶著向他傾斜的擔架，在他看來好像一片下衝的白筏，他馬上調頭往回走，右轉迴避到坡壁下一條奶茶色的小泥路，邊走邊想打電話告訴誰，有個高齡的婦人從小路邊的門檻走出來，兩雙訝異的眼睛互看，他打住腳步放下手機向她點頭問早，調頭往回走，臉仰向對面他長夜駐守的大樓，忽然折返，想問那站在原地全頭白髮的婦人，這兒有房子出租嗎？坡壁上蕨草十分青翠茂盛，小泥路特別溫暖，一種土暖，他得到這兩個印象。

昨夜他過得可糟，糟到連制服都沒力氣換下來，幸好一切都過去了。接近凌晨十二點，他照例起身巡邏，走過一排小葉欖仁，不疾不徐彎過資源回收區，阿彌今天收拾得特別晚，但已有人疊堆了幾個大型的盒子。歡聚聲越來越近，他仍故作平常，平常十點即關上的側門都打開了，他跨出去，路上朝市中心方向遙望的人們又發出一波讚嘆歡呼，他樂得對著好像一個街舞團體的他們笑了。他衝過去加入他們。人群集結在大馬路上，車輛絕跡，愈占據馬路中央愈能將火樹直立在圖景中央。火花開在一〇一大樓的枝頭上，似在天邊又似在馬路盡頭，兩旁參差密集的樓房簇擁著這條馬路，疊疊幢幢到了那兒，排擠傾裂出一片天空，一柱擎天，瓶中火花。燦爛的火焰延燒到人們臉上，每一個向光的背影都成了巨人。身上制服的緣故？他覺得自己像在慶祝一場戰爭的勝利。

第一聲「完了！」出現他即退出那場街舞，接著每綻開一朵火花就伴隨一聲「完了！」彩繪天空的筆彷彿握在他們手上。

他快速繞完巡邏路線，像充了電般活力十足，回到院子感覺圃樹和警衛亭都在晃動。桌上一杯「星巴克」咖啡，他下意識的拉抽屜，確定鎖住，然後他的夢魘——小田咧嘴出現在窗口，一臉鬍渣更像恐怖份子了。他後悔聽從永安的勸告停止對小田追討那筆借款，永安調走了，遞補的警衛是個極重度低頭族，尚未打過照面。

小田開始描述他曾經在哪些工作地點看過跨年煙火，自然包括信義區豪宅才值得說嘴。他扯得愈遠他愈煩躁，他情緒愈高亢他愈害怕，好像預知煙火施放要出亂子，哪有心情欣賞。他別過臉去留意陸續從煙火場子歸來的住戶，看到楊小姐一個人在電梯裡發呆，好一會才發覺忘了按樓層鍵，獨她沒有類似酒足飯飽的表情，甚至極為喪氣。

救護車的鳴笛聲自欺欺人地自他腳下溜走，他方走出山坳，有氣無力地爬上長梯。剛亮的天晦暗下來，彷彿加了一塊黑紗。

昨晚簡直被小田軟禁在警衛亭裡，乖乖地不做困獸之鬥，他想看看自己到底能跟這無賴耗到何時。小田終歸談到「錢」這個字的時候，他反而如釋重負。這回的說詞可信度高於以往，前妻催房租和兒子奶粉錢的簡訊、妻小合照、女兒的語音留言，相繼在小田的手機播出，明天，其實是今天，還是女兒小田田的七歲生日，元旦寶寶。這是他整個晚上最認真聽取的一段話，好用來說服自己施捨。

「那他們，你老婆孩子他們，有沒有去看煙火？」他問。

「在家看那台一〇一，帶小孩幹嘛？前年跨年一個五歲小女孩不見了，也沒找到！」小田終於面露疲態。

他將兩張捲著的千元鈔放到小田手上，隨口編派了我有女朋友了和我要搬家了兩個謊。兩人在院子裡聊起來，一如從前，殺時間賺錢。他要小田再形容一次煙火。這回小田描述的比先前所說的差太遠了，完全失去光彩。他看著小田雙手抱胸在椅子上打起盹來，又更心軟了。

鈴聲噹噹清響，似風吹枝頭鈴鐺，背包上繫著一串銅鈴的老伯在前頭大斜坡上掃地。他停下腳步，意識到山好安靜，施烈桑心神不寧。

距離愈近竹枝刮地聲愈枝枝分明，銅鈴聲反顯低沉。老伯輪流耙梳山路兩翼，山壁那邊的落葉掃入山溝，積少成多再以畚箕清理，倒向坡外；邊坡那邊的落葉直截了當划落邊坡。老伯消失一段時日，現在又重出江湖了。向來只見老伯一路行掃下山，他倒想看看他上山的模樣，沒有竹掃在手上的模樣。路上無人老伯隨心所欲按自我節奏切換左右舵手，如行在平坦湖面，察覺步伐將近，自然把路禮讓出來。有人體貼地想配合他竹掃的方向變更步道，反而礙事，兩頭忽左忽右，弄得船身搖晃。

他和老伯擦身而過，前面山路靜淨得嚇人，非但無一片樹葉，彷彿還有潮浪梳耕過沙灘柔順的韻致和紋路，讓人不敢踩踏。他回頭張望，極明顯的差別，老伯前方黃葉紛亂，老伯徐徐揮灑手中竹桿划開落葉，一行行恢復路面平靜。

他沿著邊坡走，發現底下的草葉蒙著一層灰，姑婆芋大器的葉片將那些被竹掃驅逐出境的塵沙和葉子托在上面，它們掉落時也許發出了類似風雨打在帳面上的聲音。

41

關於那不幸的青年，報紙有一則半張紙鈔大的報導，他原先是最高學府理學院的學生，在學適應不良，休學後重考，秋天剛成為一所私立大學的新生，跨年夜他攜帶一條童軍繩上山，以手機寄送告別訊息，結束人生旅程。報導未提及告別對象和內容，他與這座山的因緣也不詳。

元旦假期過後吉永上山，在視野開闊的大彎道站住，雄偉枯木屹立在眼前，每到春季她總以為它會甦醒，每當蒼茫冬日它愈是高壯活躍，枝幹揚挺展現手勢與胸膛，幾條褐色枯藤像圍巾披掛在身上。跨年夜，彷彿很久以前的事了，它氣勢軒昂有如指揮將眾樹凝聚，相較之下，此時它枯槁蒼白、無足輕重。即便如此，透過它眺覽遠方城市，彷彿它把它們給舉了起來。

類似這樣一個灰紫色的冬日清晨，她怔怔在這兒站住，石欄干上凝著一座座潔白的小雪山，一枝三個駝峯起伏的樹枝垂襯在欄干後面，如詩如畫。她站了會才反應過來，這些是避邪去煞的鹽堆？如某個巡山員的父親說的，樹木那麼多，繩子又那麼便宜！那日她心底發毛，今天這樣的事她覺得憤怒，又摻雜有那麼點好像是嫉妒。那低垂的樹枝仍靠近欄干邊，線條不再優美。

阿勃勒樹下那兩塊像石枕的石頭消失無蹤，取而代之的是兩塊蒼白的水泥印子，各有兩個花瓣似的狗爪印，也是這幾天發生的事。

路上沒人也沒有落葉，本來就沒有落葉和落葉已被掃除的氛圍到底不同，她搜索不出可靠的形容詞，掃蕩過會更寂靜是一種毫無根據的直覺。

前頭兩個人走得好慢，磨磨蹭蹭，像在遊樂園逗留玩耍。吉永愈靠近愈覺得其中那個慢蹭的主因是她認得的人，很快就想起了，因為他頭上戴頂像泳帽的藍色毛線帽。他出現在附屬於圖書館的公立游泳池，單調的肢體動作和臉部表情使人下意識的提高警覺，近距離察覺他還患有皮膚病，更不放心與他共用泳池，後來他消失了，那些顧慮的竊竊私語也消失了，她套票用完沒再去過，不知道他是否還在那兒游泳，或說玩水。

與他同行的灰髮男子主動和吉永點頭微笑，他也笑著，但不敢直視。吉永看他氣色極好，似乎胖了，也比在池畔成熟。

遇見下一個人，她才察覺臉上回他們的笑容還掛著，趕緊按鍵刪除。那人擦身而過，她一個踉蹌差點絆倒。這條小階梯，欄干外緊鄰一棵大樹，樹根攀伸過來，一根根緊密貼合一層層階壁，最近那板根微高出階面，稍不留神就會礙腳。

她倚著涼亭外的欄干站住，打開手機信箱。

新朋友：

我妹今天說跟同學去貓空，給我看照片，每次照片都只有她一個人。我有點懼高症，一點點，沒坐過「貓懶」，剛開幕有朋友約，我本想放他鴿子，最後是他放我鴿子。有幾次在捷運站看到跑馬，山區落雷，貓懶暫停營業我就特別想去！

我媽說妹妹來跟我們住之後變得更不講道理，我看她去貓空拍的照片發覺，看起來很卡通，我媽說她以為她可以這樣一直無憂無慮下去，聽起來有點可怕，我爸也暗示過媽媽沒把她帶好，她連應對進退都有問題。前不久有一次我夢見她猛敲我房門，一直敲，原來，這表示很有壓力。

晚安！

昨晚十一點多發的信，可能是睡前寫的，假期結束前最後一封。這三天母親重感冒整天臥床休息，她懶散地在平板上寫了一堆聊天信。她跑回開頭的那封信，那晚看完煙火自山上下來，抓起書桌上的紙片，鋼琴消失那天從灰塵裡撿上來的紙片，照著信箱地址寄信過去。

你好！

你還記得有一天下午去醫院遇見同一個人兩次嗎？一次在院內，一次院外，你給抄了信箱地址。那天下雨，你拿很美的雨傘（說是妹妹的）。地攤買郵票，也許你會記得。

若是都忘了，就別理這封信。也許寄（記）錯了！

祝健康！幸運！新年快樂！

跨年歸來

四十分鐘後，凌晨兩點十四分他回覆時，她去睡了。

雨傘加郵票小姐（MissUaS）：

嗨！好久不見！估計你跟我聯絡的機率幾乎是零，已經不抱希望了，真高興跨完年你忽然想起有這個人，太驚喜！不會是剛剛煙火爆開的聲音像自動傘迸開的聲音吧！我也要跟你講那把你誇漂亮的傘，回家我問我妹去哪裡買的，才知道那是她的愛傘，見重要的人或場合才撐，就那次沒收好被我拿去用了，價錢是四位數的，我真是有眼不識泰山，幸好沒搞丟弄壞，不然就囧大了，賠錢還好，她會哭說有錢也買不到，她就這種人。新年快樂！保持聯絡！

U先生

隔天上午十二點他又來一信。

U小姐：

睡醒第一件事把信又看一遍，確定是你來信，我也回信了。你人在台北嗎？若不是我扭傷腳，真希望能立刻見面，最近常突然下雨，要不要去逛傘店，「破天荒」的買一把「好傘」，不要在隨隨便便路邊攤亂買，或偷借我妹的，有人說傘能代表品味，這樣帶傘出門的意願可能會高一點。我室友一早就帶著她的好傘去見好朋友去了！

U先生

U：

確定是你來信，這句話有點怪，怎麼確定？

聽過 Umbrella 的笑話嗎？山東大妞撒嬌「我不來了！」我爸說的笑話。傘比沙發更能代表品味。但是現在不注重這些了，菜市場隨便買買，299 就夠用了，99、199 的壞得太快了點！有一次買了一把隔天要用就壞了，老婆婆不給換，氣人，原來是紙碗拋棄式的。最記得有次帶一支有點貴的新傘，第一天用，去白雲寺，也是第一次唯一一次去那個地方玩，就給弄丟了。那是一支長柄傘，可能順手掛在什麼地方，淺磚色我記得，看起來不像新的，有街景圖案，好像百褶裙的裙襬，歐洲情調。

謝謝回信，謝謝。

新朋友

新朋友：

白雲寺我很久以前去過一次，我們再去，那裡好像有尼姑還是和尚住，你那時有沒有回去問問看，說不定他們還幫妳留著，出家人不會用有花樣的傘吧，這樣想對吧！假日有出去玩嗎？

U：

懶得不成人形，暫時沒想出去玩。你真樂觀！難不成他們還幫我留著那把傘？沒有十年也有八年了，世事難料，也說不定！你的腳傷嚴重嗎？怎麼受傷的？

雨傘小姐：

跨年那晚下班捷運站人好多，走樓梯彎下去撿一張捷運卡，然後好像是我自己先拐到，也好像是被踢到，結果就超狼狽，跛回家後悔沒去醫院，痛一夜，摀著冰可樂睡覺。今天我妹說我撿的那張捷運卡她要帶出去查查看裡面有多少錢，值不值得這一拐……

收了手機，抬起頭，樹朵堆成一片，朝右邊廟的方向望，山坡上開著一片粉白的花，不覺臉上又疊了一層笑。極不真實，又極為真實，接著分別說到自理的三餐，以及室友——她的母親和他的妹妹。她對他據實以告，只是描述母親的口吻理性而正向，如說謊一般。他說他爸媽離婚三十一年了，妹妹是在離婚協議中懷上的，差點被打掉，為了她又晚了兩年離婚。妹妹和母親住，母親再婚又失婚，現在的男朋友，妹妹極度討厭，賭三個月分手，暫時來跟他住，他們沒有分手的跡象，她也沒有搬走的意思。

廟口聚集的人比平日熱鬧，猶有跨年餘興似的。她加入後這種感覺立刻不見了。她的眼睛像雷達一樣，立即發現那兩個穿黑長褲跳國標舞的女人；高個短髮那位新長出來的白髮在頭頂上裂開一道，黑白分明，好像一片白羽毛停在上面，長髮垂肩那位變化不大。沒有音樂和舞鞋，她們站在第二張桌子前面聊天，陸續有人走過來問：「怎麼那麼久沒來？」高個兒說手痛，問話的人反應如出一轍，「怎麼不是腳痛？」

吉永在第四張桌子邊的椅條坐下來，另一端坐著貌似一塊老薑的老頭兒，從穿著到臉部，手和腳，都是土黃色一節一節的，身體不動也沒表情。

寒暄的人離開後，兩個國標舞者慢動作舞動起來，動作只做五分，旨在暖身複習。高個兒說身體老不舒服，失眠嚴重，昨晚故意喝點酒，情況更慘，哎！聽說今年不利肖馬的人……舞伴溫柔地舉周遭實例破解憂慮，說到腎臟和心臟，好像只是兩種舞具。

總有人忽視漫舞的心靈交流而來打擾，高個兒和人聊天，長髮的舞伴獨自磨練同一個舞步，練得十分到位，連音樂都練出來了。吉永以前也看過她專注在這套動作上，腰臀腳在一條曲線上，一隻手舉得高高的，強烈展示女性的身體和意識。

吉永回過神來，菸味籠罩，旁邊那老頭兒抽菸不動聲色，好似煙從體內自動冒出來。

隣桌毫無預警硝煙瀰漫，他們屏息靜觀其變，煙燻著眼睛，吉永悶咳，睫毛沾了淚水。

對面那兩個女人也常來，曾在第二張桌子分食一串迷你葡萄，她們並肩坐在第三桌，一個七老八十的先生悄悄靠近桌子說了句話，大家本來沒聽清楚，但其中那個頭髮較捲的女人馬上反應極大的斥責他，從重複強調的言詞可以知道老先生問她怎麼不接他電話？女人咄咄逼人重複同樣的句型，你哪個眼睛看到……你哪隻耳朵聽到……你哪根神經想到……。老先生駝著背起先還支吾顫抖跟她討個理由，看她情緒激動聲音飆高，越說越好像她根本不認識這人，站不住腳也找不到縫隙插話，他手撐桌子慢慢移開臉，忽然回頭想再確認自己的處境，降低音量轉向同伴抱怨的那女人又辱罵起他來。

全場鴉雀無聲，對這被當成老痴漢的男人最仁慈的方式就是當他隱形人，他挪動僵硬傾斜的身軀緩緩退場，在凍結的空氣中發出冰冷的摩擦聲。

大家靜止不動，有人高聲一呼：「喂！馬照跑，舞照跳啊！阿彌陀佛！跳舞！跳舞！」

高個兒舞者用台語附和，「來啦！繼續跳舞！」

吉永扭著頭望桌下看，那發脾氣的女人腳上仍舊穿著一雙拼接的七彩娃娃鞋，顧盼自若，好像什麼都沒發生。

吉永站在《心經》前面猶豫著，這時候下山必定得看著那可悲的老先生的背影。老先生她頭一天上山就碰見了，他本來不是一個人，也跟那個羞辱他的女人一樣，有個形影不離的夥伴，兩人身材髮型金邊眼鏡咖啡色格子衫都相似，老態更相似。兩人都背黑色後背包，其中一只裝有伴奏的小機器，兩人隨音樂節拍邊走邊吹口琴，不看人，好像也不看路，好像那琴是橫在嘴上雲遊的階梯，一曲接著一曲，把氣吹進琴格是他們呼吸和行進的方式，難得在涼亭歇息，也還拿著歌譜研究曲子。同伴缺席後他不再吹口琴，今天落到自取其辱糟老頭模樣，慘不忍睹。

她匆忙踩過長梯，急起直追，追到有點喘了才緩下腳步傻笑。左膝蓋犯痠疼，她拉高護膝，嘗試逆向操作，學那些老經驗倒著下山，臉微側向右後方盯著路，沒有想像的難，很快就上手了，只是模樣滑稽。

熟悉之後，又練習臉側向左後方，好使左右平衡。斜坡沉降，階梯戰戰兢兢，彎道充滿彈性，再無需踩煞車。一方面好像整座山都傾貼在胸懷裡，另一方面山又好像一匹馬把她仰馱在背上走，腹背皆山，渾然忘我，碰到缺乏坡度的路面，兩腳馬上僵柴無聊起來。

好像下了封鎖令，路上無人往來，傾心聽著自己的步伐在空山中傳來回音。扭轉的脖子痠了，預見不陡的斜坡，臉不再往後擺，怯怯走四、五步，走得還穩當，心底不踏實，臉又扭向屁股後面看路，反而腳步一顛，身體歪傾。她站直準備重新開始。臉一扭，馬上又直回來，攝入腦中的片影未解讀，再一看，在彎道外出現的那人，正是那位老先生，垂頭喪氣地走著。

瞻前顧後，繼續背道而馳，突然亂了陣腳，她大吐一口氣，兩手扠腰，臉不再忽左忽右，以腳掌撫觸路面，行得正，大方瀏覽風景和景中人。他沒有想像的糟，戴棒球帽的他一向垂著頭，何況自高處走下來，自然是垂著臉，喪氣是真喪氣，出氣的口琴不在了，手上多了一根樹枝拄著。她緩慢挪動，似乎沒在動，有那麼一瞬錯覺他的臉就要貼到她臉上來了。突然他眼睛一亮表情錯愕，以為看見一個雙面人了。她連忙轉身，面向前面的路正常行進。

他擦身而過時，她聽見他用口哨低聲吹著一支曲兒。

42

一大早他們在辦公室談論跨年活動，哪家酒館飯店、哪個親戚朋友的住家辦公室是理想的煙火觀賞地點。蘇熊華早就痲木了，他正在回一封信，想一個詞，聽到他們說去年今天霏霏和小歌上象山看煙火，「怎麼可能沒過夜……」一大聲「噓！」接著一雙小眼睛望向他的座位，其他眼睛也跟著過來。

那一刻他臉色想必非常矯情，比「過夜」這詞更甚的，他介意是這個人這種地方，「小歌」，農曆年後才從這兒離職的年輕人，天真率性、桀驁不馴；「山」，情侶關係之後，他和霏霏再不提這個字了。原來辦公室的人都知道他和霏霏的事了！他還以為他們隱藏得很好。他十分享受這種遊戲，每天把寵物帶至山裡縱放，假裝互不相識，日暮時牠會乖乖回籠。

那幾個同事發現他聽到了，似乎比他還洩氣，他們也在配合演出，佯裝不知道那隻漂亮雲雀的主人是誰，暗中以找尋他倆露餡的蛛絲馬跡為樂。

他暫時不想告訴霏霏辦公室裡的人已經知道他們的事了，好讓她繼續有所顧忌也無所顧忌，他自己也是，順其自然，走一步算一步，不要是今天。

他們深知跨年夜的交通狀況，像一場調情過度、緊繃又漫長的前戲，箭在弦上卻動彈不得。「你在哪裡了？」非但不催促，他們打電話傳訊息互相打氣，擔心自己或對方保持不了好心情。咫尺天涯，情緒感染成連鎖反應。他搖下車窗，旁邊車道副駕駛座的車窗也降了下來，一隻勾長眉尾閃鑽的大眼睥瞟向他，馬上雪一般的眼白推移，他們比賽誰先關上車窗。

去年此時他搭捷運也不好受，每年交互使用不同的逃脫工具，等於是替換著不同的受罪方式，只是痛苦記憶遠近的差別而已。

他和霏霏分別從辦公室離開，不過是各自去帶了個外賣，再到他屋裡會合，卻有如歷劫歸來。他難掩情緒低落。霏霏偏著頭笑說：「我回去換了衣服你看不出來？」「喔？那你比較厲害……」她的眼皮上了彩妝，不只一個顏色，但是融合得非常好，一抹紫金粉特別濃豔，像一截蝴蝶翅膀在眼皮上。實在應景，就那麼點時間，他心想，一間產物保險公司的辦公室確實無法讓她發揮所長。「很美！美得過火！」他掐了一下她的臉頰，有一股衝動撕下這張面具。

他們照常有肌膚之親，如同煙火表演勢在必行，前置作業早已完成，施放只在瞬間。霏霏且預謀與煙火綻放同時進行，掌握時間對他採取主動。他有一種識破她女間諜身分而她猶蒙在鼓裡的興奮。

時間和動作一下子緩了下來，霏霏裹著棉被撲向窗邊，那兒有片小布簾，他每次上來看到它捲著便把它放下，看到它遮著就將它捲上去。今晚霏霏熄滅所有的燈，將簾子捲高，一舉一動透露著圖謀不軌。灰藍冷光中她的胸口像覆雪的山峯，融雪的溪流順著山谷而下。電視機像停在雪山下等候他們的飛行器，裡頭傳來滲透力十足的閃光和爆裂聲，夾雜的現場人聲正是辦公室那群人，帶來不可思議雷電交加的快感。

「傻瓜，看不到啦！冷啊，快過來！」他扯著被她捲走的棉被。

「看不到也就罷了……」霏霏挪回他身邊，故意用去貼玻璃的手摀他臉頰，「我覺得熱呢！看不到也就罷了，還有人看到的全是煙，不是火花，如果風向不對……」

「風向不對？呵，又不是在航海！誰啊？」

「就一個朋友……」霏霏在他臂窩安定了片刻，又說：「你女兒她……」

「喔！你挑的禮物她喜歡，晚上傳照片來，戴那條鍊子，啊！手機在下面，你剛問什麼？」

「你女兒她們住的地方看得到煙火嗎？」

「我只關心一〇一保了多少險？看煙火有那麼重要嗎？我真的沒注意，以前又沒那麼流行看煙火，陽台是看不到，有一個窗戶可能行，如果沒有新大樓蓋起來，屋頂一定可以，我猜啦……」

「她們住過這裡嗎？」

「就是沒住過才慘啊！我後來自己搬過來，這裡原本是我姊夫家買給他們結婚用的，他們住一小陣子就換大一點的，我姊把它推銷給我爸媽，也是要給我們結婚用的，結果也差不多，老婆不喜歡，我覺得挺好的，越來越喜歡，她最不喜歡的就是這個夾層，沒安全感，不切實際她說……」

「她有男朋友了嗎？」

「問這個幹嘛？」

「我看我的朋友交往的對象要是有個前妻，好像就是有個麻煩在、威脅在，一個成語怎麼形容？讓人不能安心，好像有刺什麼的？」

「芒刺在背？如坐針氈？虎姑婆！」

「哎別鬧啦！我說的是好的，不是壞的，前妻每次都會在重要的日子突然殺出來，跟看電影一樣，總會製造一些甜蜜的波折，怎麼你一點前妻問題都沒有？」

「這倒成了我的壞處，也許太無情，我下去把電視關掉！」

「我下去！」

「也不用，把它當作你要的前妻，讓它去吵吧！」他不讓她離開被窩。

她還是下去了，待的時間超出預期，他起身往下探，看她蜷在沙發上看手機，表情凝注，長髮散亂，電視機的藍光在臉上閃爍，上岸迷航的人魚公主似的。

她上來之後，他把剛才看到的畫面描述給她聽，她像屬下被抓到溜班直說對不起。

「沒有不好，剛好相反，那樣子很迷人！」他說。

工作天絕不見面，也幾乎不通聯，辦公室的公事和禮儀為他們製造遠距離戀愛的渴求。週末再碰面場景搬到沙發上，電視機的光暈使她的身體變得不真實，像一張充滿聲光色彩的地圖，版圖未明，上升且輕盈，捉摸不定，像一朵透光變幻的雲，時而籠罩在山上，時而飄浮在山下。可以說一切都是霏霏主導，表示她記得他跨年夜的讚美，只有節目停在動物星球頻道是他的意思，自然界的音響幽微襯底，人聲指指點點如影隨形浮在表面，對畫面上每一個生物現象做出科學的合理解釋。這電視和L型沙發距離太近了，前妻曾批評。他們使這兩個家具完美結合。

聖誕節前夕他約芊芊見面，送她一條星星項鍊做聖誕禮物、一個立體拼圖做生日禮物，芊芊的反應是你交女朋友了？這不像你！以前都是二合一！兩個禮物的確是霏霏建議的，也是她挑選的。芊芊要求看照片，他也大方秀出一張霏霏的自拍照。芊芊說自拍照沒有互動沒有把人放在眼底，不準，一定要見到本人。他正覺得她想法成熟，她馬上問了一個幼稚的問題，你們哪一天來電的？他以為是個心理測驗，為戀愛訂個生日星座之類的。她含糊的說她媽媽也「認識」一個人，日期是參加路跑活動那一天，那一個人也是跑者之一，繼而酸說一對怨偶同時間墜入愛河也算是一種默契。蘇熊華不願意再透露細節，芊芊又說那我看誰會先分手！你賭誰會先分？她說媽媽吧！媽媽那麼理性。再追問那一個人如何，芊芊說也只看到禮物和照片，沒見過本人。他又問你比較希望誰分手？芊芊低頭邊玩拼圖邊說都不希望，真的！太快分手就沒有太多意義了，比較希望分手的是她同學跟雷龍的同學，是他們兄妹介紹認識的，誰知道進展神速，她說她沒吃醋，戀愛讓人變笨而已！一問他們也是朋友介紹的，笑他沒創意。

他不想讓芊芊知道霏霏是他辦公室的人，窩邊草，有點遜，更怕傳入她媽媽耳裡。年輕時他娶了辦公室裡最有能力的女人，現在他跟辦公室裡最年輕貌美的女人暗中交往，似乎越活越回去，這順序調換，或許就是個理想的人生了。

如芊芊所言，分手彷彿遲早的事，愛情對一個高中女孩而言過生，對他則是太熟，乾柴烈火中，他聞見焦味，且還老返童的混雜一種近似燃燒青草的香辣嗆氣。可惜他不能信任瓶罐裡浪漫的氣息，總小心提防著。他不希望它來得太快，也怕對霏霏太不公平。他盡可能帶她外出，開車到外縣市遊玩，無論置身何處，她抓到空檔就看手機玩自拍。起初他怕她要求合照，發覺她懂這心思，完全沒有把他放進她手機裡的意思，他又有點不是滋味。

禮拜五她在他那兒過夜，隔天他準備先開車載她去車站搭車回台中，再回他爸媽家吃午飯。她不坐他旁邊，說台北這麼小，哪兩個同事就住在這一路上，他笑她八卦雜誌看太多了。她坐他後座，臉貼他椅背，手指撫摩他髮根幽幽地說：「就跟他們玩捉迷藏，假想敵，其實誰理我們啊！」

車內情歌煽動，紅燈一停，他抓住她的手，提議一起回他爸媽家吃午飯，搭晚點的車回家。她喃喃：「真的嗎？騙人！那會不會太……」到了下一個路口突然安靜下來，兩手伸到他下巴前面，他愣了兩秒才懂她意思，「這有什麼關係！他們也很跟得上時代，我姊五顏六色塗得滿手都是……」

他留意到她的彩繪指甲消失不見已經是兩三個禮拜後的事了。她將一排寶石般的指貝擱在刀鋒邊緣切一把青菜，於他是誘惑，是視覺享受，現在好像彩虹突然消失了。他不動聲色，帶她去爸媽家的衝動已然過去了。

禮拜一他在辦公室看見從台中回來的她神采奕奕，立刻察覺她手指頭上妝點了圖彩，他竟然笑了。霏霏隱約好像在為他做什麼，又好像從來不是。她說過她很欣賞那個有型有款的美甲師，她們在妝甲的過程中幾乎無話不談。美甲師改寫了一句經典名言，「以前瑪麗蓮夢露說我什麼都沒穿，只穿了香奈兒五號，現在你可是穿了香奈兒十號！」

一直到禮拜五晚上他才看仔細，這回她的指甲除了彩繪還多了亮晶晶的小東西，水晶或是水鑽，他不便和她討論。

他們做完愛躺了許久都沒能睡著，他想到午休她在辦公室對著電腦吃三明治，他經過時問她怎沒去吃飯，她說不想出去，不久同事回來問了同樣的問題，她告訴他們她為找房子煩惱，她不喜歡現在住的地方。他伸手抱緊她，她在他胸口說：「下次再上去那上面。」他笑著含糊嗯了一聲，其實他不想再上去那兒了，甚至想把她布置的小窩搬下來。他握著她的手，即使在被子裡總還是比他的手涼一些。他用拇指撫摩著她的指甲，或許是他的手太粗糙，彩繪層感覺不太出來，只有亮晶晶的東西一小顆一小顆的，讓人忍不住想去摳它。

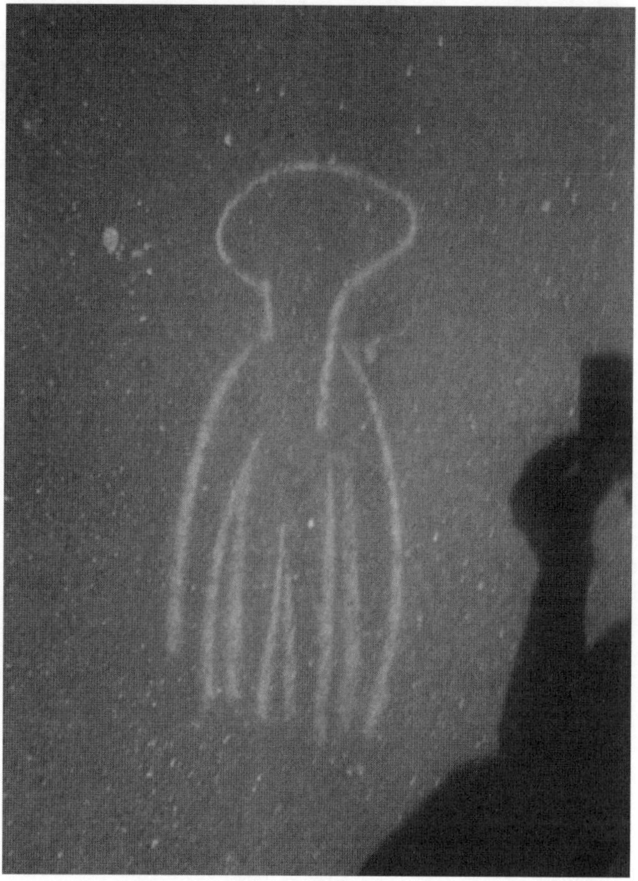

43

天近昏暗，新來的代班警衛一臉陰沉坐在警衛亭裡。他走上前確定警衛看見他了，但沒有反應。他靠近窗口聞見一股油蔥味，一時語塞，好不容易才清楚表達他的來意。

警衛放下二郎腿，下半身往前頂，椅子滑近桌邊，老練地完成了聯絡的程序，絲毫不像頭一天上工。他看得有些不悅，連從帽檐下瞟他一眼都給他逮個正著。

他和一個國中生分站電梯兩邊，國中生貼近鏡面撥弄頭髮，他轉臉打量自己，戴個帽子，戴副眼鏡，穿上一件西裝型的外套，自以為變了一個人。

他在門外站了五分鐘，打開燈揭掉帽子又站五分鐘，門終於開了。

「噢！我說這人是誰啊？快進來！」

「我都忘了！我現在好像不適合去別人家……」

「為什麼？喔！我早就不信那些有的沒的……」

楊媽媽懶得客套，把他丟在門口，逕自挪開，朝牆壁一撫，燈亮了起來。

「還不趕快！我的池上便當！我去穿外套，客廳好冷，剛窩在棉被裡，叫她去幫我買一張床上的小餐桌她不肯……」

屋裡寒冷，陽台門大開。她在房底呢呢喃喃，他走到紗門邊望門外一丁點清冷的暮色。

他回頭看了楊媽媽一眼，用手慢慢推動玻璃門，寥落的燈火撐起垂降的夜幕，點出一條山徑，山在慢慢縮小的紗網裡凝聚，像一把扇子收了起來。

「山上的路燈亮了！」他說。

「亮了，冬天比較早。」楊媽媽扯開便當盒上的橡皮筋，一聲充滿彈力的絃音，「聰明的小孩，我喜歡這樣飯菜分離，白飯自己一格，不要跟菜混在一起！」

他走到廚房拿了一根湯匙。

「還知道我喜歡用湯匙吃便當！」楊媽媽一笑，消瘦的臉頰稍微撐了起來、亮了起來，「用湯匙吃飯會吃多一點！」

「特餐多十五塊，多這麼多，才有這樣飯是飯菜是菜，你吃，吃剩我吃，這樣比買兩個省，你通通吃完更好！我根本就不餓。這一趟回去終於有瘦一點，之前根本瘦不下來，你盡量吃，休假不是吃就是睡，什麼事都不想做，哪會餓啊！」

他在客廳轉了一圈，走到玄關探了探貓眼，倚著鞋櫃邊轉帽子邊看她吃飯。她們的飯廳差不多警衛亭那麼大，不過是開放式的，一張西式長桌，兩把椅子相對。她用筷子點著餐盒，筷子拿來做這用，讚美芹菜梗炒得好吃，魚有魚味，酸菜麵腸她都忘了這小時候的最愛。

他不禁想起那群在喪禮結束後圍著圓桌吃飯的老鄉親，強烈的對比。他返鄉奔喪前楊媽媽就不常下樓了，回來之後一直不見她，排到禮拜六休假，打電話要求登門拜訪，她語氣興奮邀共進晚餐，指定吃池上便當。他靜靜看她用餐，身旁一支立燈暖化也美化了一切，彷彿是一份高級定食。他不曾仔細觀察過他祖母，連這次祖父過世也一樣，卻覺得自己好像服侍這位女士很久很久了，而其實這是他首次在光線充足的地方看著她，突然感覺她是多年後的楊小姐。

她整整齊齊的留下一半飯一半菜，令他在對面坐下來吃。

「真好吃！其實我很愛吃便當，你看我這樣，生活簡簡單單，吃更簡單，是不是很適合住到二樓去……」

「什麼？能吃便當跟住二樓是兩回事吧！」他傻笑看她，她不只一次告訴他，趁現在還行她想試著離開女兒生活，對那種生活她完全沒把握，透過一次次訴說增強信心。

「我們本來就說好以後要住養老院，沒想到我這幾年可以過得這麼像樣，我以為他走了以後我一定會很慘，活不了多久，竟然沒有，但是再一直下去，再好也會變不好……不是說見好就收，你聽我說，我可以先去實習啊！誰叫它就剛好開在樓下，天時地利，這不是天意嗎！以後你可以寫一個老太婆住在家裡舒服是舒服，總不安心，不放心，反而是住到養老院挺好的，那要怎麼好或不好，你多來看我就知道了……」

「我哪行啊？自從你上次偷偷拿楊小姐以前寫的東西給我看，我就知道自己太遜了，根本……很好笑，寫好玩的，本來就是寫好玩的！沒有這樣，時間殺不完，這個工作做不到現在……」

「寫啊！我可以提供很多事情給你寫，到二樓一定更多。你如果要寫一個老人家很淒涼，就寫他每到傍晚五點鐘就會聽到山上飄下來的鐘聲，在二樓聽得……會不會比較聽不見……五點，你正在來上班的路上……」

「好厲害！你說中了，五點我差不多要走到了地藏菩薩那裡，樓上正好在敲鐘，聽鐘聲就知道今天出門是快了還是慢了。你一說我才想到我放假的時候宅在住的地方，每次到傍晚迷迷糊糊好像聽到有飄飄的鐘聲，原來就廟裡的鐘聲，我怎麼都沒想到，虧還每天從鐘聲下走過，前幾天我把我身上的零錢都投進香油筒，牆上貼公告募捐，說鐘樓鼓樓年久失修，難怪聲音破破的……」

「快吃！飯冷了！剛應該先分一半給你。」

「那還要多洗一個碗！我小時候吃便當也很幸福，和我阿公分一個，我阿嬤在工廠有加班才有得吃，我開始想我阿公了……」

「你爸媽呢？」

「媽媽很早就到天上去了，爸爸去大陸就沒回來了！這次回去，以前同事說要介紹工作給我，叫我回去，代課也有……哈！我在外太空的日子快要結束了！我回來第二天睡醒才發現貓不見了！對！從社區提去野放沒放成的那隻貓，我匆匆忙忙下去，忘記安排牠，牠就跑了，之前我窗故意不關，希望牠溜掉牠不溜，這次太多天了，牠看大事不妙，還不是溜了！」

「你沒給牠取名字啊？難怪牠跑了，改天再看到牠，會叫牠回去嗎？」

「會吧！如果牠認得我，如果牠沒找到好人家，房東那屋子爆舊，還不許養寵物。我自己都忘了，我有給牠取名字，叫牠海明威，牠不理我！叫豬血糕也不理！牠以前在地下室其實比我還好命，有美麗的小姐，不只一個，還幫牠準備魚……」他邊說邊將衛生筷折斷放入便當盒裡。

「來說一下，有沒有心儀的對象……我不會問男的女的幾歲……」楊媽媽扶著助行器走到廚房倒果汁。

「哈！他比我早到台北來，他是固定的代課老師，有修教育學分，我是代班的代課老師……他其實想當作家，不過那已經是好幾年前的事了……我現在在網路上看他寫的東西，並不覺得好……」他接手完成倒兩杯蘋果汁的工作，端到餐桌上，和她對飲。

「如果再遇到他，會不會再……」

「如果我有那個衝動叫他的名字，如果他還記得我……哈！他不會看上我的，以前不會，現在更不會，但我想我已經跟以前不一樣了……我猜他是為了某個人才北上的……」

「很多人都是這樣……來了又去……也不知道去哪裡了……」談話突然懸空，她看看右側和前方牆壁，對他一笑，「今天幾號了？我要去那裡，就先準備幾件衣服，幾本書，和一副耳機！缺什麼隨時上來拿，把那塊床墊當作是一艘船，有人自動把魚放在船上，我就不用釣魚生火了……」

「楊媽媽！你越來越文藝少女了！說不定是你寫出一本書來！你要是坐在床上看書聽音樂，那真會氣死旁邊的人，他們差很遠……」

他們一口接一口吃著小泡芙，他希望這樣的談天一直持續下去，或者就這樣結束。楊媽媽要他陪她到樓下安養院看余媽媽，他無法拒絕，想到最近看攀登喜馬拉雅山的人寫的「高度適應日」，在展開下一個高度前先休息閒蕩個幾天，她也許打消往下走的念頭，也許走下去了。

他不想被住戶認出來，先行走樓梯下去。梯間昏黯，落入一種歡聚結束後的陰沉，行屍走肉的腳步聲將不遠處等電梯的小女孩嚇哭，她媽媽沒敢過來一探究竟，光安慰她：「樓梯本來就有人走啊！只是比較少而已，老師有沒有說什麼時候要走樓梯不可以搭電梯？對！地震的時候，對！還有火災……」

當晚他輾轉反側，迷迷糊糊一直在電梯口等著，不見楊媽媽下來，景象跳接到在火葬場等祖父火化，他們一下子從門裡出來，一下子走進門裡，他在樓梯上上下下偏就是遇不著人，終於分別看到他倆，都是經過一番梳妝，穿上最好的衣服，面帶微笑。他強迫自己清醒，一隻爪子抓著他臉。他好不容易起身確定沒把窗戶關死。

他開始在街上、山路上和停車場，隨機尋找海明威。他沒有海明威的照片，他瀏覽手機裡的照片，好像不太信任自己的記憶。畫面滑動中突然一個片影閃過，使得散漫的滑行變成搜尋。

他找到了那張照片，粗獷的雲朵，一排排一疊疊的堆滿天空。記得很久以前，青少年時，祖父跟他形容過這樣子的雲好像乾旱龜裂的土地，他起初看不懂，後來才明白。照片中的「雲壤」有一股偉大擴裂的力量，人們勞勞碌碌在雲壤之間，直到雲壤合一，祖父的比喻應該有這層意思。

他將目光從相簿移向左前方的監視畫面，兩者有異曲同工之妙，似真似幻，有的畫面有主角，有的空蕩，空蕩的別有含意。窗口那人他也把她當作平面的影像看待，隨他高興愛看不看。她手伸進窗口，用指背敲響桌面。他腳用力一蹬，人隨著椅子向後彈，兩肘擱在扶手，十指交錯放在肚子上，微笑著問：「叉小姐，請問有事嗎？」她瞪大眼罵：「你叫我什麼小姐？什麼小姐？你別給我裝瘋賣傻嘻皮笑臉！」他們對看，她驚訝他彷彿變了一個人。恫嚇不成，她繞著警衛亭邊走邊說：「再滑啊！我看你還有多少日子好滑！」

她走進門口時他爆出一聲剛好能讓她聽見的冷笑。他守住監視畫面，等著看她惡狠狠的出現。畫面像被撬開的貝葉，一顆變色發臭的牡蠣獨自待在裡面，他抿著嘴笑，只用鼻孔噴氣。

他蜷在亭內許久沒動，頭稍左偏，恍見遠處微光，偏到頸貼肩胛，圍牆外那盞曾與他相輝映的「梵谷之燈」盡收眼底，只是不再旋轉，虹彩黯淡。

他奮力破繭而出，拖著腳步趨前，想起忘帶手機，轉身回望剛褪去的警衛亭，此時後方圍牆上忽然亮起一片橘光，從這角度看好像連在警衛亭上面，好像一具呆板的身軀靈光乍現。冷光浮在亭內，不明不滅，有些邪門，那是經年累月擺在牆腳的捕蚊燈，牆壁上面掛著一件上衣，看起來比一個人更威嚴恐怖。那件麥稈色的長袖制服，他一直以為是組長的，組長以為是組員的，有一天說穿了，都不是他們的，組長叫他把它拿去丟掉，他例外的沒有照辦，組長也例外的沒有再提，掛那兒一縷警衛魂。

冰冷的空氣凍薄了夜幕和一切物體，隔離在波浪板後面的梵谷之燈彷彿凝在一層薄冰上，黃與藍的彩漩，像從打磨的貝殼薄片透出來。他手抓著手機放在口袋裡，走近那光籠罩的範圍，眼眶下面兩片小反光，正要掏出手機，一個類似知會的彈舌聲，燈光應聲沉沒，一堵樓高的黑浪拱立在眼前。他忍抑著只發出一樣大的一聲「嘔！」手在空中揮打，聲音真好聽，竹葉的沙沙聲。幾盆直挺挺的竹子是住戶棄養的，擱在圍牆邊好一陣子了。他又搔它幾下，嘩嘩的聲浪。一住手靜得嚇人。

他打量回收區，阿彌病了，最近由清潔工每隔兩天收拾一回，瓶罐亂堆，沒有可以取暖的紙類。他疑神疑鬼地趕回警衛亭，站在門外努力觀察亭內物品，說不上來有何可疑之處，桌上他帶來胡思亂寫的簡單的文具撤了，可以是任何一個警衛的警衛室。

他再次仰望亭邊上光亮的窗口，好像人家偷了他的電、他的光，竟有些懷恨。除此之外，光亮背後沒有任何含義、任何動靜，他又有些失望。

44

除夕中午，山上靜悄悄，她想著U先生約見面的事，突然電話鈴響，嚇了一大跳。擴音迴響，接電話的莊園主人藍文輕將話筒攜至庭院，以對等的音量作答。對方問他今晚菜色，他一道道詔告天下，並和他討論食材來源和做法。炒牛肉似乎是他的拿手菜。

她看不到他人。從什麼時候開始他不再伏地鑿伐，使出那種一夫當關萬夫莫敵的氣力捍衛園地，自然屋院給庭樹和野樹層層包圍起來了。以前可俯視的家園，現在揚起下巴也高不過樹梢，屋子像是滑落青谷了。她曾在樓梯上看過一具肥大的肉體仰躺在院子一張大桌上，藍文輕的身分似乎是一個具特殊能力的民俗治療師，或者驅魔人，在病人身上施作功力，那人扭曲著，想必是痛苦的，但沒有該有的哀號，都被藍文輕和其他幾個按抓四肢像在揉麵團的人掩蓋住了。她驚慌逃跑，未跟母親提起這事，她們好繼續叫他藍文輕，一個欺世盜名的勸世作家。有時她疑心那一幕是夢。現在綠林草莽放肆成這般，他要想在院子殺人也成。她原以為他也許病了，無能為力控管綠地，聽聲音，似乎健康愉快；不過，這也難說，每個人脆弱的部位、荒廢的部位不同，偽裝的能力也不同。倒是他那兩隻強悍的忠狗極可能不在了，久未見牠們趴在階梯上，居高臨下藐視過客，儼然山城守衛。

從樹梢的小缺口她微微瞥見一塊發亮的皮膚，藍文輕地中海型禿頂，簡直像一面鼓。她想，她對

U先生的認識也不比藍文輕多。

她沿著邊坡走，不住地向坡下探看，想知道年節揚起的塵埃和炊煙，對斜坡上的樹木和落葉有無影響。多虧U先生，也有人問她今晚的年菜。

「網購了一甕不便宜的佛跳牆，我媽愛吃芋頭。」她說。

「想吃芋頭去買佛跳牆？可是裡面芋頭不是只有一兩塊。」

「是素佛跳牆！會多幾塊，她也愛頂級香菇！」

「吃素嗎？」

「偶爾，盡量，常常，幾乎！」

他告訴她發明 Email 的先生過世了。「我們出來碰個面吧！」他緊接著說。

撥弄落葉的搔刮聲令人豎起脊背，一隻棕褐色攙雜黑毛的狗乍看像一堆凌亂枯焦的落葉，在邊坡下十多公尺的地方走走竄竄。她晃神過，說不上來是她趕上牠，還是牠趕上她。彷彿以同樣的速度前進，牠在她垂直而下的地方，搔刮聲好似在廢棄的營地翻剷熄滅的火堆和掩埋的遺跡，給人一種不明狀況的不安。

第一次在除夕正午上山，第一次遇見行走於坡下的狗。牠長得像電視上的鬣狗，毛色髒污、嘴臉猥瑣，對活體腐屍都貪婪，成群結隊一擁而上襲擊體積大牠數倍落單的鹿或斑馬，活活的咬死撕裂。她最怕看瞬間由明亮墜入極端凌遲酷刑的一雙眼睛，四隻腳一一癱軟跪下，鏡頭通常到流血的傷口染紅鬣狗的尖嘴就會帶開，有時似乎想突破尺度探測觀眾的極限，而在那裡欲拒還留，那樣的苦痛是無法想像的，但憎惡卻清清楚楚。即便是長得像而已，也能輕易撩起落單者的恐懼，至少是喪家之犬、亡命之徒。

她急忙斜切到山壁下，不讓彼此感覺到對方的存在，然後輕聲大步直往山上奔去。這時腰際強烈感覺到爬坡的弧度，樹群如低雲在她上下左右織成一個網袋、巢穴，套在她頭上。

廟庭露台敞空，她投奔過去，用腹部貼著圍牆，好像站在家裡流理台那般安逸。一個人擁有整座露台，令她想起某次漢光演習，山下全城交管，馬路淨空，她站在同樣的地方鳥瞰靜止的城市，只見一個人，或許是個孩子，繞著學校操場磚紅色的跑道跑，像一支不聽使喚的秒針。現在則正好相反，馬路上車行滔滔不絕，那個學校操場卻空蕩蕩，時鐘停擺。

廟庭深處有個卷髮白衣的女人伏在桌上，被白柱子擋住了，有個同性在場到底令人安心。她朝裡面走，看見那女人把手機的電線連到柱子上的插座，邊充電邊滑手機吃點心。

鮮花乍到，爐香猶熱，她默念《心經》，轉身一男一女迎面而來，再看，竟是那兩個身高頭髮長短互補的跳舞的女人，高個兒瘦了一圈。

平日使用的第二張長桌被占去一角，她倆不動聲色在最近吉永常坐的第四張桌子邊坐定。吉永背對她們抽出一冊經書，從兩人交談中得知高個短髮的女人剛辦完先生的後事，現在正坐在先生「那幾日」常坐的座位上，也就是較靠近經冊的椅條這頭。先生是突然過世的，她在山上跳舞的這三十年，先生只在初期上來確認過這地點，往後她跳她的舞，他忙他的活，直到新曆年前突然說要上山來看她跳舞，她說她跳不動了，他說沒關係上山走走，就坐在這裡望她的方向抽菸，她有時看他眼睛都瞇掉了。他穿上山那雙大鞋是撿小兒子拋棄的舊靴，現在小兒子不捨得丟，又撿回去放在鞋盒裡。她笑了兩聲，說他是那種看到野花會亂採的人，被她數落過，那天他採了幾朵含笑花放在口袋，回家拿給她，她說難怪一直聞到一股花香。許是怕她唸，他說他也採了幾朵放在菩薩桌上。長髮舞伴兩手托腮半側著臉靜靜聽她說，她眼神一直停留在她們平常跳舞的地方。以地藏菩薩為分界，吉永從左列經書走向右列經書，回眸看著她們，她所說的坐在那個座位的先生，不就是前些時候突然出現獨坐抽菸的老先生。他那雙鞋她曾多看兩眼，在他身上有點不搭軋，像是永哥的小弟的鞋。

回家後她發了一封信。

U先生：

見面的話，最快這個禮拜六，過完年也可以。

時間最好是禮拜六下午兩點過後，地點你說呢。

楊

他約她在植物園，理由是初次見面在生病的地方，這次應該找個很健康的地方。一年半前的一面之緣根本不算數，較像是終於要跟談得來的網友見面，既怕露出尋覓等人的模樣，又很享受忐忑張望的感覺，連完全不可能的人也故意瞧瞧，藉機沾沾人氣。

年初三，園裡走著好些穿紅衣的人，紅配綠，春色養眼，尤其小孩子，像一筒筒炮竹晃來晃去。她完全不做他想的正是那些穿紅衣的男人。他們開玩笑說要帶把傘來做信物。午後兩點陽光潤亮著園子，嬌滴滴的女士打著傘出來走春，要是他們真如此相約，他一個個鑽著傘下的人兒張望，也是挺有趣的。她還真後悔沒帶傘，張在頭上避免一目瞭然，拿在手上也是個伴，一支長柄傘。

她終於看到一個女人，人美，傘、衣、包、鞋也都配搭得宜，好生羨慕地追隨她的倩影行不由徑踏進植物示範區，女人高細的鞋跟插進柔軟的草地，充滿性暗示，又有點悲傷。

回過神來走回原地，不到十公尺外有個人對著她笑，稚氣的微笑，太孩子氣了，她毫不遲疑扭頭走到花圃邊，在窄窄的紅磚圍圃上坐下來，摘著摘衣肘上的毛球，心底有些懊惱，網上瞎子摸象有何不好，一隻真象站在眼前如何處置。

坐了約三分鐘，朝剛剛的方向看，那人仍立在那兒緩緩試探性地又對她一笑。她也抿嘴笑了。他才走過來，說：「真巧！我們都圍淺灰色的圍巾！還都穿毛衣！」

「喔，出太陽，毛衣都沒機會穿……」

「溫室效應！冷天越來越少！不過晚上還是會冷，還是要帶外套。」

「想應該不會太晚回家……」她手還在袖子上摸索毛球。

「是啊！我也沒帶……」

「你的毛衣和圍巾都很好看！」她像在對穿新衣的小孩子說話。

「你也是！」他說。

「沒有毛衣跟圍巾，冬天就太單調了……你剛來之前，」她瞥著周圍找話說，「我看到一個小姐好美，穿得也很美，撐一支傘也很美，如果沒什麼事我會跟過去看……」

「你這麼不理智，跟過去做什麼？」

「多看幾眼啊！」她自己都笑了。

「難怪你剛看到我有點不情願的樣子……」

「有嗎！我很多時候就會這樣莫名其妙、不加思索……這附近有豪宅，希望那美女不是走進豪宅……」

「豪宅？為什麼？喔……我懂！」

她回家後想起碰面時的情景與對話不時地發笑。他們一起踏遍整個植物園，認認真真從頭到尾打量園裡的植物，帶點研讀的意味。隔天不明原因肩頸痠疼，罕見的胸腔的骨頭也發疼，殺風景的使人不禁要往病裡胡想。那疼在仰臉時被牽動最為全面，恍然大悟，那疼來自於兩個小時忙著抬頭仰望植物園的樹木！山上鋪天蓋地的樹，原來她從未好好仰望過，不曾為它們胸口發疼。

隔了兩天U先生信上說，其實他家離植物園不遠，他想過若再次見面印象依然好，不妨請她去坐坐。她回說那天她開車，心想若相談甚歡，接下來或許可以一起去逛美術館。

最後他們離開植物園，各走各的，各自又有另一個替代方案。U先生將去拜訪一個老鄰居，小時候年夜飯和爸爸兩個人吃，多半吃火鍋，他總按捺到爸爸滿意，允許他去這個小宋家玩才行，也許九點，也許十點，小宋和他爸媽總給他留著一些「好料」，他巴不得拿回家分爸爸吃，又怕惹他生氣。現在小宋在一間電玩店工作，去年結婚，但太太已經幫他生了一個兩歲半的兒子，他給小朋友送紅包去。她也準備了一個紅包要給哲亮的小孩。

話一說開，U先生馬上約她這禮拜六去逛美術館，再去他家坐坐。吉永答應了，隔天才提醒他，她指的美術館不是植物園旁邊的歷史博物館。另一層意思也就是不順道拜訪他家了。

又隔天約定碰面時間，原來所謂的逛美術館是夜間美術館，U先生覺得莫名其妙，好像白晝不存在似的，且夜間與白晝的展覽內容一模一樣。

黑夜和白天怎會一樣？吉永有些自討無趣。不一會U先生又來信說夜遊美術館他也是喜歡的，只是若要那時在那兒碰面，則無法一起午餐或晚餐了，只能純逛美術館，他也為邀她到家裡坐坐做出解釋。有一天爸爸突然說了，怎麼從不見他帶個女孩子來家裡坐坐。不過他可沒有要她和家人見面的意思，光為了表示有個女孩子來過。吉永笑說她懂。她並未反過來說明為何去夜間美術館。

整個禮拜氣溫逐降，禮拜六天氣奇冷，她期待出門，身體卻不聽使喚。和母親吃了午飯，熱湯下肚後歪在床上看書，母親催問多次怎還不出門，發現她竟潛入被窩睡著了。

母親回房歇著，半個小時一到立刻敲了敲助行器，輕喊她：「再不出去天黑了！」

她起身看天蒼地茫，山像一排傾敗的營帳，長噓了一口氣，走到母親房門口探了探。

「幹嘛？」母親問。

「沒有啦！不知道在哪裡，一隻鳥一直叫！」她說。

「嗯，跟早上來我們書房窗口一樣的，最近好像都沒來了！」

「找不到東西吃了！不知道那是什麼鳥？」

「斑鳩嗎？」

「怎麼跟我想的一樣！」吉永終於有點精神，「不知道為什麼想到這名字，聽那叫聲，斑鳩啼咕！」

「是看到脖子那邊的羽毛有斑點吧！我也是亂想的！」母親笑得鬆鬆軟軟，「快出去吧！多穿一點！開車小心！」

手冷水冰，眼睛乾澀，隱形眼鏡像一片玻璃戴不上去，乾脆不戴了，洗了眼鏡鏡片出門去了。

距離美術館夜間開放還有一個多小時，大廳左側落地窗邊有張木椅讓她坐著看書。她看小說有時會用手指掐著兩邊將書合攏，比較已讀和未讀的書頁厚度，感覺所剩無多，重量都落在一邊了，便開始預備告別收尾，巴不得或是捨不得讀完，早就心裡有數了。她覺得應該發明一冊圓形的書，讓讀者猜不到結束，沒有預期心理。

她偶爾抬起頭看窗外，寒風刺骨愈顯現在人們行走的姿態上面，愈能感受溫室裡的安逸。低矮的大木椅像長長的單人床，人多的時候四面可泊個十來個人，感覺背後一籮筐人，一不留神他們全跑不見了。她脫了鞋，和著襪子在椅子上盤起腿來，書也不看，盡放空。

大廳中央築了一個圓台，上面有好幾個綁著緞帶的粉彩盒子，脫掉鞋子可以走上台去拆開那些美麗的盒子，她想知道盒裡裝什麼，卻不想脫鞋更不想走上那個圓台成為展覽的一部分。不知道是那些盒子做得太有心機，還是上台的人掩飾得太好，她在一旁徘徊始終無法看見盒底裝的東西。

一對小情侶從圓台上嬉鬧到她背後，坐下後安靜了，各自「划」手機，這椅子的長寬也挺像隻小船。她用穿著黑色襪子的腳尖去勾釣鞋尖。天色灰沉，照理愈晚愈灰上加灰，但透過寬闊沉穩的玻璃，午後陰鬱霜霾的感覺稍淡了。落地窗斜角外站著一個人，好像也在探看館內的天色。她正要把他看清楚，他走開了。

天啊！是他！額上塌著幾撮頭髮，有一隻穩重可靠的鼻梁，表情有些靦腆，甚至無辜。等著熟人不會，等著一個不熟的人就會露出一副笨拙的樣子。她上前四、五步走到那個斜角，看不見他蹤影，大片的玻璃窗像融冰一樣散發一股吸力。

兩人都帶了長柄傘，在門口碰面時吉永把手伸出檐外，不相信自己的誤判，依她的經驗，降雨機率幾乎是百分百。U先生說：「我家那邊下了一點！」U先生對她戴了一副眼鏡並不覺得奇怪，說剛剛有個小姐和她很像，低頭坐在那邊看書。她隨著他的手勢望過去，她剛離開的位置有個小姐同樣背對大廳坐著，U先生強調：「不是她！」

他們到服務台寄放雨傘，櫃檯的感覺像旅館，接待員在傘把上纏繞號碼牌，兩支格子傘類似，接待員不知哪個領證號碼歸他哪個歸她，他們笑著說：「隨便！」交了傘手一空出來那當下，她有一股衝動，手差點要繞到他手腕上去了。

她好像帶人來參觀自家豪宅，卻未露出識途老馬的樣子。他把停留和移動的主控權都交在她腳上，他亦步亦趨。他說妹妹約他來過，他忘了何故沒有成行，或者他來過他忘了。匪夷所思，她凝了他一眼。一會兒他說：「以前常送一個朋友回家，晚上路過常看這間七彩屋，可能吧，就以為晚上來過。你要不要把外套脫掉，免得等一下出去冷。」

她愣了一下，好像不曾在館內脫過外套，頂多圍巾手套，脫掉外套發現圍巾還在脖子上。他以為是上個禮拜那一條，他也圍了上個禮拜那條灰色圍巾，再一看，她今天的圍巾尾端繡有一個光頭的外星人。

「這不是外星人，我也以為是外星人，售貨小姐說是天使，好吧，天使。而且是保羅克利畫的天使！」她把外套摟著，抑制了想去挽他手的反射動作。

她加快腳步，愈走愈快，走馬看花。他發出笑聲，沒問為什麼，只是配合著她的速度草草瀏覽浮現在動線上視線上的作品，它們目視而存在，經過便消失了。

到了一個僻靜幽暗獨立的小展間，她終於放鬆停了下來。「你餓嗎？想去吃東西嗎？」沒有其他人在裡面，但那氛圍使人不知不覺說悄悄話。他沒回答。

牆壁上播放著一件錄像作品，畫面上空間全白，一個光頭赤腳僅著白長褲的白人男子，憑那體態和動作，可以想見是名專業舞者，否則這一切會變得很滑稽。一個未明的孔洞，不斷有黑色水滴由上而下不疾不徐滴落在他身上，他的肢體，特別是手臂緩緩做著一些動作，看似隨興，但由舞者演繹饒富姿韻。首當其衝的大光頭穩定的在水孔下，可以聽見水滴打在頭頂上的噠噠聲，帶有回音，隨著身體律動濺在肩膀和其他部位，或者落在地上。頭上流下來的墨汁漸漸將臉孔染黑，但他無動於衷，眼睛都沒眨。

她沒想到他對這個表演感興趣，只好默默陪他看完，最後那人當然像掉入墨池一般了。她掉頭離去時他點住了她的肩膀，她回頭繼續觀看，畫面倒回初始，尚未被污染的舞者一身潔白登場，第一滴、第二滴、第三、四、五……滴，墨滴響亮地砸落下來。

掀開布幔她問：「你想完整看一遍嗎？還是接到剛剛看過的部分？」

「哪一種會比較有意義呢？再看下去會被催眠，滴滴答答，我只想到這個人好像一支會動的沙漏，沙漏在外面！」

「哇！好棒的形容！它讓我好有壓迫感，亮亮的黑白片，我頭暈！它應該再接一段，他跳進一池水，把水染黑！」

「你生病嗎？我看你眼睛紅得像兔子……」

「兔子需要冬眠，先找地方坐一下！」

她往等他時坐的那張長椅走去，再沒有更安穩的椅子了，她想往後一躺。

U先生隨她坐下，從她腳邊撿起一張明信片。

「那是我的！」她先驚呼再囁嚅：「我剛坐在這裡掉的……」伸手想拿，手上的外套掉在腳邊。

U先生幫她撿起衣服放在腳上，「你的？你叫楊言永？」

泛黃的明信片，他隨手一抹，還真抹掉上面可能是腳印的灰塵，交到她手中，她又抹了抹，邊說：「好險！是要謝謝你，還是剛剛那個滴墨人……」自背包拿出一本書，用力把明信片嵌入書頁裡，再把那本書像手風琴般整個大張開地翻撥，確定它不會掉出來。

「上個禮拜無意中翻到的，越用力找越找不到，不找了它就會自己跑出來，夾在這本書裡面，怎麼會有這本書？應該是看過，又像沒看過一樣……」

「書就是這麼吃悶虧，連看好幾天卻很快就忘了，像剛剛那個被滴得全身黑壓壓的人，我們怎麼會忘記！」U先生說著把她外套右手的袖底拿在她右手邊，「把外套穿起來吧！我去把傘領出來！」

「你還記得傘啊！」她將圍巾擺在外套外面，確定天使圖案顯露在外面。

他拾起圍巾，對著天使說：「他也是光頭，看起來有點不太快樂。」

「楊言永是我姊，本來要拿給我媽看，又不想了……」

「怎麼回事？」

「你先去領傘吧！」

他站起來，她仰臉看著他說：「你知道嗎，楊言永長得像植物園那個美女！」

他笑著撥了撥她額頭上的頭髮，斜斜地朝服務台走去。

45

「什麼？棉被？不是已經有了？還冷？再一件？好！等一下！」

「楊小姐！你聽見嗎？晚上楊媽媽在浴室跌倒……」

「她好壞！一直在外面敲門，拚命叫哥兒！開門！」

「快來幫忙！病人的家屬昏倒了啦！」

她終於要到一件棉被給蓋在身上，幾句交替浮現如咒語的話漸漸平息下去。

她緊閉雙眼，她熟悉這場景，這是父親和母親待過的急診室，她來找母親的路上它就出現了，彷彿人已經在裡面了。她了解自己的處境，沒有外傷、證件和家屬，體溫、血壓大致正常，算不上意識不清，無立即處理的必要，他們心照不宣的將她放在即刻救援的動線外稍候。

臨近走道，或快或慢移動的聲響、或強或弱疼痛的哀嚎、救護車的鳴笛戛然而止，成了耳畔近、中、遠三個聲音區塊，她在上面漂浮不定。不只一位車禍傷者被送進來，她多次聽到邊界停車處一個指揮若定的人聲，是那個看門的老警衛，她和他說過幾句話，他總是主動打招呼、幫忙推輪椅，聽他語氣大致可以判斷危急的程度。

燈管依然慘白僵硬，然而蛋餅三明治的油香味，使人感覺連內和對外的通道滲進了天光和人氣。天亮了，急診室不再是眾星拱月的地方，一夜太空漫遊各種病態踏實有底了。經過等待和忍耐有病人在護理人員的勸導下準備待會去看門診，警衛建議他先到對面吃個早餐再回來。

她用心眼看到自己，一個披頭散髮的女人躺在那裡，棉被在床上堆成厚厚的小山，根本看不見有呼吸心跳。她剛被送過來時有個白衣天使移開她的外套和圍巾，她抓在身上不放。人來人往，沒有人碰撞到她，那薄床倚著一根礙路的白柱子。人們瞧她大概像個被撿屍或安胎或慣性服藥自殺的女人，不哭不叫，也不礙事。有隻手想揭開她臉上的散髮，忽然收手，大概以為這是為了擋光。

雲端一覺，兩個鐘頭好像兩個晝夜，她賴了一下床，盼著有人來關照，或許意外查出個什麼病症，好繼續躺著被推來推去。她用手梳理頭髮，推開棉被坐起身來，穿戴蒙在被裡的外套和圍巾，確定巾尾兩個天使可分別讓迎面和背後的人看見，然後若無其事下床走了起來。

凌晨匆匆一面又分離，這時她來到病房，和母親默默審視對方，除了驚恐蒼白，彼此好像沒有想像的嚴重，亦即日子應該可以照常過下去，還不需另作打算。護士說母親斷了一根肋骨，她都不太相信，可能她這一昏，使得母親堅強起來。

母親說小施給我們帶早餐來了，附註晚班警衛，再附註施烈桑，好似經過漫長一夜，很多事恐怕給忘了。母親右臉頰上有瘀傷，到院時做了檢查，可見真沒摔傷腦子，還能說笑，只是她每次看每次覺得瘀青加深變紫，忽然想起美術館裡的滴墨人。她慶幸早一步下床，那副癱瘓樣沒被看見，母親說施烈桑下樓到急診室打探她去了。

她在洗手間呆立著，施烈桑和母親談話聲嗡嗡迴繞，夾雜隔壁病床病人和家屬的聲音，新舊病人都像早起的鳥兒般興奮。幽閉使她噁心，她急忙扶住洗臉盆，臉垂向蒼白冰涼的瓷盆作嘔，愈垂愈低，幾乎要埋進去了。她兩手不斷用力向下壓，好像與敵人搏鬥，壓著它的肩膀制伏它，她的肩膀也同樣被壓著，腦子一片空白，瞬間重重下墜，發出可怕的類似一頭撞破牆壁的聲音，一切都好安靜了。

早晨施烈桑來到病房，母女倆一派悠閒坐在床上和陪病床上分看一份報紙。他下班回家梳洗過才來，精神颯爽，像是來接人出院的。

明知他要來，初映入眼簾兩人又總有些錯愕，好像不曉得這人是誰。楊媽媽從施烈桑帶來的平價美食得到一個感想，小資男（施烈桑）比小資女（楊吉永）懂得享受生活。吉永嘴角露出一絲冷笑，心想他一個人啊！

「這樣太麻煩你了！我也想來試試醫院的伙食啊！」楊媽媽說。

「難吃死了醫院伙食！」隔著簾子病床上的鄰居加入討論施烈桑在捷運線上買來的各種庶民美食。

「楊媽媽！你要是喜歡吃這些東西，那你可以考慮住到中南部去……」

「啊你也是南部上來的，難怪……」鄰居說。

「行嗎？我中台北的毒很深了……」楊媽媽笑著說。
吉永臉看著別處喃喃道：「她怕死南部那些親戚了！」
楊媽媽又說：「我啊太老了，不然真的可以去試試看，換換生活和口味，還可以省錢……」
「怎麼會老！」施烈桑說。
「你幾年次的？」鄰床婦人接口問。
楊媽媽窘笑著顧左右而言他。
吉永悄悄走出病房，好讓他們隨心所欲談話，尤其是楊媽媽。
施烈桑來訪後，好像一天最好的部分結束了，她們多數時間昏昏沉沉臥床睡覺。這幾天都當班的護士小聲說明原委。
「你不知道，那天她女兒還在浴室受傷，這下正好，一起進廠維修，你去看！洗臉盆整個被壓壞，換新的了！」
「哇噻！這是在演哪齣的！」
吉永縮在低矮的陪病床上聽到這段對話，嘴唇抿笑成一直線。她手腳多處掛彩，只皮肉傷，才不像母親那般麻煩。
鄰床婦人趕她先生回家老說一句台語，母親翻譯給她聽，意思是「別在這裡抓蝨子互咬！」她這下受傷母親更變本加厲嚷著出院後要去住安養院，她冷笑回說：「你連陪爸看病，附近一個老人嘴巴牙齒一直發出一個聲音都受不了了，你怎麼去啊?!」「此一時也！彼一時也！」避免互咬最好的方法就是躺下來睡覺。

午飯後兩人又分頭睡起午覺，鄰床婦人像受到感染，也是動不動就睡。吉永醒來故意大動作，絲毫吵不起她們，索性搖母親肩膀，說：「再睡！護士小姐要罵人了！她說要起來活動了！」母親無動於衷。

她既暈眩又飢餓，跛著腳下去一樓便利商店買蛋糕和咖啡。她站在商店前門看著斜坡上來的車一個轉彎停在醫院門口，黃色計程車一部接一部，好像快撞進來了，還真希望撞進來。她看見有人撐傘才知道飄雨了。醫院是名副其實的雨室。

她從後門晃到隔壁花店看花，買了一個氫氣球拿在手上。警衛在門口遞傘套，一個穿軍綠色傘狀大衣的女人毫不理會逕自走進來，旋轉著手上倒立半開的雨傘甩水，好像玩著一個大椎子。

大廳寬敞冰涼，加上那枚輕揚的氣球，暫時沒有雨天的潮膩，身上的傷口得到水氣和咖啡因的滋潤而放鬆了。她就這樣一手咖啡杯一手氣球在醫院裡亂逛，感覺像在一個汽車總站。她攔了一大束鮮花後面的小姐問，今天禮拜幾。再攔一個把連衣的紅帽子戴在頭上的年輕女孩問現在幾點了。再乘手扶梯上二樓，緩緩沿著牆壁上的攝影作品走，轉爬安全梯上樓，從診間門外探望父親的主治大夫，頭髮的捲度沒變，但皮膚黑了點，眼神憂傷了點，診間布置著閃亮的裝飾品。

忽然有個坐在椅子上的老婦人從後面拉她衣服，仰臉指著氣球問：「這種氣球要多少錢一個？」「兩百五。」她說。「哇！不便宜！等於掛號費喔……喜歡就好！很漂亮！我就知道跟那種自己吹的氣球不一樣，灌了不知道什麼空氣在裡面。」老婦人頻頻點頭。

隔天上午鄰床婦人好像終於睡飽了，一陣嘰嘰喳喳出院去了。清潔婦來把隔簾推向牆邊，旋風式的打掃了屬於這個床位的使用範圍。吉永跟著把隔簾推向牆邊，房間頓時敞亮起來。她察看床位，如潮水沖刷毫無痕跡，走向好似歸這床位所有的窗戶，宣稱：「這裡可以看見山呢！」

「那是什麼山？」母親坐在床上望過來。

她大大地聳了一下肩膀，說：「不知道！」

下午四點多，為迎接新病人，白衣天使忙進忙出。吉永背貼簾幔兩手抓著簾布緩緩挪動，彷彿披上一件大披風。母親喃喃：「就是不給我們自己住一晚，也來不及說我們想換到窗那邊去！」腳步聲又起了。吉永糗她：「怎麼可能！有多少資料得改！還說咧，你現在不是很隨遇而安！」

連同護士和看護，進來六、七個人。病人和行李大致落定，護士又俐落匆匆出去了。隔簾有個年輕男子的聲音說：「這裡可以看見山耶！」離她們較近語氣抑鬱的女人說：「山？什麼山？」「陽明山！觀音山！」男子淘氣的說。「胡說！這一點概念我還有！」女人勉強擠出笑聲。

她們從巷道繞進大樓，遮著施烈桑提供的一把大雨傘，細雨打在母親腳板和吉永後腦勺。電梯裡遭逢總監，一種屋漏偏逢連夜雨的坦然，完全無言。她開頭結尾各講一遍「哎呀保重啊！小心點啊！」中間說道隔壁棟一個同齡的「林奶奶」年初二也是在浴室跌倒，可沒這麼幸運了！臨去前還抹了母親手臂上的雨珠。吉永一貫的淺笑，電梯門一關，母親說：「很節制，上帝保佑！」

吉永將輪椅推到家門口，母親催她：「好了啦！快去！」「那有什麼好急的？還有人要偷啊？」她執意把輪椅推過門檻，命令般的：「你先在這裡坐一下！」

她匆匆奔下樓，遠遠看見雨中飄晃著一枚銀彩的氣球。她們下計程車的地方，一個殘障停車位，她把氣球綁在母親新的助行器上，助行器四支鋼管在雨水中越發晶亮。

她一進門，母親即開始解釋她是扶著鞋櫃慢慢從輪椅站起來，再慢慢挪到餐桌邊的椅子坐下的，坐下來就開始在按摩僵硬的手腳。

她什麼都沒說，自去抽了衛生紙擦掉助行器上的雨水，然後把它拿到母親面前。

「哎呦，冷冰冰的！拿這個好像搬一張桌子四支腳在走，幸好是空心的！」母親揮開那氣球，又用頭去撞了它一下，抓扶著那鋼架子一步步向客廳中央移動。

她隨侍在側，看母親沒打算坐下來，便去打開電視，用抱枕甩打沙發，再去開暖扇。

空氣依然凝結成塊，見母親還立在門邊，她便過去。山彷彿膨脹許多，看不見樹幹，樹冠一叢叢蓬如小山，一縷山嵐懸浮在深綠處，山居屋簷的青苔更厚重了。

「雨下一下樹都綠了！還有幾棵綠不了！」母親推開紗門說。

吉永開口發覺自己在流鼻水，「樓梯旁邊那幾根像釣魚竿的大竹苗，葉子都迸開來了！竹子又抽高一節，好像叫拔節，在一首詩看到的……」

她們望著兩把傘消失在樹林裡。

「下雨天這些人上山做什麼啊！你看！那紅紅的是什麼？」

「紅紅的？」吉永走開了又轉身回望，「立了一塊告示吧！好像吧，方方一塊……」

「寫什麼？」

「哪知道啊，千里眼！你不是有望遠鏡！」吉永邊走進廚房邊說：「就這幾天立的！叫你要小心啦！我去煮個麵好了！還是你想吃粥？啊！地瓜都發芽了！」

「入山小心！蛇類出沒！」從她家望見的紅色告示牌上就這八個白色大字。

出院後第五天她上山報到。這些天落雨幾無間斷，她和母親比在醫院更病懨懨。柴山濕漉漉，望而生畏，今天不能不出門買菜了，在沒有心理準備下拐彎上山。

槍林彈雨，鞋襪很快全進水了。山像一朵蓄滿水墨的雲，無邊無際。她雙手用力撐住那把傘，鞋襪吸住她，整個像附著在山路上的一朵蘑菇，奮力脫逃。

山在旋轉人也在旋轉，山淚汪汪人也淚汪汪，周圍樹木片片斷斷不斷流瀉，人漸好像溶在雨水中了。

雨漣漣的傘截去大半景致，傘下的山路似一柱倒臥的巨木，她爬在濕滑的樹幹上，背後緊咬著潮茸茸的雨浪，一波波欲將人吞噬。與這山的一點交情和把握幾近瓦解，它面目全非，豺狼虎豹地欲將人生吞活剝。心跳加速，節奏強烈到難以支撐，她努力穩住自己，緊繃著上唇，看似面帶笑容。

樹液不停流瀉，她越走越覺陌生，遙不可及。她不停的跟自己說話，說什麼也聽不見，滿池水蛇在耳裡滑進滑出。她突然體認到受苦未必使人堅強，她依然膽怯，山下的病人是她的錨。

腳板一聳一聳的，榕子的爆裂聲碾在心坎上。鞋底被磨平了，愈加用力抓地。她緊盯山路，不敢東張西望，尤其不敢回頭，免得節外生枝。

終究還是扭頭望向邊坡外，滿地樹木枝葉垂斂神情肅穆，像宣誓加入恐怖組織視死如歸的一群人，她急忙斷開視線，深怕上了那股神祕力量的勾而給拖下去。她保持高度警覺，眼底的景物不知不覺撩起的思緒和想像，又使警備狀態稍有緊張鬆弛高低起伏。

坡上的涼亭也被雨壓得低低垮垮，靠近邊坡一道裂紋自亭腳延伸到路上，止於樹下一小圈樹穴，陰濕中分裂深邃，裂開來的一道狹長的路肩像剝開的一塊餅，隨時會掉下去。樹下積著一小潭水，幾個雞頭被水泡得像塑膠似的，雞冠毫無血色。

穿過涼亭這支大石傘她稍定了定，冰麻的手把傘從頭頂嘩嘩揮開，眼睛仍不住的鎖住下一步，亭階之間擺放著兩隻沙包已被踩扁，幾根纖細青苗自沙包麻袋鑽了出來，像小青蛇搔漾著眼。使她閃神的還有亭內彷彿坐著一個人，十分纖細的女人，像個女童，完全被亭柱遮藏，被她揮開的傘遮藏，背靠在亭柱上，手腳併攏呈一個白色L形擱在椅條上。

離開涼亭十多步她鼓起勇氣回頭一望，一個微笑一縷白煙飄忽消散。那一刻是絕靜的，接著雨如落石轟隆隆打在波浪板上，亂了緊鑼密鼓上山的節奏，她腦中一片空白。

彈珠青的遮雨棚將人從土地公門口接引至地藏菩薩面前的水泥屋蓋下，於是雨聲馴良，不再凶猛粗暴。收束在手上的傘不停的淌水，裡外皆濕透了。鑒盒上的兩塊筊看起來也濕透了。供桌上有一把糖果，幾顆油亮的野金桔好似剛從樹上採下來。

水氣潮濕牆根，掛在牆上十來支老舊塵封的長柄傘略得滋潤。她一路淋雨下山，過後發現這兒竟有長排愛心傘，當作笑話說給父親聽，此後傘不離身，沒有機會借調這批傘軍。

父親說起很久以前她們小的時候，他淋著雨去車上拿傘，他剛走她們即發現風景區備有任人取用的愛心傘，她們嚷著要去追他，母親不肯，他一回來她們就搶著報告這裡有好多傘，母親說她原本不想讓他知道，最後選擇不講，免得她們又怪她愛操控人。吉永說她記得，她們頻頻追問為什麼不讓父親知道有傘，父親說了一句，她怕我淋了一身雨還徒勞無功。

刨動的步伐一停止，她便覺得身體鬆散無力，看見椅子連忙坐下，掀開褲管發現小腿癒合的傷口滲出血水，並非最深的那個傷口。褲管濕到膝蓋上，坐著愈覺冰寒泡水，起身徘徊，庭上踱著連她在內三個女人，沒有男人。

露台濕滑多水，靠近圍欄的地面上映著屋簷一片藻綠。地藏菩薩桌下如潮水漫過，《心經》冒著水珠，有如退冰，天花板上的水珠更大，幾顆尤其低垂飽滿，映著橘紅燭火，像極她們小時候吃的魚肝油。

一隻不起眼的蛾服貼在蒼白的牆壁上，姿態如鷹展翅，翅膀上有細緻的灰階花紋，她朝它吹了一口氣，與標本無異。燈籠的紅流蘇低垂收斂，獨有一串給蛛網纏繞而往上翹，像奔跑的女孩揚起的髮辮。

她一再觀看周遭靜態的物體，它們恢復靜態，桌子椅子，經書善書，倚牆疊立六、七個如虹橋的呼拉圈，柱子上一面橢圓形的白框鏡子。就是不看牆壁上的時鐘，也不看露台外的雨幕，雨勢她心底有數，險象環生也有數，暫時不去擔心它。

46

「看你多會下!下膩了吧!」她裹著被歪在沙發醒醒睡睡，時而面向紗門冷嘲熱諷。

氣象局連日發布濃霧特報，有如巡迴演出，每日上午傳來各地機場因霧關閉的消息，這天晨霧悄至，她瞠目結舌，急呼吉永。

能見度到陽台圍牆，厚厚實實白濛濛一堵凝結在那兒，再看彷彿要漫過圍牆來了。

「我不知道發生什麼事，只是嚇到，山呢?山不見了!視網膜剝離也不是這樣，是我又暈眩了嗎?從來沒有這麼濃的霧……」她說著都有些喘。

起了場不尋常的大霧，氣氛詭譎又帶點幽默，有助她輕鬆脫身。她說待會有人會來接她下樓，她與他們約好就這禮拜六。吉永看母親難得精神起來，便由著她去，鬧鬧也罷。

早餐後真有一白衣小姐來按門鈴，母親給攙扶上輪椅，交代「你有空再下來看看，記得帶那四隻腳的!」腳上長輪子，一溜煙人不見了。吉永甩著手上的水穿雙鞋追到門外，只見電梯門縫裡一個白色身影。

她走近窗邊，看著床上酣睡的余媽媽，眼睛濕熱像見到永別的母親，又看她了無生氣彷彿沉在缸底的魚，直想掀撥水波叫她活動起來。

窗外無一絲霧絮，一片鹽灰海綠，讓人有些失落，臨走前那霧分明還在陽台外站崗，待會吉永下來要跟她說，怎麼樓上樓下差別那麼大，霧是散了還是下不來？

十點鐘方向的斜對岸即是那被迫搬遷的墓園所在，草木圍拱，掃墓與否不得而知，遷移與否也得要問問吉永。

靠窗的床位與眾床位之間多了鏤花的木屏風，屏屏相連作為區隔，負責人蕭姊說要獨立出來就只是這樣。

「這窗封起來不真太可惜，好天氣我們這青山綠水好陽光也分給我們這些老天使亮亮眼睛，所以我們就用這個活動式的，改天看要怎麼規劃，我不會只這樣就停住的，你相信我，你們等著看，我有很多很好的想法，三樓我要是談得下來！資金啊！資金還沒到位！你也知道！談得下來，就另外做高級套房，我知道我們很多台北人生活品質本來就高，那種像鳥籠的哪能滿足他們，跑到深山林裡又太不食人間煙火，現在不說太多，免得又有人要扯我後腿……」

那女人一次看比一次龐大，一開口說話她還真怕，活像茶壺的水滾了，令人坐立難安想過去扭掉開關。這改變也太快了，之前頗能聊上兩句。

蕭姊未看出她的失望，還強調為迎接她這嬌客而立了屏風。她很快即發現這兒除了她和余媽媽還有第三個大樓住戶，只早她兩個禮拜入住，難怪她覺得那白衣小姐眼熟，原來是七樓的青蓮小姐，但那隔著一層的神情和口吻都像外國人了。蕭姊說起她們母女住進來的事，她興致勃勃聽了幾句便好生厭惡。她總說得好似她做的是慈善事業，她們幸運得救似的。她說她們樓上房子是跟親戚租的，沒有面山那間小的，現在青蓮把母親帶到這兒，她有份工作，兩人住也有著落，多一舉兩得，多餘的東西放在她介紹的出租倉庫，母親失智日益嚴重，她來幫忙照顧別人的父母，不止一個人照顧她母親，這多划算啊。

她猜想青蓮會對她產生敵意，或是特別親切？她庸人自擾，青蓮謙恭有禮，淡若浮雲，並未對誰另眼相待，她因而些微感傷。但她還是喜歡看她聽她，在心理上倚賴她，多過其他純粹在這兒做工賺錢的女孩子。每次看見她那認命到稀鬆平常的神情，她又自覺對不起青蓮，因為她心底總想著，我可不要女兒變成這樣！青蓮是出不去了，但吉永可以！

她想該不會那女人都拿這個當誘餌，把她們一個個釣上賊船，青蓮和她母親也有個靠窗面山的床位，在同棟樓兩個媽媽隔壁，形成一個特區。青蓮回到簾帳內頭一個動作就是轉動音樂盒，隨後一股脫俗香氣漫過來，因她的名字，使人自然聯想到蓮香，集體腐臭立即退散。她在外面一天講無數回「好，我先洗個手！」下工前必定加倍洗淨，趁手未乾重重塗抹乳液，那聲音像赤手空拳打某種中國功夫，所謂做粗活，勞碌的都是一雙手。接著是她快速褪換全身衣衫，布料摩擦的聲音。她母親遊蕩在理智外天馬行空反而好些，倘回神認真說起話來，充滿煩憂與壓力，令人難受。青蓮一次又一次扭緊發條，讓那段童話音樂一再重複。有時她用 iPad 播放連續劇給母親看，偶爾她們下跳棋、玩大富翁。

余媽媽較精神時，她也用 iPad 找可愛動物給她看，努力練習呼叫各種動物名稱。她們都不愛去交誼室。她盡心盡力習慣這種半實境秀式的生活方式，將自我縮小，把別人放進來，克制自我，關心別人，無一不是正念。吉永來訪時也不敢跟她耍性子了，不能只說她想說的話，至少表面上是接受事實了。她跟吉永耳語青蓮母女的事，慶幸她們勇於改變現況，但聽來卻像讚揚女兒的孝行。

下回換吉永跟她耳語，說青蓮窗口擺的瓶罐花草最好看。「種土還種水啊？太多會生蚊蟲，我給咬了好幾包……」「噢！我說看起來很美，你卻……晚上從樓下看上來很美……」吉永趕緊轉移話題，說暴發戶那一列豪宅有一扇窗連日擺著一大盆花，其他倒看不見什麼，只有簾幕和一排鍋子。「不會是假花吧！」她說，「我們的可是真花！」

吉永又說她從山上往這邊看，山上的樹映在這一面玻璃窗上，她掉頭看著窗戶說：「怎麼……喔，窗簾拉起來的時候！怎麼個映法，我們又看不見……有時候太陽大得要遮一遮窗簾，差了十幾層樓，就看那些樹，也不是山了。晚上燈關暗了，從這裡望出去，哼，還真像飯店窗邊……余媽媽她媳婦說他們樓上的房子準備要賣，好像她小兒子不同意，說他想住，想買，等他明年拿到退休金……然後要請外傭，把媽媽接回去住，傻孩子！想得那麼簡單……」

「我們隔壁那個男孩子在學烏克麗麗！」吉永不想討論任何何去何從的問題，又把話岔開。

禮拜天清早，外傭和家屬列隊推著輪椅前往教堂，無關基督徒與否，只要家屬同意參與這項戶外活動。蕭姊笑盈盈過來詢問，她舉起女兒從山上寺廟拿給她的《金剛經》當擋箭牌。「喔！我只是問一下！」蕭姊的肥臀撞彈了余媽媽桌上的絨毛娃娃，「我看得出來，姊姊是有信仰的人！」

吉永說她在陽台邊看見輪椅一部接一部自大樓滑出去，好像一列小火車，相當振奮人心。

少了些人，院內多了些氧氣，無神論者呢喃誦念《金剛經》，「如來善護念諸菩薩，善護囑諸菩薩……一切有為法，如夢幻泡影，如露亦如電，應作如是觀……」寧靜油然而生。

夾在經書裡一片枯葉掉在地上，乍看像誰的腳帶進來的泥巴，她緩緩挪下床準備去撿，卻讓過來關照余媽媽的看護工早一步給踩了。

小施來看她，她特別歡喜。他來必定伴隨著兩個人的一餐，有時是不一樣的食物交換著吃，有時還有烤地瓜當甜點，用湯匙挖著吃。盛裝外食的塑膠袋沙沙聲變得如此美妙。他們怕蕭姊來搭訕，悄聲說話。

隔壁青蓮和母親也正在吃飯。她母親反覆說著一句話，引發他們豎起耳朵，還像回聲狂似的，耳朵聽到什麼禁不住嘴裡也講一遍。青蓮乾脆滿足他們的好奇心，重複母親所說的話，「好！我聽到了！記住了！你做園藝的朋友告訴你，六月五日以前，種下去的杜鵑，才趕得及明年春天開花！」

兩人張著嘴，不約而同發出一聲「喔！」她指著玻璃窗，低坐在窗邊的小施回頭瞧見對岸粉白的花朵，兩人會心一笑，久久不再說話。

她忽然問了句話，小施不知道她在說什麼，再問一遍，「你那施烈桑真的不繼續了？」小施一聲噓，笑個不停。

「不了！不了！不了……」

「我看挺不錯的，說真的！這樣笑是什麼意思？就算了！作廢了！」

「楊媽媽，你知道嗎？滄桑，桑樹，不是傷樹，原來桑念桑，沒捲舌，傷有捲舌，傷心，傷害，傻傻分不清楚！撕裂的撕，不是施，施同屍體的屍！施烈桑跟撕裂傷，根本不同音也不順口！」小施把耳朵都笑紅了。

「可是施同詩人的詩啊！都捲舌啊！」她繞口令似的說完，也跟著失控直笑。

「以後這就當我們的通關密語，你是誰？我是施烈，桑！好！自己人！開門！」

小施是她打聽吉永動態的唯一人選，又不好太明顯，每次問小施有沒有去爬山，想到他走山路往返租居與工作兩地，隨即罵自己傻掉了，依然每次問。

移居樓下連煩惱都是新的，她感性地告訴小施。跟她一樣時候到了，小施決定離開警衛這個工作。

以前同為代課老師的同事找他做課輔班，投資者有一個是正職的老師，他認真考慮這事。這想法開始萌芽他便不再把一副監督者之姿的叉小姐放在眼底，愈是這樣叉小姐愈不敢找他麻煩。他是保全公司難得新手上路做滿一年的晚班警衛，兩年十個月簡直是個紀錄，公司為了留人，安排他到附近另一個社區上「正常班」，他其實興趣缺缺，當作一種體驗去試試。他已經成了夜行動物，早上根本爬不起來，白晝的時間僵化，白晝的景象刺眼，他渾渾噩噩挨了兩天就辭了工作，公司央求他做滿一星期都無能為力。

突然無事一身輕，不再晝伏夜出，他清早走到山路上來，往返的兩段山景對掉，心情也全然不同了。他碰見楊小姐，她有時看書，有時拿個本子寫字，有時在手機上寫字，總是低著頭，好像很閒，也好像很忙。他不知道怎樣描述楊媽媽會比較喜歡，比較放心。

近午，楊小姐在山路上駐足，他鼓起勇氣過去告訴她，他離職了，即將離開這裡。她有點反應不過來，好像他在徵求她的允許，經心一想吐出一聲喔！他趕緊問她在看什麼。她想了想說她在看山壁上的植物，說起這塊山壁以前崩塌的情景，用了一些形容詞，像從一隻「破袋子」嘩啦啦洩出來，曳著山崩時流下來的土石，跨越彎道往邊坡下衝，路被衝垮了，封鎖整頓，泥灰鋪山蓋樹好一段日子，那陣子楊媽媽生了一場病，愁雲慘霧。新造的山壁像一塊「格子煎餅」，她想知道它的質地和硬度，用手指去掐，又拾草莖樹枝去刺，不軟也不硬，像塊「軟木塞」，先是草本植物，接著藤本後有木本，到現在雖被遮蔽了，但總覺得不真實。

他說那次崩塌他可能還沒開始做「穿山人」，他知道有一種補救叫做地錨。這裡路窄坡斜又是彎道，格子煎餅雖然罩住崩塌，但爬下來三道裂紋，和沿邊坡欄干的一道裂隙形成三個十字交叉，只要山上有工程，工人就會順便拿些水泥過來填補，沒有治本的方法，怕愈治愈烈，欄干殘破也不敢動，提醒她當心。

她輕輕上前望坡下一探，笑說坡下初修補好，是一片「山埔新生地」，有人種了南瓜在上面，路過的老婦人喜孜孜地指說那是南瓜，但過不多久姑婆芋、芒草、甘蔗、昭和草許多植物都來插旗搶地盤，還有一棵桑樹。她喃喃，不過這樣看不出造假比較令人放心。他懂她意思，離格子煎餅不遠有一塊新修補的像水泥牆的山壁，牆面鋪有灰色磚片，裡面安裝排水管，真禿了一塊在那兒，連植髮都不能。

她先說再見，他也說再見，轉身朝與她相反方向走，本來不是要往那兒的，只是這樣符合離別的情境。

兩人行至彎道末端進入樹蔭，想起未曾描述過對方的長相不約而同回過頭來，燦亮金瀑橫在中間，恍似沖散了他們剛逗留的格子煎餅、路和山埔新生地，她瞇眼揮手道謝謝！他也連聲道謝。

他想既然朝上班的方向，不如去讓組長發發牢騷，組長連續兩天在網路上跟他抱怨叉小姐，這是從未有的事。他藉機進入停車場，尋找楊小姐駐足凝望的東西。彷彿冰原的斑駁白牆，西北邊兩隻哈士奇奔馳而來。

過後他雖想上山，兩隻腳卻不聽使喚，僅走了一回，散漫地遊蕩，遇到了單槓、鞦韆和一個帆布篷寮，且終於知道那背著球拍裝扮像俠女卻塗個血盆大口的女人在哪兒打球了。最後另闢蹊徑，又是拜小田所賜。

那個禮拜六楊媽媽在浴室跌倒，他叫了救護車，情急之下想到小田，出乎意料他隨傳隨到，陪伴楊媽媽到醫院做檢查辦入院，完全不用他擔心。過後他請他吃飯，也是兩人首次好好吃頓飯。那頓飯後他對小田重拾信心。不多久小田找到房屋仲介的新工作，得知他將離職，邀他到公司附近喝杯咖啡，小田回辦公室後，他獨自在附近逛，發現了一條登山步道，地方人士在入山口的看板上聲稱此步道是四通八達的山路中最具原始風貌的一條。他走進一條赤裸的土路，好似泥漿乾涸，黃塵塵的，間或有幾截木頭幾塊石頭當成階坎，早已磨得滑腳。部分路段隨興地除過兩旁的草，有重新面世的感覺。林木高瘦佝僂，頗多荒野氣息，但社區就在附近，市聲分明。

匆匆走了約五、六百公尺，腳探踩著有路感的地面，眼搜索著其他更殘缺不全的小徑，愈走愈狐疑怎麼都沒人，掉頭往回走，迎面行來一對年輕男女，他們看到他也是一臉狐疑。他挺喜歡這種多疑。

回到入口，從地圖上看來，這條山路與他慣走的那一段步道連成一線，兩個入口是山上由東向西最遙遠的兩點距離。他拍下地圖，想好好找一天從這兒上山，連接他常走的路徑下山，把這山像個蛋糕那樣切開來。當初指給他山路走的小田其實未曾上過山，或許約他出來曬曬太陽。

幾天後小田來電說他離職了，並約他見面。他心裡有數，恐怕又是老問題。當晚他和小田結伴走上山路，高高低低忽上忽下，盤根錯節像踩在骨瘦如柴的人肋骨上，他上次走泥土路只想到這種路下點雨就完蛋了，果真下起雨來，剛買的新鞋，買雙新鞋是來城市第一筆較大的消費，也是離開前最後一筆較大的消費，新鞋一下子弄得髒兮兮。雨聲洶湧，原來林中有條比路寬數倍的溪流，小田有求於他的壓力倍增，他奮力前進不讓他追上開口借錢，激越的水聲蒙蔽耳朵，他拒聽小田說話，終於惹惱小田拾起溪流中的石頭攻擊他。他看到水被染紅才知道自己被擊中頭部和耳朵，便向水中一撲，逃離小田的視線再說，不料水愈來愈洶湧，竟是朝大海去的，小田一直在背後拉扯他，好萊塢電影般的，他一直想著我完了，我要死在這裡了……

楊媽媽幾度臉部扭曲有話要說，他停止不了描述逃命時的戰慄情景，這輩子沒作過這麼逼真的夢！他說，醒來發現自己還活著悲喜交加。他知道是因為前幾天看了一部紀錄片才作此噩夢。片中一對美國探險家與科學家夫妻前往哥斯大黎加尋找旅行失蹤的獨子，這個喜愛原始森林的青年自小耳濡目染，累積豐富的探險經驗，他正在環境研究所就讀，剛失戀。受訪的當地人都聽說這個年輕人跟著綽號「鸚鵡腳」的男人走入叢林，這號人物吸毒詐欺無惡不作，有人說絕對不敢讓他站在背後一分鐘。居無定所的鸚鵡腳見警探和孩子的父親找上門，驚恐表情已說明一切，竟還能狡猾的將他們帶入青年最後現身的叢林，誣陷在林中溪流淘金長相凶惡的父子三人才是凶手。父親堅信兒子不可能花錢請導遊，但以朋友名義結伴同行則另當別論。事情很簡單，為了區區幾張美鈔，鸚鵡腳以石頭攻擊他的頭部，地處偏遠，大半年遺體未被發現。片中一再出現生機盎然詭譎幽深的樹林，一雙哀傷凝視的眼眸，對照失蹤者年少時追隨父母野外生活的家庭影片，有個鏡頭是他清早自營帳探出頭來，懵懂地瞇眼微笑。

他掐了掐眼窩又說：「之前上晚班睡白天的時候，我好像都不會作夢，還是晚上比較會作夢，黑漆漆的，真的是噩夢！你在這邊睡得好嗎？」

本來有話要說的楊媽媽一時語塞，笑著重複他的話：「在這邊睡得好嗎？還好啦！余媽媽的呼吸聲多悅耳，擋掉什麼打呼聲、呻吟聲、說夢話，多催眠啊，我睡淺淺的，夢也淺淺的，以前擔心失眠，現在不會了，現在才知道，知道自己在失眠其實很幸福，失眠賺到時間，可以想一想很多平常想不到的事……喔！對！你剛在說水聲，水聲讓人很沒安全感，你聽看看有沒有，好像一直有聽到水聲，還是心理作用，聽他們說那邊牆壁後面準備蓋一個不小的蓄水池，要儲存很多水，以後什麼消防灑水啦什麼的用水都要自給自足……」

「之前看到進一些建材就是在搞獨立喔！組長都有拍照，上級指示有關這裡一舉一動都要嚴加監控，他們現在諜對諜，道高一尺魔高一丈，鬥性堅強這兩個女人，兵來將擋，水來土淹，佩服！整天想這些。你安心啦！不要聽太多想太多！沒聽到什麼水聲啊！你不會也作夢了吧！你就陪余媽媽住一陣子，我回鄉下開始留意，現在鄉下都越蓋越大，越蓋越豪華，有專屬的醫療團隊、廚師、復健師、體育老師，之前阿嬤他們都笑說蓋得最漂亮的就是老人院，他們也要存錢去訂一戶！這裡就是太小，沒地方去，鄉下還有鄉間小路、小橋流水……怎麼了？別嚇我！」

楊媽媽頭向後仰，閉眼長嘆，「啊！沒事啦！愛睏了！以前聽到聲音跑出去陽台看飛機，現在一直聽到水聲，好像住到沙洲了，看外面車子跑來跑去……社區在大消毒是不是？熏得我喉嚨不舒服。去吧！今天余媽媽二兒子二媳婦會來，我還要陪他們聊天呢！好啊！我們就等你消息！幫我把簾子稍微拉過來一點！」

楊媽媽撐大眼睛追著掩去的窗景，「是說幾月幾日要把那個杜鵑種下去……」

「哈！我也忘了！是五月五號還是六月五號，五號我記得，五號發薪水。」

47

他們緩緩步向美術館的停車場，好冷，她冷到走不動挽住U先生的手。下階梯前U先生停下來問她，要不要去看花燈，我妹今晚要去看花燈，他說。她聽了好高興，至少他希望她別太快回家。

U先生坐上她的車，他們同時脫掉外套，她轉臉看著他微笑，他也是。

「我一直忘記問你，」她說，「你那個沒事吧？」

他不明白她的意思。她右手往他胸前一橫，手指點在胸口，令他想起他們在乳房外科相遇的事。

「喔，沒事！我沒事啊！」他直接求饒。她繼續騷擾他，逼得他回手。

他們打打鬧鬧，他不敢太過分，怕她硬邦邦柴枝般的手會被折斷，半推半就接受她冰冷的手伸進他暖和的衣服裡面。她抓到一枚小鈕似的乳尖想收手已經來不及了。他把她兩隻手爪掌在手中搓揉，然後將那兩隻無毛的小雞抓進他的衣服裡。

他們不客氣的輪流撫摸彼此的胸部，進而像哺乳動物般的用嘴吸吮對方的乳頭，心跳在耳裡轟轟起伏，醫生和母親的角色扮演不容許發出一點反應聲，也不容許制止。她整個頭鑽在他衣服裡，好像躲在被窩裡偷吃東西，幾乎要窒息了。她用力呼吸，感覺他也是，兩顆氣囊持續鼓脹，在前座爆開來。

夢跟真的似的，比醫生觸診還要尷尬百倍。

那晚在走向美術館停車場的路上他提議去看花燈，說他妹妹今晚要和朋友去燈會，她很高興，至少他希望今晚的約會不要那麼早結束。他坐上她的車，她說她突然想吃薯條。他們去了速食店，他說她身體不舒服不應該吃薯條，也不適合去燈會人擠人，況且也不可能有停車位。吃完薯條還有冰淇淋，他們在附近走，他說不遠有個學校，那就走吧她說。轉個彎，她認出這兒離她和陳為拓住過的地方不遠，他指的學校他們初期常來散步。可是記憶又好像乾癟掉了，變形了，禁不起指認。

她仰臉看著校園裡一排高大的南洋杉，說起以前她住的地方附近有一排又高又壯的南洋杉，一個冷天夜晚她看見月光灑在樹上，像極了童話繪本裡覆雪的樹景，後來總在留意，卻再也沒遇過下雪的南洋杉。她持續仰臉搜尋，又喃喃說記得是從這個方向，靠近頂端那幾根橫的杉枝，全都白白亮亮雪似的，一整排都是！有個人在旁邊發出各種疑問聲。從進到校園，她就不太敢看他的臉，只感覺有個人在身旁。他突然說話了，「是這排嗎？說不定這排也是會有，你脖子不痠啊！」

那夢幻的情景帶來向上愉快的感覺，後來因為她的車拋錨，那景象遂融化模糊了。她對父親的車——最後一個有生命的遺物一直小心翼翼，定期檢查保養視為必要的開銷。她也常幻想那種窘境，在月黑風高千軍萬馬的高架橋上發生這種事，危險又可憐兮兮地站在那兒等待救援，她恐怕會棄車逃跑，讓警廣不斷廣播她的車號，甚至車主姓名，然後警察會奪命連環叩的猛打家裡電話嚇壞她母親。她真慶幸有U先生陪伴，且只是在一般道路上。

最後這些事又全給另一件事蓋過去了。她回家時累到眼睛睜不開，忽然聽到電梯在說話，她身體緊抵住廂壁，反射動作仰起頭來，眼睛朝右上角槍口瞪大。其實呼叫楊小姐，她就投降了，只有一種情況警衛會急著通知，母親出事了！在醫院裡！那裡有如雪的月光，白茫茫一片雪崩。警衛將此白色訊息寫在一張淺藍色的便利貼，貼在她家門上。

她好不容易清醒，睜眼看見床頭櫃上那兩本書，想起母親交代的事。母親離家那天起她便窩在母親房底，躺臥在父親慣睡的右側，沒煮食也沒進食，讀累睡，睡醒讀。適宜見面談話的時間竟然那麼少，除了許多例行事項，還得避開余媽媽的某些家屬來訪，以及青蓮小姐的目光，她要求母親至少一個禮拜回家一次，就每個禮拜六好了。母親說可以考慮，但必須在「旅館」試住期滿之後，此時全心全意在適應新生活，不想前功盡棄；並告知施烈桑要走了，她想送他一點東西做紀念，請她用漂亮的卡片好好幫她抄寫一首詩。另外，小施自己說要陪她去醫院回診，其實養護所是有專人在做這件事的，總之不用她陪。母親更吩咐她去開防潮箱，從父親的手錶中選一支，連卡片一起送給他，若沒記錯，有兩支錶是全新的，不過，新舊不是問題，看她選擇。

昨晚她讀過母親指定的那首詩，比母親更早翻閱那冊袖珍詩選，對那詩沒什麼印象，這種時刻母親能靜下心來讀詩，或說詩讓人靜了下來。書是她在圖書館借的，一個月一次，以前選書總想著父親可有興趣，母親聽到他們討論某一本書，靜靜拿來瞧瞧，什麼也沒說。她後來才明瞭，真正能閱讀的人是沒有太多文學想法的母親，心如止水忽而波濤洶湧的女人。母親要求將未讀完的書帶到樓下去，一張黃色便利貼凸出書頁，裡面另有一張貼在「警衛」那行字旁邊。母親現在會把見面時要告訴她的事項用關鍵字寫在便利貼上。

在初光時

在初光時，當
意外的火車
噪雜聲告訴我
人被密封帶著
穿過山洞，
片片照亮著
混合的天空和水；

在初暗時，當
雕刀鑽過
書桌回響著
情感，而警衛的
腳步聲近了；

黎明和黃昏時，人們靜息著
如果你堅持用你堅韌的線
把他們編在一起。

——蒙塔萊《聖歌》之十五〈在初光時〉

她拿起另一本書，精裝本的《卡桑札契斯》。每回上圖書館她總在「歐洲經典詩選」和「世界著名小說家」兩個系列裡各抓一本，母親最喜歡看作家的大事年表，歸納分析他們的家世背景和愛情婚姻，幸福指數與壽命長短，這兩套書可以滿足這方面的需求。看編號這是兩大套書，架上有的僅約四分之一，倒也不是出借了，館員說，其他在別的分館，可以指名借調，她努了努嘴走開了。先從耳熟能詳的知名作家下手，借完一輪，有些重複再借，幾度避開卡桑札契斯，終於借了回來，裡面選錄的是他的最後一部作品，《向希臘人報告》。

書中有這麼一段話她好喜歡，順便抄給自己。

「我的祖父是什麼樣子？」我問我母親。

「像你爸爸，黑一點。」

「他做什麼的？」

「戰鬥。」

「那太平日子裡他做什麼？」

「他抽一管土耳其煙斗，凝視著山。」

「我現在的情況是一個戰敗國」，刪掉這些字，她草草回覆U先生的來信，幾乎是敷衍，說家裡出了些事，過陣子再約他。U先生馬上回信說，他會把禮拜六都空下來。她想再給他寫信卻不知從何說起，遂自保羅克利的日記抄列了一些畫名給他。

上升的星星
海上的可能性
魚的四周
切斷蛇
藍色樹膠水彩上沉沒的風景
風景地毯
植物劇場
甘苦之島
轉型的天使
天使，還是醜的

她走樓梯下去探望母親，慢慢走，增加這段路的距離，走到井底谷底，轉個彎走向母親床畔，看見一扇天窗開在那兒，就坐下來。從柬埔寨回來，走在樓梯間會想起那日上午她一個人脫隊徘徊在小吳哥的門廊，陰涼微潮、幽暗古煖、忽滅忽明，灰塵附身。她是旅行團裡唯一的散客，剛好和女領隊湊一個房間。整個團和旅程一團和諧，沒有人遲到延誤開車時間，更沒有人抱怨或身體不舒服，長輩們說是沾了新婚的女領隊的喜氣，這是她婚禮後接到的頭一個工作。大家責怪她最後一天才分享喜訊，眉眼細長的領隊笑稱她很低調，景氣不佳，整個月僅此一團，她很珍惜。

朝夕相處五個晝夜，領隊開吉永玩笑，「我看你不像單身待業中，比較像在度蜜月，一個人的蜜月！我也是一個人蜜月，他現在帶一個越南團，就在隔壁！」

索性連出門也不搭電梯了，樓梯是私人庭階，獨門獨院，杜絕打擾。走一個大「凹」形從家裡來到山路上，並未感覺青山更加嫵媚，斷續三個禮拜的雨終於停止，枝葉勢必繁茂，因為冒雨來過，晴天反而像是綠河潮退。直覺山上多了不少山蘇，一叢叢兒童傘般的，端坐在山壁下、枝幹上，與母山蘇分庭抗禮。連日潮濕，松鼠身上也泛了一層苔。愈拉長脖子望山壁上，愈覺得濃枝密葉植物斜傾而下，駁坎上的觀音座蓮舉著碩大無朋的羽片，書擋般的試圖管控後面蠢蠢欲動的大巫小巫。水藻隱約閃耀著祖母綠，她探尋蓮座叢黑褐色的葉枕，一堆堆彷彿泡浴膨脹的水苔、海洋生物，葉窩中間一柄新葉像個綠色大問號。一桿久懸未倒的腐朽筆筒樹愈發像魔杖。

霪雨浸泡葉子，葉肉腐蝕，殘餘骷髏白的葉脈纖維，她盡量照正常步伐前進，不刻意尋覓，盼碰巧採集到修成正果的美好網葉。肉身完整褪去的有限，在行路上躲過踩踏的有限，摘取時未破損斷毀的也有限。她小心翼翼以指尖推開服貼於路面上的葉柄，慢慢撕離，像是自潰爛的皮膚上面抽取陷入其中的紗布。

關乎體質，並非所有植物都能自然形成網葉，好比相鄰兩樹，一株滿是寄生植物，一株光溜溜。在這條路上可以撿到一種橢圓形的網葉，有人在藤蔓上繫住一張護貝的名片，她始知道它名叫「菝葜」。她喜愛它上橢下尖形似楊桃的葉子，排列如瓦片的細胞稀薄茶渣般殘存在三道翅脈上，斷簡殘篇，美若天書。菝葜的網葉一種弱不禁風的文質美，槭樹葉則像紅鏽剝落的紗網，剛柔並濟。

平日撿拾葉片，或者蟲雕，或者外形圖案奇特，或者色彩斑斕；有些幾步路後放手，有些持續拿揑著，全在一念之間。色彩難留，數小時後沉沒於一片深褐，一段時日，偶有意想不到的變化，或者變成一葉紅銅，或者當初吸引她的色彩圖案在沉穩的紅棕色中留下驚鴻一瞥。新近她又從寺廟那列經書抽取一冊《大悲咒》來夾集落葉。

那半圓形的大邊坡下倒臥一棵大樹，方式怪異，非一般所見朝低處直撲，而是橫亙在圓弧內，從鐘面十一點朝兩點方向倒，一根巨大的指針梗在那兒，成了一面警鐘，時間被毀了！（被盜了！被入侵了！）施烈桑式的括弧參考。這棵傾倒的大樹未被有關單位快速處理掉，每次目擊都彷彿今天清晨剛倒下，雖然連根帶起的泥土已悄悄長出青草。依然觸目驚心，更放大更沉重，每日重複發生，路人於坡岸邊俯視，以一絲懸念憑弔。

她閱讀「青剛櫟」，一幅新建置的鋼面看板，得到兩個訊息，松鼠喜愛的食物，果實去掉殼斗，插上牙籤，可做成陀螺。她忙於對照圖示和眼前的樹木，一隻戴漂亮機械錶的手握著手機伸向樹木，嗶一聲，影像識別終結考究。

她在山上轉悠，眺望遠方風景，山外山。她站上各處木階、石梯、懸岩、瞭望台，天邊駝峯交錯，層巒宛如花苞，部份段落藉由浮雲山嵐虛構，自以為三百六十度望遍環城群山了。

她也找好了施烈桑返家的山路，一條鑿探而下的窄小階梯，與人擦身而過時須屏住呼吸，才不會氣息撲面。幾步一旋身，人愈往下，頂上的樹冠愈高，姑婆芋群愈壯觀，粗壯扭轉的枝幹四處垂掛，陽光點綴如玻璃珠裡的彩帶。幾個墳塚與姑婆芋互安無事，過了墳有一小涼亭，亭內有隻大型犬，她每擔心牠攻擊，往返數回知道牠沒有聲音，守著一張彈簧椅，上面有個骯髒凹陷的椅墊。再下去兩旁屋舍階梯緊縮，門窗破舊，牆腳有乾枯的食盤。

廟庭露台外兩蓬欒樹綠葉滿冠，去年凋枯的蒴莢點綴其間，椿象飛舞。她私自將露台下這片林地當作父親的墓園，欒樹左邊斜下去，約六、七道孩童溜滑梯的距離，有一樹特別昂揚，她每望去，它就會對她搖起頭來，屢試不爽。

對岸山頭密集一批土墳，陽光下反映出歡欣的氣氛，像兒童美術教室的桌面，零碎而又充滿意趣，看不出有清明時節與長年老日的明顯區別。她最近一當心起來，察覺那塊墳地坡下開墾出整片赤地，兩部怪手歇在那兒，像兩隻飲水的長頸鹿。

掌管寺廟事務那位晴天戴帽雨天穿雨鞋的先生站在樓階上，邊摘除葉片邊跟人解釋，這麼做是為了讓這些開著的燈籠花更漂亮。為了光明燈、捐善款等祈福的事兒，吉永和他在樓上獨處過幾分鐘，看著他聽她口述，低頭寫下她父親的名字。經書倚靠的白牆，紅紙黑字載記善男信女捐獻芳名，父親的名字掉出名單之外，她乃重複一次這種登錄儀式。父親離開後還做過兩次，一方面以為陽世陰間並無阻隔，一方面又自覺欺騙了他而不安，遂停止這種接觸。他每見到她便慈眉善目招呼：「你來了啊！」

等他忙完上樓去了，她從廟檐下探出頭，花圃中那株一個人高的樹幾乎沒了葉子，好像拔掉雞毛，以凸顯雞冠的紅豔，二十來朵小紅燈罩似的花兒在輕拋的纖莖上微顫，唇亡齒寒楚楚可憐。

和花圃隔著彎梯是一間長方形矮房，周邊無枝葉，清楚照見山客身影的不鏽鋼門隨時上鎖，機房重地門禁森嚴的模樣引得人鬼鬼祟祟。窗上一層菱格鐵網再一層細密網紗，對準一枚五元硬幣大的破洞，一隻黑手掌擋在眼前，反射動作退開時綠影閃了一下。定睛再湊近，原來窗上長著一大片蕨葉，底下一個水槽，牆面下半部連著水槽貼滿白瓷磚，槽底蓄水約小腿高，水和瓷磚泛黃；瓷磚上面白牆掉漆，像一排烏雲，窗口滴進如油的陽光，放大了水在槽底低迴的音聲。

有了畫面，水聲經常來到耳畔，不曾再靠近。幽閉的一池水，水牢，光這意象這字眼就夠恐怖的了。這天她毫無預警再度貼近它，水聲禁閉，裡面占滿排列整齊十來隻銀新的大罐子，蓋子略高於窗戶，裝水無疑，但腦子裡轉換出來的意念是——骨灰罈，原有的水池令她聯想到的浮屍已經收藏在裡面了；更可怕的是，這是多人共用的大骨灰罈。

她被這樣的想法嚇到，好像在超市看到蛋盒上面竟然寫著「自殺」，其實是「白殼」。對傳統那套慎終追遠本就反感的母親，父母公婆過世後拋棄一些，言永過世後徹底拋棄，父親過世未舉行任何儀式，母親說那是他們早就說好的，卻默默晨昏頌念《地藏菩薩本願經》，還問吉永要不要念，不勉強。據說是以前葬儀社的師傅教家屬念的，摺疊紙冊小巧精美，她留下一冊，現在因緣巧合住到了地藏菩薩腳下。吉永驚嘆經冊裡面眾多各種名目的鬼神，最可怕的還是「無常大鬼，不期而到」。自殺意即自己扮演自己的無常大鬼。

睡母親房裡頭兩天，日夜顛倒心情浮動，接下來夜闌人靜蛙鳴間歇便可聽到，直覺是樓下，有位先生，不斷咳嗽，咳得又深又長。她想著見到母親時要記得問她，知道這麼個咳嗽的人嗎，每次都忘了。那咳法，一條命好像送進裁縫車針下的布所剩無幾了，都給車進去了，和響亮的蛙鳴車在一塊。最近余家人從屋裡搬出一部骨董裁縫車。

她打開防潮箱，選擇送給施烈桑的手錶，光鍊帶或皮帶就讓她無從下手。母親還說，「你要，或要送人也可以！」

手錶底下有本藍色麂皮的記事本，她慢慢從排列整齊的六個手錶盒子底下把它抽出來。本子裡是母親從言永離開三個月後，情緒稍微平靜後，片片段段記下的夢見言永的夢、言永的記憶，夢多於記憶，多是童年的記憶。小部分是父親口述他所夢見的言永。斷斷續續數年，寫滿本子。

她望著露台上幼兒園的老師輪流把孩子「抱高高」，不敢過高，下巴擱在圍牆上，好讓他們看天邊的彩虹，因而想起母親寫在記事本裡的一件事。言永滿周歲他們帶她去海邊，午飯剛吃飽，沿著白沙灘走，陽光很舒服，言永趴在她肩膀上睡著了，父親要和她換手，她怕吵醒她，一隻鞋自己踢開，另一隻叫父親幫忙脫掉，腳掌陷入溫厚沙河，一直走。晚上她右邊的肩頸、腰，整個右半邊疼了起來，嚴重到父親得請假幫忙帶小孩。經過治療，雖然漸漸好了，往後每逢生理期身體微恙都犯疼。

孩子們一離開，她馬上起身到圍牆邊，並未看見彩虹，恰如等不及老師抱高的孩子嚷嚷：彩虹給他們看完了！

48

早上她在椅子上坐著，心情愉快，用注音符號打出：

外星人
外國人
外省人
男六劃
刑六劃
死六劃

她看著手機裡變成印刷體的這些字覺得失真，未察覺有人靠近，俯身向她攤開手掌。彷彿隱身術失效被人識破，她雖驚慌卻看似鎮定，抬起臉來，不遠處兩個剛拜過地藏菩薩的老年人走過來，欺身向她的男人急忙走避，她趁亂望見他的模樣，難怪老年人要她當心。她一時混亂未看清他手掌上的東西。

隔天早晨她在山路上與他遇個正著，在二十公尺外，那野蕩過的亂髮，像玩偶沒縫扎好晃動的四肢，特別不受意識約束的體態，鬆垮回收的舊衣裳，尤其那條棉質運動褲，不用變態的稍微一撥，它也會自己掉下來。他立在路中央瞄著她，金燦朝陽在他額上凝成一頂皇冠，好像逼她看清楚他，幸好不一會他又回向山壁了。

她走得不能再慢，但前後都沒有人可解圍，她想逃跑，理智卻綁架著她前行。他徒手在山壁上挖啊挖，好像十分確定裡面有他想要的東西，她以為他得手一顆石頭肯定會朝她擲來。

平時提心落石，落單提防男人，此時兩種恐懼同在。不知哪來的勇氣她繼續邁步向前，松鼠在行人來往的欄干上拿取食物，經過一次次練習壯膽就不再害怕了嗎？她只知道自己的反應和動作絕對沒有松鼠快。且所為何來？一無所獲何須冒險？

那人在她趨近時突然轉身，像遊戲中面壁的鬼逮到偷偷移動的人，她耳底心底一聲轟然巨響，身體忽左忽右亂竄閃避闖入傘下的巨石，眼睛被他也被自己逼迫著去看他亮在掌上雲母般的岩塊。他自動閃開，好像有人見證他挖到寶就夠了，隨即回復一個人遊蕩旁若無人的神情。

她一路奔上山，斷然不回頭，在山上一張椅子坐著，腳彷彿還在邁動，腦子始終放不空，直到呢喃複誦的佛樂戛然而止。整座山，尤其山巔這座小佛堂，總算靜下來，一直旋盪打轉的帽子終於安定在頭頂上了。

這份寧靜十分奢侈，帶有壓迫感，每一秒都有可能消失。一隻鳥兒在兩樹之間滑翔輕唱。經過佛像面前的人隨手往牆壁按鈕一撫，剛停止的電子佛經再度誦鳴。她厭惡這些人，唾手可得的佛樂，比自動販賣機還不如。

經聲嘈雜讓人待不下去，有先前那幾分鐘安靜做對比更待不下去。她下山時見一路鴻爪。文字躍躍欲試，字首忽朝上山方向，忽朝下山，像未綑緊的柴枝沿路掉落，有生肖、數字、職業（槍手、警察、小偷），沒有新詞，也沒有常見的署名圖示「外星人」。

她遠遠看到寫字狂好像揮霍完手中的岩塊累癱了，人歪倒在路邊頭擱在邊坡的矮欄干上，像一墜倒的飛行物。

他閉眼，似睡非睡，兩頰蓄著酣笑，一雙人字拖擺在腳邊，地上兩塊白影分別寫上「外」「星」兩個泥字，「人」字以身體和拖鞋代替。白影是那兩塊長方形的石頭消失後糊上的一層水泥。一旁渾身戒疤的阿勃勒依舊老僧入定。

腳步未踩到底，她輕飄浮著過來，到阿勃勒身邊甚至屏息，靜止不動。她放膽觀看，從額頭到腳趾均一色黝黑，像剛鋪完柏油路的工人嗑完便當躺路邊午休，「瘋子！」她心底響起這詞。想不到不時出現在路上給她提示的那些字……有人來了！

擺脫觀察瘋子的不正常行為，腳步輕快立刻走開。想不到她很當一回事的那些字謎、標題……竟出自瘋子之手。手？徒手掏岩指尖淌血？抑或鍛鍊堅若鑿子？沒能仔細觀察他的手。

隔了兩天，她在入山口等著一群年輕女孩先行通過陡梯，一眼看見他沿著馬路邊界朝她這兒走來，身上仍是褪色變形的運動服，但理了個光頭，就一個瘋人而言十分神清氣爽，腳一下踩上人行道一下拐下柏油路，全然不看路，不時把裝水的透明塑膠袋舉在眼前，袋中一條或者兩條橘紅色的金魚像在水晶球裡膨脹起來，從她的角度看，襯在袋子後面他的臉像是金魚游玩的一塊岩石。她想到天使，據說保羅克利在生命的最後一個月裡創作了各種不同的天使圖，不是從另一個國度來的超自然的使者，而是所謂候補的天使，帶有人類的缺陷和弱點，待在一個中間國度。

她轉身走上山階，不管多急促鬼祟的腳步聲都不能驚擾她了。路途中完成了給鍾珊打個電話這件事，似乎是看見那一袋金魚她才這麼做的，這實在很難解釋。

某個禮拜六她不在家，電話中母親拜託鍾珊幫她找個事做，她知道後勃然大怒，怪母親遠離一切關係，卻將她推入這樣一個關係，好幾天不和母親說話。她聽母親的話給鍾珊打個電話，走一條捷徑，用母親的話說，回到社會。你辦事，我放心！鍾珊以前常掛嘴邊，現在也用這句話化解她的尷尬，表示她的認真細心在職場上是有用的。她不全然開玩笑的說她只想要一個不花太多腦筋的接電話小妹的工作。鍾珊又笑說：「你真的跟社會脫節得厲害欸，小姐！現在哪還有這種工作，有，你也不應該跟殘障人士搶……」「我就是殘障人士……」她說。

笑鬧過後鍾珊提起，那天聚會客人都回家之後，她開始哭，她先生開玩笑說要找吉永回來安慰她，看她哭個不停，當真拿她電話要打給吉永，電話讓她搶了下來。

她盡快讓母親知道她打過電話了，免得母親見到面總是打探她在做什麼，有沒有上山，好似想念她描述山上的日子，又好似她一日不戒斷上山就是無所事事、不務正業。

過漁人碼頭第一個彎道，那棵桐花盛開時她家陽台可以望見，層層花瓣在路中央被踩踩成花醬，周邊外圍白花朵朵，遠看像一張中間留有穢印的白床單。路人撿拾花瓣在裏苔的欄干上堆出厚厚一個心形，好似一個蛋糕。母親打電話叫她去吃蛋糕，小施臨別前帶來一個蛋糕，上面撒滿乳白刨絲，畫十字分四等份，他們和青蓮各一份，留一份給她。她對著窗外夜景吃完最後一口，說：「完美！」母親落寞笑說：「什麼完美！」

吉永最後一次去二樓看母親，描述當天中午山上的風肆虐到何種程度，這也是第一次她從山上下來直接上樓探望母親。

山路滿是落枝葉，遍地碎裂。比手臂還粗的帶葉樹枝也被風斷成數截。連青苔樹皮都剝落下來。隱在路旁低處的草葉也被翻騰出紫色葉背。路旁欄干上的食物蕩然無存。土地公爐裡的香灰旋起如塵土。陶瓷花瓶跌破。茶水在杯盞中搖晃。檐柱上的日曆整本被吹掉。漫天飛屑如蝗蟲過境。

母親遲緩地瞥向窗外，呢喃：「沒有啊！沒風啊！哪有？」

樹浪滔天，聲音大過海浪，四面八方搖撼山巔，像抓狂的象群，像要連根拔起！既像嚎啕大哭又像欣喜若狂！

一心以為土石流最為可怕，母親插了幾次嘴，哼哼地笑，「……那人不就要飛起來了……還好你沒被吹走……就像颱風嘛！」

不說也罷，她閉上眼睛站在窗前喘氣，突然跺腳，「你就是不懂！問題不是颱風嘛！」

這一嚷，隔簾的青蓮母女都笑出聲了。

她頭一傾貼著玻璃啜泣，嚇得她們不敢出聲。

「你怎麼好像還八歲……」母親大聲一嘆。

淚水和鼻涕將她的臉和玻璃糊成一團，她舉起手臂來抹臉，破涕為笑，她們也跟著笑了。

新來的清潔婦是個娃娃臉的原住民太太，滿頭蓬蓬細捲，額上一排刺狀瀏海，兩隻晶圓大眼，每回在電梯前面拖地會向著樓梯那頭路過的吉永說嗨！沒見著人只聽到聲音也會朝梯間或上或下呼聲嗨咿！穿過塵埃音階，回聲格外幽美。發現有人常態使用樓梯，她不敢再輕忽樓梯的打掃工作，兩三天也掃掃地，且故意用掃把去撞響階梯。她告訴吉永：「那個女的在問組長和我，有沒有看見你，說什麼那間黑心老人院要被趕出去了，他們被檢查通通不通過，違反很多很多規定……那個女的……我有點怕怕的。」

高跟鞋和樓梯的磨合，彷彿腳踩一棟危樓，聽來古怪詭祕，又感覺目標堅定。走完十四層樓，精心打扮的不自在感幾乎消失了。她推開門看見警衛室門邊坐著「那個女的」。

養護所將被驅逐出境並非危言聳聽，為了向她宣布這項勝利總監等在門口，現在她代表楊家、余家和青蓮母女，一群大樓的叛徒。

她第一眼未認出吉永，楞了幾秒起身追上前說：「穿這麼漂亮要出去啊？我就跟組長說，要不是她媽媽身體又出更大的問題，就是女兒要嫁了，不然怎麼會隨隨便便急著把媽媽弄出去……」

吉永冷笑著順便瞟了亭裡的警衛一眼，他趕緊躲開。

「如果都不是，那就怪了！我就不懂你們這種不錯的人家也會這麼隨便……幹嘛去跟那些人混呢？這下好了！不聽老人言，我一番好意……」

吉永瞪著她直到她走回警衛室。

母親簡訊告知過兩天她要回來。

「幹嘛還要等兩天？」吉永寫好簡訊又刪了去。

青蓮小姐送她回來，兩人在玄關話別，吉永刻意迴避。

母親回來後馬上去洗了個澡，不要她幫忙，還抱怨浴室裡那張椅子不如樓下的好坐。那椅子是母親在浴室跌倒出院後新買的病患淋浴專用座椅。

兩人沒有太多眼神接觸，感覺彼此都變了。洗完澡母親坐在沙發打開電視，聲音開得比以前大，激動的講起樓下的事情。

樓下養護所不僅公安問題，連執照和負責人都有「鬼」，甚至未經許可擅自切割門號，另作他用。蕭姊的姊妹據說是退休的護理長，在其他地方經營的療養機構同樣鑽法律漏洞，一塊被起底。社會局介入協助安置樓下三十多床病患，限一個月內歇業，斷水斷電。蕭姊好幾次來跟楊媽媽解釋，好像全世界都誤會她也無所謂，只要楊媽媽相信她就夠了。

「那你怎麼說？」吉永問。

「我說！我還說！越說她謊扯得越多！那隻胖蛤蟆再多蚊子也不夠她吃！余媽媽這幾天又不大好了，去住院了，看能住多久再說，我就擔心青蓮跟她媽媽，她媽媽問題大，我們也幫不上忙。你沒看到我剪頭髮了，青蓮幫我修的！喔她還幫余媽媽剪腳趾甲，順便幫我剪！余媽媽她媳婦剪到腳流血！青蓮說人老了足弓會塌陷，就像人家說的扁平足一樣，走路會累，鞋越穿越大……」

這一慷慨激昂地陳述完，鎩羽而歸的母親多數時間奄奄一息躺臥在床上，沒有她來搖不會自動醒來。只有一次聽到山上的黃昏山寺鐘聲，略帶驚喜地說：「敲鐘了！」

吉永說：「如果你在那邊聽就會知道，不是只有鐘響，是兩聲鼓聲，再一聲鐘！但是鼓聲這裡聽不到！你仔細聽，鐘跟鐘之間有兩聲鼓的空檔，咚咚噹！有沒有？咚咚噹！怎樣？晚餐我不想煮，我們出去吃飯，慶祝一下！」

「哼！慶祝！」母親翻個身又不出聲了。

「那青蓮跟她媽媽走了沒？找她們一起去啊……喂！輪到你了！鼓聲！幹嘛這麼沮喪，我們再找更好的地方住啊！我帶你去圖書館借書……我看我們得去看醫生拿藥吃……還是我們開車出去兜一兜，往南走，去住民宿，還是帶你去找你的施烈桑……」

側躺的母親一隻手貼在臀上，她從她肩頭往手肘按摩，她的身體比想像中乾枯而陌生。

手機響第四回了，母親把在她手裡捏著的手臂一縮，暗令她去接電話。

她一看電話號碼立刻走到陽台邊，地面上一條年輕強壯的胳臂不停揮動，好像一個人仰著臉賣力要擦掉黑板最上面的那行字。電話那頭傳來：「嘿嘿！我想你不在，楊老大也會在！」她冷冷地回：「那可說不定！」

永哥的小弟載媽媽來台北探病，據說這次開了一部休旅車，媽媽三、四十年的手帕交昨天北上住進台大醫院，明天動手術，媽媽今晚要在院裡陪夜，他順道帶了一箱葡萄來看她們。

吉永木然聽著，突然笑了起來，「你媽怎麼敢叫你載她來探病，她不知道你……」

「不知道我什麼？我改邪歸正了我！」他還裝起了廣東腔。

「沒有啦！最好是！」吉永未說出來的話是，她不知道你來台北都會遇到衰事。

吉永告訴母親這事，母親竟然說：「叫他上來坐一下嘛！動作慢一點，讓我換個衣服！」

「我先幫你啊，又不是什麼大人物，他最擅長等人了，尤其來台北！」吉永鬆了一口氣。

永哥的小弟進到屋裡寒暄幾句就往陽台跑，嚷嚷：「哇啊！永哥的陽台真的變花園陽台了耶！」回頭尋著吉永的眼神，「一群白鳥，是鴿子嗎？飛過去了！飛得比房子還低！」進屋又說：「我跟我媽說我要去看我台北的朋友，她不相信我耶！說我別的不會，盡交一些狐群狗黨不三不四，會有什麼像樣的朋友才有鬼……」

「可以請你媽媽來坐坐啊！南部人好客，北部人也很好客！請她吃個飯啊！」

母親反常的熱情吉永愣了一下，這麼快就在樓下學會了客套。

「謝謝！謝謝！我媽鄉下人怎麼好意思！啊我要怎麼跟她說我們是怎樣的朋友？我們來自拍一張給她看，在這裡還是外面？騙她說我在陽明山別墅！她也不懂陽明山別墅是什麼意思！」永哥的小弟舉起一直握在手上的手機。

「給我先擦個口紅吧！」母親說，「今天這樣還要拍照，像個殭屍，別嚇到你媽媽了！口紅不知道過期多久了！」

「你們天龍國的人真愛跟人家比美！快點！塗美一點！怎麼天暗得這麼快，一下子山就不綠了！」

「衣服要不要換個顏色？很黯淡。」吉永說著白了他一眼。

他們開著休旅車出去吃飯，自然得好像本來就要去做的事，誰都不用開口提議。永哥的小弟開車技術雖好，但路還是不熟，每求助她們導航，得到的回答都是「沒關係啦！」「就隨便開！」「注意車就好！」

吉永坐在副駕駛座，楊媽媽坐在右後方。母女倆一路臉貼車窗指指點點，彷彿離開這座城市許久了。她們邊欣賞招牌門面邊勾引美食記憶邊討論用餐的地方，兩人分明說得情投意合津津有味，卻寧願一間又一間的錯過，繼續漫無目標的遊覽，一再令永哥的小弟嘖嘖稱奇，「就說搞不懂你們這些天龍國的人！明明在那裡，想吃就去吃啊！」

遊了快一個小時車河，她們才開始認真找餐廳和停車位。最後隨興進了間從未去過的港式茶樓，母親點了腐乳空心菜，女兒點了芋泥酥，叫他得再點個四菜一湯，他認真看菜單的模樣令她們滿意。他又開心拍了照片傳給他媽媽。

「就說嘛，看到你們這種正派的人，有讀書有氣質的人，她一定又疑神疑鬼，叫我不要騙吃騙喝！」他說。

飯後打包北菇滑雞飯和芋泥酥是母親的意思，母女倆在車上等著他送進去醫院給他媽媽，不過九點多，整個城市靜悄悄。

飯後遊車永哥的小弟沒有再問去哪，母女倆的談興好似隨飢餓消失無蹤了，不發一語。他時而調頭右轉、大右轉，分別張望兩人，她們依然臉朝右，那沉默專注的側臉足以說明千頭萬緒在腦海中流動。

「喂！說話啊！小姐！不要那麼安靜，我怕我會睡著！等一下不小心開到南部去了！」

「說什麼？」「有什麼好說的！」母女倆各說了一句。

「你們天龍國的人怎麼這樣啊！很嚇人耶！」永哥的小弟幾乎是在求饒，「啊！開到橋上去了喔！」

「開啊！怕什麼？上橋就上橋！還是在天龍國啊！」吉永笑著說。

「天啊！我好像載到酒客！喔好吧，一直開一直開，開到天涯海角，開到肚子餓去買消夜，開到你喊停。」

兩人依然把臉扭向玻璃窗，窗外一堵灰白的隔音圍欄，一個右彎，圍欄低了下去，可以瞥見橋外，說不準是五十公尺還是一百公尺外，似遠似近，疊堆著一些感覺是舊式的房子，錯落在島似的漆黑樹叢中。

吉永眼睛一亮驚呼一聲，壓低著嗓音，生怕嚇跑什麼似的。

「有沒有看到？那邊在發亮！那邊的房子有東西在發亮！」她左轉、大左轉分別抓住他們的視線，好像這樣他們就明瞭她在說什麼了，「亮亮的好幾道！亮亮的會跑好像噴泉！你們有沒有看到，剛才一稍微轉彎的地方，往那邊看……」

他們的反應讓她知道自己反應過度，簡直像看見迷途的人施放的小煙火。她正襟危坐，不東張西望，自顧自地笑了起來。

車子開始下坡，慢慢滑下去。下橋的車子一部接一部停在路口等紅燈，她和永哥的小弟互看一眼，「怎麼走？」他問。她告訴他左轉開進市區，路口迴轉繞出來，穿過橋下，可以再度上橋。

當真有個小光圈小夜景在橋外一閃而逝，又彷彿一個恍神的錯覺。

到了第三趟永哥的小弟快速向右扭了一下頭，眼底閃了一下，嘴巴喃喃：「嘿！在焊接什麼，噴火……」

吉永也才隱約看出漆黑的聚落，好像是遺落在城市外圍的一個老眷村，某戶人家一扇門反光，瞬間從某個角度朝橋這邊飛奔而來，同時聽見摩擦聲加上心跳加速，懷疑是車身擦撞圍牆所濺起的火光。

「喔！」擦身而過她又一次恍然大悟，休旅車的車身較高，也可能是他們車燈的反光。總之，無人知曉。

趁著車子再度緩緩下橋，兩人不約而同望向後座，楊媽媽閉著眼睛，頭歪向右邊肩膀。

「睡著了啊？Once more？」永哥的小弟低聲問。

吉永仰著臉用力深吸呼，呼吸平緩下來之後笑了起來。

「我幹嘛那麼緊張啊……等一下我張開眼睛，那個可愛的光就會出現……我真是神經病……」

49

「那你那幾天就過來這邊住啊！」

好像水蛭從耳朵爬出來，吸附在頭頂和肩頸，令人渾身不舒服，蘇熊華這樣提議好讓電話盡快結束，他需要見她一面。

她出現在眼前著實讓他嚇一跳。她額頭長滿痘子，一顆顆紫紅凸起半藏在颱風掃過的瀏海後面，為情所困完全寫在臉上。

她上去夾層的閣樓，把背包卸下，取出追影集的電腦、一本小說，還有一隻小貓偶。這該是她最輕鬆的一個夏天，他們暫時不談惱人的事情。

「我喜歡這裡耶！」

聲音像從天花板傳來，他擺頭晃腦沒看到人，一定是坐在窗邊角落，他仰高著臉向上面說話。

「你可以來住啊！我請人來把小柵門換掉，做一扇真的門！那裡本來就是你的房間，要讓你住到長大！」

晚餐後他有些睏倦坐在沙發不動。她找到事做，將他架上的CD一片片開來試聽、評點。

「這個諾拉瓊斯媽媽也有耶！」她淡淡提到媽媽。

「這什麼？東方的天使之音，月兒明風兒靜……」

兒童合唱團悠揚唱著：

悠悠扎，悠悠扎，媽媽的寶寶睡覺吧。
悠悠扎，悠悠扎，媽媽的寶寶睡覺吧。
白樺樹皮啊，做搖籃巴布札。
狼來了虎來了，瑪猇子來了都不怕……

「滿族的兒歌耶！這我小時候聽的催眠曲嗎？」她睜大眼睛問他。一天的時間下來她臉部的線條柔和了，也可能是這音樂的關係。

「你希望是你小時候聽的催眠曲？」

「不錯啊！聽這種不食人間煙火的歌一定會做好夢，從剛剛聽到現在就這個最好！」

「可惜不是，是初戀女友的媽媽送的！」說完他抿起嘴等著接受她的嘲弄。

「初戀女友的媽媽？真的假的？送這個？你故意跟人家說你常失眠，想女朋友想到失眠？」

「做紀念啊！聽說她小時候聽了就乖乖一覺睡到天亮，但是她妹妹聽了會想哭！」

「幹嘛不自己做紀念？」

「不曉得，她們可能不聽了吧！我們難得再見面……可能她們改聽其他催眠曲了吧！」

打迷糊仗卻差點說溜嘴。她可能以為贈送是戀愛進行中的事，誰都會這樣以為，她未聽出語病就好。

這個愛情故事不適合說給她聽，怕她提問，或是去問她媽媽。

「我也只聽過兩三次，老人家不適合聽兒歌催眠，會變成催淚！後面有一首，歌詞很短，最短的那一首……」

她從歌書上找到他所指的那首歌詞很短的歌，跳過去聽，一首雲南哈尼族民歌。

呃下啊，米呀，閨女出嫁好時辰啊，

已過去羅阿呃哎勒。

諾……啊，已經過去囉。

未出嫁的安安心心啊，留家裡啊。諾……

有別於前幾首童音合唱，一個成熟女性的歌詠。他們聚精會神聽著，一下子就唱完了，短得不像首歌，只是幾句呢喃。又聽完一曲，她倒回去那首短歌。

「怎麼會把你弄哭，你哭點這麼低喔？她一定是嫁給別人了！不然咧！」她說著又抽出一片CD來研究，喃喃：「我猜，他可能會跟她求婚！」

他沒有接她的眼神也沒有接她的話。

她草草試聽幾個專輯，又換回那片催眠曲，緩緩爬樓梯上去。

他起身趕在她上樓前點亮閣樓上的燈，那燈樓上樓下都有開關，「你沒事吧……你那個……」

她沒回話。催眠曲比剛才更催眠了，好似屋內真有個入睡的娃兒，除非必要，不應該說話。

踩著易脆品似的他跟著輕悄攀爬登上閣樓，她已經背靠牆壁坐在床墊上了。他挪過去點亮檯燈，霏霏買來的小檯燈，淡鵝黃的燈罩上有一些花鳥，插頭也是霏霏插在插座上的。

他坐在梯頭微笑道晚安，感覺了一下催眠曲的音量，在樓上聽更是鬆軟。下樓前一望，想起溜滑梯，以前都是她媽媽帶她爬上去，再一道滑下去，他不太需要在下面接住她。

前天早上上班前他才上來把霏霏留在這兒的一些紙袋、傳單、小髮飾、購物發票清理掉，換上新床單，用吸塵器打掃了五分鐘，細長的髮絲像鉛筆畫線，髮絲迅速被吸入，再找不到一根。

以前霏霏一來就上去放東西、換衣服，即便在他房裡過夜，也不會將私人物品帶下來，某一部分的她始終沒有帶下來。她說那是她的鳥巢。他不在時她都待在那兒，出門前也在那兒換好衣服畫好妝再下來會合，弄得好像她真住那兒。那兒不僅是屋裡他最不熟悉的一塊，還帶有神祕色彩，像燈罩上的花鳥，自成一格，抓摸不定。

有一次她路上淋了雨在浴室洗頭，他躡手躡腳上去，想偷看她手機，幸好住手了，在愛情這件事情上面他從未這麼 low 過。他看見床墊上下散置著一些女性用品，好像把包包拿起來倒過，會被爸媽責罵的一個凌亂景象，倒覺得很可愛。

窗簾半捲，他不知道該捲上去還是放下來，乾脆維持現狀。霏霏消失彷彿很久以前的事了，細想也不過兩三個月，那幾張統一發票也許超過兌獎日期了，他叮嚀自己盡早拿去給母親對獎。芊芊這時候來也算正是時候，兩人有類似的遭遇，同病相憐。

感情其實是有形的東西，交換保管，被挪用、盜用遲早會被查覺，只是他痛恨這種具體查覺的方式。不過這本就是辦公室戀情的宿命，成也辦公室敗也辦公室，色盲如他經由同事才曉得青翠的窩邊草已然一片焦黃。那人載霏霏來上班，在三條街外提早下車，但還是被眼尖的女同事在公車上撞見，她絕不會看錯，那是小歌的機車小歌的安全帽。他承認那外型非常獨特，人在那部車和安全帽裡，好像被包覆在另一個時空裡。他們那些諷刺他的用語他很難忘掉，「耳聰目盲的大忙人知道嗎？」平日與同事貌似交好的霏霏想必比他更難堪更下不了台，只用簡訊跟他辭職，好像人死了，火速火化，沒有多餘的儀式程序。他們不會放過這麼好的話題，推測她是要結婚了懷孕了。也許隔不多久他們會自臉書上一一證實這些事，那時他得再難受一次。

他陪芊芊讀過一則測試真假公主的童話故事，在枕頭裡放顆豆子，睡慣柔軟枕頭的公主能立刻察覺。他睡不著，也許是催眠曲的關係，像睡在過柔軟的枕頭上。芊芊或許也尚未入睡，他等著播完一遍再關掉。

〈閨女出嫁〉唱完，芊芊傳簡訊問他：「明天去爬山好不好？」

芊芊領他到這兒來，穿過一個像隧道的入口，蜘蛛網黏在他額頭上，一群土狗丐幫似的，世故而技巧的檢視著他們，他有些不安，不知不覺假面微笑。

芊芊走在前頭不停的講話，時而半扭頭確定他跟著聽著。他昨晚睡不好，夾道的樹木像一個溫熱的牙槽，走在裡面昏昏沉沉，偏偏有些話聽起來像催眠一樣。

「爸啊！焦慮、洋慮、海慮，你聽懂我在講什麼嗎？嬌綠，嬌滴滴的綠色，陽綠，太陽的陽，海綠，海洋的海，嬌綠、陽綠、海綠，你聽過這些形容詞嗎？你會喜歡哪一個，雷龍他同學竟然問這種問題，是不是很昏倒……」

出門前他問芊芊要爬哪座山，芊芊說就那座啊！他嫌了無新意，芊芊說她和雷龍他們走過另一條路線，可以帶路，但得搭公車比較方便。這番話引來許多質疑，他自己也覺得囉唆。

「之前一直想約你跟媽媽來的，可惜沒有早一點！我以為他們會去不成！」芊芊檢視著一大根被颱風摧折鬖鬖的枯樹枝，蜜蜂似的嗡嗡低迴，「我很壞！我希望颱風多颱兩天讓他們去不成，沒想到天氣可好的……他們有叫我去啊！輪流打電話，輪流傳簡訊要我去……算了！我不像颱風那麼愛搞破壞，我沒去才好，他們有傳照片，你要不要看……你有沒有去過鯉魚山？他們有去爬過，還約 Lady 阿姨他們，我不想去，就真的要考試嘛！我們下次去……網路查就有了啊，還不簡單……媽媽的男朋友？看過啊！就是因為看過，已經不是虛擬人物，吃過一次飯，木子李先生，還不錯啦！挑不出什麼毛病，以二婚來說。爛的自然就會分手，根本不用擔心……哪有孩子氣啊，我自自然然，不想矯情……」

一堆交錯的浮根呈半圓形密織在樹幹下，他抬頭看那樹個頭並不高，像一個矮小的人穿件拖地長禮服以凸顯自己的份量。他在樹根上坐下來，一縷溫風將悶在衣服裡的汗全點出來。芊芊走到二十多公尺外一個轉彎處，站在那兒等他跟上。他撫摩著乾淨的樹根，很想就這麼躺下去。

過了數不清幾分鐘，他們再度眼神相接，襯在背後的樹枝軟化成一片水綠。她知道他在生氣，他知道她曉得不該說那種話了。她愈發洩愈暢快一時忘情說媽媽和男朋友喜好戶外運動，「運動最催情了！難怪進展神速！」深諳成人世界兩性關係的尖酸話語出自十七歲女兒口中，最摧毀的是做爸爸的人。

「你知道你對媽媽這麼吃味，我很吃味嗎？」芊芊倒回來找他時他給她台階下，「愛一個人不是這樣子的……」

完成了一次成功的情感教育他頓覺林木開闊走路有風，想找話題又好像全無必要。墨綠、琮綠、翠綠鱗片匯流而去，過去、現在和未來一幕幕飛逝，他對孩子的媽有一種感傷的想念，如芊芊所盼，他們三人要是能一起爬一次山就好了，在此之前。

接近一彎斑黃的遮棚，蟬聲大作，自問怎麼路上都未聽聞，忽然就來到山頂廟口了，彷彿火車進站，只是進站的方向和以前相反。

他們走向視野開闊的圍欄邊，城市在腳下，夕陽在正前方，一氣定神閒，周邊樹木便堆疊過來了。

視線忽近忽遠，最終還是回到近在眼前，一隻小蜘蛛在露台屋簷溜上溜下，好像在練習自我控制表演絕技。

「這個小東西越看越討厭，有點想一不小心揮手把牠打掉，但是這條細絲好可愛喔！」芊芊說。

「哇！你又說了一句耐人尋味的話！你竟然可以把它們分開來看！」

他們注意到廟庭柱子邊多了一個心臟急救箱，互問對方會不會心肺復甦術，答案都是學過沒試過。芊芊走到瞭望一〇一大樓的圍欄邊站了一下，說：「這棵樹何止回不去了！」

他看了圍欄外那被截肢的樹一眼，再瞧瞧一〇一，到了土地公的供桌前面更是難逃想起霏霏。芊芊的反應極似霏霏，對於獨處的地藏菩薩畢恭畢敬，到了土地公面前便放肆起來。

她叫他看抱著瓶花的兩隻金龜子，然後一一研究廟屋裡排列整齊的神像，大一點的土地公坐在靠牆雕飾繁複的神龕上面，小尺寸的土地公占滿一張家用供桌；共計十八尊土地公、一尊土地婆，擠在一部休旅車不到的廟屋裡。土地婆坐在第一排左邊第一位，頗有掌門領軍的架勢，眉宇間透出老祖母堅毅樸實的神情。進而分析他們的眼神，大多低眉垂目，有的甚至沒畫眼珠，閉目養神；只有一個土地公直視前方。他們的臉色，粉白、粉紅，或者紅似醉酒。她又歸納出只有一個土地公沒有披橘金色的錦袍，身上的袍子是畫上去的。她也用鬍鬚的大小、顏色和煙燻枯白的程度來辨別他們。

霏霏指出，所有土地公都是一蓬蓬的鬚髮，只有一個「搞怪」的土地公鬍子是用白漆畫上去的，所以特別的白，沒被香燻焦。他找不到那一尊畫鬍子的土地公。他跟芊芊解釋為何這麼多土地公，當然一開始只供奉一尊，其他有被棄置的、有寄養的，信徒可能把他們再接回去供奉。

芊芊選擇銜接「老路」下山，捷運、晚餐、回家皆方便。他們並肩同行，暮色掩飾，芊芊額上的青春痘不再像早上那麼油頭尖聳，一座座活火山似的。她依然有很多有趣的話題和記憶一路浮現，他本來可以更快意的，只是訝於颱風在這條路上造成的崩壞大於芊芊領他走的「新路」，大於整座城市，當然這可能是錯覺，這一段路反映出他心境的轉變。

攀附於邊坡的樹木傾倒後拖垮了邊坡和欄干，乃至路面也破損塌陷。樹木有的被大卸八塊，有的在那兒等死。小傾斜的樹木遭砍伐，基座成了一個武大郎，免得它們繼續撕扯山路。將來恐怕肇事的樹也順便削斷邊坡那一側的枝幹，以減輕重量保持平衡。

芊芊興沖沖叫他看山壁上一塊突出的岩石，表層被雕刀削蝕過，布滿鑿痕。芊芊邊拍照邊說這是媽媽發覺的，比一般人頭稍大的岩石被雕刻成「有菩薩意象的臉和肩線」，斑駁滄桑，隱匿面容和神情，媽媽說美，她覺得嚇人，媽媽說她還不懂欣賞這種美。上次她和朋友來看到她面目全非簡直吐血，有人用漆重新為她描繪過五官臉孔，紅的紅白的白，簡直像唱戲，才懂得以前那樣子美。謝天謝地！終於有人看不過去，幫她把那張俗氣的臉剃掉，洗心革面，她自己還變出一張青苔面紗。

她立刻將照片傳給媽媽。勉強看出一點兒形貌，他覺得像個蛤蟆，何不等漆自然掉落，急著破壞岩石輪廓。芊芊抗議他的蛤蟆說。他說日後它成了一塊普通的石頭，你們就會後悔。她說一層層剝下去也還是她！他不再爭辯，她固執起來和她媽媽一個樣。芊芊從手機找出那張摹畫鮮豔面容的石像給他看，他直搖頭，還是可惜那臉形愈削愈薄，削到了骨頭。

芊芊失落的是望不到那座「粉紫色有十字架的墓園」，她和媽媽私藏的另一山景。階口的石獅子據說翻了好幾次顏色，現在變成綠中帶黃。如今連上達墓園的階梯也全被草木占據，椰樹占最大宗，椰樹葉呈張翅狀態，稍一凝視便感覺它在搧動起伏。和那些東倒西歪的樹木相比，它們聚為城堡，可能是葉片化整為零把風分散了，簡直沒有一片葉子受損，好似趁著颱風夜壯大起來了。

天光飄飛著蚊灰，沿著山壁往上走的人對下山的人視若無睹，相反的，下山行的人想捕捉逆向獨行者的相貌，尤其是落單的年輕女性，不免令人擔心她的安危。

「要不然，我們也去黑部立山？」

「才不要！幹嘛學人家，哪裡都好，就別黑部立山！」

一段無聊的對話過後，他們各自拿出手機，芊芊說：「不會是要跟你女朋友一起去吧！」

「哈！女朋友！你終於想到我女朋友了！等你公布你的男朋友再說，我不會像你媽媽那麼笨！」

山壁不再隨行在側，行至寬敞台地，他在木椅上歇息，芊芊拿起倚在樹下的竹掃把，把竿上透明膠帶貼著幾個字，「請做志工」，一旁三支竹枝紮成的掃爪像粗細不等的筆頭任君更換。

落葉不多，芊芊玩完掃把，他們就要下山了。走幾步她又在欄干邊停下來，他順勢望向對岸的大樓，一眼看到一塊紅綠相間的租售看板在與他的直覺連結的樓層外面，他不願接收訊息，天蒼蒼視茫茫的將它看成浴巾。

「我想去看一下那房子。」他眼睛一直望著，好像它還會產生什麼變化。

「Are you kidding?看對面那間要賣的房子?你是想找新家，讓我住你那兒，那我繼續留在台北讀書就不會干擾他們了！你怕我妨礙你，你也要結婚了？」

走在前頭芊芊愈講愈興奮，突然哇一聲，下山的長梯只有半邊供人通行，另外一半給刨碎了，一部粉藍色小怪手面朝上斜停在水泥碎塊上，顯然工人已經下工了。

「為什麼不封鎖呢？」他邊說邊盯著腳尖緩緩下探破碎之餘的階梯。有那麼幾秒鐘他虛虛實實逸出了當下的處境，聽到芊芊唸出電話號碼，心底一怔。

出山梯過馬路，短短幾分鐘，夜好像瞬間四捨五入成了一個整數。他左顧右盼打量大樓的外觀和環境，完全不是裝出來的，還覺得房仲先生來得太快了。

他們開門進去時，對面傳來門一開一關的聲音，連訓練有素的房仲都來不及打聲招呼。進到屋內房仲和芊芊在說什麼他都聽不見了，眼前看見什麼嘴巴就喃喃說出它的名稱：廚房、客廳、沙發、桌子、電視櫃……，隱隱吸聞著他們所不知道的殘存的氣味，同時了解到瓶罐已經空了。

恐怕是便當吃一半就趕過來的房仲先生嘴唇紅潤油亮，說起話來有些飽滿含糊，「這些家具免費附贈，如果不需要我們會負責清走，說好也沒多好，說不好其實也蠻好的，哈，我剛好搬家缺了一些東西，如果你們都不想要的話，」

蘇熊華聽他這麼一說便好好看他一眼，這年輕人看起來還憨直，叫人心底直呼幸好。

他做了個鬼臉，又說：「不過屋主也可能後悔，等賣出去就搬走也說不定，這些不重要，重要是這屋子屋況真的很好，先生你一定看出來了，我看你看得特別仔細，同樣這棟大樓我們經手過兩個 case，差很多！真的差很多！屋主保養得很好，很新，素顏，沒有因為要賣房子特別整理過喔，」說著他摸了摸牆壁，「可能輕手輕腳又沒有小孩，或者沒常住這裡，幾乎不太用整修，油個漆就像新的……」

蘇熊華隨口打探屋主，又不是很在意似的推開紗門走出陽台。房仲說屋主委託朋友全權處理，據說是一般小家庭，房屋的身世絕對清白，這點絕對沒有問題，現在買家都太厲害調查了，他們半點也不敢隱瞞，說著點亮陽台的燈，並大力推薦這幅無價的山景。

「我們剛從山上下來！」陽台上父女倆異口同聲，好使他莫白費唇舌。

「那是碰巧看到？還是有意來這邊找房子？」房仲站在紗門邊問。

芊芊答：「碰巧看到！」

房仲推開紗門傻笑，「奇怪！又沒人住，我還在怕蚊子跑進來！就是屋子看起來不像空屋，很……很像有人住，抱歉！我去外面接個電話！」

「好可怕！」芊芊靠過去抓住爸爸的手臂。

他邊笑著安撫她，邊撥開她的手朝角落蹲了下來，手伸向一團參差森黑的東西，「有什麼好可怕?!就一些枯樹枝！自己嚇自己！」說著抽出一根彎曲的樹枝拿給芊芊看。她叫了一聲跳進屋裡，引來房仲好奇。他不想和房仲討論這個話題而背對門口，他並未使力，手上的樹枝已粉碎掉落在地上。

主臥室內有一張雙人床，另一個面山的房間只剩迎面牆壁上掛著一份不大不小的月曆，月曆上最大的一個字是「4」，上面兩個類似邊疆的小孩分騎一匹黃馬一匹黑馬，周圍布滿紫花。芊芊從他身邊鑽過房門，說：「好餓喔！這張畫好像在哪裡看過！」

他們站在電梯門口等待房仲檢查門窗熄燈鎖門，芊芊低聲說：「你喜歡嗎？好貴喔！可以讓我們去環遊世界了！」

他轉到安全梯邊的窗口，芊芊一聽鐵門闔上立刻跟到他身邊來。

房仲僵著背板伸長脖子站在他們後面說：「這裡可以看到夕陽！屋子面東，這裡是西！」接著介紹他們所倚的窗口所望見的遠方，以及近處的地理位置、交通狀況。若即若離靜了幾秒好讓他們消化這些資訊，又說：「看過這屋子的人都滿喜歡的，問題就是議價空間，我剛出去陽台又看了一下，一樣面山，這一戶的 view 真的特別好，另外一棟沒這一棟的景觀好，這可能要發揮一下想像力，那邊的山比較邊邊，山腳下以前的違建比較多比較雜，你們今天臨時想到，再找一天白天來看，包準你們會更喜歡……我自己也是每次來每次研究，很清幽，很耐看，這屋子，生活機能好你們也是知道，從這個窗戶望出去吃喝玩樂什麼都有，要講心靈的療癒的都在那一邊，蘇先生隨時想到什麼問題都可以call 我……」

他們勾著脖子看窗戶左前方一抹紅霞，那形狀甚至有表情，像被刺瞎的眼閉了起來。城市上空出現一種混濁如發炎的紅光，紅蚵似的，且似乎是在他們眼睜睜張望當中所產生的變化。蘇熊華正要撤離窗口做點禮貌性的交談，芊芊忽然驚叫，「爸啊！那裡樓上的屋子好像有火！是火嗎？是火！真的是火……對面！那邊！那邊！那一棟！你看到沒？火苗的形狀……」

他跟著呢喃搜尋時，芊芊立刻跑去拍打電梯按鍵，他跟擠到窗邊來的房仲解釋時才察覺那是一把真的火，不是某幅城市夜景。芊芊推擠過來瞄了一眼，叫著：「快點報警啦！你們！」房仲還是不懂他的描述，遂把紗窗推開，讓他把手伸出去，指著巷子斜對面沒有特色可形容的一棟樓一扇玻璃窗，美豔的火絨向上燃燒成一株紅色的樹。芊芊在電梯內催促他們。

出了電梯蘇熊華去問警衛附近是不是有火災，有沒有聽到消防車的聲音。房仲忙著撥打報案電話。芊芊逕自跑出樓下的巷子，左轉，邊跑邊仰扭著臉尋找剛才映在腦中的景象。跑了約二、三十公尺，看到三樓一面暗褐色微微傾斜的大玻璃窗裡，比想像更大更旺盛的火舌幾乎舔到天花板，瞬間兩頰發燙一臉火紅，著急地抱住雙臂抖跳，心底吶喊卻發不出聲音，身體不住的搖晃，臉一撇發現背後十幾公尺外的巷道，三個年輕男女輪流朝地上一個黑圓筒子伸出手去，餵給它一張張……她側著身體朝巷子兩岸用力甩頭，將路上和樓上兩個畫面連結起來，摀住耳朵又跳又叫，把那三人嚇了一跳。原來燒金紙的畫面映在對面樓上的玻璃窗，徹底矇騙了他們的眼睛。

那些人燒完金紙回屋裡去了。她心有不甘一直站在那裡盯著火焰沉落下去，淡出玻璃窗，別過臉繼續瞪著那金爐，患難過後蘇先生和房仲先生當真聊了開來。

房仲走後，父女倆筋疲力竭又談起火來。

「瞎緊張，以火的速度，恐怕早就燒光了！我們坐電梯的時候就燒得差不多了！」他說。

芊芊兩頰通紅，睫毛凝黑，好像剛剛哭過，有氣無力地說：「他們都不知道他們逃過了一劫。」他們站在巷口不情願就這麼走開，臉忽左忽右地擺動笑嘆，如房仲所說這頭燒金紙那頭燒房子！從不曾覺得爐香塵煙這麼好聞。

掙扎過後他說：「你去那邊超商逛逛！我去找警衛問一些事。」

「還要問什麼啦！噢爸啊！你好奇怪！你真的對那間房子那麼有興趣，你到底想幹嘛啊?!」芊芊跳腳嘟嘴走開了。

他知道她因為媽媽未回她訊息開始情緒不穩，他張大兩手的虎口放在腰上慢慢走回那條小巷，一絲焚燒後的氣味跟著他。

他站在警衛亭斜前方望著亭內的警衛。不再是以前那個斯文警衛了，剛匆忙間雖然對過話卻對他的長相沒印象，現在才曉得他長著一張悲戚無辜如台灣黑熊的小黑臉。他還在猶豫，坐在警衛左後方一個長髮的女人通知他外面有人。

「先生！請問有什麼事嗎？」警衛站起來身體前傾露出嚼檳榔的一嘴血紅枯牙，像被火燒糊似的。

「我想請問A棟十四樓以前住的人搬到哪裡去了？」他站到窗口中央，面對這名口齒不清的警衛。

「這個……抱歉！我不是很清楚，我最近才來的，上個禮拜……」

「我知道，可以問其他警衛嗎？」

「是可以問組長啦！不過最好不要，會被罵！你沒有電話，沒有人可以問喔！網路找很快……」

「就是都沒有才問你啊！」兩腿交疊倚坐在昏暗亭壁下的女人眼睛離開手機說了他一句。

「好，沒關係！真的沒關係！」蘇熊華有點被逗笑了。

「幫他啦！人家一定是有重要的事……」那女人把交疊的腿放下來，聲音更大了。

「你忘記有個資法喔……」

「最好是啦！個資法……」

「她是……」蘇熊華正視警衛的眼睛，發現他一臉的荒廢卑微，卻有一雙十分溫柔的眼睛。

「我女朋友啦！」他靦腆地笑了。

「你真幸福！女朋友陪你上班！」

「呵呵！她怕我睡著，盯著我！」他誇飾唇形，壓低音量。

「什麼叫做盯著你！」女朋友傾身點了他後背一下。

「很幸福！晚安！真的沒有關係！」

蘇熊華走了幾步聽見有人在問要不要留個電話，回頭朝走到外面來的警衛擺了擺手。走了幾步再回頭，警衛依然站在那裡。

他走到下一個巷口，那個引起誤會的金爐依然擺在路邊，恐怕沒那麼快冷卻，對面樓上的玻璃窗仍舊一片漆黑。他們都不知道他們逃過一劫了！說這句話的女孩子還在對街嘟著嘴。

INK PUBLISHING 印刻文學 612

雲山

作　　者　陳淑瑤
攝　　影　陳淑瑤
總 編 輯　初安民
責任編輯　陳健瑜
美術編輯　黃昶憲
校　　對　吳美滿　陳健瑜　陳淑瑤

發 行 人　張書銘
出　　版　INK 印刻文學生活雜誌出版股份有限公司
新北市中和區建一路249號8樓
電話：02-22281626
傳真：02-22281598
e-mail：ink.book@msa.hinet.net
網　　址　舒讀網http://www.sudu.cc

法律顧問　巨鼎博達法律事務所
施竣中律師
總 經 銷　成陽出版股份有限公司
電　　話　03-3589000（代表號）
傳　　真　03-3556521
郵政劃撥　19785090　印刻文學生活雜誌出版股份有限公司
印　　刷　海王印刷事業股份有限公司

港澳總經銷　泛華發行代理有限公司
地　　址　香港新界將軍澳工業邨駿昌街7號2樓
電　　話　852-27982220
傳　　真　852-31813973
網　　址　www.gccd.com.hk

出版日期　2019年 10 月 30 日　初版
ISBN　978-986-387-316-7

定　價　420元

長篇小說 創作發表專案
國藝會 NCAF　PEGATRON 和碩聯合科技股份有限公司

國家圖書館出版品預行編目資料

雲山 / 陳淑瑤 著
--初版, --新北市中和區： INK印刻文學，
2019.10.30　面；　公分.（印刻文學；612）
ISBN　978-986-387-316-7　（平裝）
863.57　　108015824